suhrkamp taschenbuch 3734

W0411625

In seinem Roman über einen verachteten Außenseiter erzählt Carl-Johan Vallgren mit phantastischen und überwältigenden Bildern die Geschichte einer ganz und gar ungewöhnlichen, einer ungeheuerlichen Liebe. Daß dieser mißgestaltete, kleinwüchsige, taubstumme Knabe, der in einer Winternacht des Jahres 1813 in einem Königsberger Bordell geboren wird, überhaupt Überlebenschancen hat, hätte keiner gedacht. Doch seine Fähigkeit, die Gedanken anderer zu lesen und zu beeinflussen, rettet Hercule Barfuss mehr als einmal das Leben. Auf seinem abenteuerlichen Weg durch das Europa des 19. Jahrhunderts hat er nur ein einziges Ziel: seine verlorene Jugendliebe wiederzufinden, die schöne Henriette, mit der zusammen er unter der Obhut der Königsberger Prostituierten aufwuchs.

»Diese Liebesgeschichte zwischen der Schönen und dem Biest, beide im Bordell gezeugt und zur Welt gekommen, ist eine sehr unterhaltsame Feier der Romankunst.«

Askan Thomas Vierich, *DeutschlandRadio*

Carl-Johan Vallgren, geboren 1964 im schwedischen Linköping, lebt – nach vielen Jahren in Berlin – in Stockholm. Für seine Romane erhielt er mehrere Literaturpreise, zuletzt für die *Geschichte einer ungeheuerlichen Liebe* den nach August Strindberg benannten August-Preis für das beste belletristische Werk 2002.

Carl-Johan Vallgren

Geschichte einer ungeheuerlichen Liebe

Roman

Aus dem Schwedischen von
Angelika Gundlach

Suhrkamp

Die Originalausgabe erschien unter dem Titel
Den vidunderliga kärlekens historia
im Albert Bonniers Förlag, Stockholm 2002.
© Carl-Johan Vallgren 2002

Umschlagabbildung:
Balthus. La jeune fille endormie (Ausschnitt), 1943.
©VG Bild-Kunst 2005

suhrkamp taschenbuch 3734
Erste Auflage 2005
© der deutschen Ausgabe
Insel Verlag Frankfurt am Main und Leipzig 2004
Suhrkamp Taschenbuch Verlag
Alle Rechte vorbehalten, insbesondere das
der Übersetzung, des öffentlichen Vortrags sowie der Übertragung
durch Rundfunk und Fernsehen, auch einzelner Teile.
Kein Teil des Werkes darf in irgendeiner Form
(durch Fotografie, Mikrofilm oder andere Verfahren)
ohne schriftliche Genehmigung des Verlages reproduziert
oder unter Verwendung elektronischer Systeme
verarbeitet, vervielfältigt oder verbreitet werden.
Druck: Ebner & Spiegel, Ulm
Printed in Germany
Umschlag: Göllner, Michels, Zegarzewski
ISBN 3-518-45734-9

2 3 4 5 6 – 10 09 08 07 06

... von einem Verwandten,
näher, als Sie ahnen können

West Tisbury
Martha's Vineyard, Mass., USA
15. Juli 1994

Liebes Fräulein Fågel,

zunächst möchte ich mich für Ihren Besuch bedanken, der viele kostbare Erinnerungen hinterlassen und hoffentlich einige Ihrer Fragen beantwortet hat. Die Namenforschung liegt wie viele andere Tätigkeitsbereiche leider weit außerhalb meines Horizontes, aber in Ihrem Fall ist es schwer, nicht denselben Schluß zu ziehen wie Sie: daß Sie den Nachnamen der Frau behalten haben. Mein eigener ist, genau wie Sie vermutet haben, die anglisierte Form des deutschen Taufnamens unseres Stammvaters.

Ebenso wie der erste Barefoot habe ich ein sehr hohes Alter erreicht, doch der Preis, den man dafür bezahlt, heißt Einsamkeit. Wenn Ihre Vermutung sich als zutreffend erweist, wären Sie meine nächste lebende Verwandte väterlicherseits.

In der Gemeinde Chilmark bin ich inzwischen der einzige mit eigenen Erinnerungen an ihn. Er starb 1914, kurz vor Ausbruch des Weltkriegs, an den Folgen einer Mumpserkrankung.

Er hatte zu diesem Zeitpunkt das ehrfurchtgebietende Alter von hundertein Jahren erreicht. Im selben Sommer wurde ich acht, lange bevor der Massentourismus Martha's Vineyard in das Freilichtmuseum verwandelte, das Sie bei Ihrem allzu kurzen Aufenthalt auf der Insel vorgefunden haben. Ich nannte ihn Großvater, obwohl der Ausdruck irreführend war: Er hatte all seine Kinder überlebt und war in Wirklichkeit der Vater meines Großvaters.

Die Aufzeichnungen, die ich beifüge, gründen sich in erster Linie auf das, was er meinen Verwandten, vor allem meinen älteren Schwestern, aber auch mir selbst erzählt hat, und in zweiter Linie auf die Nachforschungen, die ich vor über einem halben Jahrhundert angestellt habe. Die Archivinformationen aus Deutschland stehen selbstverständlich zu ihrer Verfügung. Besonders das Material aus Königsberg ist interessant, die Originale verschwanden bekanntlich während der Kriege.

Während er lebte, war ich noch zu jung, um die Details seiner Geschichte zu begreifen: Ich erinnere mich an ihn vor allem als an einen freundlichen kleinen Mann, das Gesicht bedeckt mit einer Stoffmaske, ein Experte in der Grammatik der Gebärdensprache, der eines Tages, als ich ihn besuchte, mit deutlicher Stimme, ohne die Lippen zu bewegen, in mir flüsterte: *Besser schweigen und für einen Narren gehalten werden als sprechen und jeden Zweifel ausräumen!* Das Zitat, begriff ich später, stammte von Lincoln, dem er einmal begegnet war.

Die ersten Gehörlosen kamen in den neunziger Jahren des achtzehnten Jahrhunderts nach Martha's Vineyard. Durch Heirat unter Verwandten wurde die Behinderung weitergegeben und breitete sich über das ganze Gebiet aus. In meiner Jugend gab es Taube in jeder Familie auf der Insel. In den Gemeinden Tisbury und Chilmark machten sie ungefähr ein Drittel der Bevölkerung aus, in bestimmten Orten waren sämtliche Einwohner hörgeschädigt, und deshalb lernte die gesamte Inselbevölkerung die Gebärdensprache. Wir, die wir hören konnten, wuchsen zweisprachig auf. Ich selbst lernte die Gebärdensprache, bevor ich Englisch lernte, da meine Eltern beide hörgeschädigt waren. Man könnte sagen, die Behinderung war so alltäglich, daß Taubheit als Begriff nicht existierte. Wir betrachteten die Tauben nie als taub. Wir lebten unter ihnen, eher als umgekehrt. Die Gehörlosen prägten die Kultur der Insel; ihre Welt war unsere.

Das rezessive Gen verschwand zu Beginn der fünfziger Jahre, aber mehrere von uns Älteren benutzten die Gebärdensprache weiter. Nicht um schlüpfrige Witze zu erzählen (obwohl das vorkommt) oder um Besucher und Touristen aus privaten Gesprächen auszuschließen (auch das kommt vor, wie Sie bemerkt haben), sondern aus dem einfachen Grund, weil sie die Lingua franca der Insel war. Sie wurde ebenso oft benutzt wie das Englische, und außerdem ist sie ein ausdrucksvolleres Idiom als die gesprochene Sprache. Neulich las ich in einer Ausgabe von National Geographics über die Insel Providence in Westindien, deren Bewohner sich auf die gleiche Weise einer alten Maya-Gebärdensprache bedienen, wenn sie sich miteinander unterhalten. Ich könnte Ihnen eine Kopie des Artikels schicken, vielleicht kann er Ihnen nützlich sein.

Aus naheliegenden Gründen bin ich mit Barefoots amerikanischer Geschichte am besten vertraut, obwohl ich mich in meinen Aufzeichnungen auf seine erste Lebenshälfte konzentriert habe, in Europa. Der Familienlegende zufolge trauerte er um Ihre Stammutter in einem Maß, daß er sich nie mehr ernsthaft an ein Mädchen band. Trotzdem bekam er vier Kinder mit zwei Frauen aus dem Ort. Ich und meine Schwestern waren die ersten in der Familie, die ohne Behinderung geboren wurden.

Haben Sie sich je die Frage gestellt, was Geräusche eigentlich sind, Fräulein Fågel? Sie ist interessant aus mehreren Gründen, vor allem aber deshalb, weil sie auf blinde Flecken in unserer Beziehung zum Bewußtsein hindeutet.

Geräusche sind Vibrationen, die Moleküle der Luft in Bewegung setzen. Ein hörender Mensch registriert Geräusche zwischen zwanzig und zwanzigtausend Hertz. Wellenbewegungen, die aus weniger als zwanzig Schwingungen bestehen, nennt man bekanntlich Infraschall; die, die aus mehr als zwanzigtausend Schwingungen bestehen, nennt man Ultraschall. Fledermäuse leben ausschließlich in der Welt des Ultraschalls, im klinischen Sinne hören sie nicht, sie bedienen sich eher der

Echolotung. In der Welt des Infraschalls bewegen sich Alligatoren, Wale, der Pampasstrauß und der Kasuar. Auch bei ihnen ist »Gehör« ein sinnloser Begriff, denn auch diese Tiere hören im Rahmen unserer Definitionen nicht. Der Alligator zum Beispiel hat keine Ohren. Er hört mit dem Körper, das heißt, er registriert Vibrationen durch Nerven unter der Bauchdekke.

Während Ihres Besuchs fragten Sie, in welcher Welt Barefoot gelebt habe. Ich möchte die Hypothese aufstellen, daß er außerhalb des uns bekannten Hörbereichs lebte, und auf einer anderen, für die Wissenschaft noch unbekannten Frequenz »hörte«.

Während der Obduktionen, die nach seinem Tod durchgeführt wurden, fand man übrigens eine Menge verwirrender physiognomischer Paradoxa. Sein Herz zum Beispiel war überdimensioniert, doppelt so groß wie bei einem normalen Menschen, obwohl er ein Zwerg war. Als ich in seinem medizinischen Journal auf dieses kuriose Detail stieß, deutete ich es symbolisch: Sein Leben, so wie das Ihrer Stammutter, ist ja eine Liebesgeschichte. Der Arzt schrieb, er habe »gegen jede Wahrscheinlichkeit gelebt«, mit einem Herzen, das in seiner frühen Kindheit hätte stehenbleiben müssen, mit nur einer Niere, mit nur einer funktionierenden Lunge, den Bauch voller Krebsgeschwülste, die den damaligen Fachleuten zufolge beinah ein halbes Jahrhundert alt waren. Die faszinierendste Entdeckung bei der Autopsie aber betraf das Gehörorgan: Der Vestibularapparat, der das Gleichgewichtszentrum eines Menschen bildet, fehlte ganz. Eigentlich hätte er nicht in der Lage sein dürfen, zu gehen oder sich überhaupt zu bewegen.

Einen Monat nach seinem Tod wurde an einer teratologischen Klinik in Boston eine umfassende Untersuchung der Leiche vorgenommen. Der Obduzent – ein Spezialist für Mißbildungen – behauptete, das rechte Ohr müsse, abgesehen von einer leichten Petrifizierung des Hammers, in seiner frühesten Kindheit so gut wie intakt gewesen sein, bis zum Alter von zwei Jahren, vermutete er. Dies widersprach dem Resultat der ersten Obduktion. Er könnte also, wenn auch äußerst begrenzt, während seiner frühesten Jugend gehört haben.

Das wäre möglicherweise eine Erklärung für sein musikalisches Talent – das ewige Rätsel seiner Biographie: Wie kann ein tauber Mensch Musik verstehen und darbieten? Vielleicht hatte er doch, wie die Sezierung vermuten ließ, in seinen ersten Lebensjahren – bevor die Behinderung total wurde – einen Begriff von Tönen und Geräuschen?

Sich die Welt der Gehörlosen vorzustellen ist für einen Hörenden äußerst schwer. Man muß sich eine Welt denken, in der keine Geräusche existieren, nicht das Geräusch des Windes, nicht das Geräusch von Stimmen oder das Lachen des geliebten Menschen, manchmal nicht einmal die Vorstellung davon, was Geräusche sind. Ein Mensch, der taub geboren ist, spricht nie von Stille oder vom Mangel an Geräuschen, ebensowenig wie er sich darüber beklagt, taub zu sein. Ein Mensch, der blind geboren ist, beklagt sich auch nicht über das Fehlen visueller Information, weil er sich keine Vorstellung machen kann, was Sehen bedeutet. Ebensowenig wie Sie, Fräulein Fågel, ein Phänomen vermissen können, das Sie nie erlebt haben, eine Person, von deren Existenz Sie nichts wissen, oder einen Ort, den Sie nie besucht haben. All dies – Taubheit, Blindheit – sind bestenfalls Metaphern.

Das Wort stirbt – und gebiert den Gedanken, schreibt Lew Wygotski, der berühmte russische Psychologe, und deutet damit an, daß Denken und Sprache einander transzendieren. Das liegt auf einer Linie mit der Behauptung Schopenhauers, die Gedanken stürben im selben Augenblick, in dem sie in Worte gekleidet würden. Die Worte sind nur Hinweise auf unsere Erfahrungen, und die Idee des Gesprächs ist es, zwischen Menschen verwandte Assoziationen hervorzurufen. Aber vielleicht gibt es andere Möglichkeiten, das gleiche Ergebnis zu erzielen. Ein Bild sagt mehr als tausend Worte, heißt es manchmal. Oder nehmen Sie die Musik, die tatsächlich eine Methode ist, Gefühlszustände auf den Zuhörer zu übertragen. Eines zumindest ist sicher: Für einen Gehörlosen, der *überhaupt* keine Sprache lernen kann, ist das Leben der Erste Höllenkreis. Menschen und Gegenstände haben keine Namen, das Dasein wird zum Chaos, die Chronologie geht verloren. Das Konzept von Fragen und Antworten ist sinnlos, Abstraktionen existieren nicht, die Intelligenz bleibt auf dem Niveau eines Zweijährigen. Denn erst durch die Sprache betritt das Kind die Sphäre von Vergangenheit und Zukunft, lernt es Abstrahieren und Klassifizieren.

Meine Eltern hatten also eine Sprache, reicher als das Englische: die Gebärdensprache. Im Gegensatz zu den gesprochenen Sprachen ist sie vierdimensional, sie läuft in den drei Dimensionen von Raum und Zeit zugleich ab und übermittelt auf diese Weise eine unglaubliche Menge an Informationen in sehr kurzer Zeit. Es ist ein wohlbekanntes Phänomen, daß ein Kind Zeichen schon im Alter von drei Monaten lernen kann, lange bevor es versucht, seine Gefühle mit Worten auszudrücken. Das erste Zeichen, das ich lernte, war Milch. Meinen Eltern zufolge war ich zu diesem Zeitpunkt vier Monate alt, also in einem Alter, in dem ein normales Kind in einer normalen Familie seinen Hunger nach Muttermilch nur durch Schreien formulieren kann. Meine ersten Träume bestanden aus Zeichen, Händen, die Mitteilungen zeichneten, Worten ohne Geräusch, Worten als visuelle Information, der stummen Bewegung der Lippen, beweglichen Symbolen. Es kommt noch immer vor, daß ich in Zeichen träume.

Mein Onkel mütterlicherseits, Henry Russel-Price, war einer der hervorragendsten Dichter Amerikas, aber über einen kleinen Kreis von Kennern hinaus völlig unbekannt. Er war ein Dichter der Gebärdensprache. Wenn wir ihn in meiner Kindheit besuchten, erinnere ich mich, begann plötzlich, wenn sich Augenblicke der Inspiration einstellten, sein Körper zu zucken und spontan Zeichen von sich zu geben. Er war ein gottbegnadeter Poet, die Alten auf der Insel sprechen noch heute von ihm, und ich bin Menschen in ganz Amerika begegnet, die stundenlang seine Verse in Gebärdensprache »rezitieren« können, ohne dessen überdrüssig zu werden.

Es gibt so vieles, was die Hörenden von der Kultur der Gehörlosen nicht wissen. Von dem Humor und der Ironie, ausgedrückt in der Gebärdensprache, von den Musikchören, in denen man mit Zeichen »singt«, von dem Gefühl, ein Restaurant zu betreten, in dem alle Gäste taub sind, von der phantastischen Stimmung, den Händen, die an den Tischen blitzschnell zeichnen, der seltsamen Stille, die plötzlich von einem lauten Lachen unterbrochen wird, wenn jemand etwas Lustiges »gesagt« hat. Oder von dem Verstoß gegen die Etikette, den es bedeutet, sich zwischen zwei Menschen zu stellen, die in einem Gespräch in Zeichen begriffen sind, oder wie häßlich es ist, die Gespräche anderer zu »belauschen«, das heißt, auf ihre Hände zu starren.

Da ich in dieser Kultur aufgewachsen bin, empfinde ich sie nicht als fremd, aber wenn ich sie Außenstehenden beschreiben soll, bin ich zu Gleichnissen gezwungen. Ebenso ist es mit Barefoot: Erzählt man von seinem bemerkenswerten Talent und Leben, geschieht das immer im übertragenen Sinne.

Das Bewußtsein ist nicht synchron mit der Umwelt, behaupten einige Neurologen: Wir erleben die Wirklichkeit mit einer kurzen Verzögerung, der Zeit, die das Gehirn braucht, um die Sinneseindrücke, die für uns unwesentlich sind, auszusondern. Und vielleicht soll man die Gabe unseres Stammvaters in diesem Licht sehen? Daß er im Gegensatz zu denen, denen er begegnete, mit den Sinneseindrücken synchron war, daß er keine Zeit verlor, um Daten auszusondern, und dadurch nicht nur über eine größere Menge an Informationen verfügte, sondern außerdem so schnell war, daß er das Denken der Menschen voraussagen zu können schien?

Auch das sind Vermutungen, unmöglich zu verifizieren. Das Ich ist nur die Karte eines größeren Bewußtseins, ebenso wie die Sprache die Karte eines Terrains ist und nicht mit dem Terrain selbst verwechselt werden darf.

Wie Sie merken, Fräulein Fågel, kann ich den Gegenstand Ihres Interesses nur mit Mühe einkreisen, durch diese Umschreibungen, Gleichnisse und Analogien. Ganz sicher aber ist, daß Barefoots bemerkenswerte Gabe als Ersatz für sensorische Mängel diente.

Jeder Mensch hat eine einzigartige Weise, die Welt zu verstehen. Ein verlorener Sinn wird durch einen anderen kompensiert. Die Gehörlosen »hören« mit dem Gesichtssinn und sprechen mit Zeichen. Durch die Tadoma-Methode entwikkelte Helen Keller für denjenigen, der taub und blind ist, eine Möglichkeit, die Welt zu verstehen: mit dem Gefühl. Indem er die Finger auf die Lippen und den Kehlkopf eines anderen Menschen legt, kann der Taubblinde einen anderen Menschen sprechen »fühlen«; indem er Buchstaben oder Zeichen in die Hand schreibt, kann sich derselbe Mensch verständlich machen.

Unser Stammvater wurde in einem Europa geboren, in dem die Gehörlosen noch als Idioten betrachtet wurden, lange bevor es Alexander Graham Bell und Helen Keller gelang, die Einstellung zu dieser Behinderung zu verändern und die Gebärdensprache sich allgemein verbreitete. Die Natur kompensierte Barefoots Mangel an Gehör, aber auf eine Weise, die so radikal war, daß sie sich innerhalb der Grenzen der Wissenschaften nicht erklären läßt. Deshalb sind meine Aufzeichnungen voller Gleichnisse, die den Kern *unseres* Rätsels erklären sollen.

Lassen wir das Heucheln, Fräulein Fågel, ich benutze bewußt diese Formulierung: *unseres*. Ich habe schon während unserer ersten Begegnung begriffen, daß Sie zu uns, der kleinen Schar von Eingeweihten, gehören. Und Sie sind nicht auf der Suche nach ihm, unserem Stammvater, sondern nach sich selbst und dieser Fähigkeit, die Sie erschreckt, weil sie rational nicht zu erklären ist. Auf Martha's Vineyard haben Sie gespürt, daß ich das verstanden habe, und deshalb haben Sie versucht, sich zu schützen.

Ich glaube, daß diese Augenblicke, in denen man »jenseits des Gehörs« hören kann, bei mir weniger häufig auftreten als bei Ihnen; Sie haben ganz einfach mehr von seiner Gabe geerbt. Bei mir macht sie sich unregelmäßig bemerkbar, wenn ich am wenigsten damit rechne, aber inzwischen erschreckt sie mich nicht mehr. (Vorhin, während ich diese Zeilen schrieb, war meine Hausangestellte unterwegs in mein Arbeitszimmer, um einen Blick auf die einzige funktionierende Uhr des Hauses zu werfen. Ich »hörte«, wie sie ihre Absicht in Gedanken formulierte, lange bevor sie die Tür erreicht hatte, und um nicht gestört zu werden, rief ich »Gleich vier«. Danke, rief sie zurück. Nach mehr als zwanzig Jahren in diesem Haus wundert sie sich über gar nichts mehr.)

Ich bin jetzt beinah genauso alt wie Barefoot, als er zum ersten Mal auf seiner unerklärlichen Frequenz zu mir sprach. Ich weiß nicht, ob mein Vater die Gabe hatte, zumindest hat er es nie gezeigt, aber eine meiner Tanten väterlicherseits besaß sie und versuchte bis zu ihrem Tod, sie vor der Umwelt zu verbergen.

Jetzt, da ich mich dem Ende eines langen, inhaltsreichen Lebens nähere, muß der Staffelstab weitergegeben werden. Sie, Fräulein Fågel, erscheinen mir als die beste Wahl. Ich werde

Ihnen von Barefoot erzählen, denn wer sollte mich besser verstehen als Sie? Wir sind beide späte Früchte der Liebe eines Monsters, und Sie sind jetzt meine nächste lebende Verwandte väterlicherseits, obwohl Sie in einem kleinen nördlichen Land jenseits des Atlantik leben.

Und vor allem besitzen Sie die Gabe. Deshalb werden Sie beauftragt, seine Geschichte zu verwalten.

Tisbury, am fünfzehnten Juli 1994
Jonathan Barefoot

I

An einem Februarabend des Jahres 1813, als Doktor Johann Götz sich in seinem Sprechzimmer aufhielt, um die Flaschen im Apothekerschrank zu sortieren, fand er den schlichten Silberring mit dem gefaßten Bernstein wieder, den ihm seine Frau vierzehn Jahre zuvor als Morgengabe geschenkt hatte. Zu der Zeit hatte der Doktor nach einem Medizinstudium an der berühmten Albertina-Universität in Königsberg seine Praxis eröffnet – vor der Ankunft der Kinder, vor den beiden Dienstmädchen, dem wachsenden Vermögen und bevor der etwas herabsetzende Titel Feldscher seinen früheren hinzugefügt werden konnte. Seine Fingerspitzen, aufgeweicht von einem Tag Palpieren, fanden den Ring in einer Holzritze des Regals für Linimente und Abführmittel direkt neben einem kleinen Kanister mit erstarrter Quecksilbercreme, der sich während der Behandlungen der Woche dorthin verirrt hatte.

Doktor Götz blieb am Fenster stehen, hinter dessen Glas seit achtundvierzig Stunden ein Schneesturm tobte. Er konnte sich nicht erinnern, wann er das Schmuckstück zuletzt gesehen hatte. Sicher war es bei einer der regelmäßig wiederkehrenden Veränderungen des alten Kaufmannshauses verschwunden, als das Sprechzimmer von einem kleineren Raum in einen größeren verlegt wurde, entsprechend der wachsenden Patientenschar des Doktors.

Er zündete die Argandlampe über der Untersuchungsliege an und hielt den Ring ins Licht. In der erstarrten Materie befand sich ein Käfer aus der Familie, die man Skarabaeiden nennt, ein Insekt, verwandt mit dem heiligen ägyptischen Pillendreher. Götz holte aus dem Instrumentenschrank ein Vergrößerungsglas. Der Tod, konstatierte er mit medizinischer Kälte, hatte das Wesen kurz nach dem Schlüpfen aus der Puppe überrascht, denn es war schwer mißgebildet. Der Kopf war doppelt so groß wie der Körper, nur eines der drei Beinpaare hatte sich entwickelt, und außerdem fehlten ihm Kiefer und Fühler. Als das Harz es in seiner glasierten Falle gefangen hatte, war sein Leben schon vorbei.

Der Doktor schob sich den Ring auf den Finger und stellte zu seiner Befriedigung fest, daß er ihm trotz der nachteiligen Wirkung des guten Lebens auf die Physiognomie immer noch paßte. Ich bin ein glücklicher Mann, dachte er, ich habe eine Frau, die mich noch immer mit derselben Liebesglut ansieht wie vor vierzehn Jahren, ich habe zwei wohlgestaltete Töchter, keiner von ihnen fehlt ein Kiefer oder ein Bein, meine Praxis blüht in einem Maß, daß ich mich über jeden Schneesturm, der mir eine Weile dringend nötiger Ruhe schenkt, freue, mein Name ist geachtet, sogar von meinen wenigen Feinden, und meine Studien der Chemie Lavoisiers haben sich einen Ruf weit über die Grenzen Ostpreußens hinaus erworben.

Im Obergeschoß bestätigten die Kinder das Familienglück durch lautes Lachen, und das gleiche tat seine Frau, die sie mit der Stimme der allumfassenden Mutterliebe ermahnte.

Götz stellte die letzten Arzneiflaschen zurück an ihren Platz und schloß den Schrank ab. Auf dem Arbeitstisch, neben der Voltaschen Säule, die er sich kürzlich angeschafft hatte, um die Migräne von Königsbergs Bürgerfrauen zu heilen, stand die Studienlupe aus seinen Jahren an der Universität. Kurzentschlossen legte er den Ring unter die Linse und stellte den Reflektor an. Eine Miniaturwelt eröffnete sich seinem Blick: Sandkörner, Staubpartikel, mikroskopische Luftblasen und eine Insektenlarve, so klein, daß er sie vorher mit dem Auge nicht hatte entdecken können. Seit jenem Augenblick vor Jahrmillionen, dachte er, als das Harz von einem seit langem vermoderten Baum, geschmolzen von einer unbarmherzigen eozänen Sonne, den Stamm heruntergeflossen war und ein

Stück Vorzeit, einen Käfer, als vorhistorische Geisel mit in die Zukunft genommen hatte, hatte sich das grundlegende Streben der Natur nach Harmonie jedenfalls nicht verändert. Inspiriert von der Schönheit des Bernsteins, gestattete sich der Doktor einen Tagtraum, bevölkert von bedrohlichen Wikingerschiffen, Ordensrittern auf Pferderücken und hanseatischen Koggen auf dem Weg den Pregel hinauf, um mit den wilden Prussen Bernsteinhandel zu treiben. Dies war seine Wiege, dachte er, in dieser Ecke der Welt war er geboren, in einem Geschlecht von Händlern und Ärzten, Abkömmling in gerade absteigender Linie von Aestiern, Prussen oder Borussen, wozu sich der Lateiner in ihm einen Kommentar nicht verkneifen konnte; Nachkomme eines Bernsteinsammlers, christianisiert gegen Ende des ersten Jahrtausends von Adalbert von Prag, Bruno von Querfurt, Heinrich von Mähren oder einem anderen der Missionare des Mittelalters. Meine Vorväter, dachte der Doktor mit heidnischem Schaudern, beteten Tiere und die Geister der Vorväter an, sie knieten vor Holzgötzen in heiligen Hainen, ekstatisch singend vor den hängenden Körpern geopferter Sklaven, die vielleicht an Nachkommen eben des Baumes baumelten, dessen Harz in seiner silbergefaßten Form sich jetzt unter meiner Lupe befindet. Auch die Mißgebildeten opferten sie, die Hasenschartigen und Blinden und Tauben, und den jüngeren Bruder in jedem männlichen Zwillingspaar.

Ohne es selbst zu merken, lächelte der Doktor zu der liebgewordenen Geräuschkulisse, die entstand, als im Obergeschoß seine Frau mit Hilfe der Kammerjungfer die Kinder zu Bett brachte. »Pomesanien, Galinden, Natangen«, setzte er dann seinen Ausflug fort; seine Vorväter waren die Bernsteinsammler, Jäger und Ritter dieser Märchenländer, erwähnt voller Furcht im Gallus Anonymus, voller Sehnsucht von Ibrahim Ibn Jacub, der für die spanischen Mauren ins Land der

Sklaven gereist war und sich in eine der stattlichen Frauen, die ihm die Wilden geschenkt hatten, verliebt hatte, mit Respekt in den Magdeburger Annalen, mit mythischem Staunen in der Chronik des Thietmar von Merseburg und mit der militärischen Kälte der Kreuzritter in den Ordensschriften Peters von Duisburg. Der Doktor staunte über den Detailreichtum der historischen Traumbilder, die ihn überrumpelten, doch als seine Aufmerksamkeit vom inneren Bild zum äußeren überging, sah er durch die Optik der Lupe wieder den Käfer, die Kiefer, die es nicht gab, die überdimensionierte Schädelpartie, ein Insektenmonster in zwanzigfacher Vergrößerung, das ihn aus einem Grund, den er noch nicht begriff, erschauern ließ. Er hob den Blick von der Lupe und vertrieb den letzten Rest des Tagtraums. Auf der Straße vor der Praxis hörte man die Geräusche von Pferdehufen und danach die Schelle eines Schlittens. Wer bei diesem Unwetter, um diese Zeit hier auftaucht, dachte Götz, muß in einer äußerst wichtigen Angelegenheit unterwegs sein.

Franziska Beyer, Hausangestellte der Familie Götz und zugleich seit der Geburt der jüngeren Tochter Elisabeth vor sieben Jahren Kindermädchen, öffnete der Frau, die an diesem Abend dem Schneesturm trotzte, die Tür. Wie sie sich später erinnern sollte, hatte sie, obwohl sie in dem tosenden Sturm, der mit dem Gebrüll eines Wolfsrudels von der Bottensee aus über den alten Stadtkern von Königsberg fegte, kaum etwas sehen konnte, augenblicklich festgestellt, daß es sich um ein ganz junges Mädchen handelte, und noch dazu von zweifelhaftem Lebenswandel. Sie trug, als wäre es Mitte Mai, gelbe Saffianlederschuhe, einen Hut mit Hahnenfederbusch und einen venezianischen Mantel lose über den Schultern.

»Kann ich Doktor Götz sprechen«, sagte sie zitternd. »Es ist äußerst eilig, es geht um Leben und Tod.«

Die Hausangestellte, deren Mitleid die dünnen Kleider und das leichenblasse Gesicht des Mädchens erregt hatten, ließ sie in einer Duftwolke aus Moschusparfüm und Ambraseife in den Flur, wo sie durch eine Öffnung im Mantel entdeckte, daß das Mädchen, abgesehen von einem spitzenverzierten Korsett, so gut wie nackt war.

»Setzen Sie sich in Jesu Namen«, sagte sie und zeigte auf einen Hocker. »Ich hole den Doktor und ein Glas Tee, damit Sie sich aufwärmen können.«

Zwei Minuten später, als Doktor Götz mit der Hausangestellten im Schlepptau auftauchte und darüber hinaus Frau Catherine Götz, deren sechs Sinne kein wichtiges Ereignis im Haus verpaßten, war das Mädchen weinend zu Boden gesunken. Sie halfen ihr mit vereinten Kräften auf, aber kaum hatten sie sie auf den Stuhl gesetzt, fuhr sie auch schon wieder hoch und rief:

»Mit mir ist alles in Ordnung. Nein, das polnische Mädchen liegt im Kindsbett im Sterben, und gleichzeitig entbindet Fräulein Vogel, und Madame Schall hat mich gebeten, mit dem Schlitten zum Herrn Doktor zu fahren, Sie kennen sich ja aus alten Zeiten, und der Herr Doktor ist berühmt dafür, arm und reich das Leben zu retten, und dies in keiner bestimmten Reihenfolge.«

Die Hysterie des Mädchens ersparte es dem Doktor, sofort Rede und Antwort stehen zu müssen für den Teil seiner Jugend, den er, wie er glaubte, hinter dem Schild des liebevollen Familienvaters für immer hatte verbergen können, denn jetzt bat ihn seine Frau, schnell seine Tasche zu holen, während sie selbst mit Hilfe der Hausangestellten versuchte, das mitgenommene Mädchen zu beruhigen.

Götz nahm die Treppe hinunter zum Sprechzimmer in zwei Schritten. Er fand die Ambulanztasche an der Stelle, wo sie sich immer befand, an einem Messinghaken hinter der Tür, und weil es um eine Entbindung ging, vervollständigte er ihren Inhalt mit zwei Lanzetten, einer Geburtszange, blutstillenden Salben, einem Dutzend Bandagen und Wattekompressen sowie einer Flasche Opiumlösung, die erst kürzlich gekauft worden und noch nicht zur Anwendung gekommen war.

Mitten in dieser Beschäftigung entdeckte er, daß er noch immer den Ring am Finger hatte, und ohne es erklären zu können oder den geringsten Widerstand zu bieten, ließ er sich von der schändlichen Erregung berauschen, wie er sie während der fernen Zeit genossen hatte, als er ein selbstverständlicher Wochenendgast in Madame Schalls Liebeseinrichtung im Stadtteil Sackheim gewesen war: im »Haus der Wünsche«, wie sie es seinerzeit genannt hatten.

Das war während der Studienjahre an der Albertina, bevor er auf einem Ball, veranstaltet von den Königsberger Kavalleristen, Catherine Mahlsdorf kennengelernt hatte, vor dem heimlichen Kuß hinter einem Damastvorhang im Casino, der ihm für immer die Lust nehmen sollte, für Liebe zu bezahlen. Der Doktor erinnerte sich an die Troßfrauen aus sechs Nationen, die zwischen den Kriegen bei Madame Schall tätig waren und ihre Töchter, sich selbst überlassen, in dem riesigen Haus herumlaufen ließen, bis sie für alt genug gehalten wurden, an den Meistbietenden verkauft zu werden. Er erinnerte sich an eine Schwarze aus den französischen Kolonien, mit einer Haut wie Kakao und Haaren wie Stahlwolle, von der es hieß, sie sei eine Yoruba-Prinzessin, obwohl ein anderes Gerücht besagte, sie sei als Sklavin an die russische Zarin verkauft worden und dann mit einem holländischen Abenteurer durchgebrannt, der sie schließlich bei einer Partie Würfeln an Madame Schall verloren habe. Er dachte voller Ekel an die Versteigerung eines weinenden neunjährigen Mädchens, dessen Jungfernschaft schließlich von einem Seemann gewonnen wurde, und mit einer Erregung vergleichbarer Stärke erinnerte er sich an die gewaltige grauhaarige Russin namens Agrafena Nehludova, die ihre Kunden, jung genug, um ihre Kinder oder sogar Enkelkinder zu sein, in üppiger Nacktheit auf einem Diwan empfing, umgeben von unzähligen Seifen, Parfüms, Eaux de Cologne und Riechsalzen, in einem Meer aus Seide und Linnen, in einem Dickicht aus Blumenvasen, Schmuckstücken, Haarnadeln, Spiegeln, obszönen Drucken und Liebesbriefen, geschrieben auf Vanillepapier, von ekstatischen Anbetern jeder Altersstufe und Gesellschaftsklasse. Der Doktor hatte selbst einen Abend längsseits ihres olympischen Liebesfahrzeugs verbracht, zu gleichen Teilen berauscht von einer Flasche Malvoisier und ihrem Duft nach Havannaschnupftabak und allgemeiner Unzüchtigkeit, verhext von der dunkelroten Rose hinter ihrem Ohr und dem heiligen Lächeln, das ihm nach ihrer Vereinigung ewiges Leben zu verheißen schien. Es hieß, sie sei von ihrem Lager seit über zwei Jahrzehnten nicht aufgestanden, und Götz hatte nie Anlaß, dieses Gerücht, das zu den Mythen des Hauses gehörte, anzuzweifeln, denn an keinem der Abende, an denen er das Etablissement besuchte, allein oder mit den verschwundenen Kumpanen der wilden Jahre, hatte er sie ihren gewaltigen Körper vom Liebesdiwan erheben sehen, auf dem sie zwischen den Schäferstündchen mit einer Gänsefeder Liebesbriefe beantwortete oder friedlich über einer Dose Schnupftabak meditierte. Sie war neben der Gonorrhöe das beständigste Element eines Etablissements, in dem die Mädchen kamen und gingen wie Zugvögel.

Der Doktor ließ die erregenden Erinnerungen verfliegen, und als er wieder zu seinem professionellen Ich wurde, entdeckte er, daß er den Ring abgelegt hatte, doch er konnte sich nicht erinnern, wo. Er verließ das Sprechzimmer mit der eigentümlichen Gewißheit, er werde ihn nie wiederfinden, und nun sei der Ring durch die Wurzelfasern des Schicksals auf unerklärliche Weise mit der Entbindung verknüpft, die jetzt im bekanntesten Freudenhaus Königsbergs auf ihn wartete.

Im Flur hatte Catherine Götz mit Hilfe der Hausangestellten dem Mädchen ein Glas Lindenblütentee eingeflößt und sie in einen Wollschal gehüllt. Die Farbe war in ihr Gesicht zurückgekehrt. Sie saß zusammengekauert auf dem Hocker, das Teeglas zwischen den Händen und den Blick auf etwas gerichtet, das ein Fleck auf dem Teppich, aber ebensogut ein Punkt an ihrem inneren Horizont sein konnte. Catherine Götz zog ihren Mann beiseite, und während sie ihm in den Pelz, die Fuchspelzhandschuhe, die komplizierten Schnürstiefel half und ihm den Stock mit der Zwinge aus Silber reichte, flüsterte sie:

»Die Sache mit Schalls Etablissement mußt du erklären, sobald du zurück bist, Johann. Ich dachte, wir hätten keine Geheimnisse voreinander, weder aus diesem Leben noch aus dem früheren.«

Götz entdeckte in ihrem Augenwinkel eine Träne, doch als er sie abwischen wollte, schob sie seine Hand weg.

»Ein Freudenmädchen!« sagte sie in einem Ton, der verächtlich klingen sollte, aber eine angeborene Liebe zu den Schutzlosen nicht verbergen konnte. »Gott sei Dank sind die Kinder im Bett.« Und ohne Luft zu holen, fuhr sie fort: »Du hast ja nun einmal den hippokratischen Eid geschworen, sonst hätte ich dir verboten zu fahren.«

Götz ließ sich von ihr den Pelz bis zum Kragen zuknöpfen, sich die Mütze aufsetzen und das Linonhalstuch umlegen, bevor er die Tasche nahm und zu dem Mädchen ging. »Beeilung«, sagte er, »ehe wir zu allem anderen Elend noch das Leben des Kutschers auf dem Gewissen haben ...«

Es traf zu, was Götz' wenige Patienten an diesem Februartag auf seiner Untersuchungsliege zähneklappernd gesagt hatten: Das Schneetreiben war das schlimmste seit Menschengedenken, schlimmer als die sibirischen Winterstürme, die um die Jahrhundertwende in der Danziger Bucht getobt hatten. Walnußgroße Schneeflocken peitschten von der Ostsee herein. Der Kutscher war so in Pelz eingepackt, daß nur noch die Nase aus der Kapuze herausragte. Die Pferde, merkte Götz, hatten jede Orientierung verloren, und nur ihr Instinkt hinderte sie daran, in die nächste Hauswand zu trotten. Das Mädchen saß ihm gegenüber, begraben unter einem Berg Decken und mit vom Schnee weißem Haar.

»Erzählen Sie jetzt«, sagte er auffordernd. »Was ist passiert?«

Und während der Schlitten durch die schneebedeckten Gassen Königsbergs glitt, erhielt der Doktor eine Skizze des Unglücks, das sie ins Unwetter hinausgetrieben hatte.

Eines der Mädchen lag seit über vierzig Stunden in den Wehen, und jetzt waren ihre Kräfte versiegt. Götz entnahm der Beschreibung, daß Entbindungskrämpfe eingetreten waren, doch es war unmöglich, die Frage zu klären, ob es sich um eine Spätgeburt handelte. »Der Kopf ist zu groß«, sagte das Mädchen mit einer Stimme, die sich auf ihre Botschaft irgendwie nicht zu verlassen schien, »der Kopf ist zu groß, ich hab es mit eigenen Augen gesehen!« Es fiel Götz schwer, sich vorzustellen, daß die Entbindung so weit fortgeschritten war, um dann steckenzubleiben. Vermutlich, sagte er sich, hatte die Frau starke Schmerzen, verursacht von einem zu engen Becken. Sie war Erstgebärende, ging daraus hervor. Gleichzeitig, erklärte ihm das Mädchen, im Schlitten vornübergebeugt und schreiend, um das Höllengebrüll des Windes zu übertönen, gebar ein anderes der Mädchen in einem Zimmer daneben. Es ging also um zwei Entbindungen, eine normale und eine mit Komplikationen. Offenbar fehlten im Etablissement die erforderlichen Mittel. Götz hatte eine ältere Frau in Erinnerung, die zu seiner Zeit als Hebamme fungiert hatte und vielleicht heimlich auch als Engelmacherin, doch in dem Punkt konnte er sich irren. Trotz allem lagen die Erinnerungen an jene Zeit selig brach, unter einem fünfzehn Jahre alten Erdboden ehelichen Treibens, in dem noch mehr zu graben, als er es an diesem Abend schon getan hatte, ihm die Lust fehlte. Wann war das Fruchtwasser abgegangen? fragte er. Das Mädchen wußte es nicht. »Der Kopf ist zu groß«, war alles, was sie herausbekam, als höre dieser Satz nicht auf, in ihr widerzuhallen.

Inzwischen fuhren sie in südlicher Richtung die Lang-Gasse entlang. Der Schneefall hatte etwas nachgelassen, aber die Windstärke war gleichgeblieben. In der Schloß-Straße führte ein Laternenanzünder einen heroischen Kampf, um in einer Straßenlaterne Licht zu machen, und unten von der Kneiphof-Insel hörte man das Glockenläuten vom Domturm. Der Doktor überlegte, was für einen Grund man hatte, mitten in einem Schneesturm um zehn Uhr abends die Glocke zu läuten, und diese Frage verwirrte ihn in einem Maß, daß er sich vorbeugte und den Kutscher fragte.

»Hat der Herr nichts davon gehört?« brüllte der zurück. »Der Landtag hat beschlossen, gegen Bonaparte ins Feld zu ziehen. Das gibt neues Blutvergießen, das steht fest.«

Götz sank wieder zwischen die Decken, und für eine Weile war seine Aufmerksamkeit von den Pflichten des Berufs und dem Mädchen abgelenkt, das jetzt beim Gedanken an das Schicksal ihrer Unglücksschwester lautstark schluchzte. Götz hatte das Gerücht schon eine Woche zuvor gehört, aber nichts darauf gegeben, weil es wie ein Überbleibsel der verlorenen Kriege erschien: Gestärkt von den russischen Erfolgen hatte der preußische Adel beschlossen, sich gegen die Herrschaft der Franzosen zu erheben.

Quälende Schauder überliefen den Doktor beim Gedanken an die drei Feldschlachten, in denen er selbst Dienst getan hatte und gerade so eben mit dem Leben davongekommen war, und die schlimmste von allen war die bei Auerstedt gewesen, in der die preußischen Grenadiere von Marschall Davouts Divisionen vernichtet worden waren. Alpträume vom Schlachtfeld quälten ihn noch immer, die furchtbaren Splitterwunden, verursacht von den Kanonen der Franzosen, die Stichwunden von Bajonetten, die Lungen und Gedärme punktiert hatten, die abgeschossenen Glieder, die weggesprengten Beine, die Brandverletzungen, die erwachsene Männer zum Weinen brachten und sie in Fötushaltung nach ihren Müttern schreien ließen, daumenlutschend, sterbend. An den Verbandsplätzen hatten sie in Schicht operiert, bis zu den Knöcheln in einem unbeschreiblichen Brei aus Blut, Exkrementen und amputierten Gliedmaßen watend, in einer unerträglichen Atmosphäre der Todesangst und sinnloser Gebete, die selbst die Abgebrühtesten die Fassung verlieren ließ. Doch es traf zu, was Götz' nächster Vorgesetzter später bei einem Glas Portwein in einem Offizierscasino in Berlin gesagt hatte: Ohne all diese Toten und unsere geschäftstüchtigen Leichendiebe könnten wir heute nicht so viele Leben retten.

Sie waren Meister darin geworden, Blutungen zu stillen, Schnittwunden zuzunähen, zerstörte Arme und Beine auszulösen, die sie auf die Haufen der schon amputierten Gliedmaßen warfen, und sie taten dies wie im Schlaf, ohne stärkeres Betäubungsmittel als ein Glas Branntwein und ein stilles Gebet, aber der Preis, das war Götz durch seine aberwitzigen Alpträume klar, war ein Grauen, das sie nicht verlassen sollte bis zu dem Tag, an dem sie selbst Abschied vom Leben nahmen, denn das Grauen war ihr Begleiter seit allen Kriegen.

Und jetzt, dachte er dort im Schlitten, das Glockenläuten in den Ohren, unterwegs zum Liebesnest seiner sorglosen Jugend, waren sie bereit, erneut ins Feld zu ziehen, um die preußische Ehre wiederherzustellen. Deshalb ließen sie mitten im Schneesturm läuten, Graf York, Alexander zu Dohna-Schlobitten und Freiherr von Hardenberg; und um dem König, der sich mit seinem Hofstaat bei Memel versteckte, Mut einzuflößen.

In einer Schneewolke fuhren sie in die Prinzen-Straße. Der Doktor bezwang die grauenvollen Erinnerungen, indem er sich auf Immanuel Kant konzentrierte, der während seiner Studienzeit in einem Haus in dieser Straße gewohnt hatte. Die Gewohnheiten des Professors waren so auf die Minute genau gewesen, daß die Leute die Uhr nach ihm stellten. Punkt Viertel vor fünf stand er morgens auf, geweckt von seinem hinkenden Bediensteten, der im übrigen, dem Gerücht zufolge, strenge Order hatte, ihm nicht entgegenzukommen, falls er bat, eine Weile weiterzuschlafen oder zehn Minuten dösen zu dürfen. Abends, besagte ein weiteres Gerücht, ließ er sich von demselben Bediensteten kunstreich in vier Flickendekken einwickeln, bis er eingepackt dalag wie eine lebendige Mumie, um die Nacht völlig bewegungslos verbringen zu können, was, wie er behauptete, die Träume reicher machte und die Phantasie stimulierte, und Punkt neun Uhr wurde das Licht gelöscht.

Beeindruckt von dieser Chronomanie, zog Götz seine Uhr hervor und stellte fest: Es war zehn Minuten nach zehn. Wenn das Etablissement noch dort lag, wo er es zuletzt besucht hatte, in einer Seitenstraße in Sackheim, mußten sie in spätestens einer Viertelstunde dort sein.

Er wischte sich die Schneeflocken vom Gesicht und starrte auf die Reihe dunkler Hausfassaden, hinter deren Schutz die reichen Geschäftsleute der Stadt die Tageskassen zählten, Männer, die zu seiner Zeit Madame Schalls Etablissement besucht hatten und deren Söhne möglicherweise Väter der Kinder waren, zu deren Entbindung er jetzt ausgerückt war. Vielleicht gab es einen Zusammenhang, dachte er, zwischen den Gegenständen und den Ereignissen: dem Bernstein mit dem Käfer, dem Aufruhr gegen Bonaparte und den Geburten, die jetzt im Haus der Wünsche auf ihn warteten.

Madame Schall empfing ihn ohne ein Zeichen des Wiedererkennens; ein Zug der Diskretion, vermutete der Doktor, die sie im Laufe von drei Jahrzehnten im Dienst entwickelt hatte, zuerst als gewöhnliches Freudenmädchen, dann als Puffmutter und schließlich, nach fleißigem Intrigieren und Sparen, als Eigentümerin des ganzen Etablissements inklusive beweglicher Habe und einem halben Dutzend Mädchen, verschuldet auf Lebenszeit. Sie war deutlicher gealtert, als er sich vorgestellt hatte. Zur Zeit des Doktors war sie eine ansehnliche Dame gewesen, die ebensogut dreißig wie fünfzig hätte sein können, in einem Kleid mit Turnüre und ständig mit der Buchführung des Hauses beschäftigt oder mit dem Eintreiben von Geld bei denen, die ihre Besuche auf Kredit machten; jetzt war sie bestenfalls eine ältere Frau.

»Gott sei Dank, daß Sie kommen konnten, Doktor«, sagte sie. »Es steht schlimm um das Mädchen. Ich hoffe, Sie nehmen es nicht übel, aber wir haben einen Priester rufen lassen.«

Götz nickte peinlich berührt. »Zeigen Sie mir nur den Weg«, sagte er. »Die Wissenschaft hat keine Zeit bis zur Letzten Ölung.«

Sie gingen durch einen Vorraum, in dem seit seinem letzten Besuch die Zeit stehengeblieben zu sein schien. Die Tapeten zeigten noch dieselben frivolen pompejianischen Motive, auf denen es jeder mit jedem trieb. Vor den Fenstern hingen dieselben Gardinen aus weißem Atlas, die eine Atmosphäre von Luxus und Reinlichkeit erzeugen sollten. Aber es war düsterer als zur Zeit des Doktors. Vor der Jahrhundertwende war das

Bordell ein Tummelplatz vergnügungssüchtiger Junggesellen gewesen, erfüllt vom Lachen in allen Tonarten, die Leute hatten einander in einem Dutzend Zungen zugerufen, halbnackte Mädchen hatten lächelnd in den Türen gestanden und den Gästen in der Sprache der Liebe zugeflüstert, mit eindeutigen Gesten die Befriedigung geheimster Wünsche, das Stillen nagenden Hungers und brennenden Durstes verheißen, sie mit den Blicken ausgezogen und ihnen wie kleine Kinder die Hüte entrissen, nur um sie zu necken. An Sommerabenden hatte Madame Schall im Garten Maskenbälle arrangieren lassen, in die Obstbäume hängte man chinesische Laternen, auch sie mit obszönen Motiven bemalt. Erwachsene Männer hatten im Dunkeln Verstecken gespielt, nackt die Mädchen über die Rasenflächen gejagt, und all das in einer Atmosphäre ausgelassenen Wahnsinns, als hätte man erkannt, daß das Leben Leiden war und die Zuflucht zu diesem hüllenlosen Versteckspiel der Menschheit letzter Trost. Jetzt herrschte umgekehrt eine entsprechende Düsterkeit, falls nicht der Doktor selbst sich verändert hatte und alles durch die Linsen eines neuerworbenen Scharfblicks sah: den schmutzigen Fußboden, die Möbel, die ihre besten Tage hinter sich hatten, die schmuddeligen Tischtücher im Salon, die früher mit Meißener Porzellan gedeckt gewesen, jetzt aber, wahrscheinlich, von Ungeziefer bevölkert waren.

Im Obergeschoß des Anbauflügels registrierte der Doktor mit einem einzigen Blick die Kammer, die sich für immer in sein Gedächtnis eingraben sollte: die Saffianschatulle mit billigem Schmuck auf dem Nachttisch, die emaillierte Waschschüssel, die Wasserkanne und die gefalteten Damasthandtücher, die zur Grundausstattung jedes Freudenmädchens gehörten.

In einer Schale neben dem Bett lagen Kondome aus geölter Seide, nicht zur Verhinderung einer Schwangerschaft, dazu zogen die Mädchen nach wie vor Coitus interruptus und von den litauischen Marktfrauen hergestellte Kräutersalben vor, sondern zur Verhinderung einer Ansteckung mit Krankheiten – mit solchen, für die es überhaupt keine Heilung gab, und anderen, bei denen nicht nur eine langsame Verwesung die Folge war, sondern die Ausbreitung eines Juckreizes bis ins Hirn, so daß die Opfer unter unbeschreiblichen Qualen im städtischen Irrenhaus starben.

In einem Kleiderschrank hingen sündig geschnittene Nachthemden. In einer herausgezogenen Schublade lag Batistunterwäsche in sieben Farbtönen. Auf dem Toilettentisch stand eine Batterie von Seifen, Parfüms, Ölen und Pomaden, und mitten im Raum lag, totenbleich, auf einem Bett mit einem Seidenlaken über dem Schoß, das Mädchen.

Götz schätzte ihr Alter auf etwas über zwanzig, obwohl ihr die Bewußtlosigkeit die Züge eines Engels jenseits jeden Alters verlieh. Sie war blond, aber auf slawische Weise, mit roten Strähnen in dem halb aufgelösten Haarknoten. Er stellte die Tasche ab und fühlte ihren Puls. Sie war gerade noch am Leben, der Atem kam stoßweise, die Stirn war fieberheiß.

Eine Bewegung am anderen Ende des Raumes ließ ihn sich umdrehen: der Priester.

»Bereiten Sie sich auf einen Schock vor«, sagte dieser. »Etwas Ähnliches habe ich noch nie gesehen, Doktor. Um was es sich hier auch handeln mag, es wird nicht lange leben, Gott sei Dank!«

Götz konstatierte, daß der Kaplan eine Tasche ähnlich seiner eigenen hatte, deren Inhalt, nahm er an, jedoch eher der Erlösung der Seele als der des Körpers diente, proppenvoll mit Bibelworten, Oblaten und den Flaschen für die Letzte Ölung. Die Anwesenheit des Mannes irritierte ihn, nicht nur, weil er wußte, daß er die Insel der Wissenschaft gegen Männer des Zweiten Standes, gegen das stürmische Meer von Aberglauben und Metaphysik, wie er gern sagte, verteidigen mußte, oder weil dieser Mann den Gegensatz zu dem gesunden Atheismus verkörperte, dem der Doktor anhing, heimlich, um nicht Catherine Götz zu Tode zu erschrecken und die Kinder in einem schwierigen Alter zu verwirren und zu beunruhigen, sondern eher aus dem Gefühl heraus, hier werde gegen die Etikette verstoßen – das Leben dieses schwarzgekleideten Kerls bestand daraus, in den Himmel zu wünschen, was Götz auf der Erde behalten wollte.

Er hob das Laken und wich instinktiv zurück vor dem Anblick, der ihn bis zu seinem Tod ein halbes Jahrhundert später mit all seinen monströsen Details verfolgen sollte.

Das Kind, das sich wie durch ein Wunder den halben Weg in die Welt hatte herausarbeiten können, war der Inbegriff menschlicher Entstelltheit. Der Schädel, der aus dem Schoß herausragte, war so grotesk groß, daß er das Becken der Frau gesprengt hatte. Das Gesicht war ihm zugewandt, doch er konnte es vor Entsetzen kaum ansehen. Die Hasenscharte war von einer solchen Art, daß weder Nase noch Nasenlöcher existierten; in der Mitte des Gesichts grinste statt dessen eine dunkelrote Vertiefung, ähnlich einer Schale, deren eingerissener Rand in der Höhe der Augen endete. Der haarlose Schädel wies eigentümliche Auswüchse auf, die an schwarze fossilierte Schnecken erinnerten. Die Zunge war gespalten wie bei einer Schlange. Knoten und Beulen entstellten die Schläfen, die Haut war fleckig und schuppig wie die einer Eidechse. Es war eine Mißgeburt.

Götz mußte die Augen schließen, um das Gleichgewicht wiederzufinden. Das Mädchen war wahrscheinlich nicht mehr zu retten. Dem Laken nach zu urteilen, hatte sie mehrere Liter Blut verloren. Sie lag in tiefer, komaartiger Bewußtlosigkeit. Die Becken- und Bauchmuskulatur hatte aufgehört zu funktionieren, und es gab deshalb keine Möglichkeit, die Entbindung durch Pressen auf natürlichem Wege in Gang zu bringen. Götz erwog einen Augenblick, das Kind mit dem Operationsmesser zu holen, schlug sich aber den Gedanken aus dem Kopf, weil das Mädchen dann auf keinen Fall mehr zu retten gewesen wäre.

Er nahm Lanzetten und Schere heraus und wischte die Instrumente ab. Die Herztätigkeit des Mädchens war so schwach, daß man schlimmere Blutungen jedenfalls nicht riskieren konnte. In seinen eigenen Schweiß gebadet schnitt Götz die Scheide auf, besessen von dem Gedanken, zumindest das Leben des Wesens zu retten, das es mit eigener Kraft geschafft hatte, seinen Kopf so weit in die Welt hinauszustrecken. Es war ein Wunder, dachte er, allein die Tatsache, daß die Entbindung so weit fortgeschritten war, daß der Kopf die Gebärmutter hatte verlassen können, ohne die Frau auf der Stelle zu töten. Ihr Puls wurde schwächer, während er arbeitete, aber die Scheidenöffnung war jetzt so groß, daß er das Kind herausziehen konnte, ohne die Zangen benutzen zu müssen. Wie aus einer anderen Welt hörte er den Priester ein Gebet murmeln und sich bereit machen, den Segen über das Freudenmädchen zu sprechen, von dem niemand etwas wußte, das aber, wie jeder begriff, verloren war.

Langsam, Zentimeter für Zentimeter, zog er das Kind heraus. Das, was ein Gesicht darstellen sollte, war, wie er sah, blaurot angelaufen, denn die Nabelschnur war mehrmals um den Hals gewickelt, als hätte sich die Natur in letzter Sekunde zu einem Mord aus Barmherzigkeit entschlossen. Er schnitt sie durch und zerrte weiter an dem Körper, während der Atem der Frau immer schwächer wurde. Die Mißbildungen zeigten sich, sobald er sie ans Licht holte. Die äußeren Ohren fehlten ganz, und die Gehörgänge schienen durch eine Art petrifizierte Hautschicht zugewachsen; das Wesen war vermutlich taub.

Der Doktor ertappte sich bei dem Gedanken, daß das Kind

vielleicht schon verloren war, denn er hatte bis jetzt keine Lebenszeichen bemerkt; die Augenlider waren fest geschlossen, kein Laut war zu hören, keine Bewegung zu spüren. Jetzt zeigte sich der Rumpf. Ganz oben auf den Schultern saß etwas, das Arme und Hände darstellen sollte, aber eher an die gesottenen Wurzeln einer äußerst kleinen Pflanze erinnerte. Götz verlor sich in Gedanken, die zwar den Ekel vertrieben, dafür aber seine medizinische Moral angriffen: Sollte er bewußt einen Fehler machen? Warum nicht? Wozu dieses Leben, und was hatte es für eine Zukunft, wenn man es leben ließ? Wie lang war seine Zukunft überhaupt, und zu welchem Preis bei welchen Schmerzen?

Seine Hände berührten, was das Denken nicht erfassen wollte: die Auswüchse, die Knoten, die mißgebildete Brustpartie, die andeutete, daß die Lungen nicht voll entwickelt waren. Der Rücken des Kindes, sah er, war völlig mit schwarzem Haar bedeckt, oder eher mit einem Pelz, ebenso dicht wie bei einem Zicklein. Das ist ein Tier, dachte er, eher als ein Mensch.

Der Rumpf war jetzt ganz frei, und er sah, daß es ein Junge war. Das Geschlecht war bis jetzt das einzige an diesem Körper, das normal wirkte, fast unwirklich natürlich ohne Mißbildungen. Jemand hinter ihm sprach von dem Mädchen: Sie sei Waise, die Arme, gehöre zu einer slawischen Minorität, was das nach den Teilungen Polens auch immer bedeuten mochte, Madame Schall hatte sie, auf der Straße bettelnd, während einer Reise nach Danzig gefunden und sich ihrer erbarmt. Drei Jahre lang hatte sie in dem Etablissement gearbeitet, und es war ihr gelungen, ein kleines Kapital zusammenzusparen, mit dem sie eines Tages in ihr Heimatdorf hatte zurückkehren wollen. Wer der Vater war? Unklar. Wahrscheinlich ein Offizier, diesen gefiel es gewöhnlich, wie sie sich ihren Launen unterwarf. Götz aber hörte nichts davon, auch nicht, daß sie von ihr schon in der Vergangenheitsform sprachen, denn er arbeitete wie im Fieber.

Die Beine, stellte er erleichtert fest, waren besser entwickelt als die Arme, die Beine eines Zwergs, aber er würde darauf gehen können, falls er am Leben blieb. Er nahm den Jungen hoch und zog ihn an sich. Er gab ihm einen Klaps auf den pelzigen Po in der Hoffnung, das Kind werde anfangen zu schreien aus der entsetzlichen Körperöffnung, die Nase und Mund, Speise- und Luftröhre zugleich war, ein Bild, das den Doktor bis an sein Lebensende mit einer Regelmäßigkeit heimsuchen sollte, die auf eine tiefere Bedeutung für ihn hinwies. Zwar fing das Kind an zu atmen, doch kein Laut war zu hören, kein Gurgeln, kein Schrei.

Erst jetzt hörte er das Gemurmel der Mädchen, die sich im Raum versammelt hatten. Er legte das Kind aufs Bett zur Mutter, hielt das Ohr an ihren Mund und lauschte. Kein Atem. Er preßte vorsichtig die Fingerspitzen auf die Halsschlagader: Stille. Plötzlich bemerkte er den Priester, der sich neben ihn gestellt hatte.

»Es ist zu spät«, sagte dieser. »Hoffen wir, daß Unser Herr sie annimmt.«

»Warum hat man mich nicht früher rufen lassen?«

Der Doktor wunderte sich über die Wut in seiner eigenen Stimme, eine Wut, die sich aus der Tatsache nährte, daß man zu den wichtigsten Begegnungen immer zu spät kam, daß das Leben die Verschickung der Einladungskarten zu den Schicksalsstunden bewußt hinauszögerte. Hätte er nur zehn Stunden früher Bescheid bekommen, dachte er, das Mädchen hätte vielleicht gerettet werden können.

Der Priester betrachtete den Jungen, ohne seinen Ekel zu verbergen.

»Ich kann das Mädchen nicht einsegnen«, sagte er. »Und auch diesen, diesen … wie soll man das nennen, nicht taufen.«

»Warum nicht?«

»Sie sehen doch selbst, worum es sich handelt. Wollte Unser Herr mit seiner Schöpfung scherzen?«

Götz sah den Jungen an: den pelzbedeckten Rücken, die Schartenbildung im Gesicht, den grotesk großen Kopf, ebenso groß wie der Rest des Körpers. Er atmete, doch die Augen waren noch immer geschlossen, als hätte er Angst vor der Welt, die ihn erwartete.

»Was wir hier sehen, Doktor, ist die Frucht eines Teufelskonkubinats. Dieses Wesen ist nicht von einem Menschen gezeugt. Es ist überhaupt kein Menschenkind.« Der Priester nahm seine Tasche und ging zur Tür. »Glauben Sie mir«, sagte er, »das ist nicht das erste Mal. Vorigen Monat wurde in Lemberg ein Junge geboren, halb Wolf, halb Mensch. Er lebte genau vier Minuten. Vier Minuten zu lange, meiner Meinung nach.«

Der Priester verließ die Kammer, und in der Stille, die entstand, wandte sich der Doktor an Madame Schall.

»Wo ist das andere Mädchen?« fragte er. »Man hat mir gesagt, es geht um zwei Entbindungen.«

Die andere Entbindung war normal verlaufen, zwei Türen weiter in einer Kammer, in der einst die gewaltige Agrafena Nehludova gehaust hatte, die sieben Jahre zuvor unter ungeklärten Umständen plötzlich von ihrem Lager aufgestanden und spurlos verschwunden war, doch mit dieser Geschichte war der Doktor nicht vertraut. Als Götz jetzt über die Schwelle trat, lag das Kind, gewaschen und in reine Leinentücher gewickelt, bereits an der Brust seiner Mutter. Es war ein wohlgestaltetes Mädchen mit nußbraunen Augen und dünnem, seidenweichem Haar. Er erkundigte sich nach dem Zustand der Frau und mußte sie trösten, als sie über das Schicksal ihrer Unglücksschwester nebenan zu weinen anfing, und erst da bemerkte er, daß das Glockenläuten auf der Kneiphof-Insel weitergegangen war, und zwar ununterbrochen seit seiner Ankunft.

»Das Mädchen ist zumindest standesgemäß zur Welt gekommen«, sagte er in einem Versuch, die Stimmung aufzulockern. »Man läutet für sie im Dom.«

Routinemäßig untersuchte er das Neugeborene. Es kam ihm ungerecht vor, daß das Glück seine Gaben so gedankenlos verstreute, daß dieses Kind so wohlgestaltet und gesund sein konnte, während dem Jungen im Raum nebenan, am selben Abend, im selben Haus, von derselben Art Frau geboren, die grundlegendste anatomische Harmonie verweigert worden war. Er fragte sich, wer sich um die Waise kümmern sollte, die kurze Zeit, die der Junge, wie der Doktor annahm, noch zu leben hatte. Würde jemand die Aufgabe übernehmen, das Kind zu stillen? Er bezweifelte es. Man würde mit dem Jungen zur Engelmacherin gehen, und diese Vorstellung erfüllte Götz mit einer Erleichterung, die ganz frei von Scham war, denn es bedeutete das schonende Ende eines Lebens, das sonst nur aus Schmerz bestehen würde.

Er widmete der Frau noch ein paar Minuten, vergewisserte sich, daß keine Blutungen aufgetreten waren, tastete ihren Bauch ab und gab ihr Anweisungen, wie sie sich waschen und das Kind stillen sollte. Danach ging er in den Raum des Jungen zurück.

Er fand ihn in Madame Schalls Armen, keuchend, aber mit noch immer geschlossenen Augen. Ein paar von den Mädchen hatten schon angefangen, die Leiche der Frau anzukleiden. Ein Fenster stand offen, damit der unverkennbare Geruch des Todes sich verzog.

»Was wird mit dem Jungen geschehen?« fragte er.

»Wir behalten ihn, Doktor«, sagte Madame Schall, während sie das Kind wiegte, »solange er leben darf.«

Es war, als erfasse Götz erst jetzt die volle Tragweite des Lebens, das das Schicksal ihn auf die Welt hatte helfen lassen. Er dachte an den Anatomiesaal in der Albertina, wo die Professoren Mißgeburten in Glasbehältern mit Alkohol aufbewahrten: ein Paar siamesische Zwillinge, totgeboren im siebten Monat, ein Mädchen mit Wasserkopf und einem Feuermal, einem Drachen erstaunlich ähnlich, auf dem Rücken, ein Junge mit zusammengewachsenen Kiefern und ein anderer mit fünf Reihen Zähnen und einem durch eine mißgebildete Fontanelle entblößten Hirn. In der Erinnerung des Doktors standen all diese Monstrositäten, diese Ansammlung grotesker Scherze inszeniert von einer herzlosen Natur, säuberlich numeriert auf Regalen, über den Tafeln von Blutkreislauf und Muskeln, Knochen und Eingeweiden. Da gab es Mongoloide und Albinos, einige, die wie rein zufällige Ansammlungen von Knochen und Fleisch wirkten, Leben, das barmherzigerweise vorzeitig beendet worden war, zusammen mit Tierföten aller Art, Kälbern mit zwei Köpfen, einem unbeschreiblich mißgebildeten Schwein, einem Lamm, dem der Kopf aus dem Bauch wuchs; aber das, was der Doktor hier vor sich sah, der enorme Schädel mit den steinartigen Knoten, die Schartenbildung des Gesichtes, der pelzbedeckte Körper und die lächerlichen Auswüchse, die Arme darstellen sollten, erschienen ihm grausamer als irgend etwas anderes, das er gesehen hatte, denn das hier lebte noch und konnte sich gegen dieses Leben nicht wehren.

»Können Sie denn nichts machen, Doktor?« fragte Madame Schall.

»Nein«, sagte er. »Die Schartenbildung ist so schwer, daß sie sich nicht operieren läßt.«

Er zog die Opiumflasche aus der Tasche.

»Geben Sie ihm das hier tropfenweise gegen die Schmerzen. Wir können nur hoffen, daß nicht viel davon gebraucht wird.«

Er blieb noch, während die Mädchen dem Kind Blut und Schleim abwuschen. Er wußte, etwas war seiner Aufmerksamkeit entgangen, und jetzt fiel ihm ein, was es war: Er hatte die Augen des Jungen noch nicht gesehen.

Er bat, ihn halten zu dürfen.

Vorsichtig, mit den Fingerspitzen, öffnete er die Lider, erstaunt darüber, daß dieser Reflex bei dem Kind zu fehlen schien. Die Augen waren grau und trübe durch etwas, das eine Infektion oder Star sein konnte, doch plötzlich hörte der Junge auf zu keuchen und betrachtete ihn ohne ein Blinzeln, ohne ein Zittern, mit so festem Blick, daß der Doktor zurückprallte.

Er sollte sich nie erklären können, was an diesem Abend passierte, während der Schnee fiel und das Glockenläuten über Königsberg widerhallte. Der Junge fixierte ihn mit einem uralten Blick, und plötzlich schien er sich an einem zentralen Punkt inmitten des Doktors eigenem Bewußtsein zu befinden.

Götz begriff nicht, wie, aber auf irgendeine Weise sah der Junge direkt in ihn hinein oder stieg sogar in ihn hinein, wie ein Parasit in einen Menschenkörper eindringen kann, ohne daß es bemerkt würde. Er war da, ohne Sprache, seiner eigenen Existenz kaum bewußt, er war da wider alle wissenschaftlichen Gesetze, und das Schlimmste war, er las im Bewußtsein des Doktors dessen allergeheimste Gedanken.

Der Junge sah all das Entgleitende und halb Verdrängte, das sein Ich war. Der Junge spürte seine Gefühle in diesem Augenblick, die längst vergessenen Gefühlsstürme in Götz' Kindheit, das ungestillte Verlangen nach Muttermilch und Körperwärme, seine wortlose Todessehnsucht, die verdrängten Rachegefühle einer grausamen Welt gegenüber, die schändliche Erregung als Jugendlicher und die feuerrote Leidenschaft, die ihr Ziel noch suchte, aber den Tag zwei Jahrzehnte später ankündigte, an dem Götz seine Frau wegen einer anderen niedrigerer Herkunft verlassen sollte. Der Junge sah sein verbotenes Begehren nach seiner jüngsten Tochter, seinen wahnwitzigen Traum, über den Atlantik in die Neue Welt zu reisen, den seine Vernunft seit langem verworfen hatte, der aber zu seiner Verblüffung mit unverminderter Stärke in ihm weitergelebt hatte.

Der Junge spürte seine Sehnsucht, aus diesem Raum zu fliehen und gleichzeitig zu bleiben, ihn sterben zu sehen, und gleichzeitig die Hoffnung, er werde überleben – der Junge erlauschte seine Gedanken in diesem Augenblick, einige schon in fertigen Worten, andere noch nicht ganz formuliert, eher Entwürfe, grob aus dem Marmor des Bewußtseins gehauen, und obwohl der Junge sie nicht verstand, weil er gerade eben geboren war, wußte der Doktor, daß er sie fühlte, denn er befand sich mitten in seinem Bewußtsein, mitten in dem, was seine Person war.

Zitternd bis ins Mark übergab er das Kind Madame Schall.

»Der Priester hat recht«, murmelte er. »Das ist kein Mensch. Das ist ein Kind des Teufels.«

Das Glockenläuten, das an dem Abend, als der Junge geboren wurde, über Königsberg hallte, kündete wirklich von einer neuen Ära. Ein Jahrzehnt des Unheils sank dann bei Leipzig und Waterloo ins Grab, und die Stadt am Pregel ging einer neuen Glanzzeit entgegen. Auch Madame Schall gelang es, aus dem allgemeinen Aufschwung Nutzen zu ziehen, denn die Nachfrage stieg auf allen Gebieten, auch auf dem der käuflichen Liebe. Sechs Abende in der Woche, außer an den Sonntagen, an denen Feiertagsruhe herrschte, füllte sich das Haus mit Gästen. Auf dem Hofplatz drängten sich Droschken, Kaleschen und Landauer. Es wurde mehr gelacht als geweint, obwohl auch letzteres nicht ungewöhnlich war.

Madame Schall war bestrebt, die neureiche Bürgerschaft für ihr Etablissement zu erobern: Abgeordnete von Provinziallandtagen, sonst mit den preußischen Agrarreformen befaßt, Landgerichtsräte mit einem für das Etablissement nicht unwichtigen Einfluß, Kammermusiker und Notenkopisten, die jungen Snobs der Stadt, die Kleist Goethe vorzogen und Hoffmann Jean Paul, dazu deren Väter, die Freimaurer waren und für alle möglichen Geheimgesellschaften schwärmten, und natürlich die beurlaubten Junker, so unsicher in Friedenszeiten wie martialisch im Krieg, untröstlich seufzend über erschossene Pferde und gefallene Kameraden.

Hauptleute aus Ulanenregimentern und Kürassiere in Galauniform übertrafen einander an Glanz unter den neuangeschafften Kronleuchtern, bis sie nackt waren, wie der Herr sie geschaffen hatte, und die Mädchen ihre rätselhaften Narben und phantasievollen Wundnähte bewundern konnten, Ergebnisse der Arbeit sturzbetrunkener Feldschere auf sagenumwobenen Schlachtfeldern, nur um Haaresbreite vom Tod entfernt, und vor Schreck aufschrien, wenn die Kriegshelden ihre Porzellanaugen herausnahmen und präsentierten wie Trophäen aus fremden Ländern. Sogar die Telegraphisten des neueröffneten Semaphortelegraphen konnte Madame Schall als Gäste gewinnen, in der stillen Hoffnung, der Ruf des Freudenhauses werde sich in wolkenlosen Nächten in alle Himmelsrichtungen ausbreiten, trotz des komplizierten Verfahrens mit Lichtsignalen.

Die Wirtschaft blühte. Einige der Mädchen verdienten so viel, daß sie in ihre Heimatdörfer zurückreisen konnten, und in wenigen Jahren war fast der halbe Stamm durch neue junge Mädchen ersetzt, manche sogar aus Berlin, wo Madame Schall in der Beilage zur Wochenzeitung in einem diskret plazierten Inserat nach Gesellschaftsdamen suchte. Es herrschte ein Leichtsinn wie in ihrer Jugend, als die Welt wie neugeboren war, obwohl Seeleute von fremden Küsten mit neuen Krankheiten kamen, die praktisch unmöglich zu bekämpfen waren. Madame Schall entschloß sich daraufhin, eine besondere Abgabe von denen zu erheben, die sich weigerten, die Schutzmittel anzuwenden, die das Haus gratis zur Verfügung stellte, und zwar so hoch, daß nur die reichsten Kaufleute es sich leisten konnten, auf dieses Mittel gegen die Ausbreitung der Syphilis, das seiner Zeit praktisch hundert Jahre voraus war, zu verzichten.

Die neuen Mädchen waren nett anzusehen und nach der neuesten Mode gekleidet, und Madame Schall, die ihre Jugend mit Gouvernanten in einem seit langem ruinierten bayerischen Handelshaus verbracht hatte, ließ mehrere von ihnen im Rezitieren von Versen und im Klavierspiel unterrichten, um den Status des Etablissements weiter zu steigern.

Die Tradition der Maskenbälle im Garten an Sommerabenden wurde wieder aufgenommen, und an den Samstagnachmittagen in den trostlosen, verregneten Herbsten arrangierte man Poesiewettbewerbe zum Lob der Liebe. Während der letzten Jahre des Jahrzehnts machte Schalls Etablissement durch mehrere Berühmtheiten von sich reden, die Erinnerungen und Anekdoten hinterließen oder sogar Mädchen schwängerten und sie damit einer weisen Alten auslieferten, die Madame Schall gegen das Versprechen, für ihr Alter zu sorgen, aus Kiew hatte kommen lassen. Der pfälzische Illuminat Jung-Stilling zum Beispiel, der eines Abends in dem Raum, der normalerweise für geschlossene Gesellschaften reserviert war, seine magischen Künste vorführte; oder jener junge Mann, der, Sohn eines berühmten Dichters, einen Skandal hervorrief, indem er am hellichten Tag im offenen Landauer das Etablissement verließ, nackt bis auf ein blutiges Pflaster auf der Stirn, nach einer Attacke auf ein kurz zuvor eingetroffenes Mädchen, dem er kurzerhand die Brustwarze abgebissen hatte, während sie sich mit einem Haarnadelstich zwischen die Augen verteidigte. Oder Alexander von Humboldt, der gerade von einer langen Reise in ein Land, das niemand kannte und von dem einige bezweifelten, daß es überhaupt existierte, zurückgekehrt war, allerdings mit allerlei heimtückischen Krankheiten, die seine vorübergehende Herzdame beinah das Leben gekostet hätten und die sich auf den Umwegen der Liebe auf vier weitere ausbreiteten.

Madame Schall war tolerant, was ungewöhnliche Gelüste anging, und hatte den Gerechtigkeitssinn eines erfahrenen Richters. »Jeder hat das Recht, nach seiner Fasson selig zu werden«, sagte sie oft, hinter ihrem Pult im Obergeschoß, von dem aus sie über alle Dienstleistungen des Hauses Buch führte, »aber es ist meinen Mädchen vorbehalten, den Preis festzusetzen.«

Nicht selten prahlte sie damit, daß es kein Gelüst auf dieser Welt gebe, das von ihren Mädchen nicht zu befriedigen sei, und in ernsten Augenblicken ließ sie sogar durchblicken, es gebe keine für die Gesellschaft nützlicheren Institutionen als die Bordelle, und als Beweis führte sie ein halbes Dutzend Selbstmordversuche an, die ihre Mädchen mit ihren unwiderstehlichen Verführungskünsten angeblich im letzten Moment verhindert hätten. Oder all die Männer, die, gebrochen von den Widrigkeiten des Lebens und mit den Resten ihres verlorenen Vermögens, die Seele im Auflösungszustand, abends um sechs im Etablissement eingetroffen waren und es gegen Mitternacht verlassen hatten, mit gestärktem Rücken, lachend und befriedigt bis ins Mark, bereit für den Nahkampf mit allem, was der nächste Tag zu bieten hatte. Selbst die Fälle, in denen Ehen am Rande des Abgrunds hatten gerettet werden können, verbuchte sie als ihren Erfolg, denn zumindest in ihrer Phantasie gab es nicht wenige Männer, die an den Busen ihrer Mädchen eine so lebensumwälzende Befreiung gefunden hatten und auf dem Gebiet der Liebe so gründlich umgeschult worden waren, daß sie in einem ehelichen Bett, so mausetot wie sein Holz, neues Leben erwecken und bei Ehehälften, die sie seit einem Vierteljahrhundert zuvor nicht mehr geliebt hatten, Aufsehen erregen konnten.

Es gebe keine Schiffbrüchigen des Herzens, die im Haus keinen rettenden Hafen fänden, sagte sie dann auch, und das einzige, was sie ärgerte, war die Tatsache, daß sie für die Damen der Stadt kein vergleichbares Etablissement einrichten konnte, in dem sie auf die gleiche Weise von jungen Männern, Hellsehern des Begehrens und Kennern gebrochener Herzen, empfangen wurden, denn sie sah ein, daß die Zeit für ein solches Experiment wohl auch in hundert Jahren noch nicht reif war.

In dieser eigenartigen Umgebung wuchs der Junge auf. An dem Abend, als er unter Begleitung von Kirchenglocken und Schneegestöber geboren wurde, zweifelten die meisten daran, daß er den nächsten Morgen überleben werde, doch auch die, an deren Mitleid man hätte zweifeln können, sahen ihre barmherzigen Hoffnungen enttäuscht, denn der Junge weigerte sich beharrlich, sich dem Tod geschlagen zu geben. Was wenige wußten, aber einige ahnten, war, daß manche Menschen mit einem Lebenswillen geboren werden, der so stark ist, daß er den Naturgesetzen trotzen kann. Der Junge überlebte nicht nur den nächsten Morgen, sondern auch den folgenden Tag und die folgende Woche und den folgenden Monat, bis kein Zweifel mehr herrschte, daß er sich vorgenommen hatte zu überleben, wenn nicht seine ganze Kindheit, so doch zumindest sein erstes Jahr. Das aber verlief unter Qualen, die das Herz des verstocktesten Verbrechers erweicht hätten.

Vom ersten Tag an setzte ihm Fieber zu. Die Schmerzen seines fehlgewachsenen Körpers schüttelten ihn, bis Bewußtlosigkeit ihn erlöste. Im dritten Monat bekam er, durch seinen Zweikampf mit den Gesandten des Todes geschwächt, eitrige Pocken, die aufplatzten und Narben hinterließen, die die wenigen Quadratzentimeter seines Körpers, die bis dahin normal ausgesehen hatten, entstellten. In wochenlangen Schlachten forderte er den Tod heraus, bewaffnet nur mit seinem eisernen Willen, und wenn sich die Schmerzen einmal zurückzogen, lächelte er so, daß den Mädchen Tränen in die Augen stiegen.

Vier Wochen lang kämpfte er gegen eine Gehirnentzündung und errang einen Sieg auf der Ziellinie, als die Temperatur, nachdem sie zweiundvierzig Grad erreicht hatte, zu sinken begann. Er klammerte sich am Leben fest wie ein Schiffbrüchiger an einem Floß, ohne Kompaß, ohne Seekarte, nur mit einem einzigen Vorsatz: die Stürme auszuhalten und zu überleben – um jeden Preis. Die Wachstumsschmerzen in den entstellten Armen quälten ihn. Der enorme Kopf drohte die schwachen Halswirbel zu brechen. Die fehlgewachsenen Teile des Skeletts versuchten, ihn von innen zu durchbohren. Doch er weigerte sich, den Schmerzen nachzugeben. Die Wunden seines deformierten Gesichts heilten nach blutigen Bürgerkriegen zwischen Legionen von Bakterien, und es sollte bis zum ersten Geburtstag des Jungen dauern, bis diese monströse Körperöffnung aufhörte, zu eitern und einen erstickenden Geruch vulkanisierten Kautschuks abzugeben. Das war, auch wenn man es damals noch nicht wußte, der Endkampf, in dem der Tod zu seinem eigenen Erstaunen gezwungen wurde, die Flagge einzuholen und zu neuen Küsten zu segeln, nachdem er all sein Pulver gegen einen Gegner verschossen hatte, der weit hartnäckiger war, als jemand hätte ahnen können.

Zwei Wochen nach diesem entscheidenden Sieg ließ man ihn taufen. Dies geschah mit einer schlichten Zeremonie, geleitet von einem polnischen Kaplan, in dem Raum, in dem der Junge das Licht der Welt erblickt hatte. Da sich niemand mehr an den slawischen Nachnamen seiner Mutter erinnern konnte und auch nicht, ob sie einen Wunsch hatte äußern können, wie das Kind heißen sollte, falls es ein Junge würde, beschloß Madame Schall, die eine Schwäche für Heldentaten hatte und für die Antike schwärmte, daß der Junge den Namen Hercule tragen sollte, transkribiert auf französische Weise, und da allen klar war, daß er, wegen seiner verkrüppelten Hände, in Zukunft das meiste mit den Füßen würde machen müssen, gab man ihm den verpflichtenden Nachnamen Barfuss. Dem improvisierten Sakrament zum Trotz ließ man ihn unter diesem homerisch klingenden Namen bei einem preußischen Steuererheber ins Melderegister eintragen. Er wurde dort geführt als Waise katholischen Bekenntnisses mit Madame Schall als Vormund. Von jetzt an war er vom Leben anerkannt.

Niemand hätte ahnen können, daß Hercule Barfuss sich unter diesen Umständen normal entwickeln würde, aber so kam es. Die Mädchen hatten die Vorstellung, er sei seinen Behinderungen ausgeliefert, und ein Mensch mit einer solchen Physiognomie müsse ein wenig zurückgeblieben sein. Außerdem war er allem Anschein nach taubstumm, denn während seiner ersten Jahre reagierte er auf Geräusche oder Stimmen fast nie. Man machte halbherzige Versuche mit sogenannten Pinard-Stethoskopen, langen Hörrohren, die man an seine fast zugewachsenen Gehörgänge setzte, um so die Geräusche zu verstärken, doch niemand sah ihn je reagieren oder hörte ihn etwas anderes hervorbringen als ein Schluchzen oder ein Wimmern, wenn die Schmerzen ihm zusetzten. Aber auch diese Sorgen erwiesen sich als unbegründet. Hinter der gebrechlichen Fassade saß nämlich ein scharfer Verstand.

Als er älter wurde, schien er alles zu begreifen, was man ihm sagte, was zunächst als ein Wunder betrachtet, dann aber damit erklärt wurde, daß er, obwohl die Ohrmuscheln fehlten, trotz allem nicht völlig taub sei.

Es war schwer, eine andere Erklärung zu finden. Bat man ihn stillzusitzen, gehorchte er nämlich, ohne mit der Wimper zu zucken, bat man ihn zu schlafen, schloß er die Augen, und stellte man ihm eine Frage, nickte er – manchmal, aber nicht immer – als Antwort oder schüttelte den Kopf. Die Mädchen spekulierten darüber, inwieweit er irgendwie von ihren Lippen ablesen konnte oder ob die Vibrationen ihrer Stimmen begreifbare Sätze in ihm erzeugten, denn nur ganz wenige von ihnen ahnten, daß er praktisch ihre Gedanken belauschte.

Später, als er gelernt hatte, die Gesten der Mädchen, von denen einige einem Buch des berühmten Taubstummenlehrers Wilhelm Kerger entnommen waren, zu deuten und außerdem Lesen und Schreiben gelernt hatte – und zwar nicht nur auf deutsch, sondern außerdem auf französisch, unter der Aufsicht einer Gouvernante, die Madame Schall in einer Geste der Sentimentalität ihrer Vergangenheit gegenüber hatte anstellen lassen –, dachte man nicht mehr darüber nach. Wenn der Junge ihnen etwas Wichtiges mitteilen wollte, schrieb er es ganz einfach auf ein Stück Papier, und die Tatsache, daß er nie sprach, fiel gewissermaßen unter den Tisch.

Ebenso geschickt wie seine vermeintliche Taubheit kompensierte er seine übrigen Gebrechen. In Ermangelung weiterwachsender Hände und Arme wurde er phänomenal in der Kontrolle der Füße und zeigte sich damit seines Nachnamens würdig. Mit der Zeit wurde er zu einem orthopädischen Zauberkünstler, und schließlich gab es keine Aufgabe mehr, die ein gewöhnlicher Mensch mit den Fingern erledigt, die er nicht mit seinen sensiblen Zehen ausführen konnte.

Im Alter von einem Jahr konnte er gehen. Mit drei aß er selbst mit Messer und Gabel. Mit vier war er soweit, Türen zu öffnen. Im Alter von sechs Jahren bezwang er alle möglichen Schlösser, und mit sieben konnte er schreiben. Später sollte er noch lernen, mit den Füßen meisterhaft Orgel zu spielen, aber da sind wir schon sehr viel weiter in der Geschichte.

Die Frau, die Hercule Barfuss bis zu seinem zweiten Geburtstag betreute, hieß Magdalena Holt und stammte von der dänischen Insel Bornholm. Zur Zeit von Hercules Geburt hatte die Not sie gezwungen, einen sechs Monate alten Jungen in ein Kinderasyl zu geben und sich in Madame Schalls Etablissement anstellen zu lassen, um dem Hungertod zu entgehen. Sie nahm sich seiner an, als wäre er ihr eigener Sohn, und übertrug all ihre aufgestaute Mutterliebe auf diesen beschädigten Jungen. Sie weinte mit ihm während seiner Schmerzen, sie schwitzte mit ihm während der Fieberkrämpfe, sie kämpfte an seiner Seite mit einer Unermüdlichkeit, die vom Charakter einer Heiligen zeugte. Sie war es, die ihn stillte, nicht mit der Brust, sondern mit der Flasche, in die sie die Milch gepreßt hatte, wegen seines mißgebildeten Mundes; sie versorgte seine Wunden, linderte seine Krämpfe, wiegte ihn in den Schlaf, und sie war die erste, die seiner Gabe gewahr wurde.

Diese übernatürliche Gabe, wenn man sie nun so nennen will, da sie Abdrücke in der Sinnenwelt hinterließ, funktionierte nicht immer, und während seiner ersten Jahre war Hercule zu klein, um selbst etwas davon zu begreifen. Als er sich ihrer allmählich sicher wurde, sollte er nicht nur lernen, sie zu beherrschen, sondern auch, sie zu verbergen, aus reinem Selbsterhaltungstrieb.

Den ersten Beweis seiner Fähigkeit, ans Innere der Menschen zu rühren, erhielt Magdalena Holt ungefähr ein Jahr nach seiner Geburt. Sie befand sich in der Mädchenkammer, mit dem Jungen im Arm auf einem Schemel sitzend, und gab ihm die Flasche, die sie gerade mit Milch aus ihren üppigen Reservoirs gefüllt hatte. Plötzlich hörte er auf zu trinken und starrte sie an. Magdalena Holt begegnete verwundert dem Blick des Jungen, nicht dem eines Kindes, sondern dem des Schicksals, und mit dem gleichen Schwindelgefühl wie ein Jahr zuvor Doktor Götz wußte sie plötzlich, daß der Junge durch sie hindurchsah.

Es war, als trete er in sie ein und zeige ihr ihre vergessene Sehnsucht, sollte sie sich später erinnern, als lese er nicht nur ihre bewußten Gedanken ab, sondern auch die unbewußten, und bringe sie so dazu, sich im Spiegel ihrer Seele zu sehen. Denn was der Junge in ihr hervorrief, war zunächst nur ein Gefühlsrausch, ein seltsam farbloser Nebel, der nach und nach in Bilder oder eher Sequenzen von Bildern überging. In dieser inneren Galerie entdeckte sie zu ihrem Erstaunen eine kleine Fischerkate auf ihrer Heimatinsel, mit Strohdach und weißgekalkten Wänden, auf deren Hof sie Arm in Arm mit einem Mann umherging, den sie als einen Verwandten erkannte. Da begriff sie mit einem heftigen Zusammenziehen des Herzens, daß sie diesen Mann ihr Leben lang geliebt hatte, obwohl sie nie gewagt hatte, sich dies einzugestehen, und ebenso begriff sie, daß sie eines Tages zurückkehren und ihn heiraten, ihren Sohn aus dem Kinderasyl holen und die Forderungen erfüllen mußte, die ihr Inneres jetzt um ihres Glückes willen aufstellte. Diese Gewißheit war so stark, daß sie einen Augenblick glaubte, sie habe den Verstand verloren. Sie hatte an diesen Mann immer nur als einen Verwandten unter anderen gedacht, einen mageren Kerl, der stotterte und in seiner Jugend auf englischen Linienschiffen gearbeitet hatte, der sommersprossig war und leicht schielte. Und doch war es so, begriff sie mit einer Klarheit, die sie innerlich beinah zerriß; sie hatte ihn geliebt, seit sie ein kleines Mädchen war, mehr als alles andere; aber in dem Bewußtsein, daß es eine verbotene Liebe war, hatte ihr Gewissen sie in die Kellerlöcher des Unterbewußtseins verbannt, versucht, sie auszuhungern, geglaubt, sie überlistet zu haben, sie ausgelacht in den Augenblicken, wenn sie plötzlich hervorguckte, sie für etwas anderes gehalten, und obwohl sie im verborgenen mit unverminderter Kraft weitergelebt hatte, hatte sie ein Kind von einem anderen Mann bekommen, einem Saufbold und Nichtsnutz, der sie im Unglück hatte sitzenlassen. Es war wahr, begriff sie mit einem Schauder, alles, was sie mit Hilfe des Jungen in sich gesehen und was die Form einer Halluzination, gespeist von den Ingredienzien ihrer geheimsten Sehnsucht, angenommen hatte, und es lag genausoviel Schrecken wie Freude in dieser Gewißheit. Dann, auf einmal, verschwand der Junge von dem Platz in ihrem Inneren, wo sie seine Anwesenheit deutlich gespürt hatte, und als sie ihn ansah, war er in ihrem Arm eingeschlafen.

Magdalena Holt sollte einige Jahre später, in der vollen Gewißheit, daß das, was sie an diesem Wintertag erlebt hatte, ihrer wahren Bestimmung entsprach, aus ihrer Einsicht die Konsequenz ziehen. Sie erzählte niemandem von ihrer Erfahrung, aber bis zu dem Tag, an dem sie aufbrach, betrachtete sie den Jungen mit ganz anderen Augen, und sie blieb ihm dankbar für den Rest ihres Lebens.

Da sie glaubte, es gebe einen Zusammenhang zwischen ihrem Erlebnis und dem Appetit des Jungen, war sie, wenn sie ihm die Flasche gab, besonders aufmerksam. Sie versuchte, seinen Blick anzulocken, indem sie vor seinen Augen einen Finger auf und ab bewegte. Meistens sah er dann aus dem entstellten Gesicht zu ihr auf, doch ohne daß etwas Besonderes passiert wäre. Tatsächlich war sie nur noch in drei Fällen Gegenstand seiner Gabe, und beim letzten war es mit einer Katastrophe verknüpft.

Auch beim zweiten Mal gab sie dem Jungen zu trinken, und das Muster war das gleiche. Plötzlich sah er zu ihr auf, mit diesem uralten Blick, und wieder merkte sie, wie er ihre Gedanken anrührte und dann, in ihr, einen schwachen, gurgelnden Laut von sich gab, der, wie sie begriff, der Anfang einer Sprache war. Aus dem Bodensatz ihrer Seele stiegen erneut ihre Wünsche auf, zuerst schwach, dann immer klarer, bis sie wieder die Kraft einer Halluzination bekamen.

Sie sah sich selbst dasitzen, mit einem Vergrößerungsglas in der Hand über einen dicken Wälzer gebeugt, und auf dem Tisch standen eine Feder und ein Tintenfaß, dessen schwarze Tinte sie, wie sie begriff, aus Kampfer und pulverisierten Galläpfeln selbst hergestellt hatte. Es war ein alter Traum von ihr, auch er von den Realitäten verjagt, Gott zu suchen, und tatsächlich sollte sie sich im Herbst ihres Lebens von einem herumwandernden Mennoniten wiedertaufen lassen und, mittlerweile verwitwet, ihre letzten Jahre dem Studium der Heiligen Schrift widmen, obwohl es ihr zu diesem Zeitpunkt lachhaft vorkam, weil sie schon Jahre früher ihr Herz dem Glauben an Gott verschlossen hatte.

Beim dritten Fall, dem banalsten, an den sie sich aber immer erinnern sollte, da es das erste Mal war, daß sie den Jungen in ihrem Inneren sprechen hörte, hatte Hercule Barfuss gerade Laufen gelernt. Es war an einem Sonntagnachmittag im Frühling, als die Mädchen freihatten, und ohne daß jemand es bemerkt hatte, war Hercule dem Seerosenteich mit wasserspeienden Nymphen, den Madame Schall nach einigen Jahren mit üppigen Einnahmen in einer Ecke des Gartens hatte anlegen lassen, gefährlich nahe gekommen. Magdalena entdeckte ihn, wie er am Rand des Teichs stand, vor Entzücken mit den kleinen Armstummeln winkend und wie verzaubert von den chinesischen Goldfischen, die ab und zu an der Oberfläche auftauchten, um Luft zu schnappen. Sein Winken galt Henriette Vogel, dem Mädchen, das in derselben Nacht geboren war wie er selbst und ohne das er nicht sein konnte. Magdalena Holt war überzeugt, er werde hineinfallen, und rannte hin und riß ihn an sich, und der Junge, der einen Schreck bekam, fing an zu weinen.

Sie hielt ihn im Arm und wiegte ihn, spürte, wie der Pelz auf dem Rücken sich vor Angst aufrichtete, wie der Körper zitterte, wie Tränen ihr Schnürmieder befeuchteten; sie streichelte den großen Kopf, der unförmig auf dem Hals schlenkerte und sie immer befürchten ließ, der Junge werde sich eines Tages selbst ersticken. Da passierte es wieder, und diesmal ohne daß er sie auch nur angesehen hätte: Mitten in ihrem Strom beunruhigter Gedanken nahm er Platz und sagte mit einer Art Gespensterstimme sehr deutlich: *Laß mich runter!*

Das tat sie auch, wenn auch eher aus Schock als aufgrund der Kraft seines Befehls, und wie auf eine plötzliche Eingebung hin antwortete sie ihm, ebenfalls in Gedanken: *Was hast du gesagt?*

Dann passierte es erneut, ohne daß er die Lippen bewegt oder sie angesehen hätte, weil wieder die Goldfische seine Aufmerksamkeit auf sich gezogen hatten. Sie hörte ihn in ihrem Inneren sagen, völlig deutlich:

Du hast mich erschreckt! Laß mich in Ruhe.

Jahre später sollte sie sich daran erinnern, daß der Junge zu ihr tatsächlich Dänisch gesprochen hatte, aber sie war klug genug zu begreifen, daß er vermutlich unterschiedlich klang, je nachdem, mit wem er in Verbindung stand, daß er sich sozusagen jenseits des begrenzten Horizontes der Sprachen verständlich machte und daß das, was sie als eine Stimme mit Worten auffaßte, tatsächlich ein Gedanke war. Dennoch war er so persönlich, daß sie sofort begriff, daß er dem Jungen gehörte und niemandem sonst, nur eine Spur tonloser, als wenn er selbst geredet hätte, so als sei die Akustik in ihrem Kopf schlechter.

Und sie erkannte die Tragweite ihres Erlebnisses: Der Junge las nicht nur ihre Gedanken, bewußte und unbewußte, er konnte plötzlich in ihr sprechen, als wäre das die leichteste Sache der Welt.

Das vierte und letzte Mal passierte es mehrere Jahre später, kurz bevor sie, in einem Fischkutter mit Lateinsegel unter dänischer Flagge, Königsberg für immer verließ, fest entschlossen, die Schrecken der Vergangenheit gegen eine glücklichere Zukunft einzutauschen. Die entsetzliche Verstümmelung ihrer Brust war da schon ein Faktum, und der Junge war in ihr Zimmer gekommen, um sie zu trösten, denn sie weinte in dieser Zeit beinah ununterbrochen. Ihre Schmerzen hatten sie verschlossen gemacht wie eine Muschel. Sie hätte sich gewünscht, er wäre gegangen, doch ehe sie es sich versah, hatte er mit seiner seltsamen Gespensterstimme in ihr zu singen begonnen, ein schlichtes Kinderlied, das sie selbst während seiner jüngsten Jahre gesungen hatte, in der Einbildung, er könne zumindest die Vibrationen ihrer Stimme erfassen. Sie hörte in sich seine Stimme absolut deutlich, wie er zu ihr sprach, tröstende Worte, voller Liebe und mit dem unschuldigen Mitleid des Kindes.

Sei nicht traurig, hatte er gesagt, *alles wird gut … bald gehst du weg von hier …*

Viele Jahre später erinnerte sie sich daran wie an eine religiöse Erfahrung. Kurz vor ihrem Tod schrieb sie an eine Freundin in Odense: »Nichts konnte man vor ihm verbergen, und das war eine Erleichterung, wie eine große Beichte.«

Hercule Barfuss' Gabe wurde nicht allen zuteil, und sie wurde es noch seltener, als er gelernt hatte, sie zu beherrschen.

Die, die während seiner ersten sechs Lebensjahre in Madame Schalls Etablissement das Phänomen erlebten, versuchten ohnehin meistens, ihre Erlebnisse anderen Ursachen zuzuschreiben, was für die Vernunft in jeder Hinsicht eine Erleichterung war.

Eines der Mädchen, Anke Strittmatter, zum Beispiel erlitt in ihrem zweiten Jahr im Bordell einen nervösen Zusammenbruch, nach dem Biß einer Kreuzotter, die auf unerklärliche Weise ins Haus gelangt war. Einmal, als Hercule Barfuss sich in ihrem Zimmer befand, stieß sie einen lauten Schrei aus, der die Kristallgläser in Madame Schalls Vitrinen zum Zerspringen hätte bringen können, und verlor dann das Bewußtsein. Als man sie nachher fragte, was passiert sei, erklärte sie, sie habe Gespensterstimmen von toten Kindern gehört und dann in einem Traumgesicht ihren eigenen Vater gesehen, der gekommen war, um sie mit Gewalt zu nehmen.

Dies war eine leichte Umschreibung der Erfahrungen mehrerer Mädchen, besonders von denen, die nicht von Krieg und Hunger zur Prostitution getrieben oder zu Hause hinausgeworfen worden waren, nach irgendeinem Skandal, der mit jungfräulicher Ehre zu tun hatte. Einige von ihnen waren Opfer ihrer eigenen Väter oder Brüder. Einige waren sich der Blutschande bewußt, andere nicht. Fräulein Strittmatter gehörte zu den letzteren, und sie hätte um keinen Preis zugeben wollen, daß das Erinnerungsbild, das sie in Hercules Gegenwart plötzlich gesehen hatte, die exakt wiedergegebene Szene einer Tragödie war, inszeniert in den vier Wänden ihres Zuhauses, nicht einmal, sondern wieder und wieder, von ihrem sechsten Geburtstag an, bis sie im Alter von vierzehn in einer Gewitternacht im August von zu Hause durchgebrannt war, eine Szene, die ihr Bewußtsein als Ballast abgeworfen hatte, damit sie selbst nicht unterging. Sie schob alles auf ihre schwachen Nerven infolge des Schlangenbisses, vermied es aber aus Sicherheitsgründen in Zukunft, sich mit dem Jungen allein im selben Raum aufzuhalten.

Wieder andere behaupteten, seltsame Stimmen von Geistern oder Elfen zu hören, und erklärten dies mit der Nähe des Etablissements zu einem Friedhof, bekannt dafür, daß dort Selbstmörder lagen. Darüber hinaus gab es welche, die nie begriffen, daß Hercule in ihnen sprach, oder sie betrachteten es als Hirngespinste aufgrund von Müdigkeit nach einer ganzen Nacht im Dienst der Liebe. Die meisten aber wurden niemals Gegenstand seiner Gabe, denn mit der Zeit lernte er, daß sie nicht nur mit Gefahren verbunden war, sondern auch mit Verantwortung.

Vom Tag der Taufe an, als der Tod ihm Aufschub auf unbestimmte Zeit gewährt hatte, bildete Hercule Barfuss die Ausnahme in einem Haus, in dem die Liebe nur gegen Geld erhältlich war. Auf ihn verlegte man die reinsten Gefühle: ein Opferaltar der bedingungslosen Liebe. Sein Äußeres schreckte Madame Schalls Mädchen nicht, denn die Erfahrung hatte sie gelehrt, die Monstrosität der Seele und nicht die des Körpers zu fürchten. Statt dessen flößte er ihnen die stärkende Gewißheit ein, daß es jemanden gab, dessen Los schlimmer war als ihr eigenes. Er durfte kommen und gehen, wie er wollte, und von dem Tag an, als Magdalena Holt aufhörte, ihm die Flasche zu geben, band er sich an kein bestimmtes Mädchen mehr, sieht man von der gleichaltrigen Henriette Vogel ab.

Madame Schall hatte, was den Jungen betraf, nur eine Regel: Ab sechs Uhr abends, wenn die ersten Gäste eintrafen, sollte er versteckt bleiben.

Obwohl sie über den Grund nie ein Wort verlor, begriff jeder, warum: Der Junge bot einen so erschreckenden Anblick, daß sie fürchtete, Kunden zu verlieren. So kam es, daß er von sechs Uhr abends bis spät in die Nacht, wenn die letzten Gäste gegangen waren, in einer Mädchenkammer im Obergeschoß des Hauses eingeschlossen war.

Dies waren die Stunden, in denen das Haus zum Geschäft wurde und von einer besonderen Atmosphäre erfüllt war. Liebeskranke Männer mit einer Miene der Scham oder der Leidenschaft trafen ein, wählten in einem der Säle, wo die Mädchen, parfümiert und leichtbekleidet der Liebe zu Ehren, aufgereiht saßen, ihre Herzdame aus und verschwanden in die bescheidenen einzelnen Räume mit ihren Waschschüsseln, Handtüchern und Liegen. Das Haus wurde zum Schiff der Träume, und Hercule hatte manchmal das eigentümliche Gefühl, auf dem offenen Meer in den Schlaf geschaukelt zu werden.

Viele Jahre später, am Ende seines bemerkenswerten Lebensweges, sollte er sich an diese Abende erinnern, deren Atmosphäre er von seiner Kammer aus eingeatmet hatte. Auf seiner inneren Wellenlänge hatte er alle Geheimnisse des Hauses erlauscht: die Nervosität der Studenten vor der ersten Liebesnacht, die Leidenschaft hinter den leisen Liebeserklärungen der Herren, Gedanken in siebzehn Sprachen, die Angst, die sich im Kichern der Mädchen verbarg, das Säbelduell im Garten zwischen zwei Feldwebeln um die Gunst eines neueingetroffenen Mädchens. Er erinnerte sich an die traurigen Düfte liebloser Liebe, welker Blumen der Seelen und gefrorener Ströme des Herzens; an den Schmerz, wenn die Champagnergläser zu Toasts erhoben wurden, die verlogen waren, an die

Erregung bei Streit und Schlägereien; ans Licht der Feuerwerke, die Vergeßlichkeit betrunkener Männer, Zusammenbrüche und Niederlagen, Trauer in all ihren Formen und tausend Arten von Wünschen, die ihn aus allen Winkeln des Etablissements erreichten.

Allein in der Kammer, verfolgte er sie zurück zu den Räumen, wo sie Gestalt annahmen, zum Bewußtsein der Menschen, in denen sie geboren wurden, alle Arten von Gedanken und Leidenschaften, denn er, Hercule Barfuss, hatte die ganz eigene Gabe, sie zu empfinden. In diesem Haus war alle Sehnsucht versammelt, nach Zärtlichkeit, nach Schmerz, Ekstase und verbotenen Früchten, und auch die Sehnsucht nach Grausamkeit.

Diese Wünsche, entstanden in seelischer Finsternis, in Jahren der Verbitterung und des Hasses, erschreckten ihn am meisten, denn er begriff, daß auch sie zum Wesen des Menschen gehörten. Er konnte diese Sehnsüchte zurückverfolgen, ihre kranke Liederlichkeit erkennen, nicht die Personen, nicht ihre Gesichter, sondern ihre schrecklichen Phantasien. Als sich die tragische Geschichte mit Magdalena Holt zutrug, wußte er längst, wer der Täter war, denn er hatte ihn schon Jahre zuvor im Gewimmel der Triebe im Haus aufgespürt.

Solange Hercule sich erinnern konnte, hatte er das Mädchen, das das Schicksal in seiner Unergründlichkeit am selben Abend wie ihn hatte zur Welt kommen lassen, angebetet. Es war eine Liebe, die sich in den Anfängen der Zeit verlor, als die Welt noch keine Konturen hatte. Er hatte keine erste Erinnerung an sie, denn sie war immer dagewesen, ebenso selbstverständlich wie die Luft, die er atmete, ebenso selbstverständlich wie Tag und Nacht. Sie hatten im selben Bett geschlafen, waren im selben Raum gestillt, ins selbe Laufställchen gesetzt worden, umsorgt von denselben Frauen mit dem gleichen unglücklichen

Los, sie waren Kinder desselben Etablissements, von unbekannten Vätern, und aneinander gebunden durch das vielfältige Mysterium der Liebe.

Henriettes Mutter hatte sich in jener Februarnacht beim Dröhnen der Glocken ebenso wie Doktor Götz gesagt, wie mangelhaft der Sinn des Glücks für Gerechtigkeit sei, und manchmal hatte sie das Gefühl, daß alles schon im Buch des Lebens geschrieben stand, dessen Text zu ändern kein Mensch die Macht hat und dessen Verfasser unfähig ist, seine Fehler zu erkennen: daß ihre Unglücksschwester hatte sterben müssen, damit sie selbst leben durfte, und daß der Junge durch eine tragische Logik mißgebildet geboren werden mußte, damit ihre eigene Tochter gesund war. Kurz nach der Geburt der Kinder hatten diese Gedanken sie in einem Maß erfüllt, daß sie das Gefühl bekam, gefährlich in der Schuld der Vorsehung zu stehen. Sie hätte gern einen Vergleich geschlossen, indem sie den Jungen adoptierte, denn sie hielt ihr Glück für unverdient, doch Madame Schall, deren Wort in diesem absolutistischen Königreich ausgepreisten Glücks Gesetz war, hatte alle Mutterpflichten an die neueingetroffene Magdalena Holt delegiert.

Sie zu Geschwistern zu machen wäre im übrigen eine unnötige Formalisierung ihrer Verbindung gewesen, denn sie waren Zwillingsseelen jenseits des Blutes. Vom Krabbelalter an hielten sie zusammen. Keiner von ihnen konnte es sich in seinen wachen Stunden vorstellen, etwas ohne den anderen zu tun, und nicht selten mußte man sie handgreiflich trennen, wenn sie schlafen sollten. Sie dachten im selben Augenblick dieselben Dinge, sie hatten Hunger und Durst in derselben Sekunde, sie lachten über dasselbe – und ebenso weinten sie aus denselben Gründen. Manche fanden das Zusammentreffen unheimlich, als ihre ersten Milchzähne am selben Freitagnachmittag im Juli herauskamen oder als sie am selben Frühlingsmorgen, an dem ein Gewitter die Grundfesten des Hauses erschütterte, ihre ersten Schritte taten. Man wunderte sich über den Umstand, daß sie einander zu verstehen schienen, ohne zu sprechen, daß ihre Spiele lautlos waren und daß sie kaum einen Blick wechseln mußten, um genau zu verstehen, was der andere wollte. Auf die gleiche eigentümliche Weise schien der eine immer zu wissen, wo der andere sich befand oder was zu tun er sich vorgenommen hatte.

Die Mädchen waren zu Tränen gerührt über dieses eigenartige Kinderpaar, dessen eine Hälfte so wohlgestaltet und dessen andere so entstellt war, und mit den Jahren sollte sich die Ungleichheit zwischen ihnen noch weiter verstärken, denn Hercule Barfuss wurde nie größer als einen Meter, während Henriette Vogel für ein Mädchen hochgewachsen war.

Hercules Dasein war nicht nur vor Einblicken, sondern auch vor Ausblicken geschützt. Er wußte nichts von der Welt außerhalb des Etablissements, und die einzigen Menschen, die er sah, waren Madame Schalls Mädchen. Am Tag überschritt er nie die von der Ligusterhecke, die den Garten abschloß, gezogene Grenze zwischen zwei Welten, und es war ein ungeschriebenes Gesetz, daß ihn niemand auf Ausflüge oder zu Besorgungen in die Stadt mitnahm. Bei Mädchen, die ihre Scham zu Markte trugen, hatte das nichts mit Mangel an Courage zu tun, vielmehr verstand man ihn gegen eine Welt zu schützen, die das Abweichende allzuselten toleriert. Deshalb war die Bestürzung um so größer, als er dieser Welt zum ersten Mal begegnete.

Dieser Vorfall ereignete sich vor Ostern in seinem siebten Lebensjahr, am Gründonnerstag, genauer gesagt, mild für die Jahreszeit, aber windig. Er befand sich mit Henriette im Garten, wo die Mädchen dabei waren, die Obstbäume zu beschneiden, als ein Windstoß ihre Kattunhaube erfaßte und im Nu hoch über die Ligusterhecke in den von einer Mauer umgebenen Nachbargarten trug, der einem alten Stallmeister gehörte. Das Mädchen stand da und sah ihr mit einem Blick völliger Überraschung nach, und Hercule Barfuss zögerte keinen Augenblick, als er die ersten historischen Schritte aus dem geschützten Reich der Liebe tat, streifte mit dem rechten Fuß den linken Schuh ab, öffnete mit den Zehen das Tor und lief, ohne zu denken, ohne zu zaudern, ohne die Warnglocken zu hören, erfüllt von einer Spannung, die ihm völlig neu war, den einen Fuß nackt, auf die vom Unwetter des Winters löchrige und verwitterte Straße.

Er blieb erst stehen, als er den Stallmeisterhof erreicht hatte, an dessen Hausmauer neben einer knospenden Osterglocke die Haube lag. Er hob sie mit dem Fuß auf und nahm sie in den Mund, zwischen die Zähne, wie er es immer tat mit Gegenständen, die er wegtragen wollte, triumphierend, weil er Henriette zu Diensten sein konnte, und erst in diesem Augenblick merkte er, daß er beobachtet wurde.

Vor ihm stand ein Junge, schreckensstarr, denn er sah zum ersten Mal in seinem Leben eine Figur, die direkt einem Märchen entstiegen und darauf bedacht zu sein schien, zum eigenen Vergnügen Kinder zu erschrecken. Hercule, der die Angst des Jungen spürte, hatte mindestens ebensoviel Angst und ließ vor Schreck die Haube fallen. Aber als er in einem Versuch, den Jungen zu beruhigen, lächelte, begann dieser zu schreien und lockte weitere Menschen an.

Hercule fand sich umgeben von einer wütenden Volksmenge, Männern, Frauen, Kindern und Alten. Er hörte das Summen ihrer Gedanken, die so voller Angst und Haß waren, daß er einen Augenblick lang fürchtete, darin zu ertrinken: ... *eine Mißgeburt ... was macht der Teufel am Gründonnerstag auf der Straße? ...*

Keiner sollte sich erinnern, wer den ersten Stein geworfen hatte, und für Hercule vermischte sich alles – der Tumult, die fremden Menschen –, so daß keine Gesichter in seinem Gedächtnis zurückblieben.

Später, als Henriette Vogel ihn in der Kammer tröstete – auf die ungewöhnliche Art der Kommunikation, die sie gelernt hatten –, erzählte sie, daß ihm die Haare auf dem Rücken vor Angst zu Berge gestanden hätten, er selbst aber konnte sich nicht erinnern, wie es ihm gelungen war, zum Haus zurückzukommen, und dazu noch mit ihrer Haube im Mund. Als er dort zusammengekauert bei ihr lag, war er noch zu erregt, um sich mit einer so bösartigen Welt versöhnen zu können, und die Schmerzen am Kopf, wo er von Steinen getroffen worden war, spürte er kaum. Sie hielt ihm die Haube hin, und da lächelte er, getröstet von dem Gedanken, daß er um der Liebe willen gelitten hatte.

Dieser Vorfall war signifikant, denn es gab nichts, was er für dieses Mädchen, das er ohne Erklärungen, ohne Überlegung, ohne Grenzen liebte, nicht zu tun bereit war. Im Sommer pflückte er ihr im Garten Blumen und band sie mit Seidenband zu Sträußen. Madame Schall, die ihn einmal gesehen hatte, wie er barfuß in den Rabatten herumtrippelte, vorsichtig zwischen zwei Zehen die Blumenstiele abbrach und sie im Mund zu einem Strauß sammelte, sollte im Alter einen Maler dieses Bild reiner Liebe, das sie in einem immer trüber werdenden Gedächtnis ehrfurchtsvoll bewahrt hatte, verewigen lassen. Hercule Barfuss schnitzte Holzfiguren für das Mädchen, natürlich ebenfalls mit den Füßen. Er dachte sich Geschichten aus, von denen er wußte, daß sie sie amüsieren würden. Mit einer Zehenfertigkeit, die im Etablissement als sagenhaft galt, löste er ihre Zöpfe auf und kämmte ihr die Haare; oft streichelte er sie mit den Füßen in den Schlaf, wenn sie unruhig war, und er umfaßte mit einem Bein ihre Taille, wenn sie traurig war und weinte.

Henriette ihrerseits liebte Hercule so vorbehaltlos wie er sie. Er war immer dagewesen, und mit seinem Äußeren war sie so vertraut, daß sie es nie als mißgebildet sah. Im Gegenteil fand sie es ansprechend jenseits der Worte, denn es war unverkennbar seines. Und ebensowenig wie er brauchte sie Erklärungen für Gefühle, die so stark waren, daß sie ihr eigenes Leben lebten. Solange sie sich erinnern konnte, hatte er zu ihr durch das gesprochen, was wir etwas vereinfacht Gedanken nennen, doch da sie daran gewöhnt war, fand sie es nicht im mindesten ungewöhnlich. Hatte sie eine Frage, formulierte sie sie in ihrem Inneren, und dann hörte sie ihn mit einer Stimme antworten, die so persönlich war, daß sie nicht den Eindruck hatte, daß sie sich von den Stimmen der normalen Menschen erheblich unterschied.

Sie würde später erzählen, sie habe seine Gabe aus Furcht geheimgehalten, sogar vor ihrer eigenen Mutter. Denn wie Hercule war ihr intuitiv klar, daß sie die Menschen mehr erschrecken würde als sein mißgebildetes Äußeres.

Sie konnte sich eine Welt ohne ihn nicht denken, und nach Art von Kindern stellte sie sich vor, sie sei nur für sie beide erschaffen worden. Deshalb verteidigte sie alles, was er tat, auch wenn es gegen die Regeln des Hauses verstieß. In dem Jahr, als sie acht wurde, betrieb sie eine Kampagne, um die Regeln für seine nächtliche Quarantäne zu lockern, und als sie erkannte, daß dies zum Scheitern verurteilt war, verlangte sie, mit ihm in der Kammer sein zu dürfen, von der Ankunft des ersten Gastes an, bis der letzte gegangen war. Sie bekam ihren Willen, denn keiner hatte den Mut, sich dieser beinah fanatischen Liebe entgegenzustellen.

Kurz nach Hercules und Henriettes zehntem Geburtstag kam es zu dem tragischen Vorfall, der später als ein Vorbote all des Unglücks gedeutet werden sollte, das im Laufe der Zeit über das Haus hereinbrach. Die Katastrophe ereignete sich in einer Februarnacht, in der, von unserem Helden abgesehen, alle schliefen. Seine Gabe hatte sich bis zu diesem Zeitpunkt in einem Maß entwickelt, daß sie sogar im Schlaf funktionierte. Nichts entging seinen empfindlichen Bewußtseinsfühlern, und so war er schon wach, als sich der Täter noch im Garten befand.

Daß dieser Mensch dort draußen war, wußte er ebenso sicher, als hätte er ihn bei vollem Tageslicht gesehen. Er wußte auch, daß es ein Mann und einer der Gäste des Hauses war.

Henriette Vogel lag, in einen schönen Traum versunken, neben ihm. Er dagegen spürte überall die Phantasien eines Menschen, der nur Leiden zufügen wollte. In seinem Inneren nahmen sie die Form detaillierter Bilder an, Bilder solchen Grauens, daß er sie verjagen mußte, um nicht in Tränen auszubrechen.

Der Mann schlich wie ein Jäger durch den Garten, kletterte über eine Mauer, eilte zum Vorratsschuppen, weiter die Hausfassade entlang, hin zur Terrasse. Irgendwo war da ein Dietrich, irgendwo ein beschleunigter Puls, eine kühle Berechnung, ein Schloß, das bezwungen wurde, eine Hand, die nach einer Türklinke griff.

Der Mensch befand sich jetzt im Haus, im Erdgeschoß, und bewegte sich vorsichtig im Dunkeln vorwärts, um niemanden zu wecken.

Ein Schüttelfrost packte Hercule, als er begriff, daß der Mann direkt unter ihm, zwei Geschosse tiefer, stehengeblieben war, und als diese Inkarnation des Hasses sich wieder in Bewegung setzte, einem Korridor folgte, die Treppe zum ersten Stock, wo die Mädchen schliefen, hinaufstieg, eine innere Grenze nach der anderen überschritt, war Hercule überzeugt, er werde sterben vor Angst. Dann endete die Bewegung, und er wußte genau, wo der Mann jetzt war: vor der Tür zu Magdalena Holts Zimmer.

Nachher konnte er nicht begreifen, woher er die Kraft gehabt hatte, aufzustehen und die Kammer zu verlassen. Zitternd war er durchs Obergeschoß geschlichen, bis zur Treppe. Alles war still. Einen Augenblick lang hoffte er, seine Phantasie habe ihm einen makabren Streich gespielt, doch in derselben Sekunde wurden seine Hoffnungen enttäuscht, denn jetzt erkannte er, genauso deutlich, wie ein gewöhnlicher Mensch den Geschmack von Salz oder den Geruch von Rauch wahrnimmt, daß der Mensch, der ihn geweckt hatte, an Magdalena Holts Bett stand und eine scheußliche Phantasie in die Tat umsetzen wollte. Es kostete ihn einige Minuten, genug Mut zu fassen, um die Treppe hinunterzulaufen, und er sollte sich später die Furcht vorwerfen, die ihn daran gehindert hatte, einen Schrank mit Porzellan umzuwerfen oder an eine Tür zu hämmern und damit das Haus zu wecken und den Verbrecher in die Flucht zu schlagen, denn nur wenige Minuten später war die Tat vollendet.

In Magdalena Holts vom Mond beleuchteter Kammer war es still. Die Tür stand offen. Sie lag auf der Matratze, an den Bettpfosten festgebunden, bewußtlos, mit einem Stück Stoff im Mund. Sie schwamm in ihrem eigenen Blut, und ihre linke Brust war abgeschnitten und mit dem Täter verschwunden.

Im Lauf des Frühjahrs wurde eine polizeiliche Untersuchung eingeleitet. Man sicherte die wenigen vorhandenen Spuren, doch sie führten ins Nichts. Auch die Mädchen waren keine große Hilfe. Unter vier Augen fragte man sie nach Kunden mit ungewöhnlichen Wünschen aus, doch schienen diese eher die Regel als die Ausnahme zu sein, wie es einer der Gendarmen zusammenfaßte. Magdalena Holt erinnerte sich an gar nichts, denn sie war im Schlaf überwältigt worden. Der Staatsanwalt, der die Vernehmungen leitete, sollte außerdem feststellen, daß die Mädchen ein schlechtes Gedächtnis hatten, nicht nur was die Namen der Kunden, sondern auch, was ihr Aussehen betraf. Die Angst war ein beständiger Teil ihres Daseins, und das machte ihr Gedächtnis schwächer, als gesund war. Hercule Barfuss wurde nicht befragt, denn wie gewöhnlich wurde er versteckt gehalten, wenn das Haus Besuch hatte, und sein Zeugnis hätte vermutlich mehr Verwirrung gestiftet als Klarheit gebracht.

Ende Mai verließ Magdalena Holt das Etablissement, gezeichnet fürs Leben, aber in der sicheren Hoffnung, zur Insel ihrer Kindheit zurückzukehren und den Mann zu heiraten, den sie, wie sie mit Hercules Hilfe erkannt hatte, liebte und mit dem sie deshalb schon ein paar Jahre zuvor in Kontakt getreten war. Ihre lange Rekonvaleszenz nach der Tat, die sie nur durch den Beistand der Vorsehung überlebt hatte, und danach ihre Abreise hinterließen ein Gefühl, daß das Unglück erst begonnen habe. Das Haus war vergiftet von Mißtrauen. Die Mädchen wurden vorsichtig und in sich gekehrt. Manche von ihnen weigerten sich, mit Männern zu verkehren, die sie nicht kannten, andere legten sich verspätet die Kriegsgewohnheit zu, mit einem Dolch unter dem Kissen zu schlafen. Die Geschichte von dem blutigen Vorfall breitete sich aus und schreckte einen Teil der Gäste ab. Andere konnten den Gedanken an ein Bordell nicht ertragen, das von neugierigen Polizisten besucht wurde. Bis zum Sommer hatte das Etablissement die Hälfte seines Umsatzes verloren. Die Kunden wurden immer weniger, und mehrere Mädchen gingen ohne Vorwarnung auf und davon, mitten in der Nacht, ohne etwas anderes zu hinterlassen als ein paar Kleider und einen eilig hingekritzelten Abschiedsbrief.

In diesen schweren Zeiten beschloß man, Henriette Vogel auf dem freien Markt der Liebe zu versteigern.

Henriette war zu dieser Zeit ein ungewöhnlich gut entwickeltes Mädchen und groß für ihr Alter, so daß man sie für älter halten konnte, als die Ziffern in ihrem Taufschein angaben. Mehrere Männer hatten schon schmachtende Blicke auf sie geworfen, und mehr als einer der Gäste des Hauses hatte flüsternd Madame Schall gefragt, ob das Mädchen nicht zu alt sei, um Zöpfe zu tragen. In einem Haus, in dem alles käuflich war und Treue bestenfalls ein Tagtraum, genährt an trägen Sonntagnachmittagen, sprach nichts dagegen, die Unschuld eines zehnjährigen Mädchens an den Meistbietenden zu versteigern. Ius primae noctis, das Recht auf die erste Nacht, war zu dieser Zeit in Europas Bordellen eine verbreitete Handelsware und konnte einem Etablissement, das im Verfall begriffen war, bedeutende Summen einbringen. Das Mädchen war außerdem dazu erzogen, eines Tages in die Fußstapfen ihrer Mutter zu treten, denn der Beruf war und ist sehr häufig etwas, das vererbt wird.

Am Ende aber war es die schlechte Wirtschaftslage des Etablissements, die ihre Mutter und Madame Schall zu dem schweren Entschluß trieb. Die Mädchen taten ihr Bestes, um Henriette durch einen informellen Initiationsritus, bestehend aus tausend Ratschlägen und Ermahnungen, auf die Prüfung vorzubereiten. Sie verrieten ihr Kniffe, wie man so schnell wie möglich und mit so wenig Mühe wie nötig die Männer zur Seligkeit führte, die sichersten Handgriffe, die schmerzfreiesten Stellungen, wie hilfreich Vergessen sein konnte und wie man den wiederkehrenden Ekel mit einem Gebräu aus Nelkenwein und Kampfer vertrieb. Sie erklärten ihr, wie man die Kunden am einfachsten los wurde, sobald der Liebesakt überstanden war, wie man den Preis verhandelte und bis zu welcher Grenze man ihnen erlauben konnte zu feilschen. Sie ermahnten sie, sich nie zu verlieben, obwohl dies manchmal der leichteste Weg war, eine Demütigung zu vermeiden, nie auf etwas einzugehen, dem der Instinkt widersprach, jedenfalls auf keinen Fall, wenn nicht vorher der Preis zu ihrer Zufriedenheit festgesetzt worden war. Sie legten ihr nahe, einige der Worte und Gesten der Liebe für sich selbst aufzusparen, damit nicht alle abgenutzt waren an dem Tag, an dem sie gegen jede Wahrscheinlichkeit einen Mann finden würde, der sie in ein glücklicheres Dasein als Ehefrau in einem bürgerlichen Heim führen konnte, was der Wunschtraum der meisten von ihnen war. Sie brachten ihr bei, wie sie sich gegen Krankheiten und Schwangerschaft schützen konnte, daß Küsse extra kosteten und wie man sich am besten gegen angetrunkene Seeleute wehrte. Außerdem überreichten sie ihr kleine Geschenke: Accessoires, Schmuckstücke, Parfüms und Amulette, die gegen beschämende Krankheiten wirken und Glück bringen sollten.

Henriette ertrug all dies mit einer Sorglosigkeit, die an Gleichgültigkeit zu grenzen schien. Sie ließ sich in allen Künsten der bezahlten Liebe instruieren, drang in die moschusduftende Welt der Schlafzimmerkniffe ein, empfing die rituellen Präsente, probierte passende Kleider, kokardengeschmückte Hüte, Damenschuhe aus Saffianleder und Unterkleider mit Spitzen an und führte einen heroischen Kampf gegen ihre Furcht vor dem Auktionsabend. Zeitweise gelang es ihr, die bevorstehende Prüfung zu vergessen, denn ihre Gedanken waren bei Hercule Barfuss.

Er war verzweifelt. Von der Ungerechtigkeit des Lebens zu Boden geschlagen, aß er kaum noch. Er wußte, daß die Zukunft des Mädchens seit langem beschlossene Sache war, doch seine Liebe weigerte sich, Rücksicht auf Tatsachen zu nehmen. Er konnte sich keine größere Ungerechtigkeit vorstellen, als daß sie an namenlose Männer verkauft werden sollte.

Zum ersten Mal in seinem Leben begriff er, daß es die Zukunft gab und daß sie finsterer war als die Nacht. Er blickte in sie hinein, ohne irgend etwas zu sehen, denn in ihr war für Wesen seiner Art kein Platz. An einem so fremden Ort sah er sich nicht, und er begriff, daß sein Leben ein Provisorium war, geschützt von einer Schwesternschaft, die bald fragen würde, wer er war und was er dort machte. Es war wie ein Blick ins Grab.

Zwei Wochen vor dem Auktionsabend litt er, von seiner Verzweiflung allem Anschein nach tödlich geschwächt, unter Fieberkrämpfen. Die kluge Alte, die Madame Schall angestellt hatte, mußte ihr ganzes berufliches Können aufbieten, um ihn nach einer Nacht, in der alle Hoffnung dahin zu sein schien und man sein Herz mit einem schweren Seufzer, wie wenn man eine Flasche entkorkt, hatte stehenbleiben hören, ins Leben zurückzuholen. Langsam ging es ihm besser, aber nur dank Henriettes Fürsorge. Das Mädchen wachte an seiner Seite, vom frühen Morgen bis spät in die Nacht, wenn der Schlaf sie auf der Bettkante vorfand, eine Hand auf seinem pelzigen Rücken ruhend, die andere in der aufgeschlagenen Bibel. Sie fütterte ihn löffelweise mit Bouillon, umwickelte ihn mit Senfkompressen und senkte das Fieber mit Eisbeuteln. Im Delirium sah er ihr Gesicht im Raum herumtanzen, aber das Gesicht war eine Maske, die ihr eine unsichtbare Hand abriß, und darunter war das Papier der Zukunft, doch das war nicht leer, sondern vollgekritzelt mit Katastrophen. Im Treibeis des Unterbewußtseins schwimmend, umgeben von einer Trauer, deren Kraft sicher den Verlauf der Geschichte hätte ändern können, hätte sie andere Formen annehmen dürfen, wartete er auf das Ende.

Dann kam der Auktionsabend. Das Erdgeschoß füllte sich mit Gästen, die Gläser klangen, die Mädchen scherzten geschäftstüchtig; das Feilschen um ein paar Stunden Zärtlichkeit konnte beginnen.

Es knirschte im Kies auf dem Hofplatz, wenn weitere

Droschken eintrafen, Gelüste und Wünsche breiteten sich wie ein klebriger Nebel über das Etablissement aus. Es gab keine mildernden Umstände für dieses Leben, die Freude mußte jeden Abend neu erfunden werden und mit jedem Kunden, der in die Betten der Mädchen stieg, sterben.

Von seiner Bodenkammer aus atmete Hercule die lieblose Luft ein und verfluchte die Ironie, die darin lag, daß er sie mit dem Mann teilen mußte, der bald Henriette in Besitz nehmen würde. Weinend schlug er den Kopf gegen die Wand, wieder und wieder, in der vergeblichen Hoffnung, das Bewußtsein zu verlieren.

Als er aufhörte, hatte sich eine eigentümliche Spannung über das Haus gelegt, und er begriff, daß die Auktion begonnen hatte. Er fühlte den Irrsinn im Haus herumjagen wie einen verirrten Herbstwind. Von seinen Schluchzern halb erstickt, fragte er sich, was für eine unverzeihliche Sünde er begangen haben mußte, um mit einem solchen Unglück gestraft zu werden. Aber in seiner Verzweiflung, vor seinem inneren Auge das Bild von Henriette Vogel, die in Unterwäsche in einer Ecke des großen Saals stand, umgeben von gesichtslosen Männern, schien er ohnmächtig geworden zu sein, denn plötzlich wurde er von einem würgenden Entsetzen, das ihn beinah zu ersticken drohte, wieder geweckt: Der Mann, der Magdalena Holt beinah das Leben genommen hatte, war in einem Zimmer mit Henriette allein.

Jahre später, als er mit Hilfe seiner Gabe in den Augen einer streunenden Katze Platz genommen hatte und auf dem Fenstersims eines Bürgerhauses in Danzig saß, sollte er sich bis ins kleinste Detail an die Ereignisse erinnern, die diesem Abend folgten und die weniger als eine Woche später dazu führen sollten, daß er mit den Wurzeln ausgerissen und für erbarmungslose Jahre in eine Umlaufbahn um eine Sonne katapultiert wurde, die aufgehört hatte zu scheinen.

Er rannte durch die Korridore, die Treppen hinunter. Er erinnerte sich an die Verblüffung der Gäste, Männer, die sich mit Ekel oder Erstaunen im Gesicht nach ihm umgedreht hatten, einige der Mädchen, die versuchten, ihm den Weg zu versperren, er erinnerte sich an eine plötzliche Eruption von Entsetzen in jemandem, der durch sein Erscheinen zu Tode erschreckt wurde; er folgte der Spur des pulsierenden kranken Begehrens und betete zu Gott, daß Henriette noch nichts geschehen war. Er öffnete die Tür zu einem der Zimmer. Ein Mann in Frauenkleidern wandte sich ihm zu und lächelte, aber nur einen Augenblick, bis sich sein Lächeln in eine Grimasse des Ekels verwandelte.

Ihn verwirrten die Triebe, die in diesem Haus herrschten, sie waren überall: die bitterste Sehnsucht der Körper und der Seelen. In Panik rannte er weiter, auf seinen kurzen Beinen hinkend, unter dem Gewicht des enormen Kopfes einknikkend, das Bild von Henriette Vogel auf der Netzhaut.

In einem Saal standen nackte Männer, sturzbetrunken, über ein Mädchen gebeugt, das mit einer Binde vor den Augen auf dem Boden lag. Er öffnete die Tür zu einem weiteren Zimmer, wo sich zwei Männer ein Mädchen teilten, dessen Gesicht vor Scham so verzerrt war, daß er es nicht erkannte. Einige Seeleute machten sich gegenseitig auf ihn aufmerksam und brachen in nervöses Gelächter aus, und zwei von ihnen, Zwillinge, dachten im selben Augenblick an ihre verkrüppelte Schwester. Er hastete weiter, der Spur nach, die ständig von anderen gekreuzt wurde. Ganz hinten im Flügel fand er die Kammer. Er versuchte, die Tür zu öffnen, doch sie war verschlossen. Er hämmerte mit Kopf und Füßen dagegen. Der Lärm lockte Leute an: die Seeleute, die ihn eben ausgelacht hatten, einen Offizier in tressengeschmückter Uniformjacke, aber ohne Hosen und Schuhe, Mädchen, die er kannte, notdürftig verhüllt mit dem, was sich gerade angeboten hatte.

Jemand sagte: »Was ist los? Was ist das für ein Krach?« Aber der Junge schien nichts zu hören, er bearbeitete weiter mit Kopf und Füßen die Tür.

Von überall trafen ihn die Gedanken der Menschen: *Armes Kind … so entstellt … man hätte nie zulassen dürfen, daß er geboren wird …* Im Gewimmel tauchte Madame Schall auf. Jemand dachte scherzhaft: *Das Bieten ist zu Ende, junger Krüppel. Das Mädchen ist schon verkauft. Einhundertachtzig Goldmark. Für den Preis könnte man hier ein ganzes Jahr wohnen, Frühstück und Liebe inklusive.*

Er hämmerte weiter, bis von innen aufgeschlossen wurde.

Er würde das Aussehen dieses Mannes nie vergessen, selbst wenn dies sein letzter Auftritt im Drama von Hercules Leben gewesen wäre: die suchenden blauen Augen, den Schnurrbart, der von Schweißperlen glitzerte, den gutgebügelten Sammetrock, die aufgeknöpften Kniehosen. Der Mann betrachtete sie kühl, einen nach dem anderen, und schließlich fiel sein Blick auf den entstellten Jungen.

»Was ist das für eine Mißgeburt?« fragte er, an Madame Schall gewandt. »Betreiben Sie ein Bordell oder ein Irrenhaus?«

»Ich bitte höflichst um Entschuldigung, Herr Senatspräsident«, antwortete sie. »Aber der Junge hat einen solchen Lärm gemacht, daß wir fürchteten, es sei ein Unglück geschehen.«

»Sorgen Sie dafür, daß das Tier eingesperrt wird, und lassen Sie uns in Frieden.«

Die Versammelten zogen sich zurück, und Madame Schall bat um Entschuldigung für den Vorfall. Sie werde sich um den Jungen kümmern, sagte sie; er sei kürzlich krank gewesen und noch nicht ganz wiederhergestellt. Der Mann mit dem Schnurrbart nickte und machte eine Geste, als wolle er die Tür wieder schließen, aber in diesem Augenblick drängte sich Hercule ins Zimmer.

Erneut entstand Tumult. Er klammerte sich an Henriette

fest, die herzzerreißend zu weinen begonnen hatte. Wieder kamen Leute angelaufen, um zu sehen, was los war. Madame Schall versuchte, ihn dazu zu bewegen, seinen Griff um das Mädchen zu lockern, doch im selben Augenblick erstarrte sie wie paralysiert, leichenblaß im Gesicht und in ernster Sorge um ihren Verstand, denn in sich hörte sie eine Stimme, eine Art Gespensterstimme, die, das begriff sie, Hercule gehörte und die sehr deutlich sagte:

Das ist derselbe Mann, der Magdalena Holt die Brust abgeschnitten hat!

Durch das Gemurmel und Henriettes Gewimmer brüllte der Senatspräsident: »Nehmen Sie die verdammte Mißgeburt weg, bevor ein Unglück geschieht.« Aber auch wenn Hercule die schonungslose Sprache hätte verstehen können, hätte sie ihm nichts ausgemacht, denn alles, woran er dachte, war, das Mädchen zu retten. Er spürte nicht einmal den heftigen Tritt, der seinen Rücken traf, Madame Schall aber, noch erschüttert von der Gespensterstimme, die in ihr gesprochen hatte und die, da war sie sicher, vom Heiligen Geist inspiriert war, hatte ihn gesehen und machte dem Tumult ein Ende, indem sie den Senatspräsidenten wegstieß.

»Das reicht!« sagte sie mit der eiskalten Stimme, die sie sich durch ein Leben am Rande von Katastrophen angeeignet hatte. »Herr von Kiesingen kann sein Geld in meinem Büro abholen. Das Mädchen ist nicht mehr zu verkaufen.«

Weniger als eine Woche später wurde das Etablissement geschlossen. Keine Proteste halfen, keine Petitionen an die einflußreichen Herren, die Madame Schalls Tätigkeit jahrelang beschützt hatten, keine Bitten um Barmherzigkeit. Der Beschluß war vom Senatspräsidenten am Königsberger Oberlandesgericht ausgestellt worden: Klaus von Kiesingen.

Madame Schall wurde aufs nächste Schiff nach Tallinn gesetzt, wo ein betagter Verehrer ein Vermögen bezahlt hatte, damit ihr die Anklagen wegen Kuppelei erspart blieben. Mehrere der Mädchen wurden im berüchtigten Spinnhaus in Danzig eingesperrt, wo mehr als eine an den Entbehrungen zugrunde ging. Die übrigen wurden in alle Winde zerstreut. Von Henriette Vogel und ihrer Mutter hieß es, es sei ihnen gelungen, zu Verwandten nach Sachsen zu flüchten, während ein anderes Gerücht besagte, sie seien in tumultartigen Szenen getrennt worden, wonach das Mädchen in einem Hurenhaus in Berlin gelandet sei.

Auf unseren Helden warteten Jahre der Finsternis und der Demütigungen.

II

An einem Sonntagnachmittag während der Hundstage stand der Mönch Julian Schuster an einem Fenster des Refektoriums im Jesuitenkloster Heisterbach in der Gebirgslandschaft Oberschlesiens und sah sich mit einer Miene um, die sein tiefes Erstaunen nicht verbergen konnte. Was sein Interesse auf sich gezogen hatte, war nicht die Volksversammlung, die sich in der Hoffnung, Zeugen eines Wunders zu werden, vor dem Klostertor niedergelassen hatte, oder die beiden Novizen, die, vertieft in Loyolas geistliche Exerzitien, auf dem Hof saßen, oder der Abt Johann Kippenberg, der, die Stirn in ratlose Falten gelegt, die Loggia entlangspazierte, erfüllt von finsteren Gedanken, in denen allerdings Schuster eine gewisse Rolle spielte. Was dessen Aufmerksamkeit in Anspruch genommen hatte, war nichts Visuelles, sondern vielmehr die eigenartige Stimme, welche auf eine Weise, die er nie zuvor erlebt hatte, in ihm zu sprechen schien.

Schuster fand, es klang wie die Stimme eines verwirrten Jungen, und er fragte sich, ob er es vielleicht selbst war, der aus einer dunklen Nische seines Gedächtnisses sprach.

Wie lange ... sagte die Stimme kaum hörbar, *lebe ich schon im Tal des Todesschattens* ...

Dann verschwand sie wieder in einem Rauschen, in dem keine Worte zu unterscheiden waren.

»Eigenartig«, murmelte Schuster, während er den Abt, der einem der Novizen etwas zuflüsterte, betrachtete, »das Alter beginnt immer damit, daß man, ohne es zu merken, mit sich selbst redet, und damit nicht genug: Man glaubt außerdem, daß der, dem man interessiert zuzuhören vorgibt, jemand anders ist.«

Schuster war in der Tat, aus der Perspektive seiner Epoche gesehen, ein hochbetagter Mann. Obwohl der Name etwas anderes andeutete, war er wie der Ordensgründer Ignatius von Loyola iberischer Abstammung, und durch seine graue Löwenmähne und den kraftvollen Körper mit seiner stählernen Gesundheit, erworben in den abenteuerlichen Jahren von Schusters Noviziat, wirkte er sehr viel jünger als bald vierundachtzig Jahre.

Jetzt hörte er wieder die Stimme in sich, und obwohl er nicht verstehen konnte, was sie sagte, begriff er, daß es um eine Art Sehnsucht ging.

Etwas erschrocken über den gnadenlosen Vormarsch des Alters, versuchte er, sich auf das Gemurmel der Volksversammlung zu konzentrieren, die sich vor dem Klostergebäude niedergelassen hatte.

»Die sind verrückt«, brummelte er vor sich hin. »Hätten die Bauern was zu sagen, müßten wir ihn schon jetzt kanonisieren. Das endet noch mit einer Katastrophe.«

Der Satz erschreckte ihn ein wenig, denn er erinnerte an eine Prophezeiung, aber dann merkte er, daß jemand zu ihm sprach, und diesmal war es nicht die gespensterhafte Stimme oder er selbst aus dem Irrgarten des Gedächtnisses, sondern der Abt durch das offene Fenster.

»Was sollen wir nur machen, Schuster«, seufzte er. »Wir können sie ja nicht mit Gewalt wegjagen.«

Kippenberg war halb so alt wie er selbst, gebürtiger Österreicher, unter Kardinal Teobaldi ausgebildet in Rom. Während der schweren Jahre des Banns war er daran beteiligt gewesen, den Jesuitenorden auf preußischem Boden aufzubauen, und hinter seinem milden Blick verbarg sich ein organisatorisches Talent ohnegleichen, das ihn, vermutete Schuster, eines Tages bis in die Leitung der Kongregation führen würde.

»Warum lassen wir nicht den Jungen eine Weile zu ihnen rausgehen?« antwortete er. »Das kann das Übel ja nicht schlimmer machen. Die Wünsche der Bauern sind bescheiden.

Es geht um irgendeine entlaufene Färse oder eine verlorengegangene Berlocke. Sie bilden sich ein, der Junge könne irgendwie ins Verborgene sehen. Aberglauben können wir nur mit Wissen begegnen.«

»Dazu haben wir kein Recht«, sagte Kippenberg. »Nicht im Namen der Gesellschaft. Nicht auf dem Grund und Boden des Klosters, bevor wir festgestellt haben, inwieweit er ...«

Der Abt verstummte, und erneut hörte Schuster die Stimme im Kopf: *suchen,* sagte sie sehr deutlich, *ich muß sie finden* ... und dann wurde sie wieder unverständlich.

»Wissen Sie, Kippenberg«, sagte er, »in meiner Jugend im Musikstaat haben wir die Indianer mit einer Orgel aus dem Regenwald gelockt. Die war ein Wunder für sie, die Wilden, und ohne Wunder konnten wir sie nicht zum Glauben bringen.«

»Aber diese Menschen hier sind keine Wilden«, entgegnete der Abt. »Die müssen wir nicht missionieren. Das ist eine katholische Gegend. Ich mache mir Sorgen, und das sollten Sie auch, Schuster. Gestern hatte ich die Befürchtung, der Pöbel würde das Kloster stürmen. Ist Ihnen nicht aufgefallen, daß die Volksmenge jeden Tag größer geworden ist. Da sind Hunderte von Menschen draußen, vielleicht Tausende ... Wie steht es übrigens mit dem Jungen, weigert er sich noch immer zu reden?«

»Es ist nicht sicher, daß er sprechen kann«, sagte Schuster. »Außerdem fehlt ihm anscheinend das Gehör. Ich lasse ihn von einem Arzt untersuchen. Wir können nicht ausschließen, daß er taub ist.«

»Man kann unmöglich Orgel spielen, wenn man taub ist, Schuster, das müßten Sie wissen.«

»Das Gebrechen kann sich später eingestellt haben. Als Folge eines Schocks vielleicht. Der Junge kann das Kind einer Troßfrau sein.«

»Wie steht es mit seinen Verstandesgaben?« fragte der Abt.

»Merkwürdigerweise versteht er wohl das meiste, was man zu ihm sagt. Möglicherweise liest er von den Lippen ab. Ich begreife nur nicht, warum ich ihn ausgesucht habe. Er taugt ja zu nichts anderem als zum Orgelspielen. Die Hilfsarbeiten sind zu schwer für ihn, denn Wasser kann man nicht mit den Füßen tragen, auch nicht Rüben sortieren …«

Schuster verlor wieder den Faden; seit der Junge ins Kloster gekommen war, litt er unter Konzentrationsschwierigkeiten, Grübeleien, Alpträumen, die ihn mitten in der Nacht wecken und dem Schlaf die Stirn bieten konnten, bis über den Bergen der Morgen graute. Er konnte nicht einmal mehr Musik machen, jede Lust dazu war verschwunden, seit der Junge in die Welt der Töne eingedrungen war. Es war der Zweifel, erkannte er, der ihn heimsuchte, doch er begriff nicht, woher er kam oder worin genau er bestand.

»Ich mache mir genausoviel Sorgen um den Jungen wie über diese regelrechte Belagerung des Klosters«, fuhr Kippenberg fort. »Und Sie haben recht, Schuster: Es ist nicht möglich, in so kurzer Zeit Orgelspielen zu lernen; er muß in die Lehre gegangen sein, bevor man ihn ins Asyl aufgenommen hat. Wo kommt er her; das ist es, was wir herausfinden müssen.«

»Allem Anschein nach hat man ihn auf die Treppe des Irrenhauses gelegt«, sagte Schuster. »Das hat man mir zumindest erzählt: mitten in der Nacht, während eines Schneesturms.«

»Armes Kind …« Der Abt senkte die Stimme. »Außerdem haben wir allen Grund, uns wegen der Novizen Sorgen zu machen. Gestern ist noch einer verschwunden, ohne auch nur einen Abschiedsbrief zu hinterlassen. Und Sie ahnen nicht, was ich in der Beichte höre: Der Glaube gerät ins Wanken bei unseren reinsten Seelen … Schuster, hören Sie, was ich sage?«

Schuster hatte wieder zu schwitzen begonnen. Es war mitten im August, und die Hitze war unmenschlich. Er nahm ein

Taschentuch aus der Gürteltasche und wischte sich sorgfältig den Nacken. Inzwischen schien das Gemurmel der Menschenmenge leiser geworden zu sein. Es traf zu, dachte er, worauf der Abt hingewiesen hatte; der Glaube der Novizen geriet ins Wanken, und er wußte, auch dies lag an dem Jungen, obwohl er nicht begriff, auf welche Weise.

»Verzeihen Sie mir«, sagte er mit einer leichten Verbeugung, »wenn ich in meine Zelle gehe. Ich habe das Stundengebet und die Messe versäumt. Es ist Zeit, allein mit Unserem Herrn zu sprechen.«

Auf dem Weg zum Dormitorium grübelte Julian Schuster darüber nach, ob es einen Zusammenhang gab zwischen der Stummheit des Jungen und den Jahren, die er im Asyl zugebracht hatte, und ob die Antwort darin lag, wie er mit den Orgelpfeifen die verzweifeltsten Harmonien erzeugte. Das war nicht undenkbar. Die Anstalten der neuen Zeit spotteten jeder Beschreibung, und in Ratibor wählte das Kloster seine Küchenjungen unter den Insassen des Asyls aus, die soweit gesund waren, daß man ihnen leichtere Arbeiten anvertrauen konnte. Schuster war selbst dabeigewesen, als sie an jenem Aprilmorgen hingefahren waren, um einen Ersatz für den Idioten zu suchen, der kurz zuvor mitten in der Herstellung des Osterbrotes an einem Schlaganfall gestorben war.

Nie würde er die Szene vergessen, die er im Keller der Anstalt vorgefunden hatte: Der Junge hatte dagesessen, wie ein Tier festgekettet an einem Haken an der Wand. Neben ihm stand ein Holzteller mit Essensresten, mit denen man im Kloster nicht einmal die Schweine zu füttern gewagt hätte. Der Strohsack, auf dem er saß, war von Ausscheidungen durchtränkt. Der Gestank war so fürchterlich, daß sogar die Läuse sich fernhielten. Schuster hatte schon früher menschliche Monster gesehen, in Venedig, wo sie im Karneval eine eigene

Prozession bildeten, und auf einer Insel im Ägäischen Meer, wohin die Griechen ihre von der Natur Benachteiligten schickten, aber nie etwas so Entsetzliches wie hier.

Warum habt ihr ihn angekettet? hatte er gefragt. Er macht den Insassen angst, hatten die Wärter geantwortet. Doch etwas sagte Schuster, daß der Junge ihnen selbst angst machte.

Während sie ihn befreiten, hatte er sich gefragt, was für einen besonderen Plan Der Herr mit diesem Geschöpf haben mochte. Der Körper war so mißgebildet, daß ihm zunächst die Quetschwunden, die klaffenden Hiebwunden, die Narben, die eitrigen Läsionen dort, wo die Fußfessel so tief eingedrungen war, daß man den Knochen sah, nicht aufgefallen waren. Er begriff, daß der Junge täglichen Mißhandlungen ausgesetzt gewesen war, und er war so empört beim Gedanken an diese Brutalität, daß ihm unwillkürlich ein Ave Maria entschlüpfte.

Wie heißt du? hatte er ihn gefragt, im Dunkeln, beinah flüsternd. Doch der Junge hatte nur den Kopf geschüttelt. Als Schuster sich bei der Irrenhausleitung nach seiner Vorgeschichte erkundigt hatte, mußte er sich damit abfinden, daß er keine Geschichte hatte. Es wurde behauptet, daß ein herumreisender Kupferschmied ihn halb verhungert auf der Landstraße vor Breslau aufgelesen und ins Asyl gebracht hatte. Als Schuster sah, daß ihm die Ohrmuscheln fehlten, wunderte er sich, daß er überhaupt hören konnte, doch später, als der Junge begonnen hatte, sein musikalisches Talent unter Beweis zu stellen, vermutete er, daß die Taubheit nicht komplett war oder zumindest nicht angeboren. Vielleicht war dieser Mangel sogar ein Vorteil: Er schien zu hören, was andere nicht zu erfassen vermochten.

Während die Volksversammlung vor den Klostertoren immer größer wurde, sprach Schuster beinah eine Stunde lang allein mit seinem Gott, und als das Gespräch beendet war, ohne daß er eine Spur klüger geworden wäre, blieb er am Arbeitstisch sitzen. Er blätterte unkonzentriert in der *Legenda Aurea*, einer Schrift, in die er sich im letzten Monat vertieft hatte, bevor er sie mit einem Seufzer weglegte und zum Bücherregal ging.

Er stand eine Weile vor den Bänden und versuchte, ein Werk auszuwählen, das seine Gedanken von den Ereignissen der letzten Zeit ablenken konnte: Ludolfs von Sachsen »Vita Christi«. Thomas' a Kempis »Über die Nachfolge Christi«. Doch ehe er seine Wahl hatte treffen können, übermannte ihn erneut die Müdigkeit. Er ließ sich auf der Pritsche nieder und betrachtete die schlichte Klosterzelle: den Tisch, den Schemel, das Kruzifix an der Wand.

Weit weg aus der Kapelle hörte man Orgeltöne. Es war der Junge, der spielte, aber als das Glockenläuten zum Vespergebet begann, bemerkte er es kaum: Prim, Terz ... er wußte nicht einmal, zu welcher Hore es läutete.

Er ging ans Zellenfenster. Am Hang unterhalb des Küchengebäudes hatte es sich die Menschenmenge, in der Hoffnung, der Junge werde sich zeigen, bequem gemacht. Es waren meist junge Frauen, aber auch eine Schar von Alten und Invaliden, die hierhergekommen waren in dem Glauben, der Junge habe nicht nur die Gabe des Sehens, sondern könne auch Kranke heilen. Kinder spielten am Brunnen. Eine Kuh lief frei unten am Bach herum. Ein paar Bauernfamilien hatten Picknickkörbe bei sich. Verkäufer boten an Ständen Bier und Brezeln an. Das Kloster hatte sich im letzten Monat in ein Wallfahrtsziel verwandelt.

Diese Menschen, dachte Schuster, während ihm erneut der Schweiß ausbrach, waren für einen transzendenten Gott nicht empfänglich; sie verlangten Wunder, um überzeugt zu werden. Mit den Jahren hatte er selbst die Vereinigung der Seele mit dem Göttlichen erfahren dürfen: wenn er Blumen betrachtete, einen Fluß, einen Baum. In Amerika hatte er die Stimme

Gottes im Dschungel gehört, er hatte den Schöpfungsplan im Bau der Termiten, in den Augen eines Jaguars, im Erstaunen der Guaraní-Indianer angesichts von Musikinstrumenten gesehen. Diesen Menschen aber war es völlig unmöglich, Gott in einem Baum zu erleben oder das Himmelreich in einem Wasserlauf zu spüren. Sahen sie einen Baum, sahen sie nur Holz für ein Vorratshaus. Sahen sie einen Fluß, sahen sie Netze und Fische. Sahen sie ein Feld, sahen sie nur einen Laib Brot. Man mußte sie gewinnen, indem man sie lesen und schreiben lehrte, oder sie speiste, wenn die Ernte fehlgeschlagen war – Seelen für den Glauben hatte die Bruderschaft durch Anpassungsfähigkeit und die praktische Arbeit gewonnen.

Plötzlich, am Fenster in der Klosterzelle, erschrak er so, daß er beinah das Gleichgewicht verloren hätte. Erneut hörte er die Gespensterstimme in sich, deutlicher denn je.

Henriette, sagte sie. Nur dieses eine Wort: *Henriette!*

Auf der Suche nach einer Verbindung zwischen dem, was sich vor seinen Augen im Kloster abspielte, und dem, was er selber ein halbes Menschenalter zuvor am Ende der Welt erlebt hatte, hatte Julian Schuster sich in der letzten Zeit immer öfter an seine Jugendjahre erinnert. Die Geschichte hatte kurz nach seinem zwölften Geburtstag, als er als Postulant zu den Ordensbrüdern in Jerez in Spanien gekommen war, begonnen. Dies war zur Zeit der Bourbonen gewesen, und da man Schuster für musikalisch hielt, war er bei dem berühmten Mönch Santiago de Castellón, der zu seiner Zeit als der Meister auf diesem Instrument galt, zum Orgelbauer und Kantor ausgebildet worden. Während des Noviziats hatte er sich, der Einförmigkeit des Klosterlebens insgeheim müde, zur Missionsarbeit gemeldet und war mit einem Ostindienfahrer zu den spanischen Kolonien jenseits des Ozeans geschickt worden. Aber nicht allein: Mit auf dem Schiff war eine abgebaute

Orgel, die die Brüder von Ferdinand VI. geschenkt bekommen hatten, um damit die letzten der Guaraní-Krieger für den Glauben zu gewinnen, komplett mit zwölf Stimmen, Manual aus Elfenbein und vergoldetem Brustwerk.

Schuster sollte nie den Maiabend mit seiner Frühsommerhitze vergessen, als er mit einem Flußschiff in Asunción eingetroffen und von einem betrunkenen Ruderer, dessen Spanisch so mit Indianersprache vermischt war, daß er von dem, was er sagte, kaum ein Wort verstanden hatte, bis zum Kai gebracht worden war; den brühheißen Windhauch, den Staub, der in der Luft zu glühen schien, den Gestank des Sumpfes, wo in Pfahlbauten die freigelassenen Sklaven wohnten. Geier und Hunde hatten um die Abfälle in den offenen Kloaken gekämpft. Ratten waren zwischen den Wagenrädern herumgeflitzt, als er zum Jesuitenkloster hinauffuhr, zusammen mit Pater Sepp, dem alten Kammermusiker aus der Wiener Hofkapelle, der, mit vier Jahrzehnten Missionserfahrung, ihm beibringen sollte, mit der Musik als Kescher Seelen zu fangen.

Schuster war fünf Nächte in der Stadt geblieben, während die Orgel auf ein kleineres Flußschiff umgeladen wurde, und er hatte sich erholt von einer Reise, die nahezu drei Monate gedauert hatte: zuerst mit den Passatwinden über den Atlantik und danach mit Mauleselkarawanen, bis sie das Innere Südamerikas erreicht hatten: den Gottesstaat Paraguay.

Er hatte das Gefühl, sich auf einem anderen Himmelskörper zu befinden. Während der Novizenjahre hatte er sich nie nach Hause gesehnt, aber die Sehnsucht, die er jetzt empfand, nach der asketischen Bequemlichkeit des Klosters, nach der Routine der Stundengebete, nach Santiago de Castellóns zurückhaltenden Vorlesungen über Orgelharmonik, war nicht von dieser Welt. Die Mücken verwandelten seine Nächte in ein juckendes Inferno. Am Tag drohte die Hitze ihn um den Verstand zu bringen. Der Gestank von Tier- und Menschenkadavern und die Verwesungsgase, die vom Sumpf hereinwehten, nahmen ihm den Appetit. Er stellte sich die Stadt als einen Vorhof zur Hölle vor, mit ihrer grenzenlosen Armut, den Kranken und Sterbenden im Rinnstein, den Spaniern, die der Dschungel zu Wilden gemacht hatte, und dem Trommelspiel und den ekstatischen Schreien der Indianer, die seine Nächte mit Alpträumen erfüllten. Als er zusammen mit Pater Sepp das Flußschiff bestieg, das ihn den Rio Paraguay hinauf zum Urwald im Nordosten bringen sollte, fürchtete er, er werde die alte Welt nie wiedersehen, denn alles, die Stadt, der Dschungel, die Menschen waren ein Vorgeschmack all des Unglücks, das ihn am Ende seines Lebens erwartete.

In den ersten Tagen hatten sie, unter einem Zeltdach an Deck sitzend, noch Dörfer und menschliches Leben gesehen. Ruderboote lagen an den Brücken vertäut. Zahme Gürteltiere standen angebunden an den Hütten. Nackte Kinder waren die Flußufer entlanggelaufen und hatten ihnen zugewinkt. Indianerinnen hatten schamlos nackt in den Lagunen gebadet. Am vierten Tag aber verschwanden plötzlich die Menschen, und das einzige Leben, das sie bis zum Ende der Reise sahen, waren die Kaimane, die sich auf den Sandbänken sonnten und in ihren aufgesperrten Rachen Schmetterlinge fingen.

Es kostete sie drei Wochen, ihr Ziel zu erreichen: eine Missionsstation in der Provinz Concepción südwestlich vom verwitterten Massiv des Maracaya-Gebirges. Die Bebauung bestand aus ein paar Holzschuppen mit Dächern aus Bananenblättern und einer Kirche aus grobbehauenen Palmenstämmen, in drei Himmelsrichtungen vom Dschungel umgeben. Zu diesem Zeitpunkt hatte Schuster zehn Kilo abgenommen, und seine Leinenhemden waren in der Feuchtigkeit vermodert.

Ein Priester, Pater Leander, holte sie auf der Pfahlbrücke ab. Weiter oben am Hang stand unter einem farbenfrohen

Baldachin eine Gruppe Indianer mit etwas in den Händen, das Schuster für Blasrohre hielt. Doch während der Priester sie zu den Missionshäusern hinaufführte, begannen die Wilden ein vierstimmiges Stück zu spielen, das ein paar Jahre zuvor in Europa in Mode gewesen war, denn was Schuster für Blasrohre gehalten hatte, waren in Wirklichkeit Flöten. Er traute seinen Ohren nicht. Es schien gegen die Ordnung der Natur, an diesem letzten Vorposten der Christenheit Musik zu hören.

Die Orgel wurde am selben Tag abgeladen, bevor das Flußschiff mit einer Rudermannschaft, bestehend aus vierundzwanzig Indianern, die mit Branntwein entlohnt wurden, stromabwärts nach Asunción zurückkehrte. Die Teile des Instruments waren intakt, abgesehen von einigen Metallbeschlägen, die Rost angesetzt hatten. In den gewaltigen Kisten befanden sich Rückenpositiv, Holzmanuale, Wellenbrett, Hauptwerk, Brust- und Oberwerk, Pfeifen, Pedale und zwei Dutzend italienische Windladen aus Olivenholz, die ein paar Wochen später dafür sorgen sollten, daß die Labialtöne im Dschungel widerhallten und die Brüllaffen die Flucht ergriffen und die Papageien mitten in ihrem kriegerischen Gekreische verstummten. Schuster sah seinem zwanzigsten Geburtstag entgegen, aber im Schatten der verfallenen Kapelle, auf deren Veranda nackte Wilde mit Pfeilbögen auf der Brust in Hängematten Siesta hielten, und mit dem Dschungel vor Augen, der wie ein grüner Jäger herankroch, erkannte er, auf der Kiste sitzend, die die florentinischen Lippenpfeifen enthielt, daß die Jahre nicht etwas waren, das er für selbstverständlich halten konnte …

Zehn Kilometer landeinwärts begann das Gebiet, das unter der Kontrolle der letzten Guaraní-Indianer stand. Drei Menschenalter waren vergangen, seit die ersten Jesuiten begonnen hatten, die Wilden aus dem Wald zu locken. Die Guaraní liebten Musik; sie waren von den Tönen von Spinett, Violinen und

Blasinstrumenten verhext. Es hieß, manche von ihnen fielen beim Klang spanischer Trompeten in Trance, und mehrere Stämme hatten die Missionare für Götter gehalten, weil sie Instrumente beherrschten, deren Töne kein Dschungelwesen nachahmen konnte. Mit der Musik als Köder und mit dem Versprechen, die Wilden zu lehren, die Instrumente, die für sie aus dem Paradies kamen, zu beherrschen, war es den Brüdern gelungen, sie zu taufen und an den Wasserstraßen Hunderte von Musterdörfern anzulegen.

Große Dschungelgebiete waren abgeholzt und in fruchtbares Ackerland verwandelt worden. In jedem Dorf gab es ein Indianerorchester, oft hervorragend, denn die Wilden waren von Natur aus musikalisch. Am Rio Paraguay weiter flußabwärts waren die Jesuiten-Reduktionen zu kleineren Städten angewachsen. Sie alle wurden von Missionaren wie Pater Sepp oder Pater Leander geleitet, mutigen Männern, die nichts anderes fürchteten als ihre eigenen Zweifel während der gewaltigen Wolkenbrüche bei Gewittern. Den Sklavenjägern, den sogenannten Mameluken, war der Aufenthalt auf den Missionsgebieten verboten. Die Ideen von Louis Blanc und Karl Marx, die in Europa erst hundert Jahre später geboren werden sollten, kündigten sich in einem Musikstaat jenseits des Ozeans an, denn in den Reduktionen gab es kein Privateigentum; man teilte alles.

Es war Schusters Aufgabe, das gewaltige Instrument, mit dessen harmonischer Kraft die letzten der wilden Seelen für den Glauben gewonnen werden sollten, aufzubauen, und er nahm sich ihrer mit einer Hingabe an, die zu gleichen Teilen von Gott und von der Furcht vor der Wildnis inspiriert war. In der zweiten Woche nach der Ankunft ließ er einen vier Kilometer langen Dschungelpfad zum Hochplateau bahnen, mit Hilfe von einem Dutzend Indianer, die in Kanus von einer Reduktion eine Tagesreise flußabwärts gekommen waren. Sie gingen mit ihren Macheten ebenso kundig um wie mit den Streichinstrumenten, die sie mitgebracht hatten, um den abendlichen Sternenhimmel zu vertonen, und waren ebenso geschickt, wenn sie Papageien fingen, die sie in Rohrkäfigen hielten, um sie an die deutschen Händler weiterzuverkaufen. Schuster staunte über ihre wohllautenden Gesänge und die Art, wie sie sich mit der Farbe roter Borke die Gesichter bemalten, um die Dschungelgeister fernzuhalten. Aber wenn er sie nach den wilden Indianern fragte, die angeblich in dem Gebiet wohnten, antworteten sie ihm nur mit rätselhaftem Lächeln.

Am Ende des Pfades ließ Schuster eine Lichtung hauen. Die Orgelteile, die schwer und nicht zu tragen waren, ohne daß man riskiert hätte, sie fallen zu lassen, verursachten Schuster einiges Kopfzerbrechen, bis Pater Sepp vorschlug, sie in den Kisten, in denen sie verpackt waren, auf Baumstämmen zu rollen und Seile und Taljen zu verwenden, wo die Hänge zu steil waren. Es kostete sie eine weitere Woche, die Teile an ihren Platz zu bringen und unter Schusters Oberaufsicht unter einem Dach aus geflochtenen Bastmatten die Orgel aufzubauen. Zu dieser Zeit waren die Indianer verstummt und rührten ihre Instrumente nicht mehr an, und die Stille, in der sie am Waldrand hockten und mit Palmblättern die Mücken in die Flucht trieben, war so schicksalsschwanger, daß Schuster Gänsehaut bekam.

Irgendwo hier, verschanzt hinter einer grünen Mauer, in einem Gebiet, das auf der Karte der Vizekönige jahrhundertelang ein weißer Fleck gewesen war, wohnten die letzten wilden Guaraní. In Asunción hatte Schuster versoffene Mestizen von Zauberkünsten erzählen hören, die den abgehärtetsten Soldaten die Sinne verwirrt hätten, von Wilden, die mit Hilfe von Baumschlangengift Menschenfleisch konservierten und Missionarsherzen, gewürzt mit Chilifrüchten, über offenem Feuer brieten. Er glaubte ihnen nicht, außer nachts, wenn sich der Dschungel mit unheilverkündenden Geräuschen füllte, die Augen der Jaguare am Waldrand glühten und seit langem Ertrunkene unten am Fluß weinten.

Am selben Tag, als die Orgel fertig war, verschwanden plötzlich die Indianer. Schuster würde es nie erklären können: Als er sich umsah, waren sie nicht mehr da, sie schienen vom Dschungel verschluckt. Pater Sepp war nach Asunción zurückgefahren, um eine Delegation des Vatikans zu empfangen, und Pater Leander hielt sich mit zwei malariakranken Frauen an der Missionsstation auf. Er hörte das Geschnatter der Papageien, die Sinfonie der Insekten, das eigentümliche Knacken eines Dschungels, dessen Wachsen und Sterben nie aufhörte, und in eben diesem Augenblick, angesichts der Großartigkeit der Schöpfung, setzte er sich an die Orgel und begann zu spielen.

Stundenlang hatte er gespielt, ohne Pause, mit den Füßen Wind ins Werk gepumpt, sich über die Manuale, die Aliquotstimmen, die Zungen- und Labialpfeifen vorwärtsimprovisiert: Fugen, Choräle, ein Menuett. Er versuchte, sich vorzustellen, wie sich dieser eigentümliche Gegenstand aus einem Versteck im Dschungel ausnehmen mochte, für ein Augenpaar, das vielleicht nie zuvor einen weißen Mann gesehen hatte. Wie ein merkwürdiger Thron oder ein grollendes Untier, geritten von einem Menschen genau wie in der letzten Stunde der Apokalypse? Als er aufhörte, war die Nacht hereingebrochen, aber der Dschungel war mucksmäuschenstill; sogar die Zikaden bewahrten andächtiges Stillschweigen.

Schuster sank auf die Knie und betete den ganzen Rosenkranz, und danach, nachdem er sein Schicksal Gott anvertraut und seinen Durst mit einem Krug Melasse gelöscht hatte, sank er in einer Hängematte, gespannt zwischen zwei Akajoubäumen, in Schlaf.

Als er die Augen aufschlug, graute der Morgen, und die Brüllaffen boten in den Bäumen brünstige Serenaden dar. Er stand auf, fiel auf die Knie und betete um die Kraft, seine Angst auszuhalten.

Am Waldrand, rund um die Orgel, hockte eine Gruppe nackter Guaraní-Krieger, Blasrohre in den Händen.

Dieser Morgen vor sechzig Jahren hatte sich in Schusters Bewußtsein mit einer Schärfe eingebrannt, die seine späteren Erinnerungen selten auszeichnete. Im Kampf mit seiner geheimen Sehnsucht nach Bequemlichkeit war er fast fünfzehn Jahre im Dschungel geblieben. Unter den jesuitischen Missionaren war er zur Legende geworden, hatte vier wohlhabende Reduktionen gegründet, wovon die größte dreitausend Seelen zählte, und die Sprache der Wilden bis zu einer Vollendung gelernt, daß man ihn zum Herausgeber des Wörterbuchs in zwei Bänden erkoren hatte, das auf Wunsch der Kongregation zusammengestellt und in dem jedes Wort, auch aus den abgelegensten Indianerdialekten, transkribiert und ins Lateinische übersetzt worden war.

Das Leben an diesem letzten Vorposten der Christenheit erforderte einen Mann seiner Konstitution. Er überlebte zwei Cholera-Epidemien, einen blutigen Indianer-Aufstand, einen weit fortgeschrittenen Skorbut, monatelange Dschungelfieber, die Bisse von vier Giftschlangen und eine halbjährige Sklaverei bei den Mamluken, nachdem seine letzte Reduktion bis auf den Grund niedergebrannt worden war und er sich entschieden hatte, zusammen mit den Wilden, die er ebensosehr liebte wie die Kinder, die er nie zeugen sollte, in die Gefangenschaft der Sklavenjäger zu gehen. Seine Trauer war abgrundtief, als die Brüder allmählich vertrieben wurden aus dem Staat, in den sie selbst das Licht gebracht und sorgfältig darüber gewacht hatten. Machthungrige Könige verjagten sie aus ihrer Terra Divina mitten im Urwald, beendeten ihren Versuch, wieder einen Garten Eden zu errichten, mit einem neuen Sproß vom Baum der Menschheit: Adam und Eva aus der Rasse der Indianer.

Gleichwohl wußte Schuster, daß es zwischen dem Jungen und den Wilden seiner Jugend einen Zusammenhang gab, und deshalb, an ebendiesem Sonntagabend in den Hundstagen, als er seine Stundengebete versäumt und unruhig der Gespensterstimme gelauscht hatte, die ihn seit kurzer Zeit heimsuchte, strengte er sich an, herauszufinden, worin dieser Zusammenhang bestand.

Er begann mit dem Jungen: Der erste Vorfall, der im Volksglauben zum Wunder geadelt worden war, betraf einen Hirten namens Dietrich Fromm, der behauptete, er habe allein durch einen Blick auf den Jungen begriffen, wo sich ein entlaufenes Mutterschaf befand: in einer Klamm, wohin es sich verirrt hatte, während er selbst durch den Besuch bei einem Mädchen seine Hirtenpflichten vernachlässigt hatte. Der Mißgebildete, behauptete er, habe ihm ein vollkommen klares inneres Bild davon gegeben, wo er das entlaufene Schaf finden konnte. »Es war ganz deutlich«, hatte er gesagt: »Ich starrte das Monster an und wünschte mir nichts mehr, als es zu finden, und plötzlich wußte ich alles!«

Kurz darauf war es einem Bauern mit Hilfe des Jungen geglückt, eine vor dreißig Jahren verschwundene Silberschale zu lokalisieren. Er war ganz einfach zu ihm gegangen und hatte im selben Augenblick eine Vision gehabt. Der Bauer selbst hatte in einem der Kriege, als Plünderung zum Alltag gehörte, die Silberschüssel in einer Apfelbaumwiese vergraben, den Ort aber später vergessen. Er schwor, der Junge habe ihm die genaue Stelle angegeben, die beschützt wurde von der Heiligen Jungfrau, mit einem goldenen Zepter in der Hand und einem Heiligenschein aus mechanischen Schmetterlingen, der so stark leuchtete, daß er ihn für einen Augenblick geblendet hatte.

Eine Frau, Konstantine Paul – wenn auch bekannt für ihre Hysterie –, meinte, der Junge sei eine Art Spiegel, in welchem man das eigene unbekannte Ich finde. Sie selbst sei, behauptete sie, von einem unbestimmten Herzleiden geheilt worden, allein dadurch, daß sie vor dem Klostertor saß und zuhörte, wenn er Orgel spielte. »Er hilft mir, in mich hineinzusehen«, hatte sie im Laufe einer Befragung durch den Dorfpriester gesagt. »Gott segne den Jungen!«

Und es gab Leute, die behaupteten, der Junge sei Gedankenleser und Mesmerist und habe diverse Leiden geheilt: Zahnschmerzen, Ohrensausen, schlechten Atem, Verstopfung, Hinken, Staublunge und sogar einen Fall von Blindheit, dessen Träger wieder habe sehen können, was Schuster zu Recht bezweifelte.

Was ihm am meisten Sorgen machte, waren die Novizen. Nicht weniger als sieben von ihnen waren verschwunden, seit der Junge ins Kloster gekommen war. Einer von ihnen hatte großspurig erklärt, Gott sei eine Erfindung der Obrigkeit zur Unterdrückung der Massen, und der Opfertod Christi sei ein Mythos, denn der Mann, der gekreuzigt wurde, sei nur ein berüchtigter griechischer Wegelagerer gewesen, während der galiläische Schreinersohn, auf den sie ihren falschen Glauben gegründet hätten, mit seiner Mutter nach Syrien geflohen sei, bestätigt vom Apostel Paulus – damals noch unter dem Namen Saulus –, der ihn auf dem Weg nach Damaskus getroffen habe.

Das Interessante an dem Novizen war, begriff Schuster, daß er kurz vor seinem Auftritt fast eine ganze Woche mit dem Jungen allein verbracht hatte, um ihm den Hilfsdienst in der Klosterküche beizubringen, den er im übrigen mit den Füßen ausführte.

Ein anderer hatte bei der Beichte bekannt, daß er sein Keuschheitsgelübde nicht länger halten könne, und ein paar weitere waren ganz einfach verschwunden, ohne irgendeine Nachricht zu hinterlassen.

Es ging das Gerücht, der Junge sei besessen, und einige der älteren Mönche hatten auf eigene Initiative einen Vertrauensmann zu Kippenberg geschickt und ihn, unter Hinweis auf die Klosterregeln, gebeten, das, was sie »das Teufelskind« nannten, ins Asyl zurückzuschicken. Andere hatten unerklärliche Weinkrämpfe erlitten: Mitten in der Nacht war manch einer im Dormitorium aufgewacht und wie ein Verdammter in den Korridoren umhergeirrt, laut schluchzend, Gebete um die Vergebung einer unbekannten Sünde murmelnd.

So suchte Schuster jetzt nach Verbindungen zwischen den Ereignissen im Kloster und seiner Jugend in Amerika, bis er schließlich, mit einem Gefühl wortloser Erkenntnis, in einer Dämmerstunde vor fünfundvierzig Jahren vor einem gewissen Tihuan stand, oder Juan, wie die Spanier ihn nannten. Er war Medizinmann in einem der Dörfer im Norden, blind seit seiner Geburt, und dazu ausersehen, einen der Anfälle von Ruhr, die Schusters Eingeweide in regelmäßigen Abständen heimsuchten, zu heilen.

Die Erfahrung hatte Schuster gelehrt, die Heilkünste der Indianer, entstanden aus der Notwendigkeit des Dschungels, aus der fiebrigen Realität der Schlangenbisse, aus den brennenden Dornen der giftigen Pflanzen, dem Blutdurst der Vampire und dem Hunger der Parasiten, nicht zu unterschätzen, und deshalb hatte er den Medizinmann aufgesucht, angelockt von seinem Ruf, all die Krankheiten heilen zu können, die die Spanier auf diesen Kontinent mit seinen ganz eigenen Krankheiten nicht selbst mitgebracht hatten.

Er fand Tihuan vor einer Hütte, durch einen Agavenhain vom Dorf getrennt. Obwohl er blind war, konnte er Julian

Schuster eigentümlicherweise sehen. Mit einer verblüffenden räumlichen Sicherheit streckte er eine Hand aus, nahm Schusters Arm und führte ihn in die Hütte.

Auf dem Boden liegend, ignorierte Schuster das halbe Dutzend Schrumpfköpfe, Überreste einst enthaupteter Feinde, die mit beleidigten Mienen von der Decke auf ihn herabstarrten. Im Dunkeln wirkten die Augen des Medizinmannes phosphoreszierend. Er hatte eine Beschwörung gemurmelt, die den Namen der Gottesmutter enthielt, ebenso wie die Namen der Dschungelgeister, die Schuster in der Betrachtungsweise der Indianer jetzt in Legionen zusetzten. Schuster schloß mit dem Gefühl, magnetisiert zu sein, die Augen.

Er sollte nie hinreichende Worte finden für das, was er an diesem Tag erlebte, keine Ausdrücke, die die sonderbare Erfahrung, in sich selbst zu reisen, erklären konnten. Später sollte er es beschreiben, als habe er die Form eines Windes oder eines Lufthauchs angenommen und sei durch ein gastroskopisches Wunder in seinen eigenen Mund gesaugt worden, in die feuchte heiße Grotte, wo, blau und angeschwollen wie ein toter Wal, die Zunge lag, und durch den rauhen Schacht der Speiseröhre weitergeflogen, bis er sich schwebend über einem erregt schwappenden Binnenmeer wiederfand.

Es war so. Er war in seinen eigenen Bauch gestiegen, hatte die Brocken von Süßkartoffeln, Maiskuchen und die kürzlich verzehrten Flußmuscheln, die in halb aufgelösten Klümpchen an der Oberfläche schwammen, betrachtet, und zu seiner Verblüffung war er in diese stinkende Brühe eingetaucht, unter die Oberfläche, durch die Flüssigkeit, die so trüb war, daß er kaum etwas sah, bis er den rauschenden Abfluß erreichte, der, das begriff er, der Anfang seines Dünndarms war. In diesem gespenstischen Tunnel trieb er weiter, wie durch eine lange, abgezogene Schlangenhaut, durch blutige Katakomben, einen fließenden Lavastrom körperlichen Mülls, vorbei an Scharen von Darmparasiten, die die Darmwände angriffen, und er konnte erleben, wie Tihuan sie durch seine Kraft lokalisierte und vernichtete. Und dann ging es weiter, Meile um Meile, Stunde um Stunde, schien es, durch den sich windenden dunklen Tunnel, rissig und blutend, ganz unbeschreiblich stinkend, bis der schmäler und Schuster in Konvulsionen seismischen Bebens aus der Tiefe seines Körpers zusammengepreßt wurde, bis er sich unten aus sich selbst herausdrängte, ins Dunkel von Tihuans Hütte.

Bis ins Mark erschüttert richtete sich Schuster auf. Er rieb sich die Augen und öffnete sie wieder, in dem Glauben, er sei aus einer Halluzination erwacht. Doch was er jetzt erlebte, bestärkte ihn in dem nagenden Verdacht, der Medizinmann habe sich in den Kopf gesetzt, ihn wegen der Verbrechen der Kolonisatoren um den Verstand zu bringen, denn an einem Punkt in seinem eigenen Bewußtsein hörte er jetzt sehr deutlich dessen Stimme: *Die Dschungelgeister haben Schuster verlassen, sie hassen den weißen Gott, aber ich habe sie zurechtgewiesen … alles, was Tihuan für seine Dienste verlangt, ist ein Krug Branntwein …*

Die Seele im Auflösungszustand und mit dem deutlichen Gefühl im Zwerchfell, daß seine Diarrhöe geheilt sei, stand Schuster auf und verließ mit einem stillen Gebet zum heiligen Franciscus Xavier, den Schutzheiligen der Missionare, die Hütte.

Dort berührten sie einander, begriff er jetzt an diesem späten Abend im schlesischen Kloster, der Medizinmann und der mißgestaltete Junge. Vielleicht traf es zu, was Konstantine Paul in einem Anfall von Bekenntniswut dem Dorfpriester zugeflüstert hatte, der Junge könne – wie Tihuan – in ihre Seelen eintreten, könne sich in ihnen bewegen, könne sogar in Gedanken zu ihnen sprechen.

Die Jahre im Asyl hatten Hercule Barfuss nahezu den Verstand geraubt. Er wußte nicht einmal, wie lange er dort gewesen war. Er hatte eine unscharfe Erinnerung an den Senatspräsidenten von Kiesingen, der ihn eigenhändig in Ketten gelegt und seinem Kutscher befohlen hatte, ihn aus Königsberg wegzubringen.

Dann folgte die wahnsinnige Kutschfahrt, immer nur nachts, eine Woche lang, ohne Essen oder Wasser, bis man ihn halbtot vor Hunger und Durst im Morgengrauen auf eine schlesische Landstraße geworfen hatte. Als er wieder zu Bewußtsein kam, war er in der Hölle der Anstalt.

Noch viele Jahre später, im hohen Alter, sollten ihn die Erinnerungen an das Irrenhaus heimsuchen, an die lebenden Leichen, die durch die Säle schlurften, sabbernd, schreiend, weinend, gefangen in ihrem verwirrten Inneren mehr als hinter den verschlossenen Türen des Asyls, ganz zu schweigen von den herumirrenden Seelen der Toten, die nach den Greueln, die sie im Leben hatten aushalten müssen, jede Orientierung verloren hatten und das Himmelreich, das sie mehr als verdient hatten, nicht fanden.

Es gab dort Geisteskranke aller Art: Idioten, Mongoloide und Fallsüchtige. Es gab hysterische Frauen, umnachtet, rasend, und andere, die an Schwindelanfällen und quälenden Attacken von Nervenfieber litten. Menschliches Leben erlosch so leicht, wie man die Flamme einer Kerze ausbläst. Frauen und Männer jeden Alters lebten und starben hinter den verschlossenen Türen des Asyls, auch Kinder, unglückliche Opfer eines Schicksals, das von Barmherzigkeit noch nichts gehört hatte. Einige von ihnen waren in der Anstalt geboren worden, als Frucht nächtlicher Begegnungen zweier verzweifelter Menschen auf einem strohbedeckten Boden. Andere stammten von ihren eigenen Wärtern und von Müttern, die an die Wand im Frauenpavillon gekettet waren.

Sieben Jahre lang lebte Hercule in dieser Schattenwelt, die einen Dante zu neuen Großtaten hätte anspornen können. Er fürchtete nie die Insassen, denn in einem Dasein, in dem alle Regeln auf den Kopf gestellt waren, wirkten diese eher gesund als krank. Wen er fürchtete, waren die Wärter.

Eines Nachts während seines ersten Monats in der Anstalt hatten sie, um einen unaufgeklärten Diebstahl zu bestrafen, auf gut Glück ein Opfer ausgewählt: ein zehnjähriges Mädchen. Sie hatten sie geschlagen, bis ihre Kräfte erlahmten, mit ihren Stöcken und Handketten, immer weiter, selbst als ihr Opfer schon längst den Geist aufgegeben hatte. Dann hatten sie eine Pause gemacht und Wein getrunken und waren dann weiter auf die Leiche losgegangen, bis nur noch ein Bündel aus Lumpen, Blut, Knochen und aufgeschlitztem Fleisch übrig war. Diese Männer waren die Herrscher des innersten Höllenkreises, und Hercule sah direkt in ihre Seelen, die schwärzer waren als die Nacht. Dort herrschte nur die Lust, andere zu quälen, und daß sie die Möglichkeit dazu hatten, freute sie wie das Geschenk einer höheren Macht. Er begriff, daß es sie überall auf der Welt gab, Menschen aus dem gleichen dunklen Stoff, aus dem das Böse war, und er wunderte sich darüber, daß die Gattung überhaupt überlebt hatte – daß die Menschen sich nicht schon längst gegenseitig vernichtet hatten.

Die Abteilung des Asyls, in der er sich befand, stand unter dem Befehl eines Brüderpaars namens Moosbrugger. Der Jüngere von ihnen, ein untersetzter Kerl, der sich nie anders ausdrückte als durch Grunzen, schlug seine Opfer gern bewußtlos. Der Ältere, ein pockennarbiger Tyrann, der bei einem Duell ein Ohr verloren hatte, hatte sich angewöhnt, ihnen das Essen zu stehlen. Es hieß, die Brüder hätten einmal einen Jungen erwürgt, nachdem sie sich zuvor an ihm vergangen hatten, und obwohl es ein Gerücht war, hatte Hercule nie Anlaß, es zu bezweifeln, denn diese menschlichen Untiere, sollte er mehr als einmal erfahren, waren zu allem fähig.

Als die Rettung kam und er sich zu seiner Verblüffung im Jesuitenkloster wiederfand, unter Julian Schusters Aufsicht vertieft in den Quintenzirkel und die Terzverwandtschaften, außerhalb der Reichweite seiner Peiniger und noch unsicher, ob er träumte, konnte er nicht begreifen, wie er überlebt hatte. Der Zufall, dachte er, habe blind ihn gewählt.

Vielleicht war ihm auch seine Gabe zu Hilfe gekommen, denn durch sie konnte er voraussehen, wie Menschen handeln würden. Es kam vor, daß er die Wärter durstig machte, indem er ihre Gedanken zu einem Krug Bier lenkte oder in ihrem Inneren ein Jucken entstehen ließ, und anstatt ihn zu mißhandeln oder sein Essen zu stehlen, ließen sie sich grunzend auf einer Bank nieder, um zu trinken oder ihre eingebildeten Läusebisse zu kratzen.

Auch der Gedanke an Henriette Vogel hielt ihn am Leben. Die Erinnerung an das Mädchen hinderte ihn daran, vor dem Wahnsinn bedingungslos zu kapitulieren und sich dem Schicksal zu überlassen, das schon vor der Zeit seiner Geburt diktiert worden war und mit dem er einen Waffenstillstand auf unbestimmte Zeit geschlossen hatte: dem Tod. In diesen Augenblicken, wenn er mit Verwunderung jeden neuen Pulsschlag registrierte, ausgelöst von einem Herzen, das von geliehener Zeit lebte, konnte er in dem düsteren Kellerraum Henriettes Bild heraufbeschwören.

Er fragte sich, wo sie sich aufhielt. War sie mit ihrer Mutter zusammen, oder waren sie getrennt worden? Hatte sie deren Beruf geerbt? Er mußte sich daran erinnern, daß sie kein Kind mehr war, sondern eine Frau, und er stellte sie sich genauso schön vor wie früher, oder noch schöner, falls das überhaupt möglich war. Die Liebe füllte jeden Winkel seines Bewußtseins, in das der Wahnsinn noch nicht eingedrungen war. Er war bereit, auf alles zu verzichten, nur um ihr eine einzige Minute zu begegnen, und oft wurde seine Sehnsucht so stark, daß er seine Lage und den entsetzlichen Ort, an dem er sich befand, vergaß. Er wußte, sie wartete auf ihn, und nur um sie wiederzufinden, lebte er.

Obwohl eine Flucht unmöglich war, phantasierte er davon. Das Irrenhaus wurde bewacht, als enthielte es Staatsgeheimnisse. Er hatte gesehen, wie andere es versuchten, scheiterten, bevor sie die frische Luft auch nur hätten ahnen können, und wie sie danach in die Verliese zwanzig Fuß unter der Erde gesperrt wurden, von deren Schrecken niemand berichten konnte, weil keiner lebend aus ihnen zurückkehrte.

Nach und nach richtete er seinen Haß auf die Wärter. Er wunderte sich über die Stärke seiner Gefühle, staunte, daß diese dunkle Kraft keine Grenzen kannte. Der Haß, begriff er, war eine Kraft weitaus mächtiger als seine Gabe, eine Naturkraft, die dem bittersten Widerstand trotzen konnte; ein Bündel konzentrierten Lichts, das alles auf seinem Weg vernichten, aber auch seinen eigenen Träger zerfressen konnte. Er haßte die Wärter mit einer Intensität, die sich nur mit der Liebe, die er für Henriette empfand, messen ließ. Aber er hütete sich davor, sie zu provozieren, denn er wußte, er wäre diesen unbarmherzigen Menschen ausgeliefert, und sie brauchten nicht mehr als einen Vorwand, um ihn mit einem einzigen wohlgezielten Schlag ihrer Stöcke ins Totenreich zu befördern.

Es wären vermutlich die letzten Jahre seines Lebens gewesen, hätte nicht Julian Schuster eingegriffen, denn Hercule spürte, wie seine Kräfte mit jedem Tag an diesem Ort des Grauens schwanden. Ein einziger Blick auf die Umgebung genügte, um zu begreifen, daß sie nicht dort waren, um versteckt gehalten zu werden, so wie man zu allen Zeiten Verrückte und Mißgebildete versteckt hatte, sondern daß sie dort waren, um getötet zu werden. Die Wärter schlugen sie für das kleinste Versehen blutig, sie stahlen ihr Essen, um ihr Hinscheiden zu beschleunigen. Manche der tobenden Insassen wurden in Käfige gesperrt, andere gegen Bezahlung vorgeführt. Für einen Groschen konnten Neugierige durch das Gitter in ihr Gefängnis schauen.

Der letzte Winter war furchtbar kalt. Es verging kein Morgen, ohne daß irgendeiner erfroren auf dem Boden aufgefunden wurde, festgeklammert an einen Unglücksbruder, in der Hoffnung, so ein wenig Wärme zu erlangen, und manchmal mit einem seligen Lächeln auf den Lippen, das ahnen ließ, daß der Tod als Befreier gekommen war, mit den freundlichen Worten und der Einladung zu einem himmlischen Gastmahl, die sie zu Lebzeiten nie gehört hatten.

Hercule konnte in das geheimste Innere dieser armen Wesen sehen, denn ihre Träume und Sehnsüchte blieben ihnen bis zuletzt. Er sah ihre schlichten Wünsche: sich ein einziges Mal satt zu essen, sich ein einziges Mal frei unter Menschen zu bewegen; er hörte ihre verwirrten Gedanken, ihr Seufzen nach Liebe, spürte die Sehnsucht der Stummen nach einer Sprache, das fiebrige Begehren in der Sommerhitze, er hörte ihre lautlosen Rufe nach Würde, und er fühlte das verzweifelte Bedürfnis nach Schlaf bei einer Tschechin, die sich im Asyl befand, nicht wegen der Diagnose der Andromanie und Hysterie, die ihr Vormund gestellt hatte, um sie loszuwerden, sondern weil sie seit zehn Jahren keine Sekunde geschlafen hatte.

Als die Jesuitenmönche ihn an jenem eiskalten Ostermorgen fanden, wie einen Hund an die Wand gekettet, mit Schorf und eitrigen Wunden bedeckt, war er nicht ganz sicher, ob der Anblick Wirklichkeit oder nur eine weitere seiner alltäglichen Halluzinationen war. Es ging ihm so schlecht, daß man angefangen hatte, seine Tage zu zählen, und mehr als einmal hatte er den Atem des Todesengels im Nacken gespürt, wenn dieser sich im Dunkeln vorangetastet hatte, um jemanden, der aussah, als habe er sich den Gnadenstoß verdient, heimzuholen.

Es war nur der Gedanke an Rache, der in diesen Tagen sein Herz gegen jede Wahrscheinlichkeit hatte weiterschlagen lassen, immer mehr zaudernd, mit immer mehr Tod in den länger werdenden Pausen zwischen den verzweifelten Pulsschlägen, als sogar die Erinnerung an das Mädchen, das er mehr liebte als alles andere, unter den Halmen seines stinkenden Strohsacks begraben worden war. Es war ein rasender, weißglühender Haß auf die Handlanger des Todes, vor allem aber auf die beiden Brüder, die ihm sieben Jahre lang das Leben zur Hölle gemacht hatten. Er schwelgte in Phantasien der Vergeltung an allen, die ihm je Schmerz zugefügt hatten. Er schwor, daß sie alle ihren Teil seiner Rache abbekommen sollten. Eines Tages würden sie seine Rechnung bezahlen, im Übermaß.

Erst als er im Kloster angekommen war, wurde ihm klar, daß der Alptraum vorüber war. Er betrachtete seine Befreiung als eines der vielen glücklichen Versehen des Schicksals, denn er wußte, daß die Mönche einen anderen hätten auswählen sollen, der im Besitz all seiner Glieder war, denn man wollte die Asylinsassen ja für die Arbeit.

In der Musik fand er die erste Linderung für seine Wunden, und er gab sich ihr mit all dem Glück hin, das aus der neugewonnenen Freiheit erwuchs. An dem Nachmittag, als Julian Schuster, noch unsicher, ob sein Schützling wirklich taubstumm war, ihn mit Zeichen und Gesten in die grundlegende Orgelharmonik einweihte, erkannte Hercule, daß auch die Musik mit der Gabe, die er seit seiner Geburt in sich trug, in Verbindung stand, denn die Musik drückte die tiefste Sehnsucht der Menschen aus, in ein System gebracht.

Er hörte die Musik in der mystischen Sphäre, in der sie ihren Ursprung hatte. Die Töne hatten ihre Entsprechung in Ideen, und er erfaßte sie mit Hilfe seiner Gabe und der Vibrationen, die seinen Körper durchströmten. Er nahm sie auf in der neapolitanischen Sexte, die den Abt veranlaßte, seine Stirn in bekümmerte Falten zu legen, da er an eine vergessene Jugendsünde denken mußte, in der Windrose der Tonarten, die dafür sorgte, daß die Mönche beim neunten Jubelgebet des Pfingstsonntags die Konzentration verließ, in Harmonien, die sie zutiefst ergriffen und vor unerlöster Sehnsucht bis ins Mark zittern ließen. Er wunderte sich über die Fortschritte, die er machte, darüber, daß er die Musik tatsächlich *hörte*, aber in seinem Inneren, übersetzt in die Tonsprache seiner Gabe, und daß in den sieben eiskalten Wintern in dem Kellerraum seine Zehen nicht gelitten hatten. Und er machte weiter, in jeder freien Stunde, noch immer verrückt durch die widerwärtigen Erinnerungen, durch den Haß auf die Wärter, gleichgültig gegenüber der Aufregung, die er in seiner Umgebung hervorrief, ohne zu wissen, daß er die Mönche zum Zweifeln brachte und daß die Bauern der Gegend begonnen hatten, ihn als Wundertäter zu betrachten. Er spielte weiter, geheilt durch jede Modulation im Namen der Liebe, durch jede maskierte Dominante in einem Septimakkord, gestimmt nach dem Grundton der Schönheit. Und jedesmal, wenn er die chromatische Skala in einem Rausch von Ideen auflöste und zwei entfernte Tonarten, die auf derselben Sehnsucht aufgebaut waren, miteinander verband: auf der Sehnsucht nach Henriette Vogel.

Ohne zu wissen, daß die Schicksalsfäden für den mißgebildeten Jungen im Begriff waren, sich zu verbinden, schlief auf seiner Pritsche in seiner Klosterzelle bei dem Dorf Heisterbach in Oberschlesien der Mönch Julian Schuster ein. Vor dem Gebäude war die Volksversammlung noch größer geworden. Sogar aus Dörfern weit oben in den Bergen waren jetzt Menschen dazugekommen, denn das Gerücht von dem Wundertäter hatte inzwischen die Grenze überschritten, wo der Reiz in Massenhysterie umschlägt.

Schuster wurde im Morgengrauen durch heftiges Klopfen an der Tür geweckt. Als er aufmachte, fand er Kippenberg im Nachthemd auf dem Korridor vor.

»Was ist los?« fragte er.

Der Abt war leichenblaß. Er hielt eine Kerze in der Hand.

»Beeil dich, um Gottes willen! Sie stürmen das Kloster.«

Schuster zog sich hastig an, steckte den Rosenkranz in die Gürteltasche und sandte ein verschämtes Gebet um Entschuldigung dafür, daß er jetzt das Pater noster versäumte, das er morgens als erstes zu beten geschworen hatte, gen Himmel.

Im Dormitorium der Novizen herrschte völliges Chaos. Halbbekleidete Männer liefen umher und suchten nach ihren Kleidungsstücken. Schuster sah ihre erschrockenen Gebete, das Schluchzen des einen, das Weinen eines anderen. Die Panik war nah. Ein Blick zu den Fenstern ließ ihn erstarren. Draußen war es schwarz von Menschen, schmutzigen, ausgemergelten. Halb verrückte Bauersfrauen schlugen mit den Fäusten gegen Wände und Türen.

Schuster hörte den Abt neben sich schreien, mit der vollen Kraft der Lungen, um den Lärm zu übertönen:

»Wo ist der Junge, Schuster? Wir müssen ihn in Sicherheit bringen. Sehen Sie nicht, die Leute sind verrückt geworden!«

»Ist er nicht in seiner Zelle?«

»Nein. Ich lasse ihn suchen.«

Aus dem Refektorium hörte man das unheilverkündende Geräusch eines zersplitternden Fensters. Draußen wurde das Gebrüll der Volksmenge lauter.

»Sie brechen ein!« keuchte der Abt. »Der Junge hat sie verhext.«

In einer Ecke links von Schuster lag zusammengekauert ein junger Novize, zitternd vor Angst, ein Skapulier an die Brust gedrückt. Weiter hinten im Korridor versammelte sich eine Gruppe von Jungen mit Spaten in den Händen, allem Anschein nach bereit, das Kloster bis zum letzten Mann zu verteidigen. Aber Schuster erkannte, daß er sich in ihren Absichten geirrt hatte, als einer von ihnen brüllte: »Wo ist das Teufelskind? Werden wir ihn los, ein für allemal.«

Zum Abt gewandt rief er:

»Wenn ihn die Bauern nicht in Stücke reißen, dann machen es unsere Brüder. Wir müssen ihn finden.«

Dicht gefolgt von Kippenberg verließ er das Dormitorium und folgte dem Gang zum westlichen Flügel des Klosters. Der Morgen graute; durch die Fensterluken sah er über den Kalkbergen, die zu Beginn der Schöpfung die Form einer Gruppe schlummernder Amazonen angenommen hatte, die Sonne aufgehen. Doch im Vordergrund wogte die Volksmenge. Die Menschen waren jetzt überall, sie hatten das ganze Gebäude umringt, sie schlugen mit geballten Fäusten gegen Türen und Fenster, sie riefen skandierend nach dem Jungen, heulend vor Erregung, heulend über ihr armseliges Leben, heulend über die Sklaverei, die Demütigungen, über das Brot, für das sie Mehl mit Birkenrinde hatten vermischen müssen, über die zahllosen Kindsbetten, den Hunger, die Prüfungen und einen Gott, der in seinem Hochmut ihre Gebete nie erhörte. Und hier irgendwo, begriff Schuster mit bitterem Scharfsinn, brauchten sie den Jungen, denn so elend war ihr Dasein, daß sie auf einen vermeintlichen Wundertäter ihre letzte Hoffnung setzten.

Sie fanden ihn nicht im westlichen Flügel und auch nicht in der Küche. Sie untersuchten die Vorratsräume, das Lavatorium und noch einmal die Zelle, in der der Junge normalerweise schlief, ohne Ergebnis. Dem Abt stand der kalte Schweiß auf der Stirn. Er stützte sich auf Schuster und keuchte fiebrig.

»In der Kapelle«, flüsterte er. »Ich habe vergessen, in der Kapelle nachzusehen.«

Sie eilten durch die Korridore, begleitet vom ohrenbetäubenden Lärm eines menschlichen Rammbocks, der gewaltsam gegen das Klostertor prallte, den letzten Damm, dachte Schuster, ohne dessen Schutz sie jämmerlich ertrinken würden.

Sie bogen um eine Ecke und standen vor der Tür, die ins Kirchenschiff führte. Darin, beinah übertönt von dem allgemeinen Tumult, waren Orgeltöne zu hören, Harmonien der Verzweiflung, die herzzerreißende Melodie einer unglücklichen Liebe.

Schuster öffnete die Tür und trat in eine tiefe Dunkelheit. Die Volksmenge schlug mit geballten Fäusten gegen die Fenster. Überall gespenstische Gesichter mit aufgesperrten Mündern und fiebrigen Augen, grölend, man solle den Jungen herausgeben. Schuster und Kippenberg fanden ihn auf der Orgelbank mit den Füßen auf dem Manual, leer vor sich hinstarrend, und Julian Schuster wußte jetzt, daß Erfahrungen einander berühren und daß sich Wunder ewig wiederholen können, denn genau wie damals vor einem halben Menschenalter in Tihuans Hütte hörte er in sich eine Gespensterstimme, die Stimme, die ihn den ganzen Tag verfolgt hatte, und er begriff, daß sie dem Jungen gehörte:

Hilf mir, bat sie, *um Gottes willen … ich muß hier weg …*

In einem Anfall von Schwindel, während das Blut seinen

Kopf zu verlassen schien, als zöge man einen Stöpsel heraus, sank Schuster zu Boden, ebenso graugelb wie der Splitter vom Kreuz Christi, den das Kloster in seinem Reliquienschrein aufbewahrte. Denn in sich empfand er jetzt deutlich die Gegenwart des Jungen, der in seiner Verwirrung Schusters Bewußtsein durcheinanderbrachte und seine kleinsten Gedanken genauso deutlich las, als wären sie in einem Buch gedruckt.

»Heilige Mutter Gottes«, flüsterte er. »Der Junge ist besessen!«

Doch weiter kam er nicht, denn jetzt geschah das, was er befürchtet hatte. Man hörte ein dumpfes Krachen, als das Klostertor eingeschlagen wurde. Es war wie eine Sintflut, sollte er sich später erinnern, ein Meer schreiender, brüllender Menschen, die die Kapelle füllten. Und irgendwo zwischen all den fuchtelnden Armen und hysterischen Gesichtern sah er, wie der Junge, schreckensstarr, emporgetragen wurde, wie eine Boje auf dem bewegten Meer ausgestreckter Hände.

III

Mit den Fühlern seines sechsten Sinns nach der Person tastend, die zu ihm sprach, ohne sich sehen zu lassen, und die sich außerdem eines Tons befleißigte, der ihn zweifellos provozieren sollte … direkt bei der Kirche an der Piazza Navona, an der Stelle, wo der früher so aktive Gott die Haare der Heiligen Agnes hatte wachsen lassen, um ihre Scham vor der Volksmenge zu verbergen … genauer gesagt, auf dem Quadratmeter, wo die Märtyrerin der Legende zufolge stehengeblieben war und großzügigerweise ein Gebet um die Seligkeit ihrer Henker gen Himmel gesandt hatte … genau dort stand Hercule Barfuss …

Na, na, junger Mann, sagte die Stimme in ihm, *warum so erschrocken? Das hier ist doch das, was du selber von morgens bis abends machst. Schamlos gehst du in Menschen ein und aus, belauschst ihre geheimsten Gedanken, das Schlangennest ihrer Reue, die Verstecke ihrer Herzensqualen, ihren glühenden Größenwahn und das Gestrüpp ihrer Minderwertigkeitskomplexe, ihren Zweifel daran, daß die Erde rund ist, wenn sie, wohin man auch sieht, platt wie eine Bratpfanne zu sein scheint, und den Erfindungsreichtum ihrer angeborenen Kleinlichkeit. Sie würden sterben vor Scham, wüßten sie, daß du all das weißt, und früher oder später mußtest du mit dem Umgekehrten rechnen, also mit Leuten wie mir!*

In der Hoffnung, den zu sehen, der in ihm sprach, wandte sich Hercule in alle Richtungen, doch alles, was er sah, war die Menschenmenge, in deren Taillenhöhe er sich aufgrund seiner geringen Größe befand: die wogende Volksmasse, die bald schrie und bald lachte, weinende Kinder, errötende Frauen, Männer in Kniehosen und schmutzigen Büßerhemden, die Wein aus Schläuchen tranken und obszöne Gesten zu den Schauspielern des Theaterspektakels hin machten, das auf einer Bühne auf Rädern an der Längsseite des Platzes zur Aufführung kam.

Wer bist du? fragte Hercule etwas nervös, weil er nicht wußte, ob dieser Eindringling ihm Böses wollte oder nur vorhatte, sich eine Weile auf seine Kosten zu amüsieren.

Ich bin aus demselben Holz wie du, du Unglücklicher, denn ist unsere Gabe nicht die schrecklichste, die man sich vorstellen kann. Was ist noch spannend im Leben, wenn nichts mehr verborgen ist? Man sieht eine schöne Frau und denkt: Wie lieblich ist doch die Schöpfung, und im nächsten Augenblick enthüllt sich ihr verrottetes Inneres, das unfaßbare Dunkel ihrer Seele, der Sumpf ihrer Dummheit und Bösartigkeit, wenn sie dich voller Ekel betrachtet. Man sieht einen kleinen Jungen und denkt, was für ein unzerstörtes kleines Menschenwesen, und ehe man den lächerlichen Versuch, die Kleinen zu verherrlichen, hat beenden können, hört man aus der Tiefe seiner Kinderseele das alte Lied: Wenn ich groß bin, werde ich Soldat und schieße alle tot, die ich treffe! Hinter dem holdesten Lächeln verbirgt sich ein Mörder, hinter der Menschenliebe der Priester verbergen sich Verachtung und Machtgelüste. Unsere Gaben machen uns zynisch mit den Jahren, soviel ist sicher …

Direkt neben ihm bekreuzigte sich eine Frau, verschreckt durch sein Äußeres, und hob ihre kleine Tochter hoch, um sie vor dem Unglück zu schützen, das ein solcher Anblick möglicherweise mit sich bringen konnte. Er versuchte, von ihren Lippen abzulesen, doch sie war zu schnell, und statt dessen hörte er sie, wie ein leises Knistern, denken: *Ein Monster … bringt das Unglück? … Alessandro hat gesagt, sie belegen Leute mit dem bösen Blick …* Mit einem kurzen Dementi entkräftete er ihre Befürchtung, ließ sie von einem Gefühl der Harmonie durchströmen, und da lächelte die Frau vorsichtig, von dem Sicherheitsgefühl, das plötzlich in ihr entstanden war und dessen Quelle sie nicht erahnen konnte, beruhigt.

Du siehst es ja selbst! sagte die Stimme in ihm. *Wesen unserer Art müssen immer einen Schritt voraus sein, die Hintertüren zu den Herzen der Menschen öffnen, eilig ein paar beruhigende Worte flüstern und vorsichtig hinter uns abschließen … denn werden wir ertappt, warten der Scheiterhaufen und nicht zuletzt das Irrenhaus, womit du selbst bittere Erfahrungen hast, wenn ich die Sache nicht mißverstanden habe …*

Die Gespensterstimme lachte erneut, aber durchaus nicht unfreundlich, es war eher ein trauriges und mitleidiges Lachen, das Hercule an den Mönch Schuster erinnerte.

Was weißt du davon? fragte er.

Ich weiß das meiste. Was hast du dir eigentlich eingebildet? Daß du mit deinen Fertigkeiten allein auf der Welt bist? Es gibt mehr von uns, als du glaubst, die Zeit der Sibyllen und Gedankenleser ist noch nicht vorbei, obwohl die Männer der Aufklärung alles tun, um uns in ihren Formeln lebendig zu begraben, und die Priester uns am liebsten umbringen würden. Ich bin einer dieser Hellseher im Dienst der Wahrheit, und in gewisser Hinsicht bin ich weiter als du, denn du siehst mich ja nicht, weißt nicht, wer ich bin, während ich dich umgekehrt schon mehrere Tage lang, wochenlang, um genau zu sein, beobachtet habe, seit du zusammen mit dem zweifelnden alten Mönch in Rom eingetroffen bist, seit du deine staunenden Rundgänge in der Ewigen Stadt begonnen hast, zum ersten Mal als ein freier Mensch, du Glückspilz!

Auf der Bühne warf jetzt der Dottore dem jungen Pulcinella seine Einfalt und seinen Mangel an Initiative in einer Liebesaffäre vor, und ein Mann mit schwarzer Maske näherte sich mit einem Messer in der Hand Colombina. Die Volksmenge befand sich im Auflösungszustand. »Malocchio, malocchio!« – der böse Blick – rief jemand, und hätte unser Held hören können, wäre er vielleicht zusammengezuckt, aus dem beschämten Gefühl heraus, daß die Anklage ihm – seinem sechsten Auge, seinem inneren Blick – galt, bis er begriffen hatte, daß die Warnung an Colombina gerichtet war, die in Lebensgefahr schwebte, da sie, ohne einen Gedanken an die Schlechtigkeit der Welt, sich in der Erinnerung an ihren Geliebten verloren hatte, an dessen parfümiertem Schnupftabaktuch sie gerade mit unbekümmerter Miene roch.

Die Menschen lieben Schauspiele, seufzte die Stimme in ihm, *und tatsächlich finden wir dort unser Auskommen. Hast du nie daran gedacht, dich als Weissager zu betätigen? Glaub mir, du wirst sie in Erstaunen setzen, sie werden dich mit Geschenken und Lobreden überhäufen, denn nichts schmeichelt dem Menschen mehr, als sein Innerstes in einem vorteilhaften Licht dargestellt zu sehen, besonders wenn er traurig ist und sich selbst am allermeisten haßt. Mach etwas Nützliches aus deinen Talenten: Wuchere mit deinem gespenstischen Pfund, werde Mitglied in unserer Vereinigung, tanze mit bei unserer »festa stultorum«. Ehe du dich's versiehst, wird dein Gewicht in Gold aufgewogen, von irgendeinem debilen Fürsten, den du mit ein paar glänzenden Prophezeiungen überzeugt hast, weil du seine kläglichen Geheimnisse, die er erfolgreich bewahrt zu haben glaubt, vom ersten Augenblick an durchschaut hast!*

Die Menschenmenge bombardierte jetzt mit Schimpfworten die Bühne, wo Colombina, nachdem sie schmählich von hinten niedergestochen worden war, in ihrem jungfräulichen Blut schwamm und die letzte Replik von einem weinenden Arlecchino gesprochen wurde – mit dem Dolch des Mörders in der Hand.

Armer Kerl, sagte die Gespensterstimme, *du wirkst völlig verloren. So viele Menschen, so viele Gedanken und Gefühle, die dich verwirren, aber paß auf, junger Mann, Leute wie wir geraten leicht in Schwierigkeiten. Und so wie dein Gesicht aussieht, warum machst du es nicht wie Arlecchino und der Dottore da oben und trägst eine Maske? Das würde dir eine Menge Beschimpfungen und spitze Schreie ersparen, und du kannst leichter inkognito auftreten …*

Hercule Barfuss konzentrierte sich stärker, um irgendwo in dem Menschenmeer die Person lokalisieren zu können, die auf diese Weise mit ihm Versteck spielte, und nach einer Weile konnte er, wenn auch sehr schwach, die Kontur seines Bewachers ahnen, vielleicht, weil dieser es zuließ, denn einem geschickter getarnten Bewußtsein war er noch nie begegnet.

Er suchte in Taillenhöhe, zwischen den Beinen der Männer, auf einer Höhe mit den Kleidergürteln der Frauen, denn sein Instinkt sagte ihm, daß sich sein Bewacher in derselben geringen Höhe befand wie er selbst, vielleicht eine Person, die in der Hocke saß oder sich gebückt hatte, um ihn leichter beobachten zu können.

Nicht schlecht, sagte die Gespensterstimme, *langsam wird's heiß, Vogel, Fisch oder irgendwo dazwischen! Was machst du hier übrigens ganz allein? Wo ist dein Beschützer, der Jesuitenmönch?*

Im Vatikan, antwortete Hercule auf derselben Frequenz, auf der der andere gesprochen hatte, während er sich weiter umsah, die Gerüche von verdorbenem Fisch, den Gestank von Pferdeäpfeln und Mülltonnen, den Wohlgeruch von den Kolonialwaren- und Blumenläden aussortierte und den Stoß eines Betrunkenen, der im nächsten Augenblick bestürzt auf Hercules unheimliche Erscheinung hinunterstarrte und sich bekreuzigte, ignorierte. Seine übrigen funktionierenden vier Sinne schaltete er aus, um sich ganz auf die Suche nach dem Urheber dieser leicht reizbaren inneren Stimme zu konzentrieren.

Im Vatikan? Hast du eigentlich eine Ahnung, was für Pläne man über deinen Kopf hinweg schmiedet? Meinst du nicht, daß der Abt eine bestimmte Absicht verfolgt, wenn er dich hierher schickt? Wäre ich du, ich würde mich in acht nehmen. Und das Mädchen, das du suchst, hast du eine Spur von ihr gefunden? Immer mit der Ruhe, vergiß nicht, daß ich deine Gedanken genauso gut kenne wie den Inhalt meiner eigenen Hosentasche, du hast ja nicht gelernt, sie zu schützen. Zwei Wochen lang bin ich dir gefolgt, ohne daß du etwas bemerkt hast.

Warum bist du mir gefolgt? fragte Hercule erstaunt zurück.

Menschen wie du interessieren mich. Aus beruflichen Gründen. Ich könnte dich brauchen. Aber jeder braucht seine Probezeit. Ich habe dich kontrolliert, dich bestimmten Prüfungen unterzogen, um zu sehen, aus welchem Holz du geschnitzt bist. Das Problem ist möglicherweise das Mädchen, du scheinst ja zu nichts anderem in der Lage zu sein, als an sie zu denken.

Was weißt du von Henriette? fragte er nervös.

Nicht mehr als deine ewigen Zwangsgedanken verraten haben. Wie war übrigens die Reise? Du bist ein Pilger von weit her, das ist mir klar.

Wie war die Reise gewesen? dachte er. Jeder Tag war der erste der Schöpfung gewesen. Seit sie das Kloster verlassen hatten, war kein Augenblick vergangen, in dem er nicht mit etwas konfrontiert worden war, das er noch nie erlebt hatte. Die fremden Gerüche, die Landschaft, die sich veränderte, je weiter sie nach Süden kamen, die Ebenen, die Flüsse, die gewaltigen Alpen, die Menschen, denen sie begegnet waren oder die sie von Wagenfenstern aus betrachtet hatten, die Farben, die Geschmäcke, die Pinien und die Olivenhaine, die in der Dämmerung schlafenden Tieren glichen. Die Größe und die Vielfalt der Welt hatten ihn überrascht. Aber noch in einem anderen Punkt hatte die Stimme recht: Im Laufe der Reise hatte er bei tausend Gelegenheiten das Innere von Menschen erforscht. Irgendwo hier draußen, auf dem Kontinent, den man Europa nennt, hatte er gedacht, muß sie ja sein. Irgendwo in dem komplizierten Gewebe aus Zeit und zwischenmenschlichen Beziehungen muß sie einen Abdruck, eine Spur hinterlassen haben. Diese Hoffnung hatte er ununterbrochen genährt, seit sie Schlesien verlassen hatten. In einem anderen Menschen die Erinnerung an sie aufspüren zu können, in jemandem, der sie gesehen hatte, kürzlich oder vor langer Zeit, der sie nur einen kurzen Augenblick angesehen und ein Bild des Mädchens, das er noch immer suchte und mit einer Kraft liebte, die den Naturgesetzen trotzen konnte, bewahrt hatte.

Im schummerigen Licht der Wirtshäuser hatte er versucht,

sich im Inneren von Menschen zu orientieren, zwischen Erinnerungen treibend, Schiffbrüchigen in den Archipelen der Trauer, verloren in den Seekarten ihrer Träume; in den zugigen Bodenkammern, wo sie das Bett mit Handlungsreisenden und Pilgern geteilt hatten, in der flüchtigen Atmosphäre der Poststationen, in den gottverlassenen Dörfern, den lärmenden Städten, an den Stadttoren, am Straßenrand, an den Halteplätzen, wo sie die Pferde gewechselt hatten, in der ungestillten Sehnsucht der Menschen, wo schmerzliche Reminiszenzen wie Blitze aufleuchteten, in der Vergangenheit der Bettler, deren traurige Melodien er hörte, wenn sie den Passanten die Hände entgegenstreckten, in Gedanken an eine glücklichere Zeit, die sonniger, wärmer, besser gewesen war. Tag und Nacht hatte er gesucht, in der wahnwitzigen Hoffnung, daß die Zeit der Wunder noch nicht vorbei sei, doch er hatte nirgends eine Spur von ihr gefunden.

Nimm dich zusammen, unterbrach die Stimme sein Sinnieren. *Hör auf, an das Mädchen zu denken, sieh dich lieber um!*

Hercule zuckte zusammen. Nach dem letzten Akt verbeugten sich die Schauspieler auf der Bühne. Langsam löste sich die Volksmenge auf und verschaffte ihm freie Sicht. Jetzt, im Licht der sinkenden römischen Sonne, sah er das Wesen sehr deutlich, und sein Instinkt hatte recht gehabt, als er ihm geraten hatte, seinen Bewacher in Augenhöhe zu suchen. Dieser Mensch war nur ein paar Meter entfernt. Er winkte ihm eifrig, ihm zu folgen, aber es war kein hockender Mann, wie er zunächst vermutet hatte, oder jemand, der sich gebückt hatte, um ein leibhaftiges Monster bestaunen zu können. Es war ein Junge, gekleidet in einen zerlumpten schwarzen Mantel, das Gesicht mit einer venezianischen Karnevalsmaske bedeckt.

Im Oktober hatte die Klosterleitung beschlossen, Hercule in das Hauptquartier der Jesuiten, den Borgo Santo Spirito in

Rom, zu schicken, um ihn einer Untersuchung des Inquisitionsausschusses für Dämonologie unterziehen zu lassen. Der Ausschuß hatte zu dieser Zeit, nachdem er seine Tätigkeit für einige Jahrzehnte eingestellt hatte, seine alten Befugnisse zurückerhalten.

Der Version zufolge, die Julian Schuster von Abt Kippenberg gehört hatte, wollte man feststellen, woher die Gaben des Jungen kamen, ob sie von helleren oder dunkleren Quellen gespeist wurden oder ob sie sich, entsprechend der modernen Aufklärungsideen, die jetzt nach und nach zu mancher Entsetzen und anderer geheimer Freude auch in den ehrwürdigen Jesuitenorden Eingang gefunden hatten, rational erklären ließen.

Den Gegenstand des Interesses hatte man natürlich nicht um Rat gefragt, und Hercule war abgesehen davon von seiner neugewonnenen Freiheit so in Anspruch genommen, daß ihn nichts anderes interessierte.

In der Nacht, als die Bewohner des Dorfes das Kloster in Schlesien gestürmt hatten, war ihm zum ersten Mal klargeworden, welche Wirkung seine Gabe hatte. So sehr, begriff er, hatte er an das Innere der Menschen gerührt, daß sie ihn für einen Wundertäter hielten. Er erkannte, daß nur ein freundliches Schicksal sie daran gehindert hatte, ihn in Stücke zu reißen, neben dem mutigen Eingreifen Julian Schusters, dem es mit Drohungen und Versprechungen gelungen war, die erregte Menschenmenge zu beruhigen. Insofern, dachte er, war er dem alten Mönch doppelt zu Dank verpflichtet.

Die Reise nach Rom hatte über einen Monat gedauert; zunächst mit Postkutschen durch die deutschen Länder, danach zu Fuß und mit dem Schlitten über die Alpen, und zuletzt in Italien auf den Mauleseln, die ihnen die Jesuitenklöster entlang der alten Pilgerstraße zur Verfügung gestellt hatten.

Hercule war in dem, was wir Wirklichkeit nennen, ein Anfänger. Sein ganzes Leben hatte er hinter verschlossenen Türen verbracht, und von der Welt draußen wußte er wenig. Seit seinem achten Geburtstag war er keinen Zentimeter mehr gewachsen, hatte aber statt dessen einen Alterungsprozeß durchgemacht, als wäre er viermal so alt, als er eigentlich war. Am Kinn wuchs ein spitzer Ziegenbart und an den Wangen ein Backenbart wie bei einem Luchs. Die spärlichen Haare auf dem Schädel hatte er verloren, aber der dichte Pelz im Nacken und auf dem Rücken war noch da, ebenso die gespaltene Schlangenzunge und die monströse Aushöhlung mitten im Gesicht, die noch dem Kaltblütigsten einen Schrecken einjagen und bis ans Ende seines Lebens Alpträume verursachen könnte. Die Zwergenbeine waren dieselben, ebenso wie die Arme, die aussahen wie die gesottenen Wurzeln einer seltenen Heilpflanze, und mit diesen Attributen und in dem knisternden Reiseanzug aus plissiertem Leinen, den die Klosterbrüder vor der Reise für ihn hatten nähen lassen, war es kaum überraschend, daß er die Blicke auf sich zog.

An einem Sonntagnachmittag nach der Messe traktierte er in einem Wirtshaus in Innsbruck mit seinen bloßen Füßen ein Klavier und brachte die Gefühle des musikliebenden Wirtes so in Wallung, daß dieser über ein pompöses Stück Marschmusik, beendet mit einem herzzerreißenden Triller im Diskant, gespielt mit Zehen des rechten Fußes, weinte wie ein kleines Kind. Fremden fiel die Kinnlade herunter, wenn sie sahen, wie er sich mit der Schuhspitze einen Läusebiß kratzte oder mit den Zehen eines Fußes den obersten Knopf seines gefältelten Hemds öffnete, während er sich kritisch in dem Spiegel betrachtete, den er mit dem anderen Fuß hielt. Sogar die Pferde erbleichten vor Verwunderung, als er einmal, auf einem Fuß stehend, dem Kutscher half, ihre Hafersäcke auszutauschen, und ein andermal ihre Schwänze bürstete, während er sich in der Tiersprache wortlos mit ihnen verständigte.

Wie die Stimme auf der Piazza Navona ihm später vorwerfen sollte, dachte er nicht daran, eine Maske zu tragen, was die Reise vermutlich erleichtert hätte. Es kam vor, daß Kinder bei seinem Anblick in Tränen ausbrachen, und bei mehr als einer Gelegenheit mußte Julian Schuster seine ganze Autorität aufbieten, damit ihnen erlaubt wurde, in Hospizen zu übernachten, wo die Wirte behaupteten, sogar der Schweinestall sei voll belegt, während sie in Wirklichkeit Angst hatten, die Strafe des Himmels auf sich zu ziehen, indem sie beherbergten, was sie für ein Teufelskind hielten, und noch dazu »verkleidet im Karnevalskostüm«.

Vorwürfe dieser Art waren nicht neu für Hercule, aber bis ins hohe Alter, als die Weisheit ihn gelehrt hatte, sich gegen Beleidigungen aller Art zu wappnen, sollte ihn deren Gift verletzen, das sich in ihm ansammelte, bis er das Gefühl, von innen zerfressen zu werden, nicht mehr ertrug …

In einem Tiroler Dorf waren sie nahe daran, von einer erbosten Menschenmenge gelyncht zu werden. Während sie darauf warteten, daß der Kutscher ein beschädigtes Radpaar reparierte, wollten sie sich die Zeit auf dem Markt vertreiben. Es war am frühen Morgen, und eine schwangere Frau an einem der Blumenstände stieß beim Anblick unseres Helden einen lauten Schrei aus und fiel in einem Regen aus Tannennadeln von den Grabkränzen zu Boden. Leute strömten herbei, und bald waren sie von äußerst bedrohlich wirkenden Dorfbewohnern umgeben, die ihnen vorwarfen, ein ungeborenes Kind mit dem bösen Blick belegt zu haben. Ein Obstverkäufer behauptete, die Früchte in den Körben seien im selben Augenblick faul geworden, als die Kutsche an der Landstraße gehalten hatte, und ein weiterer behauptete, Träume gehabt zu haben, die eine Heimsuchung der Gegend voraussagten. Wieder war es Schuster, der sie rettete, indem er den mit zierlicher Schrift verfaßten Brief vorzeigte, den er kurz vor der Abreise vom Kardinal bei der Jesuitenkongregation, Rivero, erhalten hatte, mit einem stattlichen Lacksiegel und sieben ehrfurchtgebietenden Stempeln, und verkündete, der Junge sei ein berühmter Wundertäter, der unter päpstlichem Schutz stehe. Erst da, und nur mit den größten Zweifeln, zogen sich die Leute zurück.

Abgesehen von diesem Malheur verlief die Reise wider Erwarten reibungslos und ohne daß sie auf die immer brutaleren Wegelagerer dieser Zeit gestoßen wären, die nach allgemeiner Ansicht ihre Opfer selten verschonten, und noch weniger, wenn sie sich als Männer der Kirche erwiesen. Sie überquerten die Alpen in einem Schneesturm, der mit seiner enormen Kraft dem in nichts nachstand, der in der Nacht von Hercules Geburt über Königsberg hinweggefegt war und der den Gerüchten zufolge, die sie beim Abstieg erreichten, vierundzwanzig Pilger das Leben gekostet hatte, nachdem deren Pferde durch das furchtbare Heulen in Panik geraten waren und neun Schlitten mit sich in die Tiefe gerissen hatten. Als sie in der Po-Ebene ankamen, war wieder Sommer, und Julian Schuster fiel vor allen Altären an der Landstraße auf die Knie und küßte die Bilder der Jungfrau.

Das einzig wirklich Beunruhigende während der Reise war die sinkende Stimmung des Mönchs. In den ersten Wochen der Fahrt wirkte er noch glücklich. Nicht ungern erinnerte er sich an die Abenteuerjahre seiner Jugend, wenn er sich mit anderen Reisenden zusammensetzte, mit den Kutschern Karten spielte und in den Wirtshäusern Apfelwein trank, wobei er verblüfft feststellte, daß man die gleichen Reisegeschichten erzählte wie in seiner Jugend. Er genoß es, der Routine des Klosterlebens entkommen zu sein, dem Weihrauchgeruch, der ihn beim vierten Stundengebet des Tages zu ersticken gedroht hatte, der Grabesstille des Refektoriums, Kippenbergs Miene des unverstandenen Heiligen und nicht zuletzt der Endzeitstimmung, die seit Hercules Ankunft im Kloster geherrscht hatte. Doch nach und nach, je näher sie dem Ziel der Reise kamen, sank seine Stimmung, und die Munterkeit verwandelte sich in Unruhe.

Seit der Nacht, in der Schuster die endgültige Bestätigung für die Gabe seines Schützlings bekommen hatte, sah er ihn mit einem neuen geschärften Blick. Sein Instinkt sagte ihm, daß die Kraft des Jungen nicht dämonisch war, vielmehr mußte es sich um etwas anderes, Unerklärliches handeln. Er vermutete, daß der Junge noch immer verwirrt war, und deshalb war er vorsichtig, um ihn nicht zu erschrecken.

Er hatte recht. Gezeichnet von seinen Erfahrungen, brauchte Hercule Zeit, um sein Mißtrauen zu überwinden. Erst in der vierten Woche der Reise begann er, mit Hilfe seiner ungewöhnlichen Gabe zu dem Mönch zu sprechen. Das geschah zunächst nicht besonders oft, doch mit der Zeit, als Schuster sein Vertrauen gewann, öffnete er sich immer mehr, obwohl er dem Mönch nie das Vertrauen schenken sollte, das dieser verdiente.

Hercule wußte, daß er ihm zu Dank verpflichtet war. Deshalb tat es ihm weh zu sehen, wie er sich quälte.

Schuster kämpfte mit einem Zweifel, der in kurzer Zeit sein ganzes Leben erfaßt hatte, das einzige Leben, das er kannte, alle Entscheidungen, die zu der Person geführt hatten, die er jetzt war. So war es: ein furchtbares Schicksal für einen Mann, der ein Menschenalter im Dienst der Bruderschaft verbracht hatte. Schuster zweifelte an einem Gott, der allzu selten ihre Gebete erhörte, tatsächlich so selten, daß es eher wie ein Zufall erschien, wenn es einmal vorkam. Er zweifelte an seinem Leben als Mönch und hatte den Verdacht, daß das Schicksal ihm eigentlich ein anderes Leben zugedacht hatte, daß dessen Partitur schon geschrieben war, daß er sich aber durch einen unglücklichen Zufall hatte dazu verleiten lassen, sich für ein anderes zu entscheiden, auf die Stimme seines Herzens nicht gehört hatte und deshalb zum Unglück verdammt war. Ihn quälte ein Zölibat, das zu brechen er zu alt war, ihn quälten Stimmen der Kinder und Kindeskinder, die er nie bekommen hatte, das glückliche Lachen der Familie, in der er nie als Patriarch auf dem Landgut der Familie zwischen Jerez und Sevilla hatte altern dürfen und deren Ersatz – das Leben im Kloster – ihm immer armseliger und inhaltsloser vorkam.

Je näher sie der Heiligen Stadt kamen, desto mehr erfüllte ihn darüber hinaus eine andere, schwerer zu bestimmende Unruhe, deren Auslöser nicht nur unserem Helden entging, sondern auch Schuster selbst, da er ihm unbekannt war. Seine Unruhe wurde praktisch mit jeder Stunde, die sie der Heiligen Stadt näher kamen, stärker, und an dem Abend, als sie am Sitz der Gesellschaft im Borgo Santo Spirito in Rom eintrafen, schien er so voller Sorgen und Angst, daß Hercule erwartete, er werde jeden Augenblick die Fassung verlieren.

In dieser Stimmung wurden sie in einem Gästezimmer im Anbau zum Krankenhaus der Brüder, dem Ospedale di San Spirito, einquartiert, in einer unansehnlichen Kammer in den Gebäuden nahe der Peterskirche, eingerichtet wie eine Klosterzelle, deren einziges Fenster auf einen Hinterhof hinausging, der im ewigen Schatten lag.

Am Tag verschwand Schuster zu Gesprächen, und wenn er spät am Abend, nachdem er Stunden mit priesterlichen Beamten in den Büroräumen im Vatikan zugebracht hatte, zurückkehrte, war er deprimiert und rastlos. Es kam vor, daß Hercule nachts aufwachte und ihn schlaflos auf seiner Pritsche liegen sah, den Blick auf einen Stockfleck an der Decke gerichtet, und erst kurz vor Morgengrauen übermannte ihn, mitten in den Schuldgefühlen, weil er seine Gedanken nicht zu einem Gebet sammeln konnte, der Schlaf.

Hercule wußte noch nichts von den Plänen, die Abt Kippenberg über seinen Kopf hinweg geschmiedet hatte und die auch seinem Wohltäter unbekannt waren, obwohl Schuster sie mit dem Instinkt eines langen, gefahrvollen Lebens zu ahnen schien. Hercule dagegen verharrte in der Freude darüber, daß das Leben selbst ihn auf freien Fuß gesetzt hatte, und in dem Glauben daran, er werde mit viel Geduld früher oder später Henriette finden.

Und mit kindlicher Neugier aufs Dasein, mit dem Gefühl, unverletzlich zu sein, war er an diesem Nachmittag zur Piazza Navona gegangen, wo einst die heilige Agnes für ihre Henker gebetet und die Gespensterstimme zu ihm zu sprechen begonnen hatte, obgleich er noch nicht begriff, warum.

Getrieben von einer Wißbegier, die ihn selbst verblüffte, folgte er dem Jungen durch die Gassen des Stadtteils Ponte Parlone. Es dämmerte jetzt rasch. Weit weg bei den Albaner Bergen zog sich ein Unwetter zusammen.

Sie quetschten sich durch schmale Gänge, wo die Einwohner so dicht zusammenwohnten, daß sie sich um die Geheimnisse der Nachbarn nicht mehr kümmerten. Sie durchquerten Handwerkerquartiere, gingen vorbei an Schlachtereien und Gerbereien, an Tavernen, wo Betrunkene Karten spielten und Straßenmädchen nach den ersten Kunden des Abends Ausschau hielten. Der Junge bewegte sich geschmeidig wie eine Katze durch das Gedränge, stieg über schlafende Säufer, wich Wagenrädern und Mauleseln aus, bewegte sich mit einer Selbstverständlichkeit vorwärts, als wäre er selbst Teil der Straßen. Zweimal verlor Hercule ihn aus den Augen, aber im selben Augenblick, als er die Hoffnung aufgegeben hatte, seinen Führer wiederzusehen, entdeckte er, daß der Junge an der nächsten Ecke auf ihn wartete.

An der Piazza Farnese wurde ihnen von einem Trauergefolge der Weg versperrt. Hercule war dabei, seinen kleinen Cicerone einzuholen, als dieser, zum Zeichen, daß er ihm nicht zu nahe kommen solle, plötzlich die Hand hob und sehr deutlich in seinem Inneren flüsterte: *Bleib ein Stück hinter mir, es ist nicht gesund für Leute wie uns, zu viel Aufmerksamkeit zu erregen!*

Er gehorchte, ohne den Sinn dieser Regel für ihr Katz-und-Maus-Spiel zu verstehen.

Sie setzten ihren Weg an der Mauer des jüdischen Ghettos fort. Die Tore wurden von Soldaten bewacht, denn den Einwohnern war es verboten, sich nach Sonnenuntergang außerhalb des Ghettos aufzuhalten. An der Via Giulia bogen sie nach links ab und folgten dem Tiber-Ufer, wo es Stände mit frischen Krustentieren und Lotteriebuden gab und wo Invalide und zerlumpte Bettler den Passanten murmelnd ihre Schalen hinhielten; dann gingen sie weiter nach Osten bis zum Forum.

Kühe weideten zwischen den römischen Ruinen, Hirten lagen schlafend auf den Postamenten der korinthischen Säulen, und über allem schwebte ein unnatürlicher Nebel wie auf einem Gemälde eines umnachteten Künstlers. Es wurde sehr schnell dunkel. Unterhalb des Palatins blieb der Junge bei den Ruinen einer antiken Villa erneut stehen, um auf Hercule zu warten. Sie waren jetzt allein, kein Mensch war zu sehen. Der Junge gab ihm ein Zeichen, ihm zu folgen.

Auf dem Fußboden dessen, was früher einmal ein mosaikgeschmückter Patio im Palast eines Konsuls gewesen war, lag die Abdeckung eines Brunnens. Der Junge verschwand ins Dunkel des Schachtes, und Hercule hörte seine Stimme in sich: *Wesen wie wir kommen am besten in der Unterwelt zurecht, hab keine Angst … komm mit … aber bleib mir auf den Fersen, sonst bist du verloren.*

Später sollte er begreifen, daß sie in Roms Katakomben gestiegen waren, obwohl er damals geglaubt hatte, es handele sich um einen weitverzweigten Keller, gebaut in mehreren Ebenen. Er staunte über die labyrinthischen Gänge, die Tunnel, die nach rechts oder links abbogen, den Duft jahrtausendealten Schimmels und die Kellerasseln, die unter ihren Schritten flüchteten. Der Junge hatte eine Laterne angezündet. Hercule folgte ihm, ohne Fragen zu stellen.

In den unterirdischen Sälen stießen die Toten heisere Seufzer aus, und die Gespenster römischer Soldaten irrten in der Hoffnung umher, einen Weg nach draußen zu finden. Irgendwann befanden sie sich in einer Krypta voller Menschenknochen. Skelette in Mönchskutten streckten ihre Hände nach ihnen aus, klammerten sich fest an vergilbten Sensen aus zusammengefügten Rückenwirbeln und hielten Hercule wurmstichige Stundengläser aus den Schlüsselbeinen von Säuglingen hin, um ihn an seine Sterblichkeit zu erinnern und daran, daß er nie wieder herausfinden würde, verlöre er seinen Führer aus den Augen. Von der Decke hingen Kronleuchter, gefertigt aus menschlichen Kiefern, gewaltige Ornamente aus Wirbelknochen bedeckten die Wände, Kinderskelette waren zusammenmontiert worden und ruhten friedlich in Gewölben aus riesigen Oberschenkelknochen.

Sie kamen immer tiefer ins Labyrinth, bogen wie zufällig nach links ab, dann nach rechts, anscheinend genauso zufällig, bis sie nach einem halbstündigen Marsch durch feuchte Tunnel voller Schatten von Verstorbenen, voller Zeiten und Epochen, die einander chaotisch kreuzten und berührten, in einem von Öllampen beleuchteten Saal standen. Hercule war geblendet von dem plötzlichen Lichtschein, und als seine Augen sich daran gewöhnt hatten, fand er sich inmitten einer Schar seltsamer Menschen wieder.

Wir sind alle Monster, flüsterte sein rätselhafter Cicerone in ihm. Und mit einer Geste, als stünde er auf einer Bühne vor einem vielköpfigen Theaterpublikum, nahm jetzt der Junge die Maske ab.

Doch es war kein Junge. Es war ein erwachsener Mann,

äußerst klein von Wuchs, und Hercule begriff sofort, warum er eine Maske trug: Auf der Stirn des kleinen Mannes war ein einziges Auge, wie bei einem ganz altmodischen Zyklopen.

Der Mann, der ihn in die verschlungenen Katakomben Roms geführt hatte, hieß Barnaby Wilson und war wirklich ein leibhaftiger Zyklop, obwohl das einzige Auge mitten auf der Stirn eine menschliche Mißbildung war und nicht das Symptom der direkten Verwandtschaft mit den mythischen Ungeheuern, die in Homers Versen Menschen verfrühstücken.

Wilson, der aus dem Dorf Llanerchymedd in Wales stammte und den, seit in seinem siebten Lebensjahr seine Eltern beim großen Brand von Cardiff umgekommen waren, die Stürme des Schicksals wie ein Blatt kreuz und quer durch Europa geweht hatten, leitete zu dieser Zeit einen eher obskuren Wanderzirkus, eine herumreisende Gesellschaft von mehr als dreißig Personen, die für Geld ihre schauerlichen Abnormitäten vorführten und damit Hunger und Durst fernhielten.

Im Alter sollte Hercule im Zusammenhang mit der Einigung Italiens über ihn schreiben, denn Wilson hatte eine Zeitlang als Berater für keinen geringeren als Garibaldi gearbeitet, ein Posten, für den er maßgeschneidert zu sein schien, da er sich auf so unerklärliche Weise über die Pläne des Feindes im voraus informierte und die geheimen Dekrete verriet, bevor sie auch nur mit Kurieren auf den Weg hatten gebracht werden können. Aber das war sehr viel später; zu der Zeit, als Hercule seine Bekanntschaft machte, war Wilson vollauf mit seiner reisenden Gesellschaft beschäftigt.

Hercule war tief ergriffen von dem, was er an diesem Abend in Rom erlebte, denn aus irgendeinem Grund hatte er in dem Glauben gelebt, nicht nur mit seiner Gabe, sondern auch mit seinem Äußeren allein zu stehen. Er hatte nie zuvor ein leibhaftiges Monster gesehen, und aus den Reaktionen, die er bei den Menschen hervorrief, hatte er nur schließen können, daß er der einzige mit diesem Gebrechen war. All diese Befürchtungen aber lösten sich im Schein der Öllampen in Luft auf, als Barnaby Wilson der Reihe nach seine Schützlinge vorstellte.

Sie übertrafen alles, was Hercule sich je hatte vorstellen können. Da war ein zweigeschlechtliches Wesen mit dem phantasieanregenden Namen Gandalfo Bonaparte, das angeblich ein uneheliches Kind des Kaisers Napoleon war, und ein goldgelocktes Mädchen namens Miranda Bellaflor, in deren Mund sich vier Zungen den Platz teilten. Da waren die siamesischen Zwillinge Louis und Louise, die schon als Föten in der Taille verbunden gewesen waren und die ständig durcheinanderredeten und nicht selten in heftigem Streit lagen. Und da war natürlich der Zyklop Barnaby Wilson selbst, dem ebenso wie Hercule Barfuss die Gabe angeboren war, die Gedanken der Menschen lesen zu können.

In der Gesellschaft gab es darüber hinaus einige andere mit unerklärlichen Begabungen, die mit der Zeit, auf der Tournee von Marktplatz zu Marktplatz, zu ihrem Ruhm erheblich beitragen sollten. Leon Montebianco zum Beispiel, der angeblich nicht weniger als zehntausend Jahre in der Geschichte zurückblicken und dort die Antwort auf alle möglichen Fragen finden konnte, beispielsweise, wo man nach der vergessenen Stadt Troja suchen sollte. Seine Aussage war so exakt, daß der spätere Archäologe Heinrich Schliemann, der eine einzige Vorstellung gesehen hatte, ihn beim Wort nahm und ein halbes Jahrhundert später, schon nach dem ersten Spatenstich auf einem unscheinbaren Hügel am Hellespont erwartungsgemäß den Ort von Montebiancos Voraussage fand. Da war auch Signora Ramona, die seit ihrem fünfzehnten Geburtstag jeden Monat eine Sprache gelernt hatte, völlig fließend, und daher in hundertsechzehn bekannten Sprachen Liebesbriefe schreiben konnte. Ferner war da eine Frau, die aus allen möglichen unedlen Metallen Gold machen konnte, und ein türkischer Dichter, dessen einziges Bein von einer glühendheißen Schlangenhaut umschlossen war, an der man bei Bedarf eine Zigarre anzünden konnte. Zur Gesellschaft gehörte außerdem der provençalische Zwerg Lucretius III., der es in der Kunst, mit einer Laterna magica umzugehen, als Autodidakt zur Meisterschaft gebracht hatte und dem es mit Hilfe komplizierter Spiegelkonstruktionen gelang, die naturgetreuesten Phantasmagorien berühmter historischer Figuren herzustellen. Doch all diese Gaben, erklärte Barnaby Wilson überzeugend, waren nichts weiter als die Kompensation der Natur für ihre körperlichen Mängel.

Viele Jahre später, als Hercule zurückdachte an diese Nacht und damit auch an ihren tragischen Epilog ein Jahr später in Genua, begriff er, daß er zum ersten Mal in seinem Leben heimgefunden hatte. Diese Menschen waren seine Geschwister, sie relativierten das eigene Unglück, linderten gegenseitig ihre Leiden und schenkten einander ein wehmütiges Gefühl der Zusammengehörigkeit. Ebenso wie er selbst waren sie Opfer auf dem Altar einer grausamen Natur und sahen im Dasein kaum einen anderen Sinn als den, einer Gesellschaft als Warnung zu dienen, die in dem Glauben lebte, der Same könne, je nachdem, ob sich ein Vorvater den Mächten der Finsternis verschrieben hatte, verflucht werden bis ins dritte und vierte Glied.

Und während die Stunden vergingen, erzählte ihm Barnaby Wilson von seinen Schützlingen, von ihren Erfahrungen eines Lebens am Rande der Menschheit, von Demütigungen und Qualen, Verfolgungen und Irrenhäusern, aber auch von dem Glück, das sie beieinander gefunden und den Lorbeeren, die sie hatten ernten können, seit sie ihre Gaben in den Dienst der reisenden Gesellschaft gestellt hatten.

Erregt durch ihre Schicksale legte Hercule eine vollständige Beichte über sein eigenes Leben ab. Auf die telepathische Art, die die beiden Männer von Kindesbeinen an beherrschten, erzählte er Wilson von seiner Kindheit, von den Jahren im Asyl, von der Zeit im Jesuitenkloster und allem, was dort passiert war, von den Bauern, die ihn für einen Wundertäter gehalten hatten, und den Mönchen, die plötzlich von Zweifel befallen worden waren, kurz gesagt, all die Ereignisse, die ihn mit der unerbittlichen Konsequenz des Lebens und dessen Weigerung, Alternativen aufzuzeigen, nach Rom geführt hatten. Und nicht zuletzt erzählte er von dem Mädchen, das er seit seinem elften Lebensjahr nicht gesehen, das aber seine Gedanken seitdem nicht einen Augenblick verlassen hatte, von dem Menschen, der der Sinn seines Daseins, das Alphabet seiner Träume und der Meridian seiner Sehnsucht war: Henriette Vogel.

Seine Geschichte berührte Barnaby Wilson tief, und er schlug vor, Hercule solle sich der Gesellschaft anschließen. Sie wollten schon am nächsten Morgen mit fünfzehn Wagen abreisen, um mit ihren unglaublichen Gebrechen und magischen Fähigkeiten die Dörfer Kalabriens zu erfreuen, gegen ein Eintrittsgeld von zwei Centesimi pro zahlendem Besucher. Auf diese Weise, meinte der Zirkusdirektor, werde Hercule seine Chancen, das Mädchen zu finden, um etliche Prozent erhöhen.

Hercule erwog dieses großzügige Angebot genau. Es kam von einem Mann, den er erst ein paar Stunden zuvor kennengelernt hatte und den nichts anderes trieb als sein Mitleid mit seinen Geschwistern im Unglück; schließlich aber lehnte er mit Dank ab, da er fand, er stehe in der Schuld des Mönches Schuster.

Voll tiefer Wehmut verließ er am nächsten Morgen die seltsame Gesellschaft. Hinter dem Kolosseum wurde es schon hell, als sie am Forum aus der Unterwelt hinaufstiegen und Barnaby Wilson mit dem kleinen Finger eines Kindes in die Richtung des Borgo Santo Spirito jenseits des Flusses zeigte. Die Hähne der Ewigen Stadt hatten sich in einem Gesang vereint, den Hercule als Begleitung zu einem Abschied für immer deutete. Doch er irrte sich.

In derselben Dämmerstunde, in der auf der Piazza Navona die Gespensterstimme zu Hercule zu sprechen begonnen hatte, befand sich Julian Schuster in einem päpstlichen Gemach in einem Prachtbau des Vatikans zwischen dem Palazzo di Belvedere und dem Collegio Etiopico.

Mit zunehmender Unruhe hörte er sich an, was der jesuitische Kardinal Aurelio Rivero in bezug auf seinen Schützling zu sagen hatte.

»Das Problem ist zweifellos delikat, Schuster, und es muß zur Zufriedenheit aller gelöst werden. Der Ordensgeneral verfolgt unsere Untersuchungen mit größtem Interesse und verläßt sich darauf, daß wir sie zu einem befriedigenden Abschluß bringen. Ich schlage vor, daß wir so bald wie möglich eine Untersuchung des Jungen vornehmen, nach den von Martín del Río festgelegten Regeln.«

Rivero, verantwortlich für die Sonderkommission der Brüder, die sich mit der Bekämpfung von Irrlehren befaßte, füllte Schusters Weinglas nach und erinnerte ihn damit an die Unterschiede, die in der Lebensführung zwischen den Klosterbrüdern und ihren Repräsentanten im Vatikan herrschten.

»Wir leben immerhin im neunzehnten Jahrhundert«, erdreistete sich Schuster zu sagen. »Nicht einmal in Amerika haben wir uns um die *Disquisitionum magicarum* gekümmert!«

»Wir leben in einer neuen Zeit, das stimmt, doch ich ziehe aus der sogenannten Entwicklung völlig andere Schlüsse als Sie. Die Vernunft in allen Ehren, aber waren es nicht die Männer der Aufklärung, die uns mit dem Bann belegt haben? Lassen Sie mich aufrichtig sein: Wir müssen die Macht, die uns die Politiker durch die Restauration zurückgegeben haben, konsolidieren.«

Schuster nahm eine Olive von der Platte, die ihm der Kardinal hinschob, legte sie aber mit dem Gefühl, gerade eine Versuchung überwunden zu haben, wieder zurück.

»Euer Eminenz, was meinen Sie damit – das Problem muß gelöst werden?« fragte er.

»Hat Kippenberg Ihnen nicht von unseren Plänen erzählt?«

»Meine Aufgabe war es, den Jungen nach Rom zu bringen, damit Sie einen Blick auf ihn werfen können. Von *Plänen* war nie die Rede.«

Rivero betrachtete ihn mit dem Blick eines Eingeweihten, der Details kannte, welche jenseits des Horizontes eines Laien lagen.

»Wie auch immer, damit brauchen Sie Ihr Gewissen nicht zu belasten«, sagte er. »Es steht Ihnen frei, schon morgen nach Schlesien zurückzukehren, ich habe für Sie einen Wagen bestellen lassen, mit zwei Gespannen. Heisterbach braucht Ihre Anwesenheit als Klosterältester. Im Hinblick auf die jüngsten Ereignisse ist so schnell wie möglich eine Untersuchung der moralischen Grundsätze im Kloster durchzuführen. Ich schlage vor, daß Sie Kippenbergs Pflichten als Beichtvater übernehmen. Ein Kloster, aufgelöst in Anarchie! Novizen, die verschwinden oder ihre Gelübde brechen, und alles wegen eines orgelspielenden Monsters, das darüber hinaus angeblich Gedanken lesen kann und zu allem Überfluß taubstumm ist!«

»Mit Ihrer Erlaubnis, Euer Eminenz, bleibe ich, bis die Untersuchung abgeschlossen ist. Es könnte interessant sein zu sehen, welche Methoden Sie anwenden.«

Rivero spuckte einen Olivenkern in einen vergoldeten Napf und wischte sich mit einem Seidentaschentuch den Mund ab.

»Der Zweck heiligt die Mittel«, sagte er. »Das betrachten doch Außenstehende als das Motto der Bruderschaft, nicht wahr?«

»Nur in dem Maß, wie die Devise mit dem Willen Gottes übereinstimmt«, erwiderte Schuster.

»Und wenn zutrifft, was das Gerücht behauptet, daß der Junge Gedanken lesen kann oder, noch schlimmer, verborgene Gedanken hervorlockt, wie handeln wir dann?«

»Bei allem Respekt, Euer Eminenz, aber ich verstehe immer noch nicht, worauf Sie hinauswollen.«

Der Kardinal lachte kurz auf, bevor er erneut eine Miene aufsetzte, die den heiligen Christophorus parodierte, der sie von einem Ölgemälde an der Wand gemessen betrachtete.

»Es gibt ja Gründe dafür, daß ein Mensch bestimmte Gedanken und Reflexe verdrängt«, sagte er trocken, »und sie geheimhält, sogar vor sich selbst. Was würde sonst aus uns werden? Im übrigen ist es nicht nur die Stimme Gottes, die uns zuflüstern kann. In Augenblicken der Schwäche verschaffen sich auch andere Stimmen Zutritt ...«

Der Kardinal erhob sich aus dem Sessel und ging im Raum auf und ab, die Hände auf dem Rücken gefaltet. Er blieb an dem kleinen Altar, auf dem eine aufgeschlagene Bibel lag, stehen und berührte mit einem sehr schön gefeilten Nagel leicht den Einband.

»Sie halten den Jungen für ein Sprachrohr des Teufels?«

»Darf ich Sie bitten, sich die Ironie zu sparen, lieber Bruder. Kippenberg hat mich über die Vorfälle im Kloster regelmäßig informiert. Acht Novizen haben ihr Gelübde gebrochen, ebenso viele sind für immer verschwunden, ein halbes Dutzend hat sich lästerlich geäußert, um es milde auszudrücken. Unterstellen wir, daß der Junge hinter alledem steckt, daß er allein ein Kloster in Auflösungszustand versetzen kann – erscheint das logisch: allein?«

Rivero unterbrach sich mitten im Satz, als eine Wache aus der Schweizer Garde mit einer Silberschatulle eintrat und sie unter das gewaltige Kruzifix stellte, das die Wand hinter Riveros Sessel schmückte. Mit einem beschämten Blick auf den Erlöser dachte Schuster: *Dieser blutende, leidende Gott verschreckt die Menschen, warum konnten wir nicht ein schöneres Symbol für unseren Glauben finden?*

»Das Begehren an sich ist harmlos«, sagte er. »Unsere Einstellung zum Begehren ist sündhaft.«

»Raffiniert. Werden Sie von Irrlehren angefochten, Schuster?«

»Das einzige, was mich anficht, sind Ihre sogenannten Pläne.«

Der Kardinal ließ sich wieder in seinem Sessel nieder.

»Wie wollen Sie zum Beispiel erklären, daß der Junge in weniger als einem halben Jahr Orgelspielen gelernt hat wie ein Konservatoriumsschüler? Mit den Füßen! Und außerdem taub!«

»Musikalität ist eine Gabe von oben. In Amerika bin ich Zeuge geworden, wie die Wilden in vier Tagen Flötespielen lernten.«

»Und das haben Sie nie für unnatürlich gehalten? Haben sich nie gefragt: Wie ist es möglich, daß ein Wilder plötzlich Posaune spielt?«

Schuster spürte, daß der Kardinal an eine seiner Passionen rührte.

»Ich habe, ehrlich gesagt, unseren theologischen Standpunkt in dieser Frage nie begriffen. Mit Ihrer Erlaubnis, Euer Eminenz. Die Musik ist von Christen aufgenommen und weiterentwickelt worden und wird zugleich, von denselben Christen, geleugnet und als dämonische ausgesondert. Das ist ein Paradox, mit dem ich nie zurechtgekommen bin. Die Mönche des Mittelalters haben den Gesang zu einem religiösen Werkzeug gemacht, Harmonie und Kontrapunktik entwickelt, die Musik wurde von der Kirche eingesetzt, gleichzeitig aber kann sich die Musik jederzeit, wenn wir es am wenigsten ahnen, gegen uns wenden. Im Übergang von einer Harmonie zu einer anderen wird sie plötzlich dämonisch, und bisher ist es noch niemandem gelungen, mir zu erklären, wie dieses Kunststück funktioniert. Könnten Sie mich aufklären?«

Der Kardinal seufzte.

»Den Informationen zufolge, die ich bekommen habe, sind Sie ein eigensinniger Mann, Schuster. Das ist Ihre spanisch-deutsche Natur. Ihre habsburgische Natur, hätte ich beinah gesagt. Ich tue aufgrund Ihrer Abstammung immer so, als hörte ich Ihre Spitzfindigkeiten nicht oder könnte sie nicht begreifen. Haben Sie denn selbst keine Meinung in dieser Frage?«

»Welcher Frage?«

»Haben Sie selbst Beweise für die sogenannten Gaben des Jungen erhalten?«

Schuster zögerte.

Etwas sagte ihm, daß er von seinen eigenen Erfahrungen mit dem Jungen nicht allzuviel preisgeben sollte.

»Nein«, sagte er. »Abgesehen von der Tatsache, daß er in so kurzer Zeit Orgelspielen gelernt hat, obwohl ihm das Gehör zu fehlen scheint und sogar die Ohren im anatomischen Sinne. Ich gebe zu, das ist schwer zu erklären. Da aber keine medizinische Diagnose gestellt werden konnte, bringt uns das nicht weiter. Es kann sein, daß er mehr hört, als wir uns vorstellen.«

Rivero öffnete die Schatulle und nahm einen Schlüssel heraus. Er stand auf, und der kostbare Kardinalstalar mit Besätzen aus Goldbrokat raschelte leicht auf dem Marmorboden.

»Ich glaube«, sagte er, »es ist Zeit für einen Ortswechsel. Sie werden mich besser verstehen, wenn ich Ihnen ein paar Illustrationen zeige.«

Nicht weniger als drei Generationen von Novizen hatte Julian Schuster die Grundsätze der Bruderschaft eingetrichtert, in der Überzeugung, sie könnten einem verborgenen göttlichen Plan gemäß die Welt verbessern. Ausgerüstet mit den sinnreichen Werkzeugen einer felsenfesten *Ratio studiorum*, hatte er seine Schüler in Begriffe wie *discreción*, *prudencia* und *caridad discreta* eingeführt und für das *Regnum humanitatis* oder den kristallklaren Humanismus plädiert, der seiner Meinung nach das Fundament für das ganze Streben der Gesellschaft bildete. In dieser Dämmerstunde aber, in einem Keller unter der Kanzlei, während Kardinal Rivero den Schlüssel ins Schloß einer uralten Eichentür steckte, spürte er, wie die Überzeugungen seines Lebens in ihren Grundfesten erschüttert wurden. Sie hatten ein Dutzend bewaffneter Wachen, stationiert auf trostlosen Hinterhöfen, passiert, und dreimal hatte Rivero trotz seines Rangs Papiere vorzeigen müssen, die es Schuster gestatteten, den Weg in seiner Gesellschaft fortzusetzen.

»Hätten Sie versucht, hier allein hereinzukommen«, sagte er, während er die Tür aufschob, »hätten Sie vier Monate auf eine Genehmigung warten und fünfzehn Formulare von so bürokratischer Natur ausfüllen müssen, daß die Prozedur Ihre Nerven auf eine ernste Probe gestellt hätte. Es wäre eine umfassende Untersuchung all Ihrer Unternehmungen seit Ihrem Eintritt in den Orden vorgenommen worden, drei hochrangige Funktionäre hätten persönlich für Sie bürgen müssen, und selbst wenn all diese Voraussetzungen erfüllt gewesen wären, ist es nicht sicher, ob man Ihnen Dispens gewährt hätte, und sei es nur für einen Nachmittag.«

Sie betraten einen hallenähnlichen Raum, beleuchtet von Wandlampen. Ein Mönch stand, über einen Folianten gebeugt, an einem der Lesepulte. Rivero schlug einen unsichtbaren Weg zwischen Bücherstapeln und Dokumentenregalen ein. Schuster begriff erschauernd, daß sie sich in der Bibliothek für verbotene Bücher befanden, die die Inquisition eingerichtet hatte.

»Ach, Schuster! Wir sind fast gleich alt, und dennoch hat uns das Schicksal so unterschiedlich behandelt. Ihnen hat es die Abenteuer geschenkt und mir die Karriere. Daß Sie auf der Beförderungsleiter stehengeblieben sind, hat natürlich nichts mit Ihren Talenten zu tun; tatsächlich haben Sie alle Voraussetzungen, eine höhere Position in unserer Gesellschaft zu besetzen. Eigentlich wundert es mich, daß es noch nicht dazu gekommen ist. Sie sind klassisch gebildet, Sie haben große Tüchtigkeit bei der praktischen Arbeit bewiesen, nicht zuletzt in Amerika. Sie haben in einer Epoche, in der es einen Menschen das Leben kosten konnte, in Ordenstracht aufzutreten, den Kampf mit Freimaurern und Männern der Aufklärung aufgenommen. Wissen Sie, man hat angedeutet, daß es in Spanien Verwendung für Sie gibt. Unsere alten Verbündeten, die Bourbonen, sind wieder auf dem Thron. Erst gestern habe ich auf dem Konzil mit dem Bischof von Córdoba gesprochen. Die Stelle des Abtes im Kloster der Brüder in Granada, Ihrer Heimat, Schuster, ist zu besetzen. Aber sie muß umgehend angetreten werden.«

Schuster betrachtete verwundert seinen Vorgesetzten.

»Was meinen Sie?« fragte er.

»Übermorgen geht ein Schiff nach Málaga. Und natürlich, das ist die Voraussetzung, überlassen Sie die Verantwortung für den Jungen mir. Der Fall kann sich vielleicht in die Länge ziehen.«

»Das kommt ein bißchen plötzlich. Vorhin haben Sie gesagt, man erwarte mich in Schlesien.«

Rivero legte ihm brüderlich eine Hand auf die Schulter und lächelte eine Spur zu schnell, eine Spur zu freundlich, um nicht Schusters Mißtrauen zu wecken.

»Wenn ich mir die Sache genauer überlege, scheint mir, daß Granada Ihre Dienste dringender braucht. Ich rate Ihnen, die Gelegenheit beim Schopf zu packen. Wir nehmen uns hier in aller Ruhe des Jungen an, während Sie sich um die Seligkeit Ihrer Landsleute kümmern.«

Sie hatten einen Saal erreicht, der so groß war wie das Dormitorium der Novizen in Heisterbach. Schuster war angesichts dieser riesigen Sammlung verbotener Bücher, denen der Scheiterhaufen erspart geblieben war, gleichermaßen von Ehrfurcht und Angst erfüllt. Tausende von Bänden standen auf den Regalen, dicke Schwarten, eingebunden in Kalbsleder und Maroquin, staubige Folianten, Druckerzeugnisse im Halb- oder Quartformat. Vergilbte Pergamentrollen lagen in Stapeln auf verschlossenen Schränken, illustrierte Bücher und Enzyklopädien füllten ganze Abteilungen. Um die obersten zu erreichen, mußte man Leitern benutzen.

»Wir stehen hier vor einem Meer von Blasphemien«, sagte Rivero ernst, »in dem wir zu ertrinken drohten, gäbe es nicht diesen Dammbau: den *Index Tridentinus*. Wissen Sie, wie viele Jahre die Kirche gebraucht hat, um diesen ganzen Aberglauben zu sammeln? Fünf Jahrhunderte! Tausende und Abertausende unserer christlichen Brüder haben ihr Leben dieser Aufgabe geweiht, denn der Teufel schreibt Bücher bekanntlich schneller, als der Mensch sie lesen kann.«

Der Saal wurde von großen Tranlampen beleuchtet. In den Lichtsäulen stand der Staub still. Schuster hatte das dunkle Gefühl, er habe diesen Augenblick schon mehrere Male zuvor erlebt, aber vergessen, wo und wann und warum.

»Sehen Sie sich um«, murmelte Rivero. »Profanisierungen des Papsttums und der Heiligen Schrift, die absurdesten Anklageschriften gegen unseren Glauben: der »Schlüssel Salomos«, der Luziferbrief, die Kabbala, Teufelsmanuale. Jahrhunderte der *censura subsequens*, die den Menschen die Strafe Gottes erspart hat, denn sollten diese Schriften allgemeine Verbreitung finden, erwartet uns eine zweite Sintflut.«

Mit einem beringten Finger zeigte der Kardinal auf eine

Abteilung von Handschriften, die in einem kolossalen Glasschrank eingeschlossen waren: »Schriften von Katharern und Spiritualisten, verächtliche Bibelinterpretationen von Beghinen und Begharden, Instruktionsbücher zur unzulässigen Selbstverstümmelung von Flagellanten. Bücher von Mauren, Juden und Calvinisten. Die donatistische Liturgie für Dämonenanbetung, Teufelsbibeln von Arianern und bogomilische Briefsammlungen, in denen Gott mit der Schlange im Paradies verwechselt wird. Man kann den Verstand verlieren angesichts all dieses heidnischen Erfindungsreichtums!«

Rivero griff sich ans Herz, als wäre allein diese Aufzählung eine schwere Lästerung.

»Hier gibt es geistliche Pfade«, fuhr er fort, »die kein Mensch betreten darf. Pfade, die am Rand von Abgründen entlangführen, die den Menschen in die tiefste Finsternis, in die allerbitterste Einsamkeit führen!«

Schuster hatte das Gefühl, er befände sich mitten in einem vergrößerten menschlichen Hirn, angefüllt mit gefährlicher Information, und dieser Gedanke führte ihn zurück zu dem Jungen. Von was für Plänen wurde da gesprochen? Was wollte man mit seinem Schützling machen? Doch seine Überlegungen wurden unterbrochen, als der Kardinal einen Schritt zur nächsten Abteilung machte.

»Haben Sie je im falschen Petrus-Evangelium geblättert? Das kann einem Kindermörder die Haare zu Berge stehen lassen. Oder in der Bibel der Manichäer? Diese Gesandten des Teufels versuchen zu beweisen, daß nicht Unser Herr am Kreuz gestorben ist, sondern einer von diesen gewöhnlichen Wegelagerern. Der Körper sei nur eine Erfindung des Demiurgen, und einen qualvollen Tod am Kreuz zu sterben sei unter der Würde ihres vermeintlichen Gottes. Sie behaupten, Christus bestehe aus reinem Geist.«

Rivero murmelte etwas von verlorenen Seelen, bevor er zu

einem Folianten ging, der aufgeschlagen auf einem Wandkatheder lag.

»Erschienen 1661 in Bologna. Zeichnungen zu Maschinen und Automaten, die hoffentlich nie das Licht der Welt erblicken werden.«

Auf den aufgeschlagenen Seiten fand sich ein Bild, das dem eines Insekts ähnelte, gekrönt mit rotierenden Metallblättern, geformt wie ein vierblättriges Kleeblatt.

»Ein Helixpteron oder eine Libellenmaschine«, sagte Rivero verächtlich. »Ich wünschte, ich könnte dieses vertikale Streben als eine unschuldige Sehnsucht nach dem Himmelreich auffassen, aber das Gegenteil ist der Fall: Man will sich an die Stelle Gottes setzen, man will seinesgleichen sein statt seines Dieners.«

Er blätterte um zu einer weiteren Zeichnung, einer Konstruktion mit Flügeln an einer Art Zylinder.

»Am Anfang schuf Gott nur vier Wesen, die fliegen konnten: die Engel, die Vögel, die Fledermäuse und die Insekten. An dem Tag, an dem der Mensch seine perversen Phantasien von fliegenden Maschinen verwirklicht, ist es aus mit uns; das wird der letzte Aufruhr gegen den Schöpfungsplan sein, bevor Unser Herr die Erde verwüsten läßt.«

»Ist es möglich, sie zu konstruieren?« fragte Schuster, während er das betrachtete, was im Grunde ein Entwurf zu den Flugmaschinen des zwanzigsten Jahrhunderts war.

»In der Theorie: ja. Und sehen Sie hier: weitere Maschinen, Ideen, die nur von den dunkelsten Kräften inspiriert sein können.«

Rivero blätterte erneut um, auf eine Seite mit einem Holzschnitt, der einen Automaten mit Kolben und Rohren darstellte, aus dessen Ventilen dicker Rauch aufstieg wie aus einem kleineren Vulkan.

»Eine Dampfmaschine natürlich«, sagte er. »Die Technik

war schon während der Antike bekannt, aber die Griechen haben sich mehr für Denkexperimente als für Ingenieurskunst interessiert. Wie Sie wissen, haben die Engländer mit der Massenproduktion begonnen.«

Sie traten über die Schwelle eines weiteren Raums, etwas kleiner als der vorige. Hier standen keine Bücherregale, nur verschlossene, eisenbeschlagene Eichenschränke. Eine düstere Vorahnung sagte Schuster, daß man hier die allerabtrünnigsten Schriften aufbewahrte, und als Rivero einen der Schränke aufschloß, sah er eine Reihe schwarzer Teufelsbibeln, numeriert mit römischen Ziffern.

Vor sich hinmurmelnd, nahm der Kardinal eine ledergebundene Schwarte heraus und pustete den Staub von den Deckeln.

»Dieses Buch hier ist äußerst brauchbar«, sagte er, »vorausgesetzt, es befindet sich in den richtigen Händen.«

Schuster las den Titel auf dem vergilbten Vorsatzblatt: »Spiriti incubi e succubi«.

»Der Foliant stellt die Früchte von Teufelskonkubinaten dar«, brummelte Rivero, »und enthält Fallbeschreibungen von Monstern. Sehen Sie: Avignon unter dem Pontifikat Benedikts XII.!« Er zeigte auf einen Holzschnitt, der einen Jungen mit einem Horn mitten auf der Stirn darstellte. »Ein berühmter Fall. Die Mutter war eine abtrünnige Nonne, der Vater ein *incubus*.«

Bruchstücke von Vorlesungen in Dämonologie, die er kurz vor seiner Abreise in die Neue Welt mehr als sechzig Jahre zuvor gehört hatte, schwebten in Schusters Erinnerung vorbei: *succuba* war ein weiblicher Sexualpartner aus der Schar der Dämonen, *incubus* ein männlicher. Sein Sperma war angeblich eiskalt, und die Früchte dieser unnatürlichen Vereinigungen zwischen Mensch und Dämon überlebten in den meisten Fällen nicht, sie wurden, hieß es, bei den Orgien nach den Schwarzen Messen aufgegessen.

Er konnte sich vor Lachen kaum halten.

»Würde man nur die Hälfte von allem glauben, was der Mensch, inspiriert von seinen Alpträumen, zusammengedichtet hat, wäre die Welt ein schrecklicher Aufenthaltsort.«

»Was veranlaßt Sie zu dieser Selbstsicherheit, lieber Bruder?«

»Das hier glaubt doch kein Mensch!« Schuster zeigte auf eine andere Illustration, die einen Knaben mit Schweineschwanz und einem Dämonengesicht als Auswuchs aus dem Bauch darstellte. »Daß diese Wesen die Frucht von Teufelskonkubinaten sein sollen. Das sind Phantasien, kranken Seelen entsprungen.«

»Und wie erklären Sie die Monstrosität des Jungen?«

»Meinen Sie, er sei während einer Schwarzen Messe zur Welt gekommen? Beim Schein sieben flackernder schwarzer Kerzen, gezogen aus dem Fett ungetaufter Säuglinge? Er wurde mißgebildet geboren, aber nicht seiner angeborenen Sündhaftigkeit wegen oder weil seine Mutter einen *incubus* in ihr Schlafzimmer eingeladen hätte, sondern weil Gott, dessen Wege unerforschlich sind, es so wollte.«

Rivero ließ die Zunge über die Zähne gleiten.

»Aus Ihrem Ton zu schließen, Schuster, gerät bei Ihnen manchmal die Tatsache, daß ich Ihr Vorgesetzter bin, in Vergessenheit … Sehen Sie hier! Das ist sehr interessant.«

Ein neue Seite zeigte das Bild eines erwachsenen Monsters: Die Mißbildungen ähnelten denen von Hercule Barfuss: pelzüberzogener Rücken, Verhärtungen, Beulen, gespaltene Zunge, abnorm gespaltenes Gesicht.

»Der Mann hieß Silvester da Costa. Er lebte im sechzehnten Jahrhundert in Lissabon. Das Eigentümliche ist, daß er mit bestimmten Fähigkeiten in Verbindung gebracht wurde. Er war taubstumm, aber angeblich Hellseher. Die Inquisition führte eine Untersuchung durch und befand ihn der Hexerei für schuldig. Er wurde bei einem Autodafé in Burgos hingerichtet.«

Der Kardinal betrachtete die Darstellung mit einer Miene so voller Verachtung, daß Schuster zusammenzuckte.

»Ich setze voraus, daß in diesem Fall nichts dergleichen passieren wird«, sagte er.

Der Kardinal schlug den Folianten zu.

»Natürlich nicht. Ich will ihnen nur den Ernst der Situation klarmachen. Lassen Sie es mich so sagen, es gibt Funktionäre in unserem Orden, die nicht ganz so aufgeklärt sind wie ich oder Sie, und Sie sollten im Hinblick auf ihre Methoden keine allzu Rousseauschen Erwartungen hegen.«

»Gestatten Sie, Euer Eminenz ...«, Schuster suchte nach Worten. »Ebenso wie Sie stehe ich natürlich im Verhältnis zu unseren früheren Feinden auf der richtigen Seite. Wir haben allen Grund, die Arbeit des Wiener Kongresses zu loben. Mein Herz schlägt weder für die Freimaurer noch für die Jakobiner, aber Tatsache ist, wir leben in einer neuen Zeit. Die Dampfmaschine ist gekommen, um zu bleiben, und wenn ich die Dynamik der gesellschaftlichen Entwicklung richtig beurteile, werden auch wir Nutzen ziehen aus dem, was die neue Zeit zu bieten hat. Nicht alles, was während der schlimmen Jahre passiert ist, war von Übel. Es lag eine Kraft in der Aufklärung, die zum Besten der Menschheit beigetragen hat, denn sie führte zu den neuen Naturwissenschaften, der Forschung, der Technik ...«

Kardinal Rivero warf ihm einen eigenartigen Blick zu.

»Ich weiß Ihre Offenheit zu schätzen«, sagte er. »Aber inwieweit die Dampfmaschine zu unserem Nutzen ist, liegt jenseits Ihres Urteilsvermögens. Überlassen Sie es anderen, in diesen Fragen Schlüsse zu ziehen. Deshalb sind Sie ja auch nicht in Rom. Ich möchte, daß Sie den Jungen morgen früh in mein Büro bringen. Für solche Fragen haben wir Sachverständige. Die Untersuchung ist umfassend. Sie wird nichts zu wünschen übriglassen. Und wir müssen ja ein für allemal feststellen, woher seine vermeintlichen Gaben kommen.«

Der Kardinal machte eine Geste in Richtung Ausgang.

»Im übrigen«, sagte er, »finde ich wirklich, Sie sollten über das Angebot aus Granada nachdenken. Der Junge ist in guten Händen, und sobald die Untersuchung beendet ist, sorgen wir dafür, daß er in eines unserer Klöster kommt. Irgendwie von Nutzen wird er wohl sein können. Folgen Sie meinem Rat und schiffen Sie sich nach Málaga ein. Man braucht Sie in Spanien.«

In gedrückter Stimmung verließ Julian Schuster die Bibliothek für verbotene Bücher, und obwohl der Kardinal sich bemühte, die Befürchtungen, die in seinem Ordensbruder jetzt insgeheim stärker wurden, zu besänftigen, gelang ihm das nicht besonders gut. Schuster lehnte die Einladung zu einem Souper mit einem Bischof, das am Abend stattfinden sollte, ab, und unter dem Vorwand, noch einige Briefe schreiben zu müssen, bevor es zur Vesper läutete, verließ er den Kardinal in der Via della Conciliazione, im Schatten der Kuppel der Peterskirche, nachdem er versprochen hatte, sich am nächsten Morgen zur verabredeten Zeit mit dem Jungen einzufinden.

Durch den Spiegel, der die Schmalseite des Untersuchungsraums bedeckte und vor den Exorzisten früherer Zeiten der Hexerei verdächtigte Personen gebracht hatten, um zu sehen, ob sie in der Folie sichtbar waren, wirkte der Raum größer, als er eigentlich war.

Er hatte nur ein Fenster, das von Jalousien verdeckt war. An den Wänden hingen Jungfrauenbilder, ein Gemälde mit einer Darstellung des Ignatius von Loyola, wie er auf der Landstraße vor La Storta seine Gottesvision hatte, und ein Prozessionskreuz, das früher einmal Eigentum des Malteserordens gewesen war.

In einer Ecke stand ein Labortisch mit diversen Instrumenten. Die Mitte des Raums schmückte ein Spinett, und weiter hinten gab es ein eigentümliches Möbelstück, das an einen Barbierstuhl erinnerte.

Außer Hercule und Julian Schuster waren nur der Kardinal und der Inquisitor, ein gewisser Sebastian del Moro, im Raum.

Del Moro war ein dünngewachsener Mann in Dominikanertracht und mit einer randlosen Brille, die ihm die Anmutung eines Bücherwurms verlieh. Der komplizierte Ritus, den er durchführen sollte, gehörte zu einem seit langem ausgearbeiteten Plan und sollte in Übereinstimmung mit Martín del Ríos Richtlinien zur Feststellung, ob eine Person mit dem Teufel im Bunde stand, durchgeführt werden.

»Ist das Monster zurückgeblieben?« fragte er, an Schuster gewandt.

»Die Verstandesgaben des Jungen sind völlig normal, falls sich nicht Taubheit unter Idiotie subsumieren läßt.«

Del Moro ignorierte Schusters ironischen Tonfall und nahm aus der Ledertasche, die er bei sich getragen hatte, als er lautlos, beinah gespenstisch durch eine Hintertür eingetreten war, ein Notizbuch und einen Kohlestift, den er mit seiner ungewöhnlich rosafarbenen Zunge befeuchtete.

»Es heißt, er liest Gedanken?« fuhr er freundlich fort.

»Es kann auch sein, daß er von unseren Lippen abliest.«

»Was glauben Sie selbst?«

Schuster seufzte.

»Sie sollen diese Untersuchung hier durchführen, nicht ich.«

»Aber als Denkexperiment. Es scheint unerklärlich, nicht wahr? Unser Inneres ist wohlverborgen vor allen, außer vor Unserem Herrn?«

»Die Beichte zeigt uns einen Weg aus dem Gefängnis der Sünde«, sagte Schuster.

»Ich bin zufällig der Ansicht, daß es Ausnahmen gibt«, fuhr del Moro fort, während er etwas notierte. »Daß es mehr Wesen als Unseren Herrn gibt, die unsere Gedanken erfassen können. Erstens, was sind unsere Gedanken? Haben Sie eine Meinung zu dieser Frage?«

»In erster Linie Ausdruck unseres Strebens nach Gott.«

»Der Gedanke ist die Stimme des Gewissens«, sagte del Moro. »Aus der Seele wird das Bewußtsein geboren, aus dem Bewußtsein das Gewissen, und aus dem Gewissen der Gedanke. Ich nehme an, das deutsche Exil hat Sie mit den neuen Philosophen vertraut gemacht. Was sagt Kant? Wir können die Welt nie wahrnehmen, wie sie ist, nur so, wie sie uns erscheint.«

Der Inquisitor lächelte rätselhaft und kam auf das Thema zurück:

»Wann wurde das Monster geboren?«

»Um 1810, ist unsere Vermutung. Ich dachte, Sie hätten durch Kippenbergs Brief alle Informationen erhalten. Im übrigen – wenn wir jetzt unterstellen, daß der Junge hören kann, obwohl er taub ist, daß er die Ausnahme von der Regel ist, *a priori* … scheint es mir angemessen, ihn bei seinem Namen zu nennen.«

»Woher kennen Sie seinen Namen?«

Schuster biß sich auf die Lippe, damit ihm nicht noch mehr unüberlegte Sätze entschlüpften.

»Er kann sich schriftlich verständigen«, sagte er. »Sogar auf französisch, falls das nötig ist. Der Junge ist erstaunlich gebildet für einen Idioten.«

»Ach, Schuster«, fiel der Kardinal ein. »Lassen Sie den Inquisitor die Fragen stellen, die er für nötig hält. Wir sind nicht hier, um uns zu streiten.«

»Ist die Familie katholisch?« fuhr del Moro mit derselben freundlichen Stimme fort.

»Der Junge ist Waise, aber vermutlich katholisch getauft. Er trug ein Kreuz um den Hals, als wir ihn im Asyl fanden.«

»Hat er die Kommunion empfangen?«

»Er saß im Irrenhaus in der Zeit, als er zur ersten Kommunion hätte gehen sollen.«

Der Inquisitor wandte sich jetzt zum ersten Mal Hercule Barfuss zu. Er betrachtete ihn mit einem Blick, der nicht die geringsten Gefühle ausdrückte, als stünde er vor einem toten Gegenstand – und hätten wir uns für einen kurzen Augenblick in Hercules Welt versetzen können, wären wir zutiefst erstaunt gewesen, denn das Innere del Moros oder eher des Inquisitors, war seit einigen Minuten von einer undurchdringlichen Mauer umgeben, die das Denken abschottete. Das gehörte zur Methode der Dämonologie, denn der Exorzist handelte ausschließlich nach dem Ritual; von dem Augenblick an, in dem die Untersuchung begann, verwandelte er sich in ein Instrument in den Händen Gottes, ohne sich Gedanken oder Gefühle zu gestatten, um bei den aufreibenden Begegnungen mit den Kräften der Finsternis nicht zu riskieren, den Verstand zu verlieren oder sogar das eigene Leben.

»Haben Sie keine Angaben über die Mutter finden können?« fuhr er tonlos fort.

»Nein. Aber wir vermuten, es war eine Troßfrau.«

»Wieso?«

»Während der Kriege hatte jeder zweite Soldat ein uneheliches Kind. Wenn sie nicht verhungert sind, wurden sie weggeben. Besonders die Idioten.«

»Und wo hat er Orgelspielen gelernt?«

»Im Kloster.«

Del Moro nahm die Brille ab und putzte sie sorgfältig mit einem Taschentuch.

»Es wäre interessant, uns an den Fertigkeiten des Jungen teilhaben zu lassen«, sagte er. »Ein taubstummes Monster, das Orgel spielt! Um die Wahrheit zu sagen, etwas Vergleichbares habe ich noch nie gehört.«

Hercule nahm jetzt am Spinett Platz, und der Inquisitor legte ihm eine Notenschrift hin. Mit ein paar Gesten erklärte er, er wolle ihn spielen hören, und Hercule, dessen Verwirrung seit seiner Ankunft im Untersuchungsraum immer mehr zugenommen hatte, spielte das Stück schon beim zweiten Versuch fehlerfrei.

»Das war von Clementi«, murmelte der Inquisitor. »Einzigartig, und auch noch mit den Füßen! Wer hat ihm das alles beigebracht?«

»Ich«, sagte Schuster. »Und ich hoffe, ich selbst stehe nicht auf der Liste verlorener Seelen, weil ich den schlechten Geschmack hatte, ein Monster in die Welt der Töne einzuführen.«

Del Moro lächelte die militärische Andeutung eines Lächelns, bevor er seine Gesichtszüge erneut zu seinem beruflichen Ich zusammennahm, und führte Hercule zu dem eigentümlichen Stuhl weiter hinten im Raum. Mit der Ruhe eines Arztes zog er ihn aus, untersuchte das Schweißleder in dem grauen Hut, schüttelte das karierte Gilet, kehrte die Unterwäsche von innen nach außen und betrachtete die absatzlosen Schnallenschuhe, als enthielten sie eine kryptische Information, die er zu seiner Enttäuschung nicht dechiffrieren konnte.

»Das wäre im Augenblick alles«, sagte er, an Schuster gewandt. »Die Untersuchung wird knapp vierundzwanzig Stunden in Anspruch nehmen. Aber damit sie uns gelingt, muß sie in kontrollierter Form ablaufen. Ich bitte Sie, uns mit Ihrem Schützling bis morgen allein zu lassen. Selbst die Dämonologie erfordert ein bestimmtes empirisches Verfahren, um Resultate zu erzielen. Gehen Sie zurück in Ihr Zimmer, Schuster. Wir lassen Sie rufen, sobald wir fertig sind.«

Kurz nachdem Schuster gegangen war, verschwand die römische Sonne hinter Wolken, und von weit weg hörte man das unheilverkündende Grollen eines Gewitters. Hercule nahm natürlich nichts davon wahr, auch nicht die dünne Stimme des Inquisitors, als dieser sich an Kardinal Rivero wandte:

»Euer Eminenz, es ist äußerst wichtig, daß wir einander verstehen, damit wir Erfolg haben. Sie dürfen an nichts denken, während ich das Wesen untersuche. Unter gar keinen Umständen lassen Sie Ihre Gedanken frei umherschweifen.«

»Wieso?« fragte der Kardinal.

»Glauben Sie mir, das Wesen besitzt stärkere Kräfte, als Sie ahnen.«

Del Moro öffnete seine Tasche und nahm ein paar eigenartig geformte Metallteile heraus, die er umständlich zu etwas zusammenfügte, das an ein medizinisches Instrument erinnerte.

»Kennen Sie *Tyto alba*?«

»Ein Vogel?«

»Die Schleiereule. Sie hört die Bewegungen einer Haselmaus aus zweihundert Metern Entfernung. Oder einen Maulwurf, der einen Meter unter der Erde atmet. Der Vogel hat ein extrem entwickeltes Gehör. Obwohl er Nachtjäger ist, ist sein Augenlicht schlecht entwickelt. Er bewegt sich fast geräuschlos; eine dichte Daunenschicht macht seinen Flug unhörbar. Seine Beute – der Maulwurf, die Maus – hat keine Chance, sie merkt erst etwas, wenn der Jäger seine Klauen in sie geschlagen hat.«

Der Inquisitor zündete eine Argandlampe an, die über dem Untersuchungsstuhl hing, und hielt das Otoskop ins Licht.

»Fledermäuse sind angeblich ähnlich spezialisiert«, fuhr er fort. »Blind, ohne Geruchssinn. Ihr Gefühl ist reduziert. Doch das Gehör ist extrem gut. Ein Sinn hat sich sozusagen auf Kosten der anderen entwickelt.«

Der Kardinal betrachtete ihn verdutzt.

»Meinen Sie, der Junge hat, auf Kosten des Gehörs, einen anderen Sinn entwickelt?«

»Ich meine nur, wir müssen die größtmögliche Vorsicht walten lassen. Das Wesen kann die geringste Schwäche unserer Seelen ausnutzen. Verschließen Sie Ihr Inneres, Euer Eminenz. Beten Sie, falls es nötig ist.«

Der Inquisitor setzte sich jetzt das Instrument ans Auge und starrte in Hercules beinah zugewachsenen Gehörgang.

»Merkwürdig!« murmelte er. »Das Trommelfell fehlt!« Er drehte die Lampe zur Seite, damit das Licht in einem besseren Winkel fiel. »Der Junge ist taub. Aber der Sacculus, der die Voraussetzung des Gleichgewichtssinns ist, scheint intakt zu sein. Ich hoffe, wir werden Gelegenheit zu einer Obduktion haben.«

Er zog das Instrument heraus und reinigte es mit einem Wattetupfer.

»Euer Eminenz wissen natürlich«, sagte er ernst, »was die sogenannten Evolutionisten behaupten? Daß Menschen und Tiere einen gemeinsamen Stammvater aus dem Meer haben. Und als Beweis führen sie das Ohr an. Das innere Ohr von

Tieren und Menschen ist voller Wasser. Es sei ein bemerkenswerter Anachronismus, behaupten sie, daß unser Hörvermögen noch immer von Regeln bestimmt ist, die für die Wasserwelt gelten. Erst durch einen Filter aus Wasser können wir Geräusche transformieren und für das Bewußtsein verständlich machen.«

Rivero stand auf, merklich nervös.

»Worauf wollen Sie hinaus?« fragte er.

»Nichts Bestimmtes. Der Junge hat sowieso eine ganz andere Stammtafel. Seine Ohren enthalten überhaupt kein Wasser!«

Seiner Tasche entnahm del Moro jetzt ein Rasiermesser und wischte es kurz ab.

»Ich werde seinen gesamten Haarwuchs entfernen«, sagte er. »Man darf nichts dem Zufall überlassen. Ich möchte, daß Sie danach das Haar untersuchen. Achten Sie besonders auf Knoten und Verfilzungen, dort verstecken sie ihre Amulette! Und verschließen Sie um jeden Preis Ihr Inneres, damit das Monster es nicht in Besitz nehmen kann.«

Und mit ein paar so unauffälligen Handbewegungen, daß Hercule Barfuss in seiner Verwirrung sie kaum bemerkte, schnallte der Inquisitor seine Arme und Beine mit Lederriemen am Stuhl fest und begann die dämonologische Untersuchung.

Es kostete den Inquisitor eine Stunde, alle Haare zu entfernen. Besonders der pelzbedeckte Rücken leistete Widerstand, und nicht weniger als viermal mußte del Moro das Rasiermesser schleifen, bevor er die Prozedur abschließen konnte, indem er auch diesen Teil von Hercules Körper bloßlegte. Er traute seinen Augen kaum. Große Verhärtungen bedeckten den Rücken. Die Haut war porös und leicht grünlich, wie mit Flechten bewachsen. Zwischen den Schulterblättern entdeckte er zu seinem Erstaunen eine große Vertiefung, deren Boden irgendwo vorn im Brustkorb des Jungen lag. Stellenweise spannten fehlgewachsene Knochen die Haut wie ein Zelt. Eigenartige Muttermale waren so verhärtet, daß sie Steinen glichen.

Während er Beschwörungen murmelte, befreite er ihn von dem flaumigen Bart am Kinn und dem wuchernden Backenbart, und er war so fasziniert von der Physiognomie des jungen Monsters, daß er nicht spürte, wie das Schott, das sein Bewußtsein verschlossen hatte, leck zu werden begann, wie die Mauer der Konzentration Risse bekam, bis seine Gedanken eine leichte Beute für sein Opfer wurden:

... versuche das Hexenmal zu entdecken ... der Teufel ist uns immer eine Armlänge voraus ... warum soll sich dieses Symptom nicht verändert haben können ... für jede neue Methode, die wir entwickeln, erfindet der Böse eine neue Verteidigung ... einen ähnlichen Fall gab es in den letzten Jahren in Paris ... ein Junge erfaßte alles, was die Umgebung dachte ... man konnte Antworten bekommen, wo man Sachen verlegt hatte ...

Hercule begriff nichts von diesem Gedankensammelsurium, und seine Verwirrung nahm weiter zu, als er den Dämonologen seine Tasche öffnen und einen ahleähnlichen Gegenstand herausnehmen sah, den er unter gemurmelten Beschwörungen küßte, als handelte es sich um einen Kelch mit Meßwein.

... del Río zufolge muß man nach einer Warze oder einem Muttermal suchen ... wie wäre das möglich auf einem so mißgebildeten Körper, der besteht ja aus nichts anderem als Abnormitäten und Verhärtungen ... machen wir dem hier mit Gottes Hilfe ein Ende ...

Und genauso, wie er es in Gedanken schon angedeutet hatte, begann del Moro jetzt auf Hercules Körper die minuziöse Suche nach einem Hexenmal, einer unsichtbaren Warze oder einem Muttermal, das dem großen Hexenjäger Martín del Río zufolge nicht schmerzempfindlich war und auch nicht blutete, wie tief man die Nadel auch hineinstach, was ein für allemal bewies, daß man es mit einem der unzähligen Nachkommen des Teufels zu tun hatte.

Hercule registrierte die Umgebung nur bruchstückhaft: den beginnenden Regen draußen, den Kardinal, der mit den Fingern in den abgeschnittenen Haaren grub, die wie ein dichter Teppich den Untersuchungsstuhl umgaben.

… um ein Amulett zu finden, eine schwarze Reliquie, einen Hühnerfuß, die Abbildung einer Schlange … meinetwegen kann er seine angeblichen Gaben haben, woher er will, und selbst wenn es den Männern der Aufklärung gelingt, sie mit Formeln zu erklären und zu beweisen, daß der Böse eine Fiktion ist, hat er beinah ein ganzes Kloster dazu gebracht, in Anarchie zu versinken …

Del Moro stach jetzt die Nadel mit voller Kraft in ihn hinein, in den Rücken, in die Achselhöhlen, in die Fußsohlen. Blut strömte aus einem Dutzend Wunden. Der Schmerz war unerträglich. Hercule fing an zu weinen und zerrte heftig an den Riemen, wenn die Nadel einen halben Zentimeter tief in sein Fleisch eindrang. Sehr ruhig schnallte del Moro seinen Kopf an der Nackenstütze des Stuhls fest und wandte sich an den Kardinal:

»Finden Sie etwas, Rivero – ein Amulett, ein Teufelskreuz?«

»Bis jetzt nichts.«

Mit einem Schrecken, der ihn nahezu betäubte, sah Hercule, wie der Inquisitor zum Labortisch ging, und er hörte seine Gedanken sehr deutlich:

… bald ist das Theater hier vorbei … die Männer müßten jeden Augenblick bei Schuster sein …

Da, auf einmal, begriff er. Sie wollten ihn umbringen, und nicht nur ihn, sondern auch seinen Wohltäter, Schuster. In einem Augenblick verheerender Klarheit verstand er alles: daß seine Gabe in diesem Zusammenhang unwichtig war, daß es unwesentlich war, ob sie sich erklären ließ oder nicht. Wichtig war nicht einmal, daß sie existierte, sondern daß es sie als eine Möglichkeit gab.

Laß mich los, schrie er direkt in del Moros weit offenes Bewußtsein.

Der Inquisitor verlor beinah das Gleichgewicht bei diesem lautlosen Schrei, der in ihm mit einer Lautstärke siebenmal so stark wie ein gewöhnlicher Schrei widerhallte. Tatsache war, er hatte im Laufe seines dreißigjährigen Dienstes als Exorzist nie etwas Ähnliches erlebt. Während ihm der kalte Schweiß ausbrach, drehte er sich zu Rivero um:

»Es gibt keinen Zweifel. Der Junge ist besessen! Machen wir dem hier in Gottes Namen ein Ende!«

Im selben Augenblick verlor Hercule Barfuss das Bewußtsein, was ihm das Leben retten sollte. Denn sein Zustand veranlaßte del Moro und Rivero, eine kurze Pause zu machen, um sich über einen äußerst wichtigen Vorgang in einem benachbarten Gebäude informieren zu lassen: Es ging um die vier Novizen, Vorgänger der Sapinier im späten neunzehnten Jahrhundert – oder *Sodalitium Pianum*, wie der geheime Nachrichtendienst des Vatikans später genannt wurde –, die gerade losgeschickt worden waren, um den Kronzeugen der Affäre zum Schweigen zu bringen.

Auf der Pritsche in seiner Zelle schlug Julian Schuster die Augen auf und sah sich nach der Quelle der Stimme um, die ihn geweckt hatte. Niemand war da. Nur seine eigenen Zweifel, die sich heimtückisch im Dunkeln verborgen hielten.

Doch dann nahm er sie wieder wahr: die Gespensterstimme.

Hercule? fragte er. *Bist du da?*

Bald tot … bekam er zur Antwort.

Die Nachricht, die ihn erreichte, war kaum mehr als ein Rauschen. Er lauschte äußerst intensiv, jetzt aber hörte er nur das leise Murmeln aus einem der unteren Korridore, wo die Beamten ihre Arbeitsräume hatten.

Dann nahm er die Stimme erneut in sich wahr, und jetzt viel deutlicher.

Schuster, sagte sie, *wir müssen hier weg.*

Hercule? wiederholte er. *Bist du es wirklich?*

Und augenblicklich kam die Antwort:

Es eilt … die Männer kommen näher …

Schuster stand auf, aber seine Beine zitterten so sehr, daß er fürchtete, sich nicht aufrecht halten zu können.

Was für Männer?

Vier … sind schon im Gebäude …

Der Mönch sah sich erneut im Raum um, als hoffte er, seinen Schützling dort zu finden, doch alles, was er entdeckte, waren die trostlosen, kasernengrauen Wände und wiederum seine Zweifel, die er nur mit Mühe unter Kontrolle halten konnte.

Was sind das für Männer, von denen du sprichst?

Egal … beeil dich …

Die vier Jünglinge, die Kardinal Rivero für den Auftrag ausgewählt hatte, waren in dem Gebäude tatsächlich nicht weiter als fünfzig Schritte entfernt. Einer von ihnen hatte schon das Geschoß erreicht, wo sich die Büros der Gesellschaft befanden, und näherte sich jetzt der Bodentreppe, wo er für einen kurzen Augenblick haltmachte und die Hand in die Gürteltasche steckte, in der, zu einer Schlinge zusammengerollt, der Kupferdraht lag.

Beeil dich, um Gottes willen, sagte die Stimme in Schuster. *Geh auf dem Korridor nach links, ganz hinten findest du eine Tür zu einer Kammer … tu, was ich sage, wenn dir dein Leben lieb ist …*

Im Korridor außerhalb des Zimmers herrschte Dunkel. Schuster hörte jetzt von der Treppe her Schritte und den Atem von jemandem, der sich mit äußerster Vorsicht näherte. Zwanzig Meter weiter fand er auf der rechten Seite die Tür und schlüpfte lautlos in das Gelaß. Es war eine Art Vorratsraum, vollgestopft mit Meßkreuzen und Rauchfässern.

Auf dem Boden liegt ein Teppich, roll ihn weg … dann siehst du eine Luke … öffne die Luke und klettere hinunter … sie kommen näher …

Woher weißt du das alles? fragte er.

Ich sehe … nein, ich spüre … das tust du auch, wenn du dich anstrengst …

Aber Schuster brauchte sich nicht anzustrengen, denn die Stimme, das Gespensterbewußtsein, das jetzt – in einem Zustand zwischen Schlaf und Wachen, in der kleinen Lücke zwischen Tod und Bewußtlosigkeit, in der der entscheidende Schritt so leicht zu tun, aber unmöglich rückgängig zu machen ist – noch funktionierte, bewegte sich nämlich, ohne Rücksicht auf Zeit und Raum, durch Wände und Säle, durch die sich windenden Korridore des Borgo, von deren Wänden aus Loyola eine Welt betrachtete, die er nicht mehr verstand, und verband für einen kurzen Augenblick Julian Schuster mit dem Bewußtsein eines der jungen Novizen, die losgeschickt worden waren, um ihm das Leben zu nehmen. Einen äußerst kurzen Augenblick befand sich Schuster im Bewußtsein dieses Jungen, und was er entdeckte, war ein junger Mann, der sich ein halbes Menschenalter später in den Streitigkeiten um das Erste Vatikanische Konzil auszeichnen und die polnischen und litauischen Würdenträger für das Dogma von der Unfehlbarkeit des Papstes gewinnen sollte. Schuster begriff nicht, woher er das alles wußte, denn es war ja Teil der Zukunft, und er begriff ebensowenig, woher er wußte, daß die Kaltblütigkeit dieses Mannes ihn zu einem der meistgefürchteten Männer seiner Zeit machen sollte, daß er, auf Empfehlung von Papst Pius IX., Führer des *Sodalitium Pianum*, werden sollte und von Geburt Pole war, daß er Witold Kossak hieß, von seinen Mitarbeitern aber Lobo, Wolf, genannt wurde. Was er dagegen mit äußerster Klarheit begriff, war, daß Hercules Warnung zutraf – daß dieser Novize ihn umbringen wollte.

Mein Gott, dachte er, durch diese Einsicht in Panik versetzt, *wo bist du denn?*

Dort, wo du mich verlassen hast …

Genauso wie die Stimme prophezeit hatte, fand Schuster im Fußboden eine Luke. Er hörte jetzt deutliche Geräusche aus dem Korridor, jemand riß die Tür zu seiner Zelle auf und stieß einen Schrei der Enttäuschung aus. Er hatte nur noch ein paar Augenblicke, begriff er, denn sie würden anschließend den Korridor durchsuchen, an den verschlossenen Türen rütteln, bis sie die Kammer ganz hinten gefunden hätten.

In der Mitte des Lukendeckels war eine Eisenöse festgeschraubt. Mit aller Kraft gelang es ihm, ihn hochzuheben. Unter sich entdeckte er eine Leiter an der Wand, die hinunter zu einem Speiseaufzug führte.

Klettre in den Schacht, sagte die Stimme, *kriech in den Aufzug und löse einen der Haken …*

Und wenn er mein Gewicht nicht trägt? dachte er. *Ist das dann meine letzte Erinnerung?*

Auf dem Korridor näherten sich Schritte. Er hörte Männerstimmen flüstern und dann jemanden, der im Dunkeln »pst!« zischte. Mit einem Gebet an die Vorsehung ließ er sich hinunter in den Schacht, öffnete die Reparaturluke in der Decke und kroch in den Aufzugskorb. Der kalte Schweiß stand ihm auf der Stirn. Er löste den Haken, der das Tragseil festhielt, und mit einem Ruck spürte er, wie der Korb zu fallen begann, immer schneller, bis die Bremsschienen griffen und die Beschleunigung beendeten.

Er landete weich im Keller, sicher, daß es ein reines Versehen des Schicksals war, das den Aufzug sein Gewicht hatte tragen lassen. Er stieg aus dem Korb und lief durch einen Korridor, schwach beleuchtet durch Talglichter.

Ganz hinten ist eine Tür, sagte die Stimme. *Es liegt ein Schlüssel auf dem Türrahmen, schließ auf und geh die Treppe hinauf ...*

Schuster hatte jetzt aufgehört, sich über die Exaktheit der Anweisungen, die ihn erreichten, zu wundern; er fand den Schlüssel am angegebenen Ort, und ohne weitere Fragen zu stellen, folgte er den sich anschließenden Instruktionen auf Punkt und Komma. Er ging Treppen hinauf, bog nach links ab, trat in einem Korridor den Rückzug an, versteckte sich auf Befehl in einer Fensternische, hielt die Luft an, stand still, wenn es verlangt wurde, bis er sich schließlich vor der Hintertür wiederfand, die zu dem Untersuchungsraum führte, wo er seinen Schützling vor weniger als vier Stunden zurückgelassen hatte.

Jenseits der Wand hörte er jemanden an die Tür klopfen und danach die Stimme des polnischen Novizen Kossak, der erklärte, Schuster sei verschwunden, und man habe ihn nicht finden können, obwohl man das ganze Gebäude durchsucht habe. Erregte Stimmen drangen aus dem Raum, jemand schlug eine Tür zu, und dann wurde das Gespräch im Vorraum fortgesetzt.

Komm rein, hörte er die Gespensterstimme flüstern, *bring mich hier weg … und dann verschwinde, so schnell du kannst …*

Der Anblick, der Schuster empfing, erinnerte ihn an den Morgen ein knappes Jahr zuvor, als er den Jungen im Keller des Irrenhauses gefunden hatte. Fast bewußtlos saß er festgebunden auf etwas, das aussah wie eine Art Barbierstuhl. Blut floß aus den offenen Wunden des entstellten Körpers. Eine Ahle, einen Zentimeter tief in sein Fleisch gebohrt, ragte aus dem Rücken heraus.

Schuster befreite ihn von den Riemen, nahm den federleichten Körper in die Arme und trug ihn zur Hintertür. Im Vorraum ging der Streit weiter, er hörte die erregte Stimme des Kardinals, und er wußte wieder, es war eine Frage von Minuten, bis sie in den Raum zurückkehren würden.

Er trug den Jungen hundert Schritte in einen Korridor, bis er ihn an einer Tür, die in eine der Gassen hinausführte, niederlegte. Der Junge war dabei, aus seiner Bewußtlosigkeit zu erwachen.

Wo war die göttliche Gerechtigkeit für dieses Wesen, dachte Schuster. Wo war ihr Gott, wenn sie ihn am meisten brauchten?

Er hörte den Jungen keuchen wie einen Lungenkranken. Dann schlug er die Augen auf, mit flackerndem Blick, bis er seinem eigenen begegnete. Vorsichtig wischte ihm Schuster mit einem Taschentuch das Blut ab und schaffte es, ihn auf die Beine zu stellen. Er zeigte ihm die Hintertür, und der Junge lief hinkend auf die Gasse hinaus.

Hercule Barfuss sollte sich später Vorwürfe machen, weil er nicht mit allen Kräften versucht hatte, den Mönch daran zu hindern, zum Untersuchungsraum zurückzukehren. Aber vielleicht hatte Schuster seinen Entschluß schon gefaßt?

Weniger als vierundzwanzig Stunden später fand ihn ein

Hirte auf einem Weinfeld in Trastevere. Aasvögel pickten in seinen Augen. Um seinen Hals zog sich eine dünne, blaue Linie, als hätte sie jemand mit Tinte dort hingezeichnet. Im Protokoll der Carabinieri wurde er als »Körper einer nicht identifizierten Mannesperson, erwürgt mit Schlinge« beschrieben. Man hatte ihn so gut wie nackt gefunden, nur ein kleines Indianeramulett war an einem Riemen um sein Handgelenk geknotet. Auf Flugblättern wurde die Öffentlichkeit gebeten, sich mit Hinweisen zu melden, die zur Ergreifung des Mörders führen könnten.

Hercule Barfuss war schon sehr weit weg, ohne Wissen vom Schicksal des Mönches Schuster, ohne Wissen davon, daß man nach ihm suchte und daß von jetzt an auf seinen Kopf ein Preis ausgesetzt war.

IV

Hereinspaziert, hereinspaziert, meine Damen und Herren! Aufregende Attraktionen für nur zwei Centesimi! Wir haben alles, was Sie sich je erträumt haben, nein, auch, was Sie sich nie haben träumen lassen, denn es übertrifft bei weitem die menschliche Phantasie. Was sind die sieben Weltwunder gegen dieses achte und neunte? Niemand geht enttäuscht aus Barnaby Wilsons reisendem Zirkus. Verzeihung, meine Gnädigste, was sagten Sie? Was wir zu bieten haben? Oho, fragen Sie lieber, was wir nicht zu bieten haben. Wir haben den blutigen Dolch des Brutus, den Kommunionsanzug von Napoleon, das originale Schweißtuch der Veronika, die Goldplatte, auf der das Haupt Johannes' des Täufers in einem Bett aus gestoßenem Eis serviert wurde; wir haben eine Vielzahl von Bestien und ausgestorbenen Tieren, wir haben drei von den Milchzähnen Jesu, eine Flasche mit destillierten Tränen der Mutter Gottes zum Preis von zehn Lira pro Tropfen; eine Hydra, eine Dronte aus Mauritius sowie einen Ameisenbären aus dem brasilianischen Urwald, den nie ein Mensch betreten oder zumindest nicht lebend verlassen hat. Meine Herrschaften, wenn Sie an nichts davon Geschmack finden, lassen Sie sich wenigstens mit der neuesten Technik aus dem Londoner East End porträtieren: mit der Heliographie. In Herman Biolys' Atelier wird Ihr Porträt mit Licht gezeichnet, Ihre Seele mit Kollodium auf einer Glasplatte verewigt, und Sie werden unsterblich ... Sie zögern noch! Nun, wir haben für jeden etwas. Leiden Sie vielleicht an einer Krankheit? Barnaby Wilsons reisender Zirkusgesellschaft hat sich kürzlich der maurische Apotheker Ibrahim, König der Linimente und ungekrönter Kaiser der Tinkturen, angeschlossen, dessen Präparate in der ganzen christlichen Welt bekannt sind. Der Großherzog von Baden läßt sich mit seinen berühmten Salben behandeln, der König von Sachsen, dessen Fußekzem beinah einen Krieg mit den Österreichern ausgelöst hätte, wurde durch sein unvergleichliches Fußbad wie durch Zauberhand geheilt. Aus seiner Apotheke kann der Maure Ibrahim Liebespillen, Unsichtbarkeitspillen, Tüchtigkeitspillen und Unsterblichkeitspillen anbieten, Pillen zum Trost gegen namenlose Sorgen und Pillen gegen eingebildete Leiden; ferner Professor Steinerts Verjüngungskur und die berüchtigte Behandlung von John Brown, die alles heilt, von Hühneraugen bis zu entzündeten Wunden des Herzens … Willkommen auf dem Zirkusgelände, meine Herrschaften, zögern Sie nicht, die nächste Vorstellung beginnt in einer Viertelstunde …«

Barnaby Wilson tat so, als versage ihm die Stimme, und hustete übertrieben laut, während ein bis zum Rand mit Wasser gefülltes Trinkglas in seiner Hand erschien. Er leerte es durch eine Ritze in seiner Maske bis auf den Grund, und während die Flüssigkeit in kleinen Schlucken verschwand, verschwand merkwürdigerweise auch das Glas selbst, Zentimeter für Zentimeter, bis es sich, nach einem lauten Rülpser des Zirkusdirektors, in Rauch auflöste.

»Haben die Herrschaften je von der Giraffe gehört?« fuhr er fort, ohne sich um den Eindruck, den er auf sein Publikum machte, zu kümmern. »Sechs Meter hoch, getüpfelt wie ein Fliegenpilz und ein Hals wie ein Drache … Was sind Dampfschiff und Lokomotive gegen die Sensationen, die Sie in Barnaby Wilsons reisendem Zirkus erwarten!«

Der Direktor wurde in seinem Monolog plötzlich von einer Explosion in einem der Planwagen unterbrochen, die in einem Kreis von cirka hundert Ellen Durchmesser, der das Zirkusgelände gegen die neugierige Menschenmenge abschirmte, auf dem Marktplatz aufgestellt waren. Mit gespieltem Erschrecken griff er sich ans Herz.

»Was wir eben gehört haben«, flüsterte er konspirativ, »ist

ein Beispiel für die halsbrecherischen Experimente mit Bleizucker, Arsenbutter und Zinkblüte, die der sächsische Phlogistonist Bruno von Salza durchführt. Mit Hilfe phlogistonierter Luft kann er eine Kathedrale in die Luft sprengen, aus allen Sorten unedler Metalle Gold herstellen und die Materie in dem Maß in Bewegung setzen, daß die Toten sich aus ihren Gräbern erheben und vor Schreck das Weite suchen ... Gestatten Sie mir, Ihnen ferner den Wilden Leopold vorzustellen, der in der endlosen Wüste Namib mit dem Lasso gefangen wurde, sowie Gandalfo Bonaparte, unehelicher Sohn des großen Napoleon, Miranda Bellaflor – das Mädchen mit den vier Zungen – und den ligurischen Allesfresser Jean-Paul, der Münzen unterschiedlichen Wertes verschlingt und sie in der Reihenfolge, um die Sie ihn bitten, wieder ausspuckt ... Zeig ihnen, was du kannst, Jean!«

Mit einer diskreten Verbeugung nahm jetzt ein hochgewachsener und äußerst schmaler Mann, entstellt durch einen großen, haarigen Auswuchs, der das halbe Gesicht bedeckte, neben Barnaby Wilson auf der kleinen Tribüne Platz, von der aus der Zirkusdirektor zum Publikum sprach. In der Hand hielt er ein Glas mit lebenden Bienen. Sehr umständlich schraubte er den Deckel ab. Die Öffnung setzte er an seinen Mund, einen gewaltigen Rachen, mit dem er, wurde behauptet, ganze Kanonenkugeln zu schlucken vermochte, und nun konnte das Publikum sehr deutlich sehen, wie die Insekten in seinen Mund flogen.

Der ligurische Allesfresser kniff die Lippen zusammen, verschloß das Glas wieder und dann, völlig ruhig, als handele es sich um Apotheker Ibrahims Pillen gegen namenlose Sorgen, verschluckte er die Bienen, vernehmlich, eine nach der anderen.

Auf ein Zeichen von Barnaby Wilson öffnete er danach noch einmal seinen gewaltigen Rachen sperrangelweit, und das Publikum konnte mit eigenen Augen sehen, daß die Insekten weg waren, woraufhin er sich, mit einer weiteren Verbeugung und zum großen Entzücken der Menschenmenge, räusperte und die Bienen wieder ausspuckte, eine nach der anderen, und unter ohrenbetäubendem Applaus flogen die geflügelten kleinen Wesen mit dem Bergwind zur Bucht hinunter, wo die Stadt Nizza von der sinkenden Abendsonne rot gefärbt wurde.

Durch seine Maske ließ Barnaby Wilson den Blick seines einzigen Auges über die Volksversammlung schweifen. Mehrere hundert Neugierige hatten sich jetzt in einem Halbkreis um ihn versammelt, Frauen, Männer, Alte, Kinder.

Weit vorn rechts entdeckte er zu seiner Zufriedenheit einen älteren Herrn im Gehrock und mit einer lustigen grauen Mähne, die in Locken auf ein Paar ziemlich feminine Schultern fiel.

»Wollen der Herr nicht einen Schritt nach vorn kommen, gegen eine Eintrittskarte gratis«, sagte er honigsüß, »damit ich eine weitere Sensation präsentieren kann: nämlich das neueste Spielzeug des Kaisers von China, den fluidalen Magnetismus mit Fernwirkung!«

Der Mann schien geschmeichelt, weil er zu einem Experiment mit dem neuesten Spielzeug des Kaisers von China auserkoren worden war, und während er sich mit stolzen, wenn auch etwas unsicheren Schritten der Tribüne näherte, nahm Barnaby Wilson aus einer Tasche seiner geräumigen Seemannsweste eine Leidener Flasche, brachte den Mann schon auf der Treppe zum Stehen und elektrisierte ihn blitzschnell.

»Magnetisches Fluidum, Geheimnis aller Geheimnisse!« rief er mit einem theatralischen Zittern seiner Kinderstimme aus, während er heimlich, hinter seinem Rücken, einen Glasstab an einem Stück Sämischleder rieb. Und ehe der schüchterne Herr im Gehrock hätte reagieren können, stand der Zirkusdirektor erneut vor ihm, und während er mit raffinierten mystischen Handbewegungen eines mittelalterlichen Zauberers Formeln in einer Sprache murmelte, die keiner verstand, die aber nichts anderes als das Walisisch der Inseln in der Bucht von Cardiff war, führte er seine Hände über den Kopf des Mannes und hörte zu seiner Befriedigung das Publikum hingerissen aufseufzen. Der Gehrock des Mannes zog plötzlich alle möglichen leichten Gegenstände an, die sich in der Luft fanden: Blätter, Staubmäuse, Papierfetzen und sogar ein paar der lebendigen Bienen, die der ligurische Allesfresser eben ausgespuckt hatte und die nicht vom Wind fortgetragen worden waren. Kleine Blitze schlugen aus dem Gehrock des Mannes, und zehn Zentimeter über seinem Scheitel schwebte seine Perücke frei in der Luft, wie ein graumelierter Heiligenschein, elektrisiert knisternd.

»Sehen Sie hier das elfte Weltwunder!« rief Wilson triumphierend. »Das magnetische Fluidum, Elektrizität genannt, das Allerneueste vom Kaiserhof in China. Mit dieser seltsamen Kraft werden bald Städte beleuchtet werden, so daß die Nacht zum Tag wird, werden die Pferde zugunsten elektrifizierter Droschken abgeschafft, Nachrichten über hundert Meilen Entfernung in einer Sekunde verschickt werden, und das Angesicht Gottes wird am Himmelszelt illuminiert werden, wo er erstaunt den Erfindungsreichtum des Wesens betrachtet, das er einst aus einer Rippe und etwas Erde geschaffen hat.«

Mit feuerrotem Gesicht riß der Mann seine schwebende Perücke an sich und verschwand im Laufschritt vom Marktplatz. Das Publikum jubelte, und im Schutz der allgemeinen Aufregung zündete in der nächsten Zeltöffnung Lucretius III. die Lampen für seine komplizierte Phantasmagorie an.

Auf ein Signal hin erschien jetzt, zum echten Schrecken des Publikums und Barnaby Wilsons gespieltem, in der dunklen Zeltöffnung bei der Kasse die sogenannte Giraffe, die der Direktor gerade so phantasievoll beschrieben hatte, ein getüpfeltes Monster von dreißig Fuß, das zur Begleitung des nur mäßig wohlklingenden Zirkus-Blasorchesters Feuer spie.

Verschreckt zog sich das Publikum zurück, doch in derselben Sekunde, in der Panik hätte ausbrechen können, erschien auf der Bühne eine Phantasmagorie, die das düstere Badezimmer Marats darstellte, mit dem berühmten Revolutionär tot in einer wassergefüllten, emaillierten Sitzbadewanne.

»Meine Herrschaften!« rief Barnaby Wilson. »Für nur zwei Centesimi werden die Toten auferstehen und die Erzengel erscheinen …«

Erneutes Raunen ging durchs Publikum, als Lucretius eine weitere Phantasmagorie auf die Bühne brachte, diesmal eine Darstellung von Robespierre, der mit leichenblassem Gesicht und einer Steinschloßpistole in der Hand ein paar Schritte auf den Zirkusdirektor zu machte, allem Anschein nach um ihm in den Rücken zu schießen. Doch mit einer Geste von Barnaby Wilson verwandelte sich Robespierre in einen Kentauren, der zum Zelt zurückstürzte, begleitet von zwei heftigen Explosionen, die aus dem pulverbefleckten Zelt des Phlogistonisten Bruno von Salza kamen.

»Immer mit der Ruhe, meine Herrschaften«, fuhr Wilson lächelnd fort, »denn wir versprechen Ihnen für Ihre zwei Centesimi noch etwas: nämlich Sicherheit vor den Anschlägen aller Gespenster!«

Nur eine letzte Darbietung fehlte noch, bevor der Zirkus die Kasse öffnete, um die Hunderte von Neugierigen, die an diesem Abend ebenso wie an allen vorangegangenen das Zelt außerhalb Nizzas bis auf den letzten Platz füllen sollten, zu empfangen. In der Zeltöffnung, in der eben der Kentaur verschwunden war, erschien eine äußerst jämmerliche Gestalt, nur gut einen Meter groß, mit einem unförmig großen Kopf, entstellt durch feldsteinähnliche Verhärtungen. Der Oberkörper war nackt, und das Publikum konnte deutlich den haarigen Rücken sehen, die Arme, die kleinen Wurzeln glichen, die Beulen in der Haut und die Knochen und Knöchel, die kreuz und quer aus dem Skelett herausragten, als wären sie in seinem Körper gefangen und kämpften darum, sich zu befreien. Er trug Kniestrümpfe, einen Kilt aus dem schottischen Hochland, und das Gesicht bedeckte eine farbenprächtige venezianische Katzenmaske.

»Gestatten Sie mir, unsere allerneueste Attraktion zu präsentieren«, sagte Wilson mit einer Stimme, die den persönlichen Stolz auf diese Sensation, die allein in den letzten Monaten an der ligurischen Küste alle denkbaren Publikumsrekorde geschlagen hatte, nicht verbergen konnte. »Sir Hercules aus dem berüchtigten Clan Barefoot, das Monster aus dem schottischen Hochland, der ebenso leicht, wie ein Priester die Bibel rezitiert, Ihre allerverborgensten Gedanken liest!«

Ohne zu wissen, daß ihm die Männer des Kardinals auf der Spur waren, erfüllte der schottische Gedankenleser Barefoot in diesem Frühjahr seine Pflichten als Hauptattraktion des Zirkus. Mit telepathischer Kraft erriet er die Farbe der Unterwäsche der Damen, zog die richtigen Karten aus einem Tarotspiel, führte mnemonische Revuenummern vor, die sich nur durch ein zweifelhaftes Bündnis mit höheren Mächten erklären ließen, machte die intimsten Geheimnisse des Publikums bekannt und beschrieb dessen Häuser und Wohnungen, obwohl er niemals dort gewesen war.

Außerdem spielte er auf einem französischen Klavichord die Opernmelodien, die Freiwillige im Publikum vor sich hin zu summen aufgefordert worden waren – während sich Sir Barefoot aus Sicherheitsgründen, obwohl er Barnaby Wilsons heiligen Schwüren zufolge von Geburt an taubstumm war, Gummipfropfen in die Ohren gesteckt hatte und darüber hinaus in ein mit einem Deckel verschlossenes Bierfaß geklettert war – alles, um jeden Verdacht des Betrugs zu zerstreuen.

Eine weitere Sensation war natürlich, daß er die Melodien mit den Füßen spielte und noch dazu mit solchem Einfühlungsvermögen, daß die Menschen im Publikum das Empfinden hatten, all ihr Sehnen sei in den Tönen konzentriert, bevor es sich in einem Tremolo unerlöster Wünsche auflöste und wie ein Wolkenbruch von Tränen, den jeder spürte, aber keiner sehen konnte, über ihnen entlud. Auf dem Zirkusplakat wurde Hercule mit Karnevalsmaske und einem Zauberstab im festen Griff zwischen zwei Zehen abgebildet, und zu Direktor Wilsons unverhohlener Freude füllte er das Zelt bis zum letzten Stehplatz, sieben Tage die Woche, wohin sie auch kamen.

Der schottische Gedankenleser Barefoot trat normalerweise als letzter auf, nach Lucretius' III. Phantasmagorien mit den französischen Jakobinern, den halsbrecherischen Kunststükken des Wilden Leopold am Trapez, Leon Montebiancos sagenhaften Erzählungen aus der Vergangenheit und dem türkischen Poeten, der mit einer geradezu fakirhaften Verachtung für Schmerz jemanden aus dem Publikum an seinem glühendheißen Bein eine Zigarre anzünden ließ.

Danach trat Barnaby Wilson in die Manege. In seinem Zauberermantel mit dem Zeichen des Zodiak hielt er einen kürzeren Vortrag über die innere Welt der Gehörlosen, über ihren Gesichtssinn, der besser sei als der der Hörenden, über ihre phantastische Fähigkeit, von den Lippen abzulesen, und über Sir Edmund Booth, der von einem eigenen Staat für die Gehörlosen in Amerika träumte. Dorthin war, seinen Angaben zufolge, Hercule Barfuss im übrigen unterwegs gewesen, als Wilson ihn zufällig in einer Kneipe in Liverpool getroffen hatte, mit einer Fahrkarte nach Amerika in der Hosentasche und gerade im Begriff, die geheimsten Gedanken der Verkäuferin eines Kurzwarengeschäfts zu lesen, gegen ein Honorar von vier Pence pro Satz, und es kostete Wilson große Kraft und viele Stunden Überredung, um den Gedankenleser dazu zu bringen, seine Reise aufzuschieben und statt dessen eine Stelle im Zirkus anzutreten, damit die Öffentlichkeit an seinen wunderbaren Gaben teilhaben könne.

Nach diesen Worten verbeugte sich der Zirkusdirektor, das Licht wurde heruntergefahren, und ein Kleinkind, die Harfenistin Lyra, kletterte auf einen Schemel, der ihr bis zur Brust reichte, und schlug die Saiten einer Harfe an, die fünfmal so groß war wie sie selbst, worauf das Publikum vor lauter Verblüffung verstummte. Als das Licht wieder angezündet wurde, stand Sir Barefoot mitten in der Manege, im festen Griff zweier Zehen ein Kartenspiel.

Das war der Anfang einer Reihe von Zirkusnummern, die das Publikum den Einfluß höherer Mächte in der Kunst des Varietés ahnen lassen sollte. Ein wenig schüchtern ging der maskierte Gedankenleser zu jemandem in den vorderen Reihen, und Barnaby Wilson, der ihm mit zwei Schritten Abstand folgte, bat die betreffende Person, eine Karte aus dem Spiel zu ziehen, sorgfältig deren Farbe und Wert zu memorieren und sie wieder zurückzustecken, während Sir Barefoot die Augen geschlossen hielt.

Der Gedankenleser beugte sich vor und legte das Spiel auf einen kleinen Palisandertisch, richtete sich auf und deckte mit seinen sensiblen Zehen die Karten auf, eine nach der anderen, bis er schließlich mit einer ebenso geschmeidigen wie nonchalanten Bewegung die richtige hochhielt. Dieser Trick rief beim Publikum, das noch immer damit beschäftigt war, die Fähigkeit des ligurischen Allesfressers, Münzen unterschiedlichen Wertes zu verschlucken und sie in der Reihenfolge, um die man ihn bat, wieder auszuspucken, oder Lucretius' III. letzte naturgetreue Phantasmagorie mit der staunenerregenden Giraffe zu verdauen, zunächst keinen größeren Enthusiasmus hervor. Doch das, was dann folgte, setzte selbst den Mißtrauischsten in Erstaunen.

Barnaby Wilson bat jemanden im Publikum, an etwas zu denken, egal was, an einen Gegenstand, einen anderen Menschen, einen Duft, einen Geschmack, eine lustige Geschichte, die er gehört hatte, und sich auf diesen Gedanken völlig zu konzentrieren.

»Ich werde jetzt Sir Barefoot mit seiner hellseherischen Kraft diesen Gedanken auf mich übertragen lassen«, sagte er mit seiner Kinderstimme, während er mit seinem schwarzen Mantel eine ausladende Bewegung machte.

Gespannte Stille legte sich über die Manege. Der schottische Gedankenleser schien sich auf den Auserwählten im Publikum zu konzentrieren, nickte vor sich hin, als memoriere er alles, was er auf seiner magischen Wellenlänge erfassen konnte, wonach er sich mit einer demütigen Verbeugung Barnaby Wilson zuwandte.

Der Zirkusdirektor schien mitgenommen von der Spannung; sein Körper zitterte und bebte, und erst nach etwa einer Minute hob er die Hand, zum Zeichen, daß die Nachricht übertragen war. Dann wandte er sich dem Freiwilligen zu und rief aus: »Sir Barefoot hat jetzt nach Art der Engel Ihr Inneres auf mich übertragen!« Und dann erzählte er ohne größere Abschweifungen, woran der Auserwählte gerade gedacht hatte: seine Verlobte, sein tägliches Brot, seine Mühen und Wehwehchen. In neun von zehn Fällen fand er eine erstaunte Zustimmung und nur selten das so hartnäckige Dementi eines schändlichen Geheimnisses, daß dem eben noch so skeptischen Publikum ein für allemal klar wurde, daß Wilson tatsächlich die Wahrheit gesagt hatte.

Manchmal ließ Wilson jemanden aus dem Publikum aufs Geratewohl in einem Buch blättern, einen Satz auswählen und diesen still vor sich hin lesen, und ohne eine Sekunde zu zögern übertrug ihn Sir Barefoot auf Barnaby Wilson. Auf die gleiche Weise las er ausgewählte Abschnitte der Bibel, einen Choral, den jemand für sich rezitierte, die Quittung eines Händlers und den Inhalt eines fünfzig Jahre alten Liebesbriefs, den eine uralte Frau im Publikum bei sich trug. Man sprach von einem möglichen Zusammenhang mit der sogenannten Heliographie, die Herman Biolys in seinem Atelier direkt am Zirkusgelände vorführte. Andere behaupteten, die Sache sei von Anfang an erfunden und die Freiwilligen im Publikum würden in Wirklichkeit dafür bezahlt, daß sie sich heuchlerisch schämten. Es ging das Gerücht, böse Mächte seien beteiligt, und in mehreren Dörfern, wo sie ihre Zelte aufschlugen, verbot der Priester seiner Gemeinde, den Zirkus zu besuchen.

Eine andere Nummer, die zu gewissen Verwicklungen führte, betraf den Inhalt der Garderobe des Publikums. Barnaby Wilson bat einen Freiwilligen, an das zu denken, was seine Tasche oder Hosentasche enthielt, und sofort schrieb der schottische Gedankenleser im Kilt mit seinen sensiblen Zehen die Bezeichnungen dieser Gegenstände mit Kreide auf eine Schiefertafel. Diese sibyllinische Paradenummer zog mehr als einmal peinliche Situationen nach sich, als Sir Barefoot eine gestohlene Silberuhr in der Tasche eines Gendarmen, die pornographischen Bilder im Schweißriemen der Mütze eines Kaplans und das Bündel Liebesbillets einer verheirateten Frau im Ranzen ihres errötenden sechzehnjährigen Liebhabers preisgab, der zudem ein Cousin väterlicherseits ihres Ehemannes, des Bürgermeisters der Stadt, war.

Gewöhnlich beendete Hercule seinen Auftritt mit einer triumphalen Darbietung am französischen Klavichord. In seiner unerlösten Sehnsucht nach Henriette Vogel schmachtend, spielte er die tränenreichsten Versionen der Musikstücke, die das Publikum, von Wilson darum gebeten, leise vor sich hin summte. Es war gleichgültig, ob es sich um spritzige Quadrillen oder um die bombastische Marschmusik handelte, die in der Seele eines englischen Obersten auf der Durchreise erscholl, alles klang wie die Vertonung von Gedichten zum Lob der Liebe und brachte die Gefühle des Publikums so in Wallung, daß mehrere Paare ihre Verlobung bekanntgaben, nachdem sie eine Vorstellung besucht hatten.

Zu diesem Zeitpunkt war die Menschenmenge bereits im Auflösungszustand, und niemand hörte Barnaby Wilsons abschließenden Worten über die Theorien Lamarcks zu, mit denen er zu beweisen versuchte, daß der Mensch seinen Ursprung mit den Tieren teile und daß jeder Gedankenleser werden könne, wenn er wolle, denn irgendwann in der Vergangenheit, bevor die gesprochene Sprache erfunden wurde, sei dies die einzige Kommunikationsform gewesen.

Unter donnerndem Applaus verließ Sir Barefoot die Manege, eifrig darauf bedacht, zum Wagen des Zirkusdirektors zu kommen, für die abendlichen Lektionen.

Barnaby Wilsons unerschöpfliche Kenntnisse der Mysterien der Welt hatte die beiden Männer als Lehrer und Schüler zusammengeführt, und für Hercule wurde der kleine Zyklop, mit dem er seine Gabe teilte, zur Eintrittskarte für alles, worüber er je nachgedacht hatte. Stundenlang konnte er Wilson zuhören, wenn dieser ihm merkwürdige Dinge erzählte, ohne den Mund aufzumachen, oder sie ihm in einer seiner Enzyklopädien in vier Sprachen zeigte. Der Direktor kannte sich in jeder Denktradition, in jeder historischen Epoche aus, in der Technik ebensosehr wie in der Philosophie, in der Prosa in ebenso hohem Maß wie in der Poesie, obwohl seine Vorliebe der wissenschaftlichen Spekulation galt, besonders, wenn er meinte, sie könne die Verhältnisse der Menschen verbessern. Umgeben von Folianten, von Büchern und Artikeln über Sensationen, ausgeschnitten aus Gazetten und Wandzeitungen, in einem Wust von Zirkusplakaten, Zetteln, Plänen, Karten, Bewundererbriefen und Heliographien, die die verschiedenen Artisten des Zirkus' darstellten, erzählte ihm Wilson von den Ideen Saint-Simons und Jeremy Benthams. In der Welt dieser Denker waren alle Menschen gleich viel wert, der Reiche gab dem Armen, es gab keine Herrscher, und wenn, nur vom Volk gewählte, die Frau war nicht weniger wert als der Mann, Kinder wurden nicht geschlagen, und über dieser Welt schwebte ein starker Blumenduft wie am Morgen der Schöpfung.

Er berichtete einfühlsam von den Ideen Charles Fouriers, des großen Visionärs aus Lyon, Prophet einer Idealwelt, die achtzigtausend Jahre dauern sollte, von denen achttausend die vollendet harmonische Ära sein sollten, in der die Menschen in Frieden lebten und die Entstellten niemals Demütigungen erleiden mußten. Der Nordpol werde milder werden als die Küsten des Mittelmeers, versicherte Wilson, und das Meerwasser werde seine Salzigkeit verlieren und sich in Limonade verwandeln. In dieser Idealwelt, die im übrigen allen bekannten Berechnungen zufolge schon zu ihren Lebzeiten Wirklichkeit werden würde, werde es siebenunddreißig Millionen Dichter von der Klasse Homers geben, neun Millionen Mathematiker, die sich mit dem großen Isaac Newton messen könnten, und sieben Millionen Dramatiker, wert, sich Molière zu nennen. Fouriers Theorien, meinte Wilson, besäßen eine Klarheit, die in der Geschichte ihresgleichen suche; sie seien unbestechlich in ihrer Stringenz, vorbildlich gegliedert unter die Rubriken Prélude, Cis-lude, Citer-pause, Trance-appendice und nicht zuletzt die gewagte Utter-lounge, die mit einer halsbrecherischen Argumentation zeige, daß der Mensch in Zukunft die Unsterblichkeit erlangen werde, indem man ihm Reserveorgane von den Tieren einpflanze. Dies sei die beste aller denkbaren Welten, beteuerte er. Die Menschen lebten in Phalansterien von genau 1652 Personen. Man lebte von dem, was die Erde hergab, teilte alles Eigentum und beratschlagte sich untereinander auf dem Marktplatz.

Zeit und Raum vergessend, schmückte Barnaby Wilson seinen Traum von einer glücklicheren Welt weiter aus, berichtete von Robert Owens Musterhöfen in Schottland, von den sozialistischen Dörfern in der Auvergne und im Bourbonnais, wo man die Theorien des Meisters bereits praktizierte; vom Ludditen-Aufstand in England, wo Fabrikarbeiter zusammen mit hervorragenden Dichtern traurigerweise die Maschinen zerschlagen hatten, die ihrer Meinung nach nur erfunden worden waren, um sie selbst überflüssig zu machen. Denn so war es nicht, versicherte der Zirkusdirektor, im Gegenteil seien die Maschinen der Schlüssel zu einer glücklicheren Zukunft, da sie Reichtum schaffen und den Menschen einen Überschuß an Freizeit schenken würden. Der kleine Zyklop erzählte ausführlich von den Dampfwagen, die bald ohne Schienen funktionieren und statt dessen über gepflasterte Straßen rollen würden, in jedem eine Familie auf endlosen Sonntagsausflügen in die savoyischen Berge; er beschrieb die phantastischen Tiere in den Savannen Afrikas, von denen er einige in der nächsten Saison in einer Menagerie zu versammeln plante und deren Hauptattraktion ein gestreiftes Pferd sein sollte, Zebra genannt. Er berichtete von den Häusern aus Eis, die kürzlich von verwegenen Entdeckungsreisenden auf den nördlichsten Inseln des Atlantiks gefunden und von den riesigen Pyramiden, die von vorgeschichtlichen Riesen an den Ufern des Nils erbaut worden seien.

Ferner verlor er sich in Gedanken über Maupertuis' Theorien von der natürlichen Zuchtwahl und über Buffons Hypothese von der Schöpfung der Welt, die so lästerlich war, daß sie sich nur von Ohr zu Ohr zuflüstern oder auf dem Denkweg übertragen ließ, wenn kein Priester zuhörte. Einem verblüfften Hercule Barfuss erklärte der Zirkusdirektor, die Erde sei viel älter als die sechstausend Jahre, die die Werneristen mit Hilfe der Bibel errechnet hatten, nämlich fünfundsiebzigtausend Jahre, und darüber hinaus habe Buffon Beweise vorgelegt, daß Mensch und Affe einen gemeinsamen Stammvater hätten, was eindeutig zeige, daß auch die Tiere Seelen hätten und die Nahrung des Menschen deshalb aus Gemüse bestehen müsse.

In einem Wagen neben seinem eigenen hatte der Zirkusdirektor außerdem ein Labor für seine zahlreichen Experimente mit Grundstoffen und Automaten einrichten lassen. In diesem wissenschaftlichen Einfällen geweihten Tempel herrschte ein unbeschreibliches Durcheinander aus Barometern, Theodoliten, Reagenzgläsern, Maschinenteilen, Horologien, Sternkarten und Puppen, die, angetrieben von aufziehbaren Federn, sprechen und gehen konnten. Daneben gab es Kopien von Leibniz' und Pascals Rechenmaschinen sowie Konstruktionspläne der berühmten Differentialmaschine und der Analytischen Maschine von Charles Babbage, Vorläufer der winzigen Rechenapparate, die im folgenden Jahrhundert die Welt beherrschen sollten.

Auf einer Zeichnung, die Hercule im hohen Alter anfertigen sollte, stellte er Wilson in einem Wärmeschutzanzug in seinem Labor dar, an seiner langen türkischen Tonpfeife paffend, ein schwingendes Pendel in der Hand. Das Bild paßte, denn der Zirkusdirektor war ein Grübler, dessen Experimentierlust keine Grenzen kannte. Vor mehreren Jahren hatte er seriöse Versuche gemacht, auf dem Prinzip der Spieldose aufbauend ein Perpetuum mobile zu konstruieren; er hatte außerdem die theoretischen Grundlagen für die Dampfküche gelegt und feilte heimlich an einer Erfindung, die es ermöglichen sollte, mit Hilfe von Hunderten Leidener Flaschen, verbunden mit Glühfäden in Glas, den ganzen Zirkus zu illuminieren.

Später sollte er erfolgreiche Versuche mit Heißluftballons machen und außerdem durch einen reinen Zufall einen Explosionsstoff erfinden, die Formel für seine Herstellung aber sofort vernichten, da er begriff, daß er sich für blutige Kriege benutzen ließ.

Hercule war schwindlig vor Erstaunen. Er hörte dem Zirkusdirektor zu, mit den weit offenen Sinnen eines Kindes und mit dem einzigen Hintergedanken, daß auch Bildung und Erfindungen ein Weg sein konnten, ihn zum Ziel seiner Wünsche zu führen.

Henriette Vogel war nach wie vor der Mittelpunkt seines Lebens. Ihretwegen hatte er all die Mühsal ertragen, die Anschläge auf sein Leben überstanden, und er suchte sie mit derselben Unermüdlichkeit, die der Proselyt in seinem neuen Glauben beweist. In jedem Dorf, in das der Zirkus kam, hielt er nach ihr Ausschau und suchte sie in der Erinnerung derer, denen er begegnete. Er weigerte sich, die schlechten Aussichten zu akzeptieren, lachte Hohn über die schwindenden Möglichkeiten, und wenn ihm jemand seine fruchtlose Suche vorwarf, zog er nur die Brauen hoch wie bei einem äußerst schlechten Witz.

In den seltenen Fällen, in denen ihm trotz allem der Zweifel zusetzte, war es wiederum Barnaby Wilson, der die Flamme der Hoffnung erneut anfachte, denn abgesehen von seinem Interesse für die zeitgenössischen Wissenschaften huldigte der Zirkusdirektor einem von den romantischen Dichtern inspirierten Liebeskult. Die Liebe, sagte er oft, sei nicht nur der Sinn des Lebens, sondern habe mit ihren Kräften das Sein so durchsetzt, daß sie die Voraussetzung dafür sei, daß die Sonne aufging und die Sterne ihre Plätze am Himmelsgewölbe behielten. Und der Beweis dafür, behauptete er, sei den Werken der göttlich erleuchteten Poeten zu entnehmen.

Viele Jahre später sollte sich Hercule Barfuss an ihn als einen Retter in der Not erinnern, denn die Medizin war wirklich die richtige; die Gedichtbände, die er sich von Wilson lieh, hatten ihm die Tore zu einer Welt geöffnet, in der sich die Liebe ungetrübt genießen ließ.

Er staunte über die Fähigkeit der Dichter, aus dem Granit der Sprache die schönsten Worte zu meißeln, und über ihre Art, den leeren Raum zwischen den Zeilen mit Sinn zu füllen. Er verschlang ihre Gedichte als ganze, ohne an die Verdauung zu denken, saugte ihren Inhalt aus, käute sie fanatisch wieder, verschlang sie erneut und verarbeitete sie in den sieben Mägen seiner Sehnsucht. Er lernte Heine auswendig, ließ sich vom Fieber Byrons und Keats' anstecken und las die Romane Jean Pauls mit einem Gefühl, als öffne er einen Spalt weit den Vorhang zum Paradies. Auf Wilsons Rat hin widmete er einen Monat dem freiheitsdurstigen Kleist und erlebte danach eine aufreibende Liebesnacht mit Novalis. Er litt mit Schiller, erschauerte mit Hoffmann und staunte darüber, wie Musset den Schmerz so in Worte faßte, daß er sich in sein Gegenteil verkehrte und jenseits des Verstandes zu genießen war. Die Verse Goethes versetzten ihn in eine Erregung, die sich mit Worten nicht erklären ließ, nur mit dem leeren Raum dazwischen, wo die Liebe, verkleidet in unbedrucktes Papier, im Hinterhalt lag. Er weinte Ströme von Tränen mit Hölderlin, seufzte mit den Brüdern Schlegel und jubelte ekstatisch mit Puschkin. Mit Lamartine schloß er einen Bund fürs Leben, und Leopardi verschaffte ihm ein solches Übermaß an Gefühlen, daß er zwei Wochen mit Migräne zu Bett lag. Nicht selten fand ihn Barnaby Wilson in seinem Wagen, übernächtigt nach einer schlaflosen Nacht mit den Poeten, in einem dichten Gestrüpp von Liebestrochäen, bis zu den Knöcheln in der Sintflut seiner Tränen watend, mitten in einer verschlungenen Romanze von Oehlenschläger oder einem anderen der Dichter, die gerade in

Mode waren. Dies war die Zeit – sollte er später sagen –, in der es möglich wurde, seine Liebe zu Henriette in Reime zu fassen.

Auf den Spuren der Dichter, die Hercule zu dieser Zeit bewunderte, besuchten mehr und mehr Touristen die italienische Küste: Engländer, angeregt von den Reisen Lord Byrons und Shelleys; Deutsche, von denen des großen Johann Wolfgang von Goethe. Die Völkerwanderungen des zwanzigsten Jahrhunderts lag noch in weiter Ferne, aber Barnaby Wilson, dessen Sinn für Profit nur seine Einsichten in die zeitgenössischen Wissenschaften übertrafen, beschloß, daß der Zirkus sein Lager in Genua aufschlagen sollte. Es war Ende August, und die Stadt war voll von Reisenden. Unter all diesen Menschen, hoffte Hercule, würde er eine Spur von Henriette finden.

Im Schutz der Maske, die er auf Barnaby Wilsons Rat hin zu tragen begonnen hatte, machte er lange Spaziergänge durch die Stadt. Er betrachtete die Nordländer, deren Gesichter unter der italienischen Sonne verbrannt waren; die Männer in Baumwollanzügen, die sich in den Tavernen miteinander unterhielten, die Frauen in weißen Krinolinenkleidern, die die Strandpromenade entlangflanierten, unter spitzenbesetzten Sonnenschirmen flatternd wie Schmetterlinge. Unbemerkt tappte er herum in dem Nebel aus Gedanken, der sich durch die Menschen, denen er begegnete – Stadtbewohner, Touristen, Handwerker, Bürger, Verkäufer –, bildete. Er spürte die Unruhe junger Mädchen, ließ sich hineinziehen in die innere Buchführung der Kaufleute und belauschte die Pläne der Taschendiebe. Die Welt wurde von innen nach außen gekehrt, so daß ihre Eingeweide bloßlagen. Was er brauchte, war ein Zeichen, wenn auch noch so unscheinbar; eine Erinnerung in jemandem, der *ihr* einmal begegnet war.

Gelegentlich glaubte er in dieser Zeit, wirklich eine Spur

des Mädchens gefunden zu haben: das leise Rascheln ihres Kleides in der Erinnerung eines Fremden, die Luft, die durch ihren Atem gereinigt schien, ihren Herzschlag, zitternd wie bei einem Tier. Dann kreuzte er luvwärts durch seine Wunschträume, schwamm durch den Strom der Lebensfragmente, der Geschichtsbruchstücke, bis er schließlich auf einem Platz, in einer Gasse, in der großen Menschenmenge einsah, daß ihm seine Phantasie einen Streich gespielt hatte. Für einen Augenblick hatte er dann das Gefühl, der Boden werde ihm unter den Füßen weggezogen. Die Welt, dachte er, ist viel zu groß; er würde sie nie finden.

Die Krankheit der neuen Zeit befiel ihn: die Melancholie. Tage und Nächte konnte er auf der Pritsche in seinem Wagen liegen und an die Decke starren. Der Schlaf mied ihn. Er tröstete sich mit Liebesversen.

Als es auf den Herbst zuging, war es so weit gekommen, daß er seine Pflichten im Zirkus vernachlässigte. Barnaby Wilson hatte nicht das Herz, ihm Fehler vorzuwerfen, die ihre Wurzeln in der Liebe hatten, aber als der Publikumszustrom merklich abnahm, nachdem Sir Barefoot zu spät oder zu früh und manchmal überhaupt nicht aufgetaucht war, weil er auf einer Uferpromenade im Schein des Mondlichts Gedichte las, mußte Barnaby Wilson seine ganze Willenskraft aufbieten, um seinen Heißluftballon wieder auf die Erde zu locken. Da kehrte Hercule zu seinen Aufgaben zurück, jetzt aber mit dem einzigen Vorsatz, nicht eine Sekunde zu ruhen, bis er das Mädchen wiedergefunden hatte.

Nie zuvor war Hercule mit einer solchen Autorität aufgetreten. Er konnte ganze Biographien unbekannter Menschen im Publikum beschreiben, er wurde zur Sensation durch eine neue mnemonische Nummer, bei der er die Zahl mit 180 Ziffern, die Menschen im Publikum auf Barnaby Wilsons Bitte hin in einem Buch mit mathematischen Beispielen ausgewählt und still vor sich hingesprochen hatten, Ziffer für Ziffer, rückwärts schrieb. Es ging so weit, daß er Erinnerungen beschrieb, die die Freiwilligen selbst verdrängt hatten oder die so weit zurücklagen, daß sie in Vergessenheit geraten waren, oder er erfand für sie neue, so glaubwürdig, daß sie sie glauben mußten, in der Annahme, sie hätten sie vergessen und würden sich jetzt dankbar daran erinnern, und seine Wachsamkeit ließ keine Sekunde nach.

Vielleicht war es diese Schärfung seiner Fähigkeit, durch die Suche aber nur auf ein einziges Ziel gerichtet, die ihn für alle anderen Gefahren blind machte. So schien es zumindest im nachhinein, als er erkannte, wie weit er seine Umgebung ins Unglück gezogen hatte.

Beinah ein Jahr war seit den Ereignissen in Rom vergangen, und Hercule schwebte noch immer in Ungewißheit über das Schicksal des Mönches Schuster. Es kam vor, daß ihn der Jesuit in seinen Träumen besuchte, jedoch immer ohne Gesicht und ebenso stumm wie er selbst.

In diesem barmherzigen Nebel lebte er bis zu dem Morgen, an dem man auf den Stufen zu seinem Wagen ein Billett fand. Die Nachricht enthielt keinen Absender, und niemand sollte je erfahren, wer sie hinterlassen hatte. Das Billett beschrieb Schusters Schicksal; daß er in Trastevere gefunden worden war, erwürgt mit einer Schlinge. Es endete mit einigen warnenden Worten an den Adressaten: Er solle nicht versuchen, den Absender festzustellen.

Verbittert über die Nachricht und außer sich vor Trauer war Hercule in den Straßen der Stadt umhergewandert. Wieder spürte er den Haß, der in ihm schlummerte.

Blind durch sein inneres Dunkel merkte er nicht, daß es auch draußen dunkel wurde, daß der Abend gekommen war, daß die Sterne am Himmel standen und die Stadt zur Ruhe gegangen war. Er trieb hilflos auf dem Meer seiner Verzweiflung, taumelte geblendet von seinen Tränen durch die menschenleeren Straßen. Er sah nichts, empfand nichts anderes als diese grenzenlose Trauer und diesen bodenlosen Haß. Im Hafenviertel stolperte er über Gerümpel und Abfall, stieß gegen Speicherwände und Packkisten, knickte in Löchern im Straßenpflaster um, fiel hin, stand wieder auf, verfluchte sein Leben, verfluchte sein Schicksal, ließ seinen Tränen freien Lauf und durchwanderte nie gekannte Täler der Verzweiflung.

Ohne es zu bemerken, war er an den Stadtrand gekommen. Erst als er sich einem Dorf näherte, in dem drohend die Hunde bellten, besann er sich und machte sich auf den Weg zurück zum Zirkusgelände.

Auf einem Hügel kurz davor blieb er stehen. Es war eine warme Nacht, sollte er sich später erinnern. Die Hitze war monolithisch, ein bewegungsloser Block, tropfend vor Nässe. Die Geheimnisse der Nacht passierten Revue, die Träume der Menschen, die Angst, die die Unglücklichen wachhielt, die schlaflosen Gebete um Ruhe. Weit unten im Wagen des Zirkusdirektors sah er eine Lampe brennen, und er fragte sich, ob Barnaby Wilson die gleiche Unruhe empfand wie er selbst.

Er roch die salzige Brise vom Meer, hörte das schläfrige Klatschen der Wellen an den Stränden, zwei Fischerboote, die an einem Kai anlegten, die Kataklysmen der Wellenbrecher, sah einen Schoner mit gerefften Segeln, der sich mit der Morgendämmerung näherte. Doch auch etwas anderes kam näher, leise, noch umschlossen von Dunkelheit.

Mit einem Gefühl drohender Gefahr rannte er zum Zirkusgelände hinunter. Bevor er es aber erreicht hatte, wurde die Nacht wie durch eine rasch auflodernde Fackel erleuchtet, als die Zirkuswagen in Brand gesteckt wurden, einer nach dem anderen.

Er spürte die Todesangst seiner Freunde, fühlte, wie die Bilder ihres Lebens vor ihnen abliefen, bevor ihre Seelen mit einem letzten Gebet erloschen.

Er brach auf dem Weg zusammen. Es waren die Männer des Kardinals, begriff er, die dahintersteckten, ebenso wie hinter Schusters Tod. Sie hatten ihn eingeholt, das Schicksal aber hatte seine Freunde geopfert.

Die ganze Nacht blieb er auf dem Weg liegen. Er weinte vor Trauer und Haß, er weinte über sich und sein unglückliches Los, über Henriette Vogel, über das Luftschloß seines Glücks und die eingestürzten Kartenhäuser seiner Träume. Das war das Ende, dachte er. Er würde nie wieder aufstehen können. Diesmal gab es keine Hoffnung mehr.

V

Die Welt besteht aus Tremulationen, Vibrationen, die das Universum durchströmen und die Menschen mit der Materie verbinden. Sie glauben mir nicht, aber auf diese Weise können Sie in diesem Augenblick meine Gedanken erfassen, ebenso wie der große Swedenborg die Gedanken von Madame de Marteville erfaßte und ihre verschwundenen Quittungen fand. Beim großen Swedenborg gibt es für alles eine Erklärung. Vor langer Zeit im Garten Eden brauchte der Mensch nicht zu sprechen, um sich verständlich zu machen. Adam und Eva verstanden einander durch das Fluidum der Gedanken. Wozu hätte die menschliche Sprache im Paradies gebraucht werden sollen? Da gab es keine grammatikalischen Mißverständnisse, keine zweischneidigen Wortbedeutungen, kein Stottern, kein Lispeln, keine Sprachfehler … Adam war der erste Telepath. Danach fielen wir, denn als die Schlange dem Menschen den Apfel gab, gab sie ihm auch das gesprochene Wort. Wir sind seit langem Gefallene, mein Freund. Aber der Mensch hat die Fähigkeit, des intuitiven Wissens wieder teilhaftig zu werden. Der große Swedenborg betonte die Wichtigkeit nachlassender Atmung, um in den magnetischen Schlaf zu fallen. Man muß die Umgebung abandonnieren, schreibt er, sich auf das Gebet konzentrieren, bis die Atemhemmung einsetzt, bis die Ohnmacht eintritt und uns in die Geisterwelt mitnimmt … Sie können Gedanken lesen, Herr Barfuss. Ich weiß, Sie erfassen meine Gedanken in diesem Augenblick! Ich selbst plaudere, wie Sie wissen, mit den Geistern … In meiner Jugend in Stockholm, diesem entsetzlichen Sodom, führte mich der große Swedenborg persönlich in die Korrespondenzlehre ein. Das Universum bestehe aus Serien und Graden, erklärte er, durch die dazwischenliegenden Determinatoren stehe die höchste Seelenfunktion, Anima, in Kontakt mit Unserem Herrgott: dem allumfassenden Fluidum spirituosum …

Die Gräfin Tavastestierna, seine Helferin in spe, schüttelte die Kissen hinter ihrem Rücken und zündete sich eine ihrer schwarzen, parfümierten Cigaretten an. Er verstand sie sehr deutlich. Sie gab sich wirklich Mühe, damit ihm keine Nuance entging.

Was sind Gedanken? fragte er.

Nichts anderes als fluidale Undulationen, mein Freund!

Und was ist dann Sprache?

Tremulationen, die zum Mund geführt werden, die zu Luftvibrationen werden, die in Laute übergehen … Glauben Sie mir. Das Denken ist die wirkliche Sprache, viel vollendeter als die rauhe Artikulation des Kehlkopfes. Und deshalb kann sie auch von den Engeln gehört werden! Vielleicht sind Sie selbst ein Engel, Herr Barfuss, obwohl Ihre irdische Form alles andere als engelsgleich ist, eher dämonisch, eher widerwärtig … Aber lassen Sie mich abschließen: Die Sprache, in der die Engel zu uns sprechen, ist ebenfalls reines Denken. Sie wissen ja, Herr Barfuss, ich höre die Stimmen der kleinen Engel und auch die Stimmen der Geister. Die Gedanken der Menschen kann ich nicht hören, abgesehen von Ihren, an denen Sie mich so freigebig teilhaben lassen, aber die Sprache der Engel höre ich genauso deutlich wie ein Bauer eine Predigt zu Mariä Lichtmeß. Nur beim Kartenspiel verweigern sie mir ihre Hilfe. Da ist unsere Grenze, sagen sie, beim Kartenspiel können wir der gnädigen Frau nicht helfen. Aber da habe ich ja andererseits Sie … Sie lassen mich heute abend doch nicht im Stich? Es steht viel auf dem Spiel. Und heute morgen haben mir die Geister versprochen, mir zu sagen, wo Sie Ihr Mädchen finden können.

Bitte, sagen Sie mir, wo sie ist …

Verzeihen Sie, aber Sie müssen deutlicher denken, prononcierter. Ich höre Sie nicht sehr gut. Die Stimmen der Geister dagegen höre ich im Raum völlig klar, wie jetzt! Einer sitzt auf meiner Schulter, sehen Sie ihn nicht?

Er starrte hin, sah aber nichts. Nur die Gräfin, die im Nachthemd in ihrem Bett in der Østergade in Kopenhagen saß, obwohl schon Nachmittag war. Und weiter hinten im Zimmer

Baptiste, ihren schwarzen Bediensteten, der gerade mit einem Teetablett eingetreten war.

Ich sehe nichts …

Richtig … Nicht jeder kann die Geister hören und sehen. Ebensowenig, wie uns beide in diesem Augenblick Baptiste hören kann. Man muß disponiert sein! Aber genau jetzt sitzt einer auf meiner Schulter. Ich glaube, es ist ein Deutscher oder möglicherweise ein Holländer … Im vorigen Leben war er Maurer. Und Maurer im Himmel! Genau. Maurer! Das Mosaik hat Sprünge bekommen. Sie machen ein neues, sagt er. Und außerdem tauschen sie die alten Kacheln aus.

Hercule gab sich wirklich die äußerste Mühe, aber nicht einmal mit Hilfe seiner Gabe konnte er die Gedanken des holländischen Geistes hören. Oder sehen, was das betraf.

Ein Maurer im Himmel? fragte er.

Genau! Die Erde ist ein Abbild des Himmels, das habe ich Ihnen ja schon erklärt. Im Himmel gibt es natürlich Maurer und Tischler, genau wie hier. Denken Sie an die Langeweile, die sonst die Toten quälen würde. Wenn die allerbesten Menschen sterben, werden ihre Seelen ins Himmelreich gebracht, und Sie ahnen nicht, wie erstaunt sie sind, wenn sie sehen, daß der Himmel voll von Dienstleistungen, Geschäften, Ämtern, Werkstätten, sogar Webereien, Flachsbau, Zuckerbäckern, Böttchern und Brauereien ist. Denn viele der Neuankömmlinge glauben, sie kämen von der irdischen Schinderei zur ewigen Ruhe. Diesen Irrglauben aber nimmt man ihnen sofort: »Habt ihr unter ewiger Ruhe vor der Arbeit eine ewige Untätigkeit verstanden, in der ihr ununterbrochen sitzen und liegen sollt, mit der Brust Genüsse einatmend und mit dem Mund Freuden trinkend?« fragt man sie bei ihrer Ankunft. Und wenn die Neuankömmlinge dies bejahen, werden sie daran erinnert, daß Untätigkeit nur Schlappheit erzeugt und deshalb mit anhaltendem Genuß unvereinbar ist. Deswegen gibt es im Himmel, ebenso wie in den niederen Geisterwelten, Ämter, Dienstleistungen, Gerichte, Gymnasien und Manufakturen … Den Neuankömmlingen zeigt man zuallererst die große Bibliothek, und dort machen sie große Augen über all die Bücher, Pergamente, Papiere, Tinte und Federn, die es im Himmel gibt. Anschließend zeigt man ihnen die Museen und die Kollegien, in denen die geistigen Übungen stattfinden. Und dann die Sportfelder, wo die himmlischen Engel Wettkämpfe und Wettläufe organisieren. Dann macht man sie aufmerksam auf alle Regierungsmitarbeiter, Verwalter, Beamte, Kindermädchen, Kutscher, Kürschner, Schmiede, Feldscher, Segelmacher, Brauer, Bankiers und Pfandleiher, denn im Himmel gibt es unzählige Beschäftigungen, damit die Toten sich nicht in alle Ewigkeit langweilen. Einige haben die Aufgabe, sich um die Kinder zu kümmern, die als Waisen in den Himmel kommen. Andere hüten Gottes Schafe, singen in den Himmelschören, spielen Harfe und führen Akademien für Dichtkunst. Manche werden in die niederen Geisterwelten geschickt, um die Neuankömmlinge vor unangenehmen Dämonen zu schützen. Wieder andere versehen den Polizeidienst in der Hölle …

Die Gräfin runzelte die Stirn und lauschte erneut der holländischen Geisterstimme, die nur sie hören konnte.

Warten Sie, jetzt spricht er wieder zu mir … Sie haben schon nach dem Mädchen gesucht, sagt er. Aber erst morgen wissen sie Bescheid. Das wird eine Freude, nicht wahr, Herr Barfuss … erwägen Sie diesen Gedanken! … endlich Ihre Geliebte wiederzusehen …

War das wirklich möglich? dachte er: daß er auf diese Weise, mit Hilfe eines Geistes, Henriette wiederfinden würde?

Wo ist sie? fragte er erneut.

Na, na, lieber Freund. Wie Sie wissen, haben wir eine Verabredung. Sie müssen bis morgen warten. Zuerst müssen Sie mir helfen, mit Justizrat Conrad Karten zu spielen. Und zu gewinnen, vor allem zu gewinnen!

Wie geht es ihr? Sie ist doch gesund?

Ausgezeichnet, ganz ausgezeichnet. Der holländische Geist sagt, sie denkt ununterbrochen an Sie. Sie gehen ihr nicht aus dem Kopf, obwohl sie sich manchmal wünscht, sie könnte Sie vergessen.

Warum will sie mich vergessen?

Vielleicht weil sie Sie liebt, obwohl Sie ein so widerliches kleines Monster sind …

Wie sieht sie aus? Hat sie sich verändert?

Wie die Königin von Saba. Großbusig und stattlich. Sie hat ein gutes Herz. Und ihre Augen sind blau!

Henriette hat braune Augen …

Vielleicht ist der holländische Geist farbenblind? Alles, was es auf der Welt gibt, gibt es auch in der Geisterwelt, auch Farbenblindheit … Sehen Sie ihn jetzt, Herr Barfuss! Jetzt schwebt er von meiner Schulter, wie Rauch, wie der Dampf von einem kleinen Geysir; die Geisterwelt ruft ihn zurück, das Perlentor braucht ein neues Mosaik, der Mörtel ist schon trocken, und jetzt muß ihn der holländische Geist mit Wasser aus den Quellen des Paradieses anfeuchten. Im Himmel sind alle schrecklich beschäftigt …

Die Gräfin nahm einen Schluck Tee und drückte die Cigarette in einem Aschenbecher aus, den der Bedienstete hingestellt hatte. Sie suchte eine Weile zwischen den Gegenständen, die auf der Bettdecke verstreut waren: Swedenborg-Bücher, Briefe, Puderdosen, Schnupftabak, Würfel und ein Kartenspiel, bevor sie sich an Baptiste wandte und ihn bat, die Schatulle mit heilenden Kristallen zu holen, die ihre Leidenschaft waren, neben dem Glücksspiel und der Swedenborgschen Geisterwelt.

Die himmlische Sprache, fuhr sie fort, während sie sich laut in den Ärmel schneuzte, *wird durch die wunderbaren Kreise der himmlischen Form hervorgebracht! Wußten Sie, daß die Sprache der Engel jeder heute gesprochenen Sprache entspricht? Ebenso Ihrer eigenen, Barfuss. Verstehen wir einander nicht deshalb so gut, obwohl sie ein mißgebildeter deutscher Zwerg sind und ich eine schwedische Gräfin, weil die Gedanken Lingua franca sind? Die Sprache der Engel, sagt der große Swedenborg, dringt zunächst in das innere Auge ein und ruft dort erhabene und kaum faßbare Ideen hervor; danach entwickelt sie sich als Niederschlag zu der gewöhnlichen menschlichen Sprache. Die*

Sprache der Engel ist ebenso sonor, als würde sie mit Zunge und Mund ausgesprochen, und oft viel prononcierter. Sie kommt nicht durch die Luft und das Ohr, sondern auf einem inneren Weg ins Gehirn!

Die Gräfin lächelte, so daß ihre letzten drei verbliebenen Zähne zu sehen waren. Er nahm ihren Geruch nach altem Puder, Schweiß und schlechtem Atem wahr. Sie wusch sich nie. Das tat man nicht in den Städten im Norden. Das tat man andererseits auch nicht im Jenseits. Die Geruchsbelästigungen, behauptete die Gräfin, führten in der Geisterwelt zu großen Problemen. Besonders der Geruch der Dämonen sei unangenehm; sie nähmen ihn nämlich selbst nicht wahr.

Dann nahm sie ein Kartenspiel von der Bettdecke, aber nicht das gezinkte, mit dem sie bestenfalls ihre aristokratischen Freundinnen betrügen konnte, sondern statt dessen ein spanisches Spiel, das noch versiegelt war.

Erweisen Sie mir nur noch einen letzten Dienst, mein kleiner entstellter Freund, und seien Sie heute abend mein Retter. Justizrat Conrad möchte so gern Poker spielen, und ich selbst sitze finanziell in der Klemme. Wer soll Baptiste bezahlen, wenn nicht ich? Der Schwarze würde verhungern, wenn ich nicht wäre. Und wer sollte Ihnen ein Dach über dem Kopf gewähren, einem widerlichen kleinen Monster wie Ihnen? Morgen werden die Geister Sie belohnen ...

Gräfin Tavastestierna, die ihm versprochen hatte, mit Hilfe der Geister Henriette wiederzufinden, kam ursprünglich aus Schweden. Jetzt aber lebte sie in Dänemark, in Kopenhagen, wohin sie auf der Flucht vor ihren Gläubigern vor Jahren gekommen war. Hercule war sich nicht sicher, was ihn selbst dorthin verschlagen hatte. Eine seiner Wanderungen mußte ihn in die Stadt geführt haben, und irgendwie war die Gräfin, deren Interesse für das Übernatürliche sich nur mit ihrer Spielleidenschaft messen konnte, auf seine Eigenschaften aufmerksam geworden.

Das waren auch andere.

An einem Morgen vor einigen Monaten war er in London zu sich gekommen. Er wußte nicht, was vorher geschehen war. Es schienen mehrere Wochen vergangen zu sein, seit er zuletzt bei Bewußtsein gewesen war. Er hatte nackt auf einem Vorführtisch im berühmten Klub The Athenaeum gestanden, umgeben von einer Schar neugieriger Herren. Ein Gentleman von der teratologischen Gesellschaft wies das murmelnde Publikum auf Hercules Abnormitäten hin.

»... diese Störungen treten bereits im Fötus-Stadium ein. Wir wissen noch nichts über die Ursachen, Syphilis, vielleicht enge Schleimhäute der Mutter ...«

Tafeln wurden ausgerollt; man zeigte Bilder anderer Monster: Albinos, Mikrozephale, Fälle von Duplicitas, Craniopagus.

»Meine Herren, beachten Sie die Spaltenbildung im Gesicht ... die abnorme Hasenscharte läßt auf Zurückgebliebenheit schließen. Unser Monster ist außerdem taubstumm. Der Rücken weist typische Blattgeschwülste auf. Bei einer Obduktion am St. George's Hospital hatte ich neulich das Privileg, Zeuge der Dissektion einer ähnlichen Geschwulst zu sein, in der wir Zähne, Haare und Knorpel fanden sowie ein kleines, kaum entwickeltes Gehirn. Was wir hier sehen, ist ein Autosit mit Ansätzen zum Parasiten. In bestimmten Fällen führt die Mißbildung schon im Fötusstadium zu einem vollentwickelten Parasiten, einem weiteren Kopf, vielleicht einem ganzen Körper ... es ist nicht unmöglich, daß gerade diese Blattgeschwülste auf dem Rücken des Objektes Spuren eines Parasiten darstellen, der sich unter günstigeren Umständen zu einem siamesischen Zwilling hätte entwickeln können ...«

Hercule hatte nichts davon gehört, denn er war taub, und das freute ihn. Statt dessen hörte er jemanden denken: *Ein Minderwertiger, aber interessant aus der Rassenperspektive.* Ihm war übel, und durch die kurze Anwendung seiner Gabe übertrug er die Übelkeit auf den anderen. Er sah, wie der unter dem Zylinder erbleichte und dann grün im Gesicht wurde. Er lachte, als der Mann zum Ausgang stürzte, um sich zu übergeben.

Genauso hatte er in den letzten Jahren gelebt, dachte er, in einem Traum von verlorener Liebe, aus dem er nie erwachte. Auf einer planlosen Reise, bei der die Wirklichkeit nur eine schlecht gemalte Kulisse am Horizont war.

Später im selben Winter war er in Kopenhagen der Swedenborg-besessenen Gräfin begegnet. Wenn man ihr glauben durfte, war Swedenborg Prophet einer neuen Kirche gewesen. In London hatte er sich zum Erlöser ausgerufen, der gekommen sei, um sich von den Juden kreuzigen zu lassen, hatte sich auf öffentlichen Plätzen entkleidet, und, zu Karfreitag stigmatisiert, fremden Menschen Fußwaschungen angeboten und darüber hinaus deliriumähnliche Anfälle gehabt, als er sich tage- und nächtelang mit den Toten unterhalten hatte. Außerdem hatte er Gedanken gelesen.

Die Gräfin bevorzugte allerdings das neue Wort Telepathie, und um dessen Bedeutung zu erklären, führte sie als Beispiel die große Feuersbrunst in Stockholm an, die Swedenborg in einer Vision gesehen hatte, als sie ausbrach, obwohl er sich in fünfhundert Kilometern Entfernung aufhielt. Und dann war da die berühmte Geschichte, wie er durch Fragen an ihren verstorbenen Mann Madame de Martevilles alte Quittungen wiedergefunden hatte, und der Kaffeeklatsch mit Königin Ulrika Eleonoras Bruder, der bei diesem Anlaß seit mehr als einem Vierteljahrhundert tot war.

Wenn die Gräfin in ihrer Jugend Swedenborg in Stockholm begegnet war, war der alte Mann meistens damit beschäftigt gewesen, sich mit den Toten zu unterhalten und Spaziergänge in der Geisterwelt zu machen, in Trance. Einmal, als sie zu Besuch gekommen war, hatte sie ihn mit jemandem in seinem Arbeitszimmer eifrig lateinisch sprechen, lachen und ein dreifaches Skål! ausrufen hören. Die Gräfin hatte gewartet, bis die Tür aufgegangen und Swedenborg unter tiefen Verbeugungen herausgekommen war, der Luft die Hand geschüttelt und einen unsichtbaren Gast in den Flur begleitet hatte.

Wer war das? hatte sie gefragt.

Vergil, hatte Swedenborg geantwortet: Verdammt netter Kerl! Wir haben uns über die Altertümer Roms unterhalten!

Nach und nach, behauptete sie, sei ihr selbst etwas von der Fähigkeit ihres Nestors zuteil geworden. Falls man ihr Glauben schenken durfte, kommunizierte sie ungezwungen mit den berühmtesten Persönlichkeiten der Geschichte. Sie legte Wert auf ihre Bekanntschaft mit dem hingerichteten Reichsrat Struensee, den sie bewunderte, weil er versucht habe, in Dänemark den Geist der Aufklärung einzuführen. Sie diskutierte gern Prozeßrecht mit Machiavelli, Kriegsführung mit dem römischen Feldmarschall Crassus und Königinnenmord mit dem im Tode umnachteten Heinrich VIII. Mit Papst Clemens X. unterhielt sie seit langem einen himmlischen Briefwechsel. Jeanne d'Arc kannte sie wie eine Schwester, und die heilige Birgitta pflegte ihr unsichtbares Konfekt anzubieten. Ihr engster Bekannter unter den Toten war natürlich Swedenborg persönlich, mit dem sie täglich vertrauliche Gespräche führte.

Swedenborg, sagte die Gräfin oft, hatte Leibniz' Monadologie mit der hylozoistischen Lehre von lebendigen Molekülen und dem Gedanken, daß bestimmte Menschen schon in ihrem Erdenleben mit himmlischen Wesen in Verbindung stünden, vereinigt.

Diese wurden als Amores bezeichnet und wirkten durch die Seele des Menschen. Um seine Schöpfung ins Gleichgewicht zu bringen und durch seine verhängnisvolle Großzügigkeit, dem Menschen einen freien Willen zu schenken, hatte Gott außerdem bestimmte Genien oder böse Geister zugelassen, die in lebhafter Verbindung mit den niedrigsten Bewußtseinsteilen des Menschen standen. Diese Geister drangen in die Gedanken und Gefühle der Menschen ein, hatte die Gräfin erklärt, und sie waren von dem gleichen Naturell wie der betreffende Mensch selbst. Jeder Mensch war mit zwei Schutzengeln und dazu mit zwei Höllengeistern verbunden, die alles taten, um ihn zu schweren Sünden zu verleiten.

Die Geister hatten außerdem ihre eigenen Welten, die dämonisch oder gut sein konnten, je nachdem, wie sich ihre Bewohner im Erdenleben verhalten hatten. In der Geisterwelt, hatte die Gräfin erklärt, sahen die Menschen genauso aus wie im Erdenleben, nur etwas durchsichtiger und anämischer. Sie waren mit ihren Freunden und Angehörigen zusammen, sie übten dieselben Berufe aus wie auf der Erde, sie waren aufgeteilt in dieselben Glaubensgemeinschaften, dieselben Völker, und lebten in identischen Städten.

Es gab zum Beispiel ein weiteres London, in das die Engländer nach ihrem Tod kamen. In diesem anderen, aber doch gleichen London, ungefähr da, wo die Börse steht, fand man den Bürgermeister des geistigen London und seine Beamten. Im Westen, bis nach Wapping, lebten die, die weder besonders gut noch besonders böse waren. Im Osten wohnten die Besten, und im Süden, um Islington, die Intelligenten. In Moorfields und Umgebung aber versammelten sich nach und nach, wenn sie von der Erde eintrafen, die schlimmsten Verbrecher, und auf diese Weise wurde die Stadt allmählich frei von schwarzen Schafen. Kleidung, Häuser und Nahrung der Londoner waren die gleichen wie im heutigen London; die Einwohner tranken Bier, Schokolade und Tee, Punsch wurde jedoch nur den Gerechten serviert.

Aber wo wohnen die anderen Völker? hatte Hercule gefragt.

Die wohnten natürlich in ihren eigenen Ländern! hatte die Gräfin geantwortet. Die Franzosen im Geister-Frankreich, die Preußen im Geister-Preußen ... Die Juden zum Beispiel wohnten in einer Stadt, die das schmutzige Jerusalem genannt wurde. Dort gingen sie durch die Straßen voller Abfall und wurden vom unerträglichsten Gestank gequält. Sie handelten mit allen möglichen Waren und beschäftigten sich mit Geldverleih oder verkauften kostbare Edelsteine, die sie sich auf unbekannten Wegen, vielleicht mit Hilfe der Kabbala, aus dem Himmel beschafft hatten, und ihr Dasein im schmutzigen Jerusalem war dem auf der Erde so ähnlich, daß sie weniger als irgendein anderes Volk merkten, daß sie ihre irdische Existenz verlassen hatten und sich tatsächlich in einer anderen befanden.

Der Gräfin zufolge waren die Schweden die schlimmsten unter den Völkern in der nächsten Welt. Die wenigen Guten, die es gab, wohnten in einer Stadt namens Göteborg, und die Allergemeinsten, die eine überwältigende Mehrheit darstellten, wohnten in einem Konglomerat stinkender Barackenstädte, die, abgesehen von Nord-Borås und Ost-Falun, ihre entsetzliche Hauptstadt Stockholm einschloß.

Die hervorstechendsten Eigenschaften der Schweden, behauptete sie immer, seien Neid, Herrschsucht und Karrierismus. Ständig seien sie mit verderbten Gewohnheiten befaßt, Titeljagd, Schnapstrinken und Kopulieren. Am schlimmsten sei der Adel. Genau wie im Erdenleben hatten die Adligen Versammlungen im Riddarhuset, und Gottes Engel, die oft als Zuschauer zugegen waren, wußten, daß sie völlig unfähig waren, zwischen Gut und Böse zu unterscheiden, und deshalb wurden sie nach und nach aus ihren Ämtern verjagt und mußten schließlich auf der Straße um Almosen betteln.

An diese Dinge dachte Hercule, während die Gräfin auf Justizrat Conrad wartete und er selbst sich in den Wandschrank neben dem Schlafzimmer zurückzog, wo sie ihn in Erwartung der Nachricht aus der Geisterwelt hatte wohnen lassen. Er dachte an Swedenborg und die Gräfin, die sich mit den Geistern unterhalten konnte, aber die »Telepathie« nicht beherrschte. Deswegen brauchten sie einander: sie, um beim Spiel zu gewinnen, er, um Henriette zu finden.

Es war kurz nach zehn, als der Justizrat in einer Droschke in der Zwei-Zimmer-Wohnung in der Østergade eintraf. Der Bedienstete ließ ihn unter Verbeugungen ein, nahm seinen Mantel, Zylinder, die Handschuhe und den Schal, bevor er ihn in das Zimmer führte, wo die Gräfin zwischen den heilenden Kristallen in ihrem Bett thronte. Für das Spiel war alles vorbereitet. Auf einem Tisch lag ein versiegeltes Kartenspiel. Für den Gast war ein Stuhl bereitgestellt.

»Sie müssen meine späte Ankunft entschuldigen«, sagte der Justizrat liebenswürdig, »aber die Geschäfte des Reiches nehmen keine Rücksicht auf Termine.«

»Schon geschehen, mein lieber Conrad«, erwiderte die Gräfin, während sie eine Hand zum Kuß ausstreckte. »Erst die Pflicht, dann das Vergnügen …«

Abgesehen von Bett, Spieltisch und Stuhl waren im Zimmer keine Möbel. Ein paar Gemälde mit Blumenmotiven schmückten eine Wand. Ferner waren da ein Kachelofen, ein kleines Fenster mit Doppelglas, das auf einen Hinterhof hinausging, und ein Wandschrank, dessen Tür von außen verschlossen war.

Nachdem die beiden Spieler sich nach der Gesundheit und den Geschäften des anderen erkundigt hatten, bat die Gräfin Herrn Conrad, Platz zu nehmen, wonach sie selbst die Karten mischte und ihrem Gast das Abheben und Geben überließ. Das Spiel konnte beginnen.

Die erste Hand des Justizrates bestand aus einem Paar mit

Königen sowie drei Karten unterschiedlichen Werts. Er behielt das Paar und kaufte neue Karten à zehn Rigsdaler das Stück, was die Kaufsumme war, auf die sie sich geeinigt hatten. Er war zufrieden; eine der Karten war der Herzkönig.

Die Gräfin dagegen tauschte ihre ganze Hand. Aber die neue war nicht nennenswert besser. Sie enthielt nur ein Paar mit Vieren. *Was hat der Justizrat auf der Hand?* dachte sie. Und prompt kam die Antwort: *Drei Könige* …

Mithin war es aussichtslos weiterzumachen, und sie paßte, bevor das Setzen begonnen hatte.

Das zweite Spiel folgte einem ähnlichen Muster. Der Justizrat hatte das Glück, schon nach seinem zweiten Kauf ein Three of a Kind mit Assen zu haben. Und die Gräfin, die sich augenblicklich über seine Hand hatte unterrichten lassen, hatte nur ein Paar mit Buben. Erneut paßte sie, bevor der Justizrat hätte setzen können.

Die nächsten Spiele endeten alle zugunsten des Justizrates, aber die Pötte waren wie vorher mager. Es war, sollte er sich später erinnern, als hätte es die Gräfin von vornherein gewußt, wenn er eine starke Hand hatte.

Einmal, als er zwei Paare mit Damen und Assen schon nach dem Geben hatte, gab sie sofort auf, als ahnte sie, daß sie nicht gewinnen konnte. Ein andermal paßte sie, nachdem der Justizrat eine völlig neue Hand gekauft und darin zu seiner Freude einen Straight entdeckt hatte, und das, obwohl sie selbst vier der gegebenen Karten behalten hatte, was auf zwei Paare oder die Möglichkeit zu einem Full House hindeutete. Daß er selbst nach einem Austausch sämtlicher Karten einen Straight bekommen hatte, konnte sie kaum für wahrscheinlich halten; sie hätte weitersetzen müssen und außerdem seine Karten sehen wollen.

Es folgten ein paar verwirrend leichte Siege für die Gastgeberin. Jedesmal, wenn der Justizrat bluffte, wollte sie sehen oder bot gerade so viel, daß er meinte, sich das Halten des Einsatzes nicht leisten zu können. Der Justizrat war ein geübter Kartenspieler, und deshalb warf er, als die Gräfin sich umständlich in ihr Taschentuch schneuzte, einen Blick über seine Schulter.

Das Zimmer war leer. Die einzige Stelle, wo sich jemand verstecken konnte, war der Wandschrank, und der war so klein, daß er kaum ein Kind aufnehmen konnte. Außerdem saß er im Hinblick auf ein eventuelles Guckloch in einem solchen Winkel, daß seine Karten nicht einsehbar waren. Das Spiel – davon hatte er sich schon überzeugt – war nicht gezinkt, und er hatte auch keine Geräusche, Räuspern oder dergleichen, gehört, die verdächtig wirkten.

Ohne zu ahnen, wie recht er hatte, sagte er:

»Es hat den Anschein, als könnten Sie durch meine Karten sehen.«

»Das Glück dient dem Kühnen«, antwortete seine Gastgeberin mit einem rätselhaften Lächeln.

Aus Gräfin Tavastestiernas Perspektive verlief das Spiel dagegen völlig nach Plan. Ihr verborgener Helfer versorgte sie mit all den Angaben, die sie brauchte, um die entscheidenden Pötte zu gewinnen und um zu einem so niedrigen Preis wie möglich zu verlieren, wenn sie eine schlechte Hand hatte. Denn es waren die Augen des Justizrates höchstselbst, durch die Hercule Barfuss, wenn auch etwas unscharf, Herrn Conrads Karten sah.

Er tat dies halb schlafend, auf dem Boden des dunklen Wandschranks liegend, zur Hälfte in seinem eigenen Bewußtsein, zur Hälfte in dem eines anderen. Beansprucht, wie er von seinen Wunschträumen, Henriette wiederzusehen, war, bemerkte er auch nicht den Plan, der in der Gräfin langsam Form annahm. Statt dessen warf er in gleichmäßigen Abständen gehorsam einen Blick auf die Karten des Justizrates und antwortete auf die nervösen Fragen der Gräfin nach dem Spiel. Und auf diese Weise, durch diesen raffinierten Bluff, den zu enthüllen es der allsehenden Fähigkeit eines Swedenborgschen Geistes bedurft hätte, gewannen die beiden Spieler ungefähr gleich viele Pötte, mit dem Unterschied, daß die des Justizrates erheblich kleiner und leichter zu haben waren. Bevor es Mitternacht wurde, hatte er sein sämtliches Bargeld verloren.

»Akzeptieren Sie Reverse?« fragte er mit schweißnassem Gesicht.

Die Gräfin betrachtete ihn so gnädig, wie man es von einem guten Gewinner erwarten darf.

»Für Sie, mein lieber Conrad«, sagte sie liebenswürdig, »bürgt Ihre unbefleckte Ehre.«

Und so ging das Spiel weiter, jetzt aber mit Schuldscheinen als Einsatz.

Es war beinah zwei Uhr nachts, als die Gräfin die Wanduhr betrachtete, eine Spur zu übertrieben gähnte und ihrem Gegner ein letztes Spiel anbot. Der Justizrat zögerte nicht, denn er war jetzt ganz im Bann des Spielteufels und handelte nach dem Gesetz, das besagt, daß die abgebrühtesten Hasardeure mit Freude auf ihrer Demütigung bestehen und daß hohe Verluste sie nur zu noch größeren Risiken anspornen.

»Ich bin dabei«, antwortete er. »Wenn Sie meinen Wechseln noch vertrauen.«

Die Gräfin nickte, hob ab und gab.

Die erste Hand des Justizrates war über alles Erwarten. Ein Three of a Kind mit Assen, eine Herzdame und ein Kreuzbube. Nach einem gewissen Zögern, das gespielt war, behielt er die Dame und die Asse und kaufte mit einem eilig signierten Revers eine neue Karte.

Zu seiner Enttäuschung bekam er noch einen Buben. »Ich hätte die Dame abwerfen sollen«, dachte er, »nicht aus Vernunftgründen, aber nach dem Gesetz von der ewigen Ungerechtigkeit des Daseins!«

Er kaufte eine letzte Karte, steckte sie hinter die alten und betrachtete die Hand. Es kostete ihn ein nicht geringes Maß an Selbstbeherrschung, nicht mit dem kleinsten Blick oder unvorsichtigem Zittern seine Erregung zu verraten: Die Hand war voll, ein Full House mit Assen und Damen. Könnte er die Gräfin nur zu einem längeren Setzen verleiten, dachte er, könnte er vielleicht einen Teil von dem, was er verloren hatte, zurückgewinnen …

Die Gräfin hatte schlechte Karten bekommen, und die einzige, die sie behalten hatte, war ein König. Bei ihrem zweiten Kauf aber war etwas fast Unglaubliches passiert: Sie hatte die restlichen Könige bekommen. Natürlich wußte sie durch ihren verborgenen Helfer genau, was ihr Gegenspieler auf der Hand hatte. Sie machte sich bereit, ihre allerletzte Karte zu kaufen, was reine Formsache war, und beschloß, ihren Plan in die Tat umzusetzen.

»Mein lieber Herr Conrad«, sagte sie. »Ich will großzügig sein. Bevor ich meinen letzten Kauf tätige, möchte ich Ihnen eine Möglichkeit anbieten, zurückzugewinnen, was Sie verloren haben. Sie sehen nämlich schrecklich aufgeregt aus. Und ich bin überzeugt, Sie werden Schwierigkeiten haben, Ihrer Frau zu erklären, wo eine so hohe Geldsumme wie die, die Sie heute abend verloren haben, geblieben ist.«

Sie machte eine Kunstpause, in der sie sich ein weiters Mal, aus Sicherheitsgründen, nach der Hand ihres Gegners erkundigte.

»Ich biete Ihnen die Möglichkeit an, alles, was Sie verloren haben, in einem einzigen Spiel zurückzugewinnen«, sagte sie.

Der Justizrat sah sie verblüfft an.

»Und was soll ich dagegensetzen?« fragte er. »Einen Schuldbrief über genausoviel?«

»Meine Großzügigkeit verlangt von Ihnen natürlich eine gewisse Risikobereitschaft ...«

»Worin könnte die bestehen?«

»In einem Blankoscheck.«

»Ein Blankoscheck? Sie wollen mich ruinieren!«

Die Gräfin seufzte.

»Sie sind ein Spieler«, sagte sie. »Sie können nein sagen, und wir spielen das letzte Spiel wie gewöhnlich. Aber Sie können auch Ja sagen, weil die Spannung Sie reizt. Sie sehen, ich werde noch eine Karte kaufen. Ich weiß nicht, was Sie auf der Hand haben, aber Sie haben gerade eine letzte Karte gekauft, weshalb Ihre Hand zumindest bis eben nicht voll war. Auch ich kaufe eine neue Karte, aber das Angebot mache ich schon jetzt. Ich biete zweitausend ... Sie halten mit einem Blankoscheck ... Betrachten Sie das Ganze als eine Lotterie. Gilt die Wette?«

Der Justizrat zögerte. Seine Hand war nicht nur voll, sie war außerdem sehr stark. Er fragte sich, worauf sie hoffte, einen Straight oder einen Flush? Wenn sie mit einem Full House aufdeckte, würde er gewinnen, dank seiner drei Asse. Es kam ihm unwahrscheinlich vor, daß sie Four of a Kind haben sollte, nachdem sie die halbe Hand ausgetauscht hatte. Die einfachste Überschlagsrechnung besagte, daß er gewinnen müßte. Aber im Grunde genommen, das war ihm klar, ging es nicht um Algebra, sondern um genau das, was die Gräfin eben angedeutet hatte: um die Spannung.

Schweißtropfen erschienen auf seiner Oberlippe. Er leckte sie ab und nickte beinah unmerklich.

»Ich bin dabei«, sagte er schließlich. »Vorausgesetzt, Sie kaufen noch eine letzte Karte für zweitausend.«

Und während die Gräfin das Geld in den Pott legte, signierte er einen Blankoscheck, schluckte erregt, spürte, wie er vor Spannung zitterte, spürte die Krämpfe im Magen und die leichte Übelkeit, die einen Glücksspieler unweigerlich befallen, wenn etwas Großes auf dem Spiel steht, ob es nun um Poker oder die Geschäfte des Reiches geht.

Die Gräfin lehnte sich zurück. Sie warf einen Blick auf ihre letzte Karte, obwohl die bedeutungslos war: ein Bube.

»Legen Sie den Scheck in den Pott, wenn Sie sehen wollen«, sagte sie, »oder tut es Ihnen schon leid, noch ist es nicht zu spät ...«

Dem Justizrat tat es nicht leid. Er legte den Blankoscheck in den Pott und sein Full House auf den Tisch. Die Gräfin räusperte sich.

»Ich habe Sie soeben ruiniert«, sagte sie und deckte ihre vier Könige auf.

Der Helfer der Gräfin hatte in den Stunden, die das Spiel gedauert hatte, von seinem Wiedersehen mit Henriette Vogel geträumt. Er fragte sich, ob es wirklich möglich war, mit Hilfe der Geister einen verschwundenen Menschen zu finden. Aber die Hoffnung ist bekanntlich der letzte Reisegefährte der Unglücklichen. Der große Swedenborg, dachte er, war jedenfalls ein bemerkenswerter Mann gewesen. Und vielleicht traf es zu, daß jeder Mensch einen Schutzengel hatte.

Der Wandschrank war äußerst eng. Sogar hier standen, an den Seitenwänden aufgestapelt, Swedenborgiana: »Das Traumtagebuch«, die »Arcana Coelestia« und »Die Göttliche Vorsehung«. Er fragte sich, was geschehen würde, wenn er Henriette wiedersah. Er konnte sich den Augenblick nicht einmal vorstellen. Nach all diesen Jahren der Entbehrung hatte sie sich in ein Traumwesen verwandelt. Vielleicht hatte sie jemanden kennengelernt. Vielleicht war sie nicht einmal mehr am Leben. In seinen Phantasien aber war es nicht so: Da wartete sie noch immer auf ihn, genau wie er selbst nie aufgehört hatte, sie zu suchen; und sie war schöner denn je, und ihre Liebe würde sein Leben mit einem Schlag wieder aufrichten.

Und so, während das Spiel beendet wurde und Justizrat Conrad im Schockzustand, weil er sein ganzes Vermögen verloren hatte, von der Zwei-Zimmer-Wohnung in der Østergade aufbrach, träumte Hercule weiter vom Gegenstand seiner Hoffnung. Er träumte einen angenehmen Traum, in dem er mit Hilfe der Geister Henriette auf einer Landstraße in Holland entgegenging. Es war Frühling. Der Flieder blühte. Die Menschen waren glücklich. Das Mädchen sah genauso aus wie vor langer Zeit in Königsberg: unsagbar schön. Auf ihrer linken Schulter saß einer der Geister der Toten, und Henriette war in ein Gespräch mit Swedenborg persönlich vertieft. Hercule stürzte auf sie zu, und er wußte, seit sie getrennt worden waren, war keine Zeit vergangen.

Als er aufwachte, war es Vormittag. Das entnahm er dem Licht, das durch die Ritzen in den Wandschrank drang. Doch als er versuchte, die Tür zu öffnen, entdeckte er, daß sie abgeschlossen war. Er hämmerte mit den Füßen dagegen, aber es kam niemand, um sie aufzumachen.

Tatsächlich dauerte es noch einmal vierundzwanzig Stunden, bis ihn, halbtot vor Durst und im Fieberwahn, rein zufällig der Hausmeister in dem dunklen Schrank fand.

Die Wohnung war leer. Die Swedenborg-Bibliothek war weg, das Bett, das spärliche Meublement, die Gräfin mit ihren Kartenspielen und heilenden Kristallen ebenfalls.

Als ihn der Hausmeister fluchend auf die Straße beförderte, in ein bitterkaltes Kopenhagen, mußte er sich damit trösten, daß er immerhin noch lebte. Dies, dachte er, das Leben selbst, war jetzt seine letzte Hoffnung. Nur das Leben im Pakt mit der Zeit konnte ihm helfen, das Mädchen zu finden.

Mehrere Jahre lang war Hercule auf der Wanderung. Er ging Tausende von Kilometern, über nördliche Hochebenen, durch Wälder, an Flüssen und gottverlassenen Küsten entlang. Es war nicht wichtig, welche Richtung er einschlug, alles war dieselbe Unglückslandschaft.

In den Städten erbettelte er Geld, entblößte schamlos seinen entstellten Körper, legte sich vor Kirchen und hielt mit den Füßen den Passanten die Bettlerschale hin. *Was ist das für ein Tier,* hörte er sie denken, *was für Sünden hat seine Mutter begangen, daß Gott sie so gestraft hat …*

Er lachte die Menschen aus. Er glaubte nicht an ihren Gott. Für Wesen seiner Sorte gab es keine Götter. Wie sollten diese aussehen, wenn sie ihn nach ihrem Bild geschaffen hatten?

Versteckt zwischen dem Gepäck in einer Postkutsche, kam er in eine Stadt auf der brandenburgischen Ebene: Berlin.

In den Läden pflanzte er in das Innere der Verkäufer einen schwachen Rauchgeruch, der sie ins Lager laufen ließ, um nachzusehen, ob ein Feuer ausgebrochen war, oder eine gebieterische Stimme, die es nicht gab, die sie aber dazu brachte, sich in eine andere Richtung zu drehen, während er ein Brot oder ein Stück Käse unter seinem Hemd verschwinden ließ. Er ließ sie in der plötzlichen Vorstellung, eine königliche Kalesche fahre vorbei, auf die Straße hinausrennen, ließ sie in vergessenen Erinnerungen versinken, über ein Rätsel oder eine Rechenaufgabe nachdenken, weckte in ihnen die Lust, ans Meer zu fahren, eine Frau zu entführen oder in den Kolonien ein neues Leben anzufangen. Dann verfielen sie in so tiefes Grübeln, daß er mit der ganzen Kasse hätte verschwinden können, ohne daß sie etwas bemerkt hätten.

Seine Gabe, erkannte er, war eine Waffe. Er konnte Menschen dazu bringen, sich plötzlich zu verlieben, Zeit und Raum zu vergessen oder in Tränen auszubrechen, wenn sie ohne sichtbaren Anlaß, überhaupt ohne jeden Grund, ein allumfassendes Gefühl der Trauer überrumpelte und bis in die kleinsten Kapillaren ihres Körpers beherrschte. Manchmal erfüllte er sie mit lautloser Musik, wunderbaren Harmonien, die sie mit geschlossenen Augen jenseits jeder Vernunft genossen.

In einem Schnapsladen wurde er auf frischer Tat ertappt, als er einen Krug Genever stahl. Der Geschäftsführer hielt ihn fest und rief nach der Polizei. Hercule antwortete ihm mit einem juckenden Gefühl, das sich in einem Augenblick über den ganzen Körper ausbreitete. Der Anblick war jämmerlich, der Mann lag vor seinen Füßen, kratzte sich die Arme blutig und bat Gott darum, daß die Qual aufhören möge. Hercule ließ ihn dort liegen, berauscht von seiner eigenen Macht.

Im Herbst brodelte die Stadt vor Gerüchten. Abergläubische Bürger erzählten von einem Zauberer, der gekommen sei, um die Hohenzollern zu stürzen, und vom Teufel, der Hexen ausgeschickt habe, um die Preußen für ihre Versündigungen im Siebenjährigen Krieg zu bestrafen. Es hieß, der Satan erscheine in Gestalt eines aussätzigen Zwergs, doch niemand brachte Hercule mit diesen Legenden in Verbindung.

Im Salon der legendären Madame Mendelssohn in der Wilhelmstraße saß er mit verbundenen Augen in einem Kapitänssessel und beschrieb die Menschen im Raum, woher sie kamen, wer sie waren, und ihre geheimsten Gedanken. Die Offiziere staunten, wenn er ihre Namen und Regimenter auf die Schiefertafel schrieb, die Frauen erröteten, wenn er ihre Verehrer preisgab, ein Generalleutnant verließ mit hochrotem Kopf den Raum, als Hercule etwas von gefälschten Reversen hinkritzelte, die er einem Verwandten als Pfand gegeben habe. Man versteckte Gegenstände vor ihm, und er beschrieb ihre

Farbe und Form, als halte er sie in der Hand; man bewunderte seine Kartentricks und mnemonischen Fähigkeiten.

An einem Abend schrieb er einen Vers auf die Schiefertafel und sah sich triumphierend im Raum um. Man hörte einen Ausruf des Erstaunens von einem Mann in der ersten Reihe. Es war Chamisso, der Dichter, der am selben Morgen in einem traumähnlichen Zustand dieses Epigramm begonnen hatte und in Gedanken noch damit beschäftigt war.

So breitete sich der Ruhm des Gedankenlesers aus. Vor Weihnachten war das Gedränge bei Madame Mendelssohn so groß geworden, daß sie für den Salon Eintrittskarten verlosen mußte. Da hatte er es satt und verschwand.

Seine Sehnsucht trieb ihn weiter. Überall durchsuchte er die Menschen nach Erinnerungen an das Mädchen. Doch er fand nichts.

In Hamburgs Amüsierviertel brachte er bei den Freudenmädchen seine letzten Ersparnisse durch. Er merkte, daß sie sich vor ihm ekelten, erinnerte sich an Madame Schalls Etablissement und begriff, daß das Schicksal ihn zur Wiederholung verurteilt hatte.

Er schrieb Henriettes Namen auf einen Zettel. Er zeigte ihn jedem, dem er begegnete, aber niemand hatte von ihr gehört. Heimlich forschte er im Inneren der Menschen, fand aber nur die Verluste, die Leere ihres Lebens, die Schamgefühle, die Gedanken, die mit Opium und Schnaps betäubt waren. Verzweifelt kaufte er sich ein paar Wochen Zärtlichkeit. Als ihm das Geld ausging, wurde er hinausgeworfen.

Nächtelang wanderte er im Hafenviertel herum. Die Mädchen mieden ihn wie eine Krankheit. Die Zuhälter spuckten nach ihm aus. Es kam vor, daß er mißhandelt wurde.

Er schlief in Einfahrten zwischen Stadtstreichern. Er hörte ihre Träume durch seinen eigenen Traum. Er traf die merkwürdigsten Gestalten, Seeleute ohne Heuer, Abenteurer, einen Mann, der immer in einem Schwarm gelber Schmetterlinge auftrat, einen verrückten Hellseher, der verschwand, als er begriff, daß sie von derselben Art waren. Er hatte das Gefühl, bald sterben zu müssen, wußte aber nicht, wie und an welchem Ort.

Völlig mittellos kehrte er zurück nach Berlin. Er war in einem furchtbaren Zustand. Wer ihn sah, hielt ihn für ein Gespenst. Er erwartete nichts mehr vom Leben, nur, daß es bald enden würde. Der Tod war eine Schuld, die man nur einmal bezahlte.

Es war, als sei er plötzlich unsichtbar. Die Menschen bemerkten ihn kaum. Er schlief auf Friedhöfen, denn er gehörte schon zu den Toten. Er war zu schwach, um noch betteln zu können. Hungerhalluzinationen suchten ihn heim, Gedanken, die es nicht gab oder die so weit weg waren, daß er sie nicht erfassen konnte. Julian Schuster besuchte ihn. Der Inquisitor del Moro hielt an seinem Grab eine lateinische Rede. Gräfin Tavastestierna lachte ihn in Swedenborgs Himmel aus. Er sah, im Rinnstein liegend, einen Engel aus einem Wagen steigen, der Engel trug ein Kleid aus weißem Atlas, hatte einen Sonnenschirm in der Hand, die gelben Glacéhandschuhe reichten ihm bis zu den Ellbogen, und er strahlte vor Licht, als er sich über ihn beugte und flüsterte:

Hercule … bist du es wirklich?

Da spürte er, wie das Leben zurückkehrte, aus einer Quelle jenseits des Universums. Sie war es tatsächlich: das Mädchen, das er sein halbes Leben lang gesucht hatte.

VI

… laß mich für dich hören, Hercule, wie damals, als wir Kinder waren … weißt du noch, wie ich dir die Stimmen beschrieben habe, das Kichern der Mädchen, das Knattern der Wäsche an der Wäscheleine, das Rauschen des Windes, das die Pferde so unruhig machte … Jetzt frage ich meine Erinnerung: Wie klangen unsere Schritte, wenn wir durchs Haus liefen? Wie klang der Regen, wie klangen unsere Herzschläge? Ich höre für dich durch die Zeit … höre die Stimmen, die in unserer Vergangenheit rufen … die Stimme meiner Mutter, Magdalena Holts Stimme, die Stimme Madame Schalls. Und die Stimmen der Männer, ihre Flüche und Komplimente … ich weiß nicht, ob du jetzt zuhörst, Hercule, vielleicht hast du meine Gedanken nie hören können, vielleicht hast du mich nur mit Hilfe der Liebe verstanden.

Soll ich dir die Leere beschreiben? Die Leere, wenn die Lichter gelöscht und die letzten Gäste gegangen sind, die Leere, wenn Menschen mit einem Stück meines Lebens verschwinden und man mit den Wurzeln ausgerissen wird … Die Leere, als ich den Senatspräsidenten wiedertraf, die Leere in den Augen meiner Mutter in den letzten Stunden ihres Lebens … Wann das war? Ich erinnere mich nicht. Ein Straßenmädchen hat keine chronologische Erinnerung, und seine Algebra besteht aus den einfachsten Rechenaufgaben: Wie viele Flaschen Eau de Cologne verbraucht es in einem Jahr, wie viele Schnürmieder kauft es für das Trinkgeld eines reichen Liebhabers, wie viele Kutschenstationen entfernt ist der nächste Freier, wieviel kostet der Tran für die Lampe in einer Nacht … ach, an dich, meinen ersten Bewunderer, erinnere ich mich … wie du mich getröstet hast, wenn ich weinte, mich gewiegt hast, wenn ich nicht schlafen konnte, mich verteidigt, für mich gestohlen hast, wie du das Blut von meinem Finger gesaugt hast, wenn ich mich an einem Stück Glas geschnitten hatte … Jetzt aber schreit er in meiner Erinnerung, hörst du ihn, Hercule: der Richter, der unser Leben in Trümmer gelegt hat … ich werde dir alles sagen … ich wer-

de dir meine Geschichte erzählen … wenn du nur Geduld hast und mich nicht im voraus verurteilst …

Pst! Heinrich steht da, das Ohr an der Tür, und wundert sich über die Stille hier drinnen. »Ich muß allein mit Hercule sprechen«, habe ich zu ihm gesagt, aber wie soll Heinrich begreifen, wie wir miteinander sprechen: »Der Krüppel ist doch taubstumm«, lachte er nervös, während der Bedienstete ihm seine Pfeife holte. »Wie geht das, liest er deine Gedanken?«

Gestern in der Bibliothek, als ich dir von meiner Ehe erzählt habe, ahnte er nichts. Er glaubte, ich sei mit der Patience vor mir beschäftigt, als ich ihn in Wirklichkeit vor dir entblößt habe, mein Geliebter. Du darfst von Heinrich nicht schlecht denken. Er hat mich aus dem Spinnhaus geholt, in dieses Haus mit Dienstboten und Ziervögeln, zwei Dutzend Zimmern und vier Wagen für unterschiedliche Zwekke, mit einem Koch, drei Dienern in Livree, sechs Hausmädchen, einer Kammerzofe, einem Aufseher und einem Kutscher, der perfekt Französisch spricht. Aus Liebe hat er mich aus dem Elend aufgehoben, so wie ich dich in unseren Wagen.

Was ist Liebe, mein Geliebter? Worin besteht sie? Ich lese über sie bei Stendhal, ich betrachte sie auf den Leinwänden der Maler, ich höre sie in den Tonfolgen der Komponisten, und ich spüre, wie sie sich lachend ihrem Griff entwindet, wenn sie sie einzukreisen glauben. Wo bist du gewesen in all diesen Jahren? fragt mich die Liebe. Wo bin ich selbst gewesen? Im Totenreich bin ich gewesen, bis man die Bewachung vernachlässigt hat und ich in einem unbeobachteten Augenblick entkommen konnte …

Heinrich steht an der Tür und lauscht, vielleicht sieht er sogar durch das Schlüsselloch … laß ihn nur, denn was sieht er? Nichts, was sein Mißtrauen erregen könnte. Seine Frau sitzt auf der Chaiselongue, einem Erbstück seiner Mutter, und auf einem Sessel ihr gegenüber ein kleiner mißgebildeter Mann, mit den Beinen baumelnd. Durch das offene Fenster scheint die Sonne, aus dem Garten kommen Geräusche herein, aber die Frau, die seine Frau ist, sitzt still da, mit geschlosse-

nen Augen und nickt ab und zu, wie im Takt einer inneren Melodie. Ihr gegenüber sitzt der Fremde, den sie auf der Straße gefunden hat, ihr Halbbruder, wie sie behauptet … dieser merkwürdige stumme Herr mit seiner Maske aus Seide vor dem Gesicht.

Warum trägst du eine Maske, Hercule? Vor mir mußt du dich nicht verstecken, nimm sie ab und laß mich dich küssen … Nein, nicht jetzt, wenn Heinrich an der Tür steht. Laß uns unsere Geschichte noch eine Weile geheimhalten …

Was machen die beiden? denkt mein Mann; woher kennen sie sich, was hat meine Frau mit diesem Krüppel zu schaffen … mit diesem Bettler, den sie in unsere Equipage hat tragen lassen und den sie seitdem pflegt wie eine Schwester ihren Bruder …

Wir fuhren durch den königlichen Tiergarten, und wäre nicht das rechte Zugpferd so faul gewesen und hätte nicht der Kutscher wegen der Extrapost angehalten, dann säßen wir jetzt nicht hier, und Heinrich stünde nicht an der Tür … Beide sehen aus, als schliefen sie, denkt er … als wäre es der Augenblick des Einschlafens, wenn der Traum den hilflosen Menschen erfaßt … Und er ahnt nicht, daß ich so zu dir spreche, und daß die Liebe sich der Welt entzieht.

»Wer ist er?« fragte Heinrich am Eßtisch. »Bitte antworte mir, Henriette. Dein Halbbruder? Und das soll ich dir wirklich glauben?«

Aber seit gestern ist das Mißtrauen aus seinen Augen verschwunden. Die Geschichte, die ich ihm erzählt habe, ließ ihn erbleichen: »Mein Gott, das kann nicht dein Ernst sein, warum hast du das nicht früher erzählt …«

Er lebt in dem Glauben, wir seien Halbgeschwister, Hercule, wir hätten uns endlich nach schweren Prüfungen wiedergefunden, und es gibt auf der Erde keine Gabrielle Vogel mehr, die unsere Verwandtschaft leugnen könnte …

Tritt in mich ein, Hercule, genauso wie früher, als wir klein waren … tritt in mich ein und laß mich dich in meinen Augen tragen. Sieh dich selbst durch meine Pupillen … ich trage dich hinter meinen Lidern, du bist gleichzeitig in deinem und meinem Bewußtsein … jetzt mache ich die Augen auf und sehe dich an, und mit deiner Gabe kannst du mit meinen Augen sehen … du siehst dich selbst durch mich … und was siehst du?

Du siehst einen kleinen Mann, etwas über einen Meter groß, in einem grünen Samtfrack mit Schwalbenschwänzen. Mein Halbbruder Hercule trägt ein gefälteltes Hemd aus grauer Seide, hat einen französischen Schal um den Hals geknotet und vor dem Gesicht eine dreieckige Maske. An den Füßen, in Kindergröße, schwarze Schuhe mit silbernen Schnallen. Sein Schädel ist jetzt völlig kahl. Schwarze Auswüchse, die an Waldschnecken erinnern, laufen über die Schläfen zum Nacken hinunter. Sein Kopf ist sehr groß, und die Ärzte vermuten, daß er voller Flüssigkeit ist. Er hat keine Arme. Die Ärmel des Fracks sind leer, aber in den Öffnungen ahnt man zwei versteinerte Tangbüschel; das sind seine hilflosen Hände, die zu nichts anderem taugen als dazu, Vögel zu verscheuchen. Auf dem Rücken sieht man einen Buckel, oder sind das nur die Schulterblätter, die verwachsen sind? Seine Brust ähnelt der Brust eines gerupften Hähnchens, aber mit den Füßen kann er so Klavier spielen, daß der Freiherr Heinrich von Below vor Erstaunen die Augen aufreißt. Er kann nicht sprechen, denn seine Hasenscharte ist allzu groß und seine Zunge zweigeteilt wie bei einer Schlange, und außerdem weiß er nicht, wie Worte eigentlich klingen, denn er hört sie nicht mit den Ohren wie andere Menschen, sondern fühlt sie mit der Seele. Er ist taub, sagen die Blinden, während andere ahnen, daß er etwas erfaßt, das jenseits des Hörens liegt.

Du mußt mir sagen, Hercule … wer sind diese geheimnisvollen Männer, die nach dir suchen? Das letzte Mal waren sie vor einem Monat hier. Ich lasse Heinrich mit ihnen sprechen. Sie zeigen ihm Papiere von einflußreichen Leuten und fragen nach einem gewissen Barfuss, Zwerg und Monster, zurückgeblieben und taubstumm. Wenn Heinrich sie fragt, was sie wollen, erinnern sie ihn drohend an ihre mächtigen Beschützer … Ich wußte, daß du in der Nähe warst, Hercule, als sie das erste Mal deinen Namen aussprachen, und ich habe innerlich gejubelt, denn das war der Beweis dafür, daß du noch lebst …

Warum haben die Menschen Angst vor dir, mein Geliebter? Sogar die Mädchen erschrecken, wenn sie dich sehen. Gestern, als wir von der Spazierfahrt zurückkamen, hörte ich sie über dich flüstern … Sie haben Angst vor dir, aber ich lache sie aus …

Wenn sie wüßten, daß ich schwanger bin … Heinrich wird Gott für dieses Wunder danken. Doktor Herzl hat ihm erklärt, er sei steril … er wird nie erfahren, wie die Dinge liegen …

Ich habe dir so viel zu erzählen, Hercule, von den Jahren, die vergangen sind, von den Kirchenglocken von Danzig, von dem Haus, in dem ich gearbeitet habe, den Seeleuten, den Mädchen, von dem Todesengel, der mich ins Spinnhaus gebracht hat. Und von Heinrich, meinem Retter, der mich befreit und zu seiner Frau gemacht hat.

Jetzt steht er vor der Tür und lauscht … und hört nichts weiter als unseren Atem, das Rauschen seiner eigenen Verwunderung und die Fragen, die sich häufen: Wer ist dieser Krüppel, den meine Frau auf der Straße gefunden und dessen sie sich erbarmt hat, und den bestimmte Leute anscheinend unbedingt aus dem Verkehr ziehen wollen – ihr Halbbruder aus einem Freudenhaus in Königsberg?

Ich habe dich nie vergessen, Hercule. Wie hätte das gehen sollen? Das wäre so, als vergäße man zu atmen. Die Hoffnung, dich wiederzusehen, hat mich aufrechterhalten. Schließlich habe ich dich überall gesehen, auch da, wo du nicht sein konntest. Nur eines habe ich gefürchtet: dich nie wiederzusehen. Aber Gott hat mich erhört, und das Wunder ist geschehen. Du mußt mir alles erzählen, alles von der Welt, die du gesehen hast, alles, was auf dem langen Weg hierher passiert ist. Ich will deine Erinnerungen, auch die bittersten, ich muß mein Glück einholen …

Jetzt verläßt Heinrich seinen Posten und ruft den Bediensteten: »Mach den Wagen fertig, Helwes, ich muß nach Potsdam, mich um meine Geschäfte kümmern.« Wenn Heinrich über etwas verwirrt ist, kümmert er sich um seine Geschäfte: die Mühlen bei Dahlem, das Gut am Nikolassee, die Ziegelbrennerei in Oranienburg, die Weberei mit den englischen Maschinen und die Prahmwerft in Rostock. Mein

Mann ist gut für zwei Millionen. Nur ein Erbe fehlt, nur ein Sohn für die Titel der Familie. Vielleicht wird es ein Junge? Heinrich wäre im siebten Himmel. Dadurch würden wir Zeit gewinnen.

Hab keine Angst, mein Geliebter. Hier wird dir nichts geschehen. Mein Mann steht auf unserer Seite, obwohl ich ihn hinters Licht geführt habe. Er würde dich denen, die dich suchen, nie ausliefern. Der Gedanke an einen Erben hält seine Bedenken im Zaum. Wenn wir einen Jungen bekommen, hat er einmal gesagt, taufen wir ihn nach dem alten Kurfürsten. Wenn es ein Mädchen wird, nach der Tochter des Königs, Charlotte. Aber wenn das Kind mißgestaltet geboren wird, wie sein wirklicher Vater, wird er dann mißtrauisch werden? Nein, er wird auf die Mädchen und seine Tanten hören, die dem bösen Blick die Schuld geben, sagen, daß ein Monster im Haus war, als die Frau schwanger wurde.

Jetzt verschwindet er. Wenn du durch meine Ohren hörst, hörst du ihn … höre durch mich, Hercule: Hörst du die Pferde auf dem Hofplatz, hörst du die Wagenräder auf dem Schotter, während mein Mann abfährt?

Nimm die Maske ab, wir sind jetzt allein, und keiner kann uns sehen. Laß mich dich küssen. Fühlst du das Leben hier drinnen? Hab keine Angst, Hercule. Hier kann dir niemand etwas tun. Wenn sie dich finden, gehen wir weg, mit oder ohne Heinrich. Wir haben uns gefunden. Alles andere ist bedeutungslos.

Als es Charlotte Vogel, Henriettes und Hercules Tochter, ein halbes Jahrhundert später durch die Passatwinde des Schicksals in ein Haus für minderbemittelte Witwen auf Helgeandsholmen in Stockholm verschlagen hatte, erzählte sie einer Freundin in gebrochenem Schwedisch von der entsetzlichen Zeit ihrer Mutter im Spinnhaus in Danzig. Henriettes Weg bis in die preußischen Hofkreise war so von Unglück gesäumt gewesen, daß ein schwächerer Mensch die Reise auf halber Strecke abgebrochen hätte. Das Leben, sollte ihre Tochter sagen, hatte sie mit seinem mangelnden Sinn für Gerechtigkeit weit härter bestraft, als ihre Feinde je hätten hoffen können.

Die Geschichte klang so unwahrscheinlich, daß sie ihr zunächst nicht geglaubt wurde, und es dauerte mehrere Jahre, bis zufällig die Fredrika-Bremer-Gesellschaft Kenntnis davon erhielt, in der Henriettes Geschichte Jahre später als Pamphlet unter dem Titel »Schicksal einer deutschen Spinnhausfrau« erschien. Da schrieb man bereits das Jahr 1915, und von der Epoche, der Charlottes Mutter angehört hatte, waren nicht einmal mehr die Blumen von den Krinolinen übrig.

An dem Nachmittag, als Henriette Hercule wiedersah, waren seit ihrer Trennung dreizehn Jahre vergangen. Das Gerücht, dem zufolge sie zusammen mit ihrer Mutter bei Verwandten in Sachsen ein neues Leben angefangen habe, war nichts weiter als ein Märchen, das einer von Gabrielle Vogels Verehrern aus reiner Verzweiflung erfunden hatte. Es traf zwar zu, daß sie sich zu einer Angehörigen begeben hatten, aber die Umstände waren keineswegs glücklich.

Gabrielle Vogels Schwester arbeitete seit der Jahrhundertwende in einem heruntergekommenen Bordell in Danzig, und dorthin waren sie nach der Schließung von Madame Schalls Etablissement gereist.

Sie durften gnadenhalber ein Zimmer mit zwei Mädchen teilen, die gerade aus Pommern eingetroffen waren, zusammen mit dem Schnapsfabrikanten, der mit Hilfe von Bestechungsgeldern an die städtische Staatsanwaltschaft das Unternehmen betrieb. Das Etablissement war düster. Um Mitternacht liefen Ratten über die Tische, Krankheiten wüteten, und der Alkohol beherrschte alles. Auf dem trockenen sitzende Seeleute kauften sich Liebe für einen Krug Bier, die Mädchen schliefen im Tausch gegen Essen mit Landstreichern, und der Fabrikant verdiente den Löwenanteil seines Geldes durch den Ausschank im Hausflur. Das Unvermeidliche war nicht länger aufzuschieben. Weniger als eine Woche nach ihrer Ankunft begann Henriettes Dienst als Prostituierte.

Sie sollte den Mann, der sie ihrer Jungfräulichkeit beraubte, nie vergessen, den Gestank seiner faulen Zähne und seine Brutalität, die größer schien als nötig. Hinterher weinte sie, doch das gehörte dazu, wie ihre Mutter zu erklären versuchte, ebenso wie es dazugehörte, daß sie sich in Zukunft gegen den widerlichen Atem und die ungewaschenen Körper der Männer wappnete, gegen die Läuse, die sich am Schweiß in ihren Achselhöhlen gütlich taten, gegen den Unrat in ihren Seelen und den Dreck ihrer armseligen Schlafzimmersprache.

Sie versuchte, sie zu vergessen, indem sie an Hercule dachte. Im Grunde tat sie in den nächsten Jahren nichts anderes: vertiefte sich in Fragen, wo er wohl war, ob er überhaupt irgendwo war, dieser Junge, der für die Prüfungen des Daseins so schlecht gerüstet schien. Und trotz der Demütigungen überließ sie sich nie ihrer Verzweiflung, im Gegenteil fanden ihre Träume im Schmerz nur noch mehr Nahrung, denn je tiefer sie sank, desto näher war sie in ihren Phantasien Hercule.

Sie sollte sich an diese ersten Jahre in Danzig erinnern, als habe sie in einem Zustand des Somnambulismus gelebt. Die Konturen waren unscharf, kein Gesicht blieb zurück, nur

Körper, eine ununterbrochene Reihe fremder Körper, die sich in einen einzigen zeitlosen Männerkörper verwandelten, mit dem sie aufwachte und zu Bett ging, unaufhörlich, Tag für Tag.

Im fünften Jahr erwachte sie aus dem Alptraum, nur um sich in einem anderen wiederzufinden. An einem Winterabend war sie von dem Schnapsfabrikanten zu einem Hotel am Stadtrand gebracht worden. Ein Diener in Livree führte sie in ein im orientalischen Stil eingerichtetes Rauchzimmer, mit türkischen Teppichen auf dem Boden, einer Wasserpfeife vor einem Lehnstuhl, die Wände mit antiken Seekarten bedeckt. Der Fabrikant verschwand in einem Nebenraum, wo er mit dem vermögenden Freier, der sie bestellt hatte, lautstark den Preis diskutierte, worauf er mit dem Versprechen, sie am nächsten Morgen abzuholen, das Hotel verließ. Sie ahnte noch nichts, setzte sich einfach in den Lehnstuhl, betrachtete eine Pracht, die sie seit Madame Schalls Glanzzeiten nicht gesehen hatte, atmete den Tabakgeruch ein, vertiefte sich in eine Tafel, die eine Havannazigarre im Querschnitt darstellte: Einlage, Umblatt, Deckblatt, und die in einer Sprache, die sie nicht verstand, den Unterschied zwischen *madurado* und *claro* erläuterte. Sie merkte nicht einmal, als er hinter der Stuhllehne auftauchte, sah ihn erst, als sie sich umdrehte, um die merkwürdigen Laute zu identifizieren, die, wie sie schließlich begriff, die Atemzüge eines Menschen waren, und als sie diesen erkannte, bekam sie vor Entsetzen keinen Ton heraus: Es war der Senatspräsident von Kiesingen.

Kurz darauf, als die Gendarmen sie ins Frauengefängnis sperrten, fragte sie sich, ob er sie die ganze Zeit im Auge behalten hatte, schon seit ihrer Abreise aus Königsberg. Aber es schien logischer, dem unbegreiflichen Glück der Ungerechten die Schuld zu geben: daß er sie auf einer Reise zufällig wiedergefunden hatte.

Was er an jenem Abend mit ihr gemacht hatte, hatte sie nicht nur dazu gebracht, sterben zu wollen, sie hatte tatsächlich in Lebensgefahr geschwebt, und nur das energische Eingreifen ihres Schutzengels hatte sie gerettet. Sie sollte niemandem, mit einer einzigen Ausnahme, und die war Hercule Barfuss, je erzählen, was an diesem Abend geschehen war, und es ist auch nicht angemessen, es in dieser Chronik aufzuzeichnen, weniger des Anstoßes wegen, den es erregen könnte, als weil sich das Ganze mit all seinen scheußlichen Details schwerlich in Worte kleiden läßt.

Am Morgen darauf, als der Fabrikant zum Hotel zurückgekehrt war, hatte er sie im Schockzustand auf einer Pritsche in einer Dienstbotenkammer liegend vorgefunden, apathisch, bleich und mit schweren Verletzungen. Das war der Prolog zu einer weit größeren Tragödie, deren erster Akt einen Monat später begann.

Sie hatte sich von den Mißhandlungen gerade erholt, als sie ins selbe Hotel bestellt wurde, um denselben Freier zu treffen. Was dann passierte, war bald allgemein bekannt und an der Bucht von Danzig monatelang das Gesprächsthema. Manche stellten sich auf die Seite des Mädchens und meinten, sie habe die Tat begangen, um ihre Ehre zu retten. Andere beurteilten die Sache ernster und vertraten die Meinung, die Strafe müsse hart sein, da es sich um Gewalt gegen einen Vertreter des preußischen Rechtswesens handelte, der ja vom König ernannt sei und damit von Gottes Gnaden existiere.

Der Fall kam nie vor Gericht, denn ein Prozeß hätte den Skandal verschlimmern können; außerdem war das Mädchen minderjährig, und obwohl der Richter sein Äußerstes tat, um die Einzelheiten des Dramas geheimzuhalten, sickerten sie doch durch.

Was man wußte, war, daß ein Straßenmädchen einen hochgestellten Freier aus der Beamtenschaft mit dem Messer verletzt hatte und daß er nur durch das rasche Eingreifen eines tüchtigen Chirurgen knapp mit dem Leben davongekommen war. Einer Version zufolge hatte das Mädchen versucht, ihm mit einem Skalpell die Halsschlagader aufzuschneiden, einer anderen zufolge hatte sie ihn statt dessen am Unterleib schwer verletzt. Mit der Zeit fand die erste Version die größte Verbreitung, obwohl die zweite der Wahrheit näher war.

Der erste, der am Ort des Überfalls auftauchte, war der Hotelbesitzer, der bei den fürchterlichen Schreien im Zimmer aufgeschreckt war. Er fand das Mädchen mitten im Zimmer stehend, nackt, totenbleich, ein blutiges Rasiermesser in der Hand. Zu ihren Füßen lag, in Fötushaltung zusammengekauert, der am Unterleib blutende Senatspräsident. In den Verhören berichtete der Hotelbesitzer, das Mädchen scheine nicht ganz bei Sinnen gewesen zu sein. Glücklicherweise befand sich ein Arzt im Hotel. Mit Hilfe von Kompressen konnte er die Blutung zum Stillstand bringen und in einem Zimmer, das rasch bereit gemacht wurde, die Schnittwunden nähen.

Henriette dagegen wurde ohne Prozeß ins Spinnhaus gebracht.

Das Leben dort war ein Alptraum: Es herrschte ein solches Gedränge, daß die Insassen nur schichtweise schlafen konnten. Decken, um sie auf den kalten Boden zu legen, gab es nicht, ebensowenig eine Latrine, und die Mädchen lernten, sich um die stinkende Brühe, die die Anstaltsleitung Suppe nannte, zu prügeln.

Später, als Heinrich von Below die Umstände um das Schicksal seiner künftigen Frau erforschte, zog er den Schluß, daß auf ausdrücklichen Befehl des Senatspräsidenten auch ihre Mutter ins Spinnhaus geschickt worden war, denn diese traf vier Tage später in der Anstalt ein, wo sie in einer anderen Abteilung eingesperrt wurde. Es gab keine Unterlagen, die seine

Theorie hätten bestätigen können, die Ereignisse hatten jedoch eine Logik, die einem Plan zu folgen schien.

Es hieß, der Richter sei bei dem Überfall so schwer verletzt worden, daß ihn ständig Schmerzen quälten. Ein paar Mädchen bezeugten seine Verletzungen und schworen, er könne nie mehr ein normales Schlafzimmerleben führen. Seine Rache waren die Todesurteile, die die Zeit nach und nach vollstreckte.

Gabrielle Vogel starb im Herbst an Unterernährung, knapp fünfunddreißig Jahre alt. Man fand den Leichnam in einer Fensternische, wo der Tod sie in einem erbärmlichen Zustand überrascht hatte: ein menschliches Skelett, notdürftig mit Lumpen verhüllt, zahnlos, kahlköpfig, mit Ausscheidungen beschmiert und kaum schwerer als ein Kind.

Henriette wurde vor Trauer fast verrückt. Nicht einmal die Leiche durfte sie sehen, denn diese wurde noch in der Nacht weggeschafft und an einem unbekannten Ort begraben, ohne auch nur ein Kreuz zum ehrenden Gedenken an die Verstorbene. Wahrscheinlich hätte Henriette das gleiche Schicksal erfahren, hätte nicht Heinrich von Below, ein junger, aufstrebender Geschäftsmann, von ihrer Geschichte gehört.

Zufällig befand sich der Freiherr zur Zeit des Skandals in Danzig. Er hatte in eine Risikokapitalgesellschaft investiert, die Geld an Sanitärunternehmer verlieh. Die ersten Gaslaternen hatten in Deutschland Einzug gehalten, ebenso wie Klosetts und Wasserleitungen, die jetzt auch in den oberen Stockwerken der Häuser installiert wurden und in nur wenigen Jahrzehnten zu einer hygienischen Revolution führten, die in ganz Europa bewundert werden sollte.

Ein Geschäftsfreund hatte ihm von dem Vorfall, über den die ganze Stadt redete, berichtet. Vielleicht weil er selbst wegen einer Patentfrage einen Rechtsstreit ausgefochten und dabei einen erschreckenden Eindruck vom Ausmaß der Korruption bekommen hatte, merkte sich von Below den Inhalt der Erzählung. Er hielt es für selbstverständlich, daß auch im Zusammenhang mit dieser *cause célèbre* um ein Straßenmädchen irgendwo ein Hund begraben lag.

Das Mädchen ging ihm nicht aus dem Kopf. Tatsächlich kehrte sie in seinem Bewußtsein mit einer Regelmäßigkeit wieder, die darauf hinwies, daß sie mehr für ihn bedeutete. Die Elemente der Tragödie berührten ihn tief: Armut gegen Reichtum, Verzweiflung gegen Übermacht, die doppelte Rache und das Böse, das siegreich aus dem Kampf hervorging, weil Macht Recht ist.

Der Zufall wollte es, daß er in dem Hotel, wo der Überfall sich ereignet hatte, übernachtete. Man zeigte ihm das Zimmer, in dem das Mädchen seinen Freier verletzt hatte. Auf dem Boden waren noch Blutflecken. Der Hotelbesitzer vertraute ihm an, daß seiner Meinung nach das Mädchen eine Beleidigung gerächt habe.

Kurz darauf fuhr von Below nach Bayern weiter, wo das Unternehmen an einem Wasserleitungsprojekt beteiligt war. Es dauerte beinahe zwei Jahre, bis er nach Danzig zurückkehrte.

Zu seiner Verwunderung konnte er die Geschichte mit dem Mädchen nicht vergessen. Unter dem Vorwand, daß sein Unternehmen bereit sei, in neue Spinnmaschinen und damit auch ins Gefängniswesen zu investieren, gelang es ihm, eine Genehmigung zum Besuch des Gefängnisses zu erwirken. Dem Anstaltsdirektor legte er Vorschläge für sanitäre Verbesserungen vor, die die erschreckende Sterblichkeit unter den Insassen verringern könnten, es sei ihm jedoch wichtig, die Anlagen persönlich zu besichtigen.

Man führte ihn auf dem Gelände herum; er sah die Fabrik, in der die Frauen sechzehn Stunden am Tag an Maschinen angekettet saßen, die Kantine, die Gefängniskapelle, die Vorratsräume und schließlich die sogenannten Schlafsäle, in denen die Gefangenen wie in eine Krypta für lebende Tote nachts eingesperrt waren. Man mußte ihm das Mädchen nicht zeigen, er erkannte es sofort.

In dem ersten Brief, den er dem Gefängnisdirektor schrieb, um die Freilassung zu erreichen, notierte er: »Das Mädchen ist nicht einmal verurteilt, die Vorwürfe der Herumtreiberei sind nicht zu belegen, und im übrigen läßt sich das traurige Gewerbe der Straßenmädchen nicht durch Zwangsarbeit bekämpfen.«

Er konnte es nicht erklären, aber er hatte sich in sie verliebt, auf der Stelle, ohne andere Vorbehalte als die, die aus seiner Herkunft erwuchsen. Viele Jahre später sollte er auf der Baumwollplantage in Deutsch-Ostafrika, wo er, von Malaria und Heimweh schwer gezeichnet, seine Tage beschloß, im Fiebertaumel vor sein inneres Auge die spontane Einsicht zurückrufen, die ihn erfüllt hatte, als er ihr zum ersten Mal begegnet war. Geführt vom Anstaltsdirektor, hatte er sie ganz hinten im Saal entdeckt, auf dem Boden sitzend, die Arme als Schutz gegen die Kälte vor der Brust verschränkt. Ihre Kleidung bestand aus Lumpen, auch die Füße waren in Lumpen gewickelt, das Haar war verfilzt. Aber auch noch in dieser Erniedrigung, diesem Schmutz, dem Dunkel, dem Elend und dem Gestank der ungewaschenen Körper war sie die schönste Frau, die er je gesehen hatte. Von ihr ging ein Strahlen aus, sollte er später sagen, das das ganze Dasein erleuchtete.

Es gelang ihm, sie in die Baracke verlegen zu lassen, wo die weiblichen Aufseher wohnten. Die Anstaltsleitung versprach, sie mit warmer Kleidung auszustatten und ihr die schwere Arbeit an den Maschinen zu ersparen. Anschließend traf er Maßnahmen für ihre Entlassung.

Auf ein Schreiben, das er an den Polizeipräsidenten der

Stadt richtete, erhielt er postwendend einen ablehnenden Bescheid. Später sollte er begreifen, daß mehrere Personen in den städtischen Behörden alles taten, um ihm Knüppel zwischen die Beine zu werfen. Eine Eingabe an das Bürgermeisteramt wurde mit dem Argument der Ansteckungsgefahr abgelehnt: Das Problem sei, daß die Hälfte der Spinnhausfrauen ohne Untersuchung und Urteil festgehalten würden, was gegen das Gesetz sei, aber einem moralischen Interesse diene. Ein Beamter fügte hinzu: »Und darüber hinaus einem epidemiologischen Interesse, denn die Hälfte von ihnen hat Syphilis!«

Heinrich von Below war von ihr besessen. Er mietete eine Wohnung in der Nähe der Marienkirche und besuchte Henriette, sooft er konnte. Es beruhigte ihn, daß sie seinen Schutz genoß. In einem Raum, den der Direktor zur Verfügung gestellt hatte, konnte er sie ungestört sehen, und bei jeder neuen Begegnung wurde seine Liebe zu diesem Mädchen, das für einen Mann aus seiner Gesellschaftsschicht eine verbotene Frucht war, tiefer. Von den Dichtern wußte er, daß Liebe, die plötzlich entsteht, am längsten anhält und daß es für deren Schmerz nur eine Linderung gibt: noch mehr zu lieben. Das erschien ihm nicht besonders schwer, denn es war für ihn, als habe er Henriette als Möglichkeit immer in sich getragen, aber als sei diese Möglichkeit erst jetzt Wirklichkeit geworden. Insgeheim verglich er sich mit Eduard in Goethes »Wahlverwandtschaften«: besessen von der besinnungslosen Leidenschaft für eine junge Frau, seine Ottilie.

Er machte den Versuch, sie durch Bestechung freizubekommen, ohne Erfolg. Einem Wärter bot er zweihundert Taler dafür an, daß er ihr beim Ausbrechen helfe, doch der Wärter wurde versetzt, bevor der Plan verwirklicht werden konnte. Weitere Schreiben an die Behörden wurden hinhaltend oder überhaupt nicht beantwortet.

In der Gewißheit, daß sie zumindest für den Augenblick

außer Gefahr sei, reiste er nach Berlin, um sich um seine Geschäfte zu kümmern. Im März erreichte ihn ein hinausgeschmuggelter Brief in ihrer unverkennbaren Handschrift. Sie war verzweifelt: Ohne Angabe von Gründen hatte man sie zurück ins Gefängnis verlegt, sie hungerte, die Kälte war übermächtig; sie war überzeugt, sie müsse sterben.

Als er zurückkehrte, war die Anstaltsleitung ausgetauscht, und es wurde ihm nicht mehr erlaubt, sie zu besuchen. Ein neuer Senatspräsident hatte sein Amt angetreten: Klaus von Kiesingen.

So sei die Liebe beschaffen, schreibt Goethe in den »Wahlverwandtschaften«, daß sie allein recht zu haben glaube und alle anderen Rechte vor ihr verschwänden. An diesen Satz sollte sich von Below erinnern, als er kurz darauf mit seiner künftigen Frau nach Berlin abreiste, denn ironischerweise war es ein weiterer Skandal, der zu ihrer Freilassung führte.

In einem Akt der Verzweiflung hatte er einen Bekannten in die Geschichte eingeweiht. Eine Begegnung mit dem Richter hatte ihn davon überzeugt, daß dieser sich vorgenommen hatte, das Mädchen umzubringen. Von Kiesingen hatte sich sogar drohend geäußert: Wenn von Below weiterhin seine Nase in anderer Leute Angelegenheiten stecke, werde ein Unglück geschehen. Dieser spürte, wie ihn Haß auf diesen Mann erfüllte, der Henriette mit einem einzigen Wort auf freien Fuß hätte setzen können, der aber statt dessen, bewußt, ihre Zeit ablaufen ließ.

Ein anderer Geschäftsfreund von Belows, ein polnischer Aktienkommissionär, der sich durch seine unkonventionellen Geschäftsmethoden einen Namen gemacht hatte, hatte das Glück, die Achillesferse des Bürgermeisters zu entdecken. Seit einigen Jahren hatte dieser ein Verhältnis mit der Frau eines britischen Konsuls. Die Affäre würde, wenn sie bekannt wurde, einen umfassenden Skandal auslösen und Unruhe in die diplomatischen Beziehungen bringen. Es war ein Fall regelrechter Erpressung: Nur eine Stunde nach einem vertraulichen Gespräch von Belows mit dem Bürgermeister wurde Henriette auf freien Fuß gesetzt.

Viele Jahre später, als Charlotte Vogel der Vertreterin der Fredrika-Bremer-Gesellschaft die Geschichte ihrer Mutter erzählte, machte sie unzweideutig klar, daß der Senatspräsident alles mögliche unternommen habe, um den Entschluß des Bürgermeisters zu ändern, er habe sogar einen Plan ausgearbeitet, um Henriette zu kidnappen. Doch auch er sollte seine Strafe bekommen, fügte sie hinzu, wenn auch viel später, unter äußerst merkwürdigen Umständen, in die auch ihr leiblicher Vater, der Gedankenleser Barfuss, verwickelt gewesen sei.

An jenem Oktobertag, als Henriette auf der Großen Hamburger Straße in Berlin aus dem Wagen gestiegen war und sich über Hercule gebeugt hatte, war er nicht sicher gewesen, ob es wirklich geschah oder ob es sein umnebeltes Gehirn war, das ihm einen weiteren rücksichtslosen Streich spielte. Halb bewußtlos lag er ausgestreckt im Rinnstein, als ein himmlisches Wesen ihm die Hand auf die Stirn legte und ihn vom Kutscher in einen Wagen tragen ließ. Darin saß schon ein Passagier, ein gutgekleideter Herr, der seinetwegen seinen Platz verließ und auf dem Kutschbock Platz nahm. Erst als die Equipage sich in Bewegung setzte, begriff er, daß die Wahrheit jede mögliche Dichtung übertroffen hatte.

Sie lebte in einer Märchenwelt, die er sich nie hätte vorstellen können, hätte er sie nicht mit eigenen Augen gesehen. Der Freiherr gehörte zu einer neuen Klasse von Menschen: Manufakturbesitzern und Industriellen, die in den letzten Jahren, vom technischen Fortschritt profitierend, die Arena der Geschichte betreten hatten. Nie zuvor war es Menschen in so kurzer Zeit gelungen, so große Vermögen anzuhäufen, und nie zuvor standen so viele Luxuswaren zur Verfügung, denn die europäische Kolonisierung der Welt befand sich in ihrer ersten, blühenden Phase.

All die Pracht, die Hercule bis dahin gesehen hatte, ver blaßte gegenüber dem, was der Belowsche Palast bot: Die Kronleuchter hatten Prismen in der Größe von Straußeneiern, Pilaster und italienische Landschaften waren an die Wände gemalt, vergoldete Amoretten blickten von den Decken herab; im Haus gab es Klosetts mit Wasserspülung, eine Dampfküche mit Heißwasserbeheizung und zwei tragbare Badewannen, in denen von Below halbe Tage zubringen konnte, während er sich von einem Bediensteten massieren ließ und

Zeitungen in vier Sprachen las, um die Börsenentwicklungen zu verfolgen.

In jedem Raum gab es moderne Lampen, deren Licht die Nacht zum Tag machte, wertvolle Antiquitäten zierten Regale und Kommoden, ausgestopfte Raubtiere erschreckten ihn in den endlosen Korridoren zu Tode, Möbel im Biedermeierstil füllten die Säle, vergilbte Elefantenhauer hielten die Palisanderplatten der Tische; da waren chinesische Vasen, Gemälde französischer Meister und eine Galerie, in der von Below in seiner Eigenschaft als Mäzen deutsche Maler gesammelt hatte. Hercule konnte stundenlang vor einem Landschaftsbild von Caspar David Friedrich oder Schinkel stehen, dessen Bauwerke jetzt in der preußischen Hauptstadt wie Pilze aus dem Boden schossen.

Hinzu kam das vierundzwanzig Mann starke Blasorchester, das zu den üppigen Essen gemietet wurde; in den Speisekammern lagerten Kolonialwaren der ostindischen Compagnien, an denen von Below beteiligt war, nachmittags trank man Kaffee oder Kakao, namenlose tropische Früchte dekorierten die Servierplatten, der Freiherr selbst zog sich dreimal am Tag um, um für all die Kleidungsstücke, die er bei seinen französischen Schneidern bestellen ließ, Verwendung zu haben, man organisierte Theatervorstellungen, Gesellschaftsspiele und Lesungen mit Dichtern, die gerade in Mode waren. In der Bibliothek krochen zwei große Schildkröten umher, deren Panzer mit Juwelen geschmückt waren – Präsent eines indischen Maharadschas, mit dem von Below einen Vertrag über den Import von Edelsteinen geschlossen hatte.

Mitten in diesem Überfluß befand sich das Zentrum von Hercules Liebe: Henriette Vogel.

Mehrere Jahre später, als alles anders geworden war, sollte sich Hercule fragen, warum von Below keinen Verdacht geschöpft, warum er kein einziges Mal einen mißtrauischen Blick auf Hercules verriegeltes Schlafzimmer, wohin nachts seine Frau in fiebriger Verfassung schlich, geworfen oder der Enttäuschung des verschmähten Liebhabers Luft gemacht hatte. Henriettes schlecht formulierte Lügen reichten nicht als Erklärung, auch nicht die naive Vorstellung, daß der Freiherr von Geschäften beansprucht sei, oder die Tatsache, daß Hercules augenfällige Mißbildungen ihn über jeden Verdacht erhaben machten.

Hercule war erschüttert von der Intensität der Gefühle, die all die Jahre der Entbehrung hindurch in ihnen beiden weitergelebt hatten, der Glut, mit der sie einander gegen Mitternacht suchten, ihre Art, ohne Worte miteinander zu sprechen, und der Energie, die sein Dasein strahlen ließ, wenn er Henriette nur sah. Ihre Liebe enthielt alles, denn sie war größer als das Leben. Henriette verkörperte die zahllosen Liebesgedichte, die er in Barnaby Wilsons Bibliothek gelesen hatte, die Stücke der Komponisten waren ihr gewidmet, ebenso wie die Rose nur ihretwegen erschaffen worden war: Sie war alle Frauen in einer. Und die schönste, die er je gesehen hatte.

Sie bildeten eine vollkommene Einheit. In der ersten Zeit trennten sie sich nur, um noch zu schlafen oder um allein für sich die Lebensgeschichte des anderen zu verarbeiten. Er sollte sich an diese Zeit als an die praktische Anwendung der Idee vom Ursprung der Liebe erinnern, wie sie in Platos »Symposion« beschrieben ist: Jeder von beiden war die fehlende Hälfte des anderen, und diese verschmolzen erneut miteinander.

Aber der Schatten jeder Liebe ist die Eifersucht, und auch diese düstere Macht lernte Hercule kennen. Wenn er Henriette mit von Below sprechen sah, empfand er einen Schmerz, der nicht zu beschreiben war. Es mußte nicht einmal ihr Mann sein, es genügte ein Gast, jemand von den Dienstboten oder sogar, daß sie ihre Aufmerksamkeit den beiden Schildkröten schenkte, die sich mit archaischer Langsamkeit über die endlosen Marmorböden bewegten. Dann versank er in einer Verzweiflung, so bodenlos wie die Liebe, bis sie ihn mit einem Blick erlöste und er wieder, in einer Sekunde, der Glücklichste von allen Lebenden und Toten war.

Im Sommer dieses Jahres reisten sie zum Herrensitz der Familie am Müggelsee. Es handelte sich um ein altes Jagdschloß, das von Below in der Absicht, daß sein Erbe die Ferien in der Natur verbringen sollte, hatte instandsetzen lassen. Zu dieser Zeit wußte er, daß Henriette schwanger war. Die Neuigkeit hatte fieberhafte Aktivitäten mit zahlreichen Empfängen und Einladungen ausgelöst, die halbe Berliner Gesellschaft war mit Glückwünschen und Geschenken vor den künftigen Eltern defiliert. Der Freiherr war außer sich vor Glück, und der Gedanke daran, Vater zu werden, hatte seinen Verstand umnebelt. Hercule, der den wahren Sachverhalt kannte, war dagegen nicht im geringsten überrascht, denn alles, was er in der letzten Zeit erlebt hatte, war so unwahrscheinlich, daß kein Wunder mehr unmöglich schien.

Von Belows Geschäfte verpflichteten ihn zu längeren Reisen, und allein auf dem Besitz lebten sie in einem Rausch, in dem keine Zukunft und keine Vergangenheit existierten. Wenn Hercule den Flügel mit den Füßen traktierte, machten die Dienstboten vor Erstaunen große Augen. Mit Henriette machte er Ausflüge in die brandenburgischen Wälder und fuhr mit der Postkutsche in den Spreewald, wo die Menschen mit Kähnen über die Kanäle fuhren. Sie besuchten Dresden und bewunderten die Architektur der Stadt. Er trug Kinderkleidung und eine Maske, um nicht aufzufallen. Das Jetzt hatte die Herrschaft übernommen. Das machte ihn unvorsichtig.

In einem der Wohngebäude des Schlosses hatte von Below eine Musterfabrik anlegen lassen. Überall in Europa lebten Fabrikarbeiter in den unerträglichsten Verhältnissen. Kleine

Kinder, Frauen und Männer leisteten an den Maschinen Schwerstarbeit, täglich sechzehn Stunden in schmutzigen, dunklen Baracken, und wenn die Bestellungen zurückgingen, wurden die Arbeiter mit sofortiger Wirkung entlassen. Dem Toleranzdenken der Aufklärung verpflichtet, hatte von Below begonnen, mit menschlichen Arbeitsbedingungen zu experimentieren. Es war für ihn nicht einsichtig, daß eine ganze Familie verhungern sollte, weil eine Zollmauer erhöht wurde oder ein Währungskurs sank. In den neuen Fabriken, die er errichtete, arbeitete man nicht länger als zwölf Stunden am Tag, die Gebäude waren hell und geräumig, das Unternehmen stellte für die Angestellten Wohnungen und ärztliche Versorgung bereit, und falls die Zeiten schlechter wurden, wollte er sie bei halbem Lohn freistellen. Ferner hatte er Schulen für die Kinder eingerichtet, und keines von ihnen durfte vor dem zwölften Lebensjahr arbeiten. Auch die Erwachsenen ließ er Lesen und Schreiben lernen, und zur Verblüffung des Freiherrn trugen seine Maßnahmen dazu bei, daß sich die Produktivität in nur wenigen Monaten verdoppelte. Hercule Barfuss konnte nicht umhin, für einen Rivalen, der seine Existenz kaum zu bemerken schien, Bewunderung zu empfinden. Er sollte ihn nie wirklich kennenlernen, denn Henriette sorgte dafür, daß sie nicht zusammenkamen, und wenn sie sich irgendwann einmal im selben Raum befanden, war es so, als ob der Freiherr einfach durch ihn hindurchsah. Gegen Ende seines Lebens, als Hercule kurze Zeit mit seiner emigrierten Tochter in Stockholm korrespondierte, sollte er seinen Rivalen als einen ehrenhaften, gutherzigen Menschen beschreiben.

Die Ehe verdoppelt die Pflichten und halbiert die Rechte, pflegte der Freiherr scherzhaft zu seinen Bekannten zu sagen, wenn die Rede auf seine Frau kam. Und dann fügte er mit Schopenhauer hinzu: Die Zeit ist die Verbündete der Wahrheit!

Hercule sollte an dieser Sentenz später zweifeln, denn was sie bald erfahren mußten, war, daß unser aller Jetzt anders ist als das Dann der Zukunft.

Nichts läßt sich voraussagen, nicht einmal für einen Menschen mit der Gabe unseres Helden. Das Glück verzerrte seinen Realitätssinn, und deshalb ignorierte er die Warnzeichen. Wäre er wachsamer gewesen, die Katastrophe hätte vielleicht verhindert werden können. Der Aufseher zum Beispiel, der die Verantwortung für die Fabriken hatte, wenn von Below verreist war, war mehrmals von geheimnisvollen Herren besucht worden. Aber je näher Henriette der Niederkunft kam, desto mehr überließen sich Hercule und Henriette der Phantasie. Seiner Tochter sollte Hercule später schreiben, sie hätten Pläne gemacht, um nach Amerika auszuwandern. Sie hatten Kontakt mit einer Reederei in Bremen aufgenommen, Henriette hatte Geld beiseite gelegt und sogar angefangen, einen Abschiedsbrief an ihren Mann zu formulieren. Sie hatten einander wiedergefunden, und all die verlorenen Jahre schenkten ihnen das Recht auf eine Zukunft.

Im Spätherbst kehrten sie nach Berlin zurück. Henriette war jetzt so dick, daß die Hebamme eine Zwillingsgeburt befürchtete. Er sah nicht viel von ihr in dieser Zeit, denn die Familienpflichten und die Rolle der guten Ehefrau nahmen ihre gesamte Zeit in Anspruch. Die Eifersucht quälte ihn, die bittere, irrationale Furcht, von der ganzen Welt verschmäht zu sein.

Als am Morgen des neunten November Charlotte zur Welt kam, war Hercule allein in seinem Zimmer, doch mit Hilfe seiner Gabe konnte er alles verfolgen, was im Haus geschah. Er fühlte den Stolz und das Glück des Freiherrn, während er vor dem Raum, in dem das Mädchen geboren wurde, auf dem Korridor auf- und abwanderte; er empfand Henriettes

Schmerzen, als wären es seine eigenen, und er trat ein in das sprachlose Bewußtsein, das seiner eigenen Tochter gehörte. Die Welt war erstaunlich, dachte er, sie übertraf alles, wovon ein Mensch nur träumen konnte …

Am selben Dezembernachmittag, an dem das Mädchen mit einer schlichten Zeremonie im Haus der von Belows die Taufe empfing, versammelten sich im Wirtshaus »Goldener Hahn« am Jerusalemskirchhof in Berlin drei Männer. Die Kneipe lag im Obergeschoß, und man hatte Aussicht über die Friedhofsmauer, und wären die Fenster offen gewesen, hätten die Versammelten den Grabstein E.T.A. Hoffmanns betrachten können, der weniger als fünfzig Fuß von dem Tisch entfernt stand, an dem sie sich gerade niedergelassen hatten.

Tatsächlich war das Grab im selben Augenblick Gegenstand der ehrfurchtsvollen Blicke einiger junger Besucher, und wie einer der Männer im Wirtshaus waren sie österreichischer Abstammung. Doch im Wirtshaus interessierte es niemanden, was am Grab des berühmten Schriftstellers passierte. Zwei der Männer beschäftigten sich mit dem Grundriß eines Gebäudes. Der dritte betrachtete zerstreut ein Flugblatt, das für Tierkämpfe auf dem Hof des Wirtshauses am selben Abend warb, und wunderte sich, daß eine Dogge und eine Wölfin aufeinander losgehen, Hähne auf Leben und Tod kämpfen sollten, es sollte sogar ein Affe von einem Luchs in Stücke gerissen werden. Dieser Mann war der einzige im Wirtshaus, der sich der späten Totenmesse für den Meister der phantastischen Erzählung einen Steinwurf weit weg bewußt war, und zwar kraft einer besonderen Gabe.

Er hieß Johannes Langhans, man nannte ihn aber den »Bettelmönch«. Auf dem Weg zur Kneipe hatte er eine Abkürzung über den Friedhof genommen, da er im katholischen Hospiz am anderen Ende untergebracht war. Der Spaziergang hatte ihn über einen Teil des Friedhofs geführt, wo die Sicht durch Mausoleen versperrt war, und deshalb hatte er seine jungen Landsleute an Hoffmanns Grab weder gesehen noch gehört.

Statt dessen hatte er das, was sie beschäftigte, als ein Gemurmel in einer der verborgenen Dimensionen des Seins erfaßt, denn der Bettelmönch konnte genau wie Hercule Barfuss Gedanken lesen.

Das Denkgemurmel der Jungen hatte allerdings seine eigenen Gedanken auf neue Geleise gesetzt: zu seinem Posten als Berater des Nachrichtendienstes, den der österreichische Kanzler Metternich nach dem Wiener Kongreß hatte aufbauen lassen. Langhans war sein Amt aufgrund einer Empfehlung des italienischen Kardinals Aurelio Rivero sowie eines gewissen Sebastian del Moro, Inquisitor, übertragen worden, und diese Gedanken über seine doppelte Loyalität Wien und dem Vatikan gegenüber, hatten ihn beschäftigt, als er im Wirtshaus am Jerusalemskirchhof eingetroffen war.

Die beiden anderen Herren am Tisch waren ebenfalls Mönche, obwohl dies ihrem Äußeren nicht anzusehen war. Sie trugen Zivil: Kniehosen und Fräcke, Hüte mit Krempe, und einer von ihnen hatte sogar, gut sichtbar in einem Ledergehänge, einen Feldsäbel an der Hüfte.

Sie hießen Hans und Erich Malitsch, und sie waren Brüder. Während Napoleons Besetzung des Rheinlandes zu Anfang des Jahrhunderts hatten sie ihre Eltern verloren. Ein Franziskanerkollegium in der Pfalz hatte sich ihrer erbarmt, und erst auf Umwegen waren sie für die Inquisition angeworben worden. Der jüngere der Brüder breitete jetzt einen Grundriß auf dem Tisch aus.

»Die Zeichnung hat uns vier Goldmark gekostet«, sagte er. »Es gibt keine anständigen Menschen mehr.«

»Was habt ihr gemacht?« fragte Langhans.

»Der Aufseher hatte Spielschulden. Wir haben angefangen, ihn auf von Belows Gut zu besuchen. Wie Sie wissen, war er Vorarbeiter in einer der Fabriken …«

Die Zeichnung stellte den Grundriß eines Gebäudes dar,

umgeben von einem Garten mit einer hohen Mauer zur Straße hin. Eine Schranke markierte die einzige Öffnung zum und vom Grundstück. Von dort aus führte eine kurze Allee zur Remise. Zwei Flügelgebäude umschlossen einen Hof, auf dem eine Reihe von Obstbäumen eingezeichnet war. Türen und Fenster waren mit dickerem Kohlestift schraffiert, ebenso jeder Raum und jede Etage im westlichen Flügel.

»In welchem Teil schläft das Monster?« erkundigte sich Langhans.

»Im westlichen Flügel. Von Below setzt keinen Fuß dorthin. Nur seine Frau und Barfuss. Der Aufseher sagt, die Frau hält die beiden auseinander.«

Langhans betrachtete den jüngeren der Brüder so intensiv, daß dieser den Blick senkte.

»Wir hätten überhaupt keinen Aufseher gebraucht«, sagte er, »und auch keine Zeichnung, hättet ihr nicht darauf bestanden, bei den Leuten anzuklopfen und zu fragen, ob sie ihn gesehen haben. Ihr habt ihr Mißtrauen geweckt. Jetzt tun sie alles, um ihn zu schützen. Wir müssen reingehen wie irgendwelche Einbrecher.«

»Es ist nicht sicher, daß wir anders mehr Erfolg gehabt hätten«, sagte der ältere der Brüder. »Es heißt, der Junge kann sich unsichtbar machen. Das Hausmädchen schwört, sie sei ein dutzendmal in einem Zimmer an ihm vorbeigegangen, ohne ihn zu sehen.«

»Halten wir uns an das, was wir wissen, und nicht daran, was einfältiges Volk zusammenphantasiert, um sich interessant zu machen. Warum habt ihr nichts im Sommer unternommen, als sie allein am Müggelsee waren?«

»Das haben wir ja, aber das Monster hatte einen Schutzengel. Bei zwei Gelegenheiten waren wir entschlossen, es zu tun, und jedesmal sind sie abgereist.«

»Warum seid ihr ihnen nicht gefolgt?«

»Weil der Aufseher uns gebeten hat, auf eine bessere Gelegenheit zu warten.«

Langhans zeigte auf ein gestricheltes Detail in einer oberen Ecke der Zeichnung.

»Was soll das darstellen?« fragte er.

»Eine Geheimtür. Ein Teil der Bücherwand läßt sich von einer Geheimkammer hinter dem Schlafzimmer aus öffnen. Nur von Below und der Aufseher wissen von ihrer Existenz. Der Freiherr hat das alles als Fluchtweg konstruieren lassen, kurz nachdem er das Haus gekauft hatte. Das war vor der Zeit der Frau. Er hatte sich in den Ministerien Feinde gemacht. Es soll Versuche gegeben haben, ihn zu vergiften. Einmal hat er sich damit wenig ehrenvoll einem Duell entzogen. Ein Mann in von Belows Position macht sich Feinde und trifft geeignete Maßnahmen zu seinem Schutz.«

»Duelle sind eine barbarische Sitte«, brummelte Langhans. »Ich begreife nicht, warum sich Leute wegen etwas so wenig Ehrenvollem wie der Ehre gegenseitig umbringen sollen.«

»Möglicherweise, weil sie keine haben«, sagte der jüngere der Brüder. »Von Below betreibt zweifelhafte Geschäfte. Angeblich handelt er mit gestohlener Kirchenkunst, neben seinen Fabriken und Eisenbahnen. Meinetwegen können wir im Schlafzimmer des Freiherrn weitermachen, wenn wir im Westflügel fertig sind …«

Doch Langhans hörte nicht zu. Seit er im Wirtshaus eingetroffen war, hatte er das Gefühl, jemand beobachte sie. Ihm war noch nichts aufgefallen, was seine Befürchtungen hätte bestätigen können, aber die Ahnung war da, wie eine dumme, kleine Melodie, die einem nicht aus dem Kopf will. Deshalb legte er das Flugblatt weg, und während die Brüder etwas auf der Zeichnung mit einem Kreuz markierten, sah er sich um.

Das Wirtshaus war durchaus nicht voll. Weiter hinten im Lokal amüsierten sich einige Kutscher beim Würfelspiel. An einem Tisch diskutierte lautstark eine Gruppe Gardeoffiziere. Ein paar Frauen von zweifelhaftem Lebenswandel schlenderten gähnend zwischen der Theke und dem abgetrennten Teil der Kneipe, der als Rauchzimmer eingerichtet war und wo man auch, den Düften nach zu urteilen, in Opiumträumen versinken konnte, hin und her. Der Besitzer war ganz hinten im Lokal damit beschäftigt, Leuten irgend etwas vorzuführen. Ein halbes Dutzend Männer stand um ihn herum. In gleichmäßigen Abständen stieß der Wirt eine Reihe von Flüchen aus, die allgemeine Heiterkeit erregten.

Doch nicht einmal jenseits der gewöhnlichen Sinneswahrnehmungen konnte Langhans etwas Besonderes bemerken. Da war das übliche Maß an Sehnsucht und Bitterkeit, Unterströme nicht erwiderter Liebe, kurze Ausbrüche von Freude oder Schmerz, Gedankenflüsse, zerstreute Bilderreihen, die ihren eigenen Gesetzen folgten, ohne Ziel, ohne Richtung, eine Assoziation, die in der nächsten hakte, bevor Nacht und Schlaf oder Trunkenheit sie in Träume verwandelte.

Johannes Langhans' Gabe hatte sich während seiner Jahre als Bettelmönch in Istrien entwickelt. Es war in der Zeit des Banns gewesen, und das Kloster, das sich durch sein hartes Regelwerk Ruhm erworben hatte, hatte am Rande des Kaiserreiches gnadenhalber überlebt. In dem Glauben, sie würden ausgewiesen werden, hatte der Abt den Novizen vorgeschlagen, das Eremitenleben in den Bergen zu erproben. Langhans hatte von sich aus das Gelübde abgelegt, nicht zu sprechen. Niemand hatte es von ihm verlangt, aber er war jung, und die Heiligenlegenden hatten großen Eindruck auf ihn gemacht.

Beinah zehn Jahre lang lebte er ohne Kontakt zu anderen Menschen, abgesehen von den Hirten der Gegend. Später sollte er erkennen, daß er ein angeborenes Talent für das Eremitenleben hatte; keine Strapaze macht ihm etwas aus, weder Schneesturm noch Hitze, weder Hunger noch Durst.

In dieser Zeit erfuhr er seine Gabe, zunächst so schwach, daß er sie auf die Hungerhalluzinationen bezog, die ihn heimsuchten, dann aber immer stärker, bis er begriff, daß sie eine Belohnung für das Opfer des Schweigens war, das er Gott darbrachte.

Wenn ein Mensch sich näherte, spürte er es aus mehreren Kilometern Entfernung. Mit dem Abt hielt er einen einseitigen telepathischen Kontakt und setzte diesen in Erstaunen, indem er die Hirten mit Briefen zu ihm schickte, in denen er die Probleme seines Vorgesetzten beschrieb und ihm Ratschläge zu deren Lösung gab.

Jahre später, als die Klosterleitung – leicht erschrocken über diese Gestalt, die immer mehr einem Landstreicher glich, in Lumpen gekleidet und stumm wie ein Stein, abgemagert bis zur Grenze des Wiedererkennbaren und mit der unheimlichen Fähigkeit, immer zu wissen, was der andere dachte – ihn von seinem Gelübde löste, wurde er als Schreiber zur Bischofskongregation in den Vatikan geschickt.

Es kostete ihn mehrere Monate, die Sprechorgane wieder zum Funktionieren zu bringen. Die Verbindungen zwischen Stimme und Gedanken waren fast unterbrochen. Er war sich sicher, daß er allein diese Gabe besaß. Es gab keinen Menschen, dessen Inneres ihm entging, das war keine Phantasie: Er sah durch sie hindurch, erfaßte alles, was sie geheimzuhalten glaubten, empfand den Gestank ihrer verrottenden Seelen und wunderte sich über den Unterschied zwischen Denken und Reden bei den kirchlichen Beamten. Er ahnte, daß die Gabe ihm Schwierigkeiten bereiten konnte. Wunder werden selten mit Kanonisierung belohnt, im Gegenteil hatten die Kriege ein Übermaß an sprechenden Heiligenbildern und an Madonnen, die in den Provinzkapellen Tränen aus heiligem Öl vergossen, erzeugt.

In seinem dritten Jahr in Rom stellte man ihn vor eine Untersuchungskommission. Als er zum ersten Mal Sebastian del Moro begegnete, wurde ihm klar, daß dieser Mann seine Gabe erkannt hatte.

Die Untersuchung ergab, daß sie nicht von dämonischem Charakter war. Es wurde ihm verboten, von ihr zu sprechen, aber dem Klatsch zufolge, den er in den Korridoren aufschnappte, stand er zusammen mit seinem Prior auf der Liste der Mönche, deren Heiligsprechung nach ihrem Tod denkbar war. Er lachte über das Gerücht, denn er wußte, daß es die Inquisition verbreitet hatte, um ihn zu schützen.

Kurz darauf stellte man ihn in einem Büro, das nur seinetwegen eingerichtet worden war, unter Quarantäne. Nach zwei Jahren brachte ihn del Moro auf einem Posten bei der entstehenden Sapinier-Bewegung unter. Als sein Ansehen in dem Maß gewachsen war, daß ihm auf Empfehlung von Kardinal Rivero der Posten als Metternichs Berater in religiösen Fragen angeboten wurde, arbeitete er für die Bewegung heimlich weiter. Die Fälle, die ihm anvertraut waren, galten als so dringlich, daß sie einen Mann mit seinen Eigenschaften erforderten. Und deshalb befand er sich jetzt in Berlin, in derart geheimer Mission, daß nicht einmal Kanzler Metternich seinen Aufenthaltsort kannte.

Am Tisch im Wirtshaus »Goldener Hahn« konzentrierte sich Langhans auf die Brüder Malitsch. Deren Hauptaufgabe war die praktische Organisation: die Zeichnung, der Weg ins Haus, die Bewachung, wer was tun sollte. Bald ein Jahr lang waren sie schon in der Stadt, seit sich das Gerücht verbreitet hatte, daß Barfuss als Mesmerist in den Salons auftrete. Doch bei ihrem Eintreffen war er schon fort gewesen. Übrig geblieben waren die bekannten Legenden: Der Junge könne in die Zukunft sehen, Nachrichten an die Toten weitergeben und den Teufel um Gefallen bitten. Und es sollte Leute geben, die behaupteten, sie hätten ihn nicht gesehen, obwohl er in einem halben Meter Entfernung an ihnen vorbeigegangen war, wo er kraft seiner Fähigkeit, sich unsichtbar zu machen, ihren gesunden Menschenverstand geprüft habe. Dann folgte das Gerücht, er halte sich in Brüssel auf, in Kopenhagen, in Hamburg, und schließlich, daß er zurück sei in Berlin, unter dem Schutz einer gewissen Freifrau von Below.

Dieses Gerücht hatte sich als wahr erwiesen. Seit fast zwei Wochen wohnte Langhans im Hospiz am Jerusalemskirchhof, während die letzten Vorbereitungen getroffen wurden, und ebenso lange hatte er schon das Gefühl, daß etwas nicht ganz stimmte.

Diese Ahnung schien sich jetzt zu bestätigen, denn auf einer äußerst eigentümlichen Frequenz spürte er einen Strom von Gedanken oder eher ein Bewußtsein, das er weder verstand noch lokalisieren konnte.

Erneut sah er sich um. Eine schielende Frau lächelte ihm zu. Der Küchenjunge schneuzte sich mit einem trompetenartigen Geräusch in sein Taschentuch und studierte eingehend das Ergebnis. In der Ecke fluchte der Wirt immer lauter.

Das Bewußtsein, das Langhans nicht lokalisieren konnte, war ganz in der Nähe. Er fühlte es mit einer Aufdringlichkeit, als dränge es sich zwischen seine Kleidung und seine Haut. Hinten in der Ecke, sah er jetzt, hatte der Wirt nach einem Stock gegriffen. Er schlug nach etwas, aber es war nicht zu sehen, wonach, denn eine Mauer aus Rücken versperrte die Sicht.

Betrunkene Männer lachten. Jemand brüllte:

»Die ist doch wertlos, wieviel hast du für sie bezahlt?«

»Drei Dukaten! Die haben gesagt, sie wäre das Doppelte wert. Als sie herkam, konnte sie Kunststücke machen. Auf den Händen gehen. Tanzen konnte sie auch, wie eine feine Dame. Die Wahrheit braucht nicht viele Worte, aber die Lüge kann nicht genug davon bekommen. Das Zigeunerpack, das sie mir verkauft hat, hat mich betrogen.«

Die herumstehenden Männer bewegten sich, um dem Wirt Platz zu machen, und jetzt hatte Langhans freie Sicht.

Es war eine Meerkatze.

Der Affe war an einen Wandhaken gekettet, ausstaffiert mit einem schmutzigen Puppenkleid und einer Nachthaube aus Kattun. Die Kette war äußerst kurz; der Bewegungsradius des Tieres war nicht größer als ein paar Fuß.

»Ich habe das Affengerippe gekauft, damit es für die Gäste Kunststücke macht!« schrie der Wirt. »Aber das blöde Vieh will nicht gehorchen. Na, für den Tierkampf ist es gut genug.«

Der Affe gab keinen Laut von sich. Langhans fragte sich, ob ihm jemand die Zunge abgeschnitten hatte. Er erfaßte ein Knistern wie von einer Art Sprache, gemischt mit Haß und tierischem Schmerz. Die Gedankenwelt des Affen, begriff er, war der eines kleinen Kindes nicht ganz unähnlich, und diese Einsicht erfüllte ihn mit Verblüffung.

Ein anderes Gedankenfragment kreuzte die Angst der Meerkatze. Es kam von dem älteren der Brüder: Skepsis angesichts von Langhans' Zerstreutheit.

Erneut wandte er sich den Brüdern zu.

»Hat von Below Wachpersonal?«

»Nachts ist ein Wächter an der Schranke. Aber außer dem Freiherrn ist niemand bewaffnet. Der Aufseher sagt, er verwahrt zwei holländische Pistolen in einer Schatulle in der Bibliothek.«

»Keine Hunde?«

»Nein, der Wächter an der Schranke ist unser einziges Hindernis. Aber sehen Sie hier, weiter hinten, wenn man der Gartenmauer folgt … da ist ein toter Winkel. Kurz nach Mitternacht kommt ein Laternenanzünder vorbei, danach ist hier keine Menschenseele mehr.«

»Der Kücheneingang wird offen sein«, flocht der jüngere der Brüder ein. »Dafür sorgt der Aufseher. Die Geheimtreppe beginnt hinter der Wand eines Vorratsraums im Keller.«

Doch Langhans brauchte nicht weiter nach den Details des Plans zu fragen, mit dessen Ausarbeitung die Brüder beauftragt worden waren, sie bauten logisch auf denen auf, die er schon kannte; außerdem konnte er verfolgen, wie sie ihn im Kopf noch einmal durchgingen, den ganzen Plan, Detail für Detail, sich vorstellten, wie von Below und seine Frau in einem anderen Teil des Hauses schliefen, falls der Freiherr überhaupt da war, falls er es nicht vorzog, ein paar Nächte bei seinen Fabriken zu bleiben, und daß er für den Fall, er bliebe zu Hause, fest schlafen mußte, obwohl man sich gegen das Unerwartete natürlich nie schützen konnte; sich vorstellten, wie einer der Brüder draußen Wache hielt, während Langhans und der andere Bruder über die Gartenmauer kletterten, durch die offene Küchentür das Haus betraten, äußerst vorsichtig, um nicht die Hausmädchen zu wecken, in den Keller gingen, wo man Weinfässer und Bier aufbewahrte, bis zur Geheimtreppe, auf deren Existenz der Aufseher sie aufmerksam gemacht hatte, hinauf ins Obergeschoß des Westflügels, wo das Monster schlief, hinter verschlossener Tür, vielleicht in dem Wissen, daß jemand nach ihm suchte, und eben deshalb hinter verschlossener Tür, in Sicherheit gewiegt, nicht wissend, daß ein Teil der Bücherwand beiseite geschoben wurde, daß zwei Schatten in das dunkle Zimmer traten, wo einer von ihnen, wahrscheinlich Langhans selbst, der die letzte Verantwortung dafür trug, daß diese Angelegenheit ein zufriedenstellendes Ende fand, zum Bett ging, auch dieses markiert auf dem peniblen Grundriß des Aufsehers, die Vorhänge beiseite zog, äußerst vorsichtig, mit den Händen den Hals des entstellten Gedankenlesers packte und einem Leben ein Ende machte, das ohnehin irrtümlich empfangen worden war.

»Und die Frau?« fragte er. »Die Freifrau? Wo wird sie morgen nacht sein?«

»In ihrem Schlafzimmer, glauben wir, unter dem Zimmer des Freiherrn.«

»Was meint ihr mit *glauben*?«

»Man flüstert, sie ist die Geliebte des Monsters. Der Aufseher hat es von der Kammerzofe. Angeblich ist das Monster der Vater des Kindes, und die Frau besucht ihn nachts, wenn das Haus schläft. Angeblich haben sie Pläne, nach Amerika zu gehen …«

Langhans lachte laut.

»Das ist absurd. Das Monster ist völlig lebensunfähig. Wie könnte es dann ein Kind zeugen? Und welche Frau will so ein Wesen in ihrem Bett haben?«

Aber es war absolut möglich, dachte er dann: Die Gabe ließ sich benutzen, um beinah unvorstellbare Vorteile zu erlangen.

»Das müßte von Below doch bemerkt haben«, sagte er vieldeutig.

»Er ist genauso taub wie das Monster. Aber nur, wenn es um seine Frau geht. Er würde alles für sie tun. Der Aufseher sagt, er trinkt Champagner aus ihren Schuhen, wie die Polen, wenn sie nach einer Frau verrückt sind.«

»Gott hat dem Menschen zwei Ohren gegeben«, fiel der ältere der Brüder ein, »damit er besser hören kann, und zwei Augen, damit er besser sehen kann. Aber nur einen Mund, damit er nicht so viel redet. Der Aufseher ist ein Prahlhans …«

Aber Langhans hörte nicht mehr zu. Erneut widmete er seine Aufmerksamkeit dem angeketteten Affen. Er dachte, ein solches Wesen könne ihm nützlich sein, denn Barfuss war wahrscheinlich auf der Hut.

Am anderen Ende des Raums ging der Wirt mit einem Stock auf die Meerkatze los. Vergebens versuchte sie, den Schlägen auszuweichen. Sie zerrte und riß an der Kette, ruckartig, um loszukommen, kratzte am Metall, und dann machte sie, weil sie keine Fluchtmöglichkeit hatte, einen Ausfall und biß sich am Stock fest.

»Ich werd's dir zeigen«, schrie der Wirt wütend. »Verfluchtes Vieh!«

Mit einem Rück riß er dem Affen den Stock aus dem Maul und hob ihn, um mit voller Kraft zuzuschlagen. Langhans fürchtete, ein Knacken zu hören, wie wenn jemand kraftvoll einen trockenen Ast an einem Knie bricht, einen berstenden Laut, wenn dem Tier ein Bein oder ein Arm gebrochen würde; oder eher empfand er es schon so, als sei dies bereits geschehen, als wäre es sein eigener Knochen …

Der Wirt sollte sich später an eine Art Flüstern erinnern, das ihn veranlaßt hatte, den Stock fallen zu lassen und den Affen von der Kette zu befreien, ohne ersichtlichen Grund, ohne daß er fähig gewesen wäre zu begreifen, daß nicht sein eigener Wille sein Tun lenkte, sondern statt dessen der schweigsame Gast, der mit zwei Herren an einem Tisch am anderen Ende des Lokals saß.

Ein Schauer überlief den Bettelmönch. Der Affe war äußerst aggressiv, voller Haß auf die Menschen; eine effektive Waffe für jemanden, der ihn unter Kontrolle halten konnte.

Von der Kette befreit, ging er ohne zu zögern zum Angriff auf den Wirt über. Es kostete Langhans große Anstrengung, ihn mit Hilfe seiner Gabe zu beruhigen und zu sich zu locken, bis er schließlich zu seinen Füßen saß, beschämt jaulend.

Der Wirt blutete aus zwei Wunden am Bein. Zu dem erschütterten Mann gewandt sagte Langhans:

»Sie haben genug Tiere für Ihre Kämpfe. Ich kaufe die Meerkatze. Nennen Sie den Preis …«

Im Traum geht er durch einen Wald, und er hört wirklich, wie ein hörender Mensch. Vogelgesang, den Wind, wenn er durch die Baumkronen streicht, das Murmeln eines Baches, das Lachen eines Menschen.

Er sieht seine Arme an und stellt fest, daß sie ausgewachsen sind. Die Muskeln bilden eine sanfte Bergkette, die sich vom Handgelenk bis zur Schulter erstreckt, die Adern sind sichtbar, ein Blutdelta, dessen Flußarme in zwei perfekten Händen auslaufen, an denen kein Finger fehlt. Er ist gewachsen; die Zwergenbeine sind lang und kräftig.

In einem Wasserlauf betrachtet er sein Spiegelbild. Die Spalte im Gesicht ist weg. Die Nase ist kräftig, mit edlem Bussardprofil. Er streckt die Zunge heraus. Eine gewöhnliche rosa Zunge, nicht die Zunge einer Schlange. Sein Gesicht ist weder schön noch abstoßend, es ist ganz alltäglich, und das freut ihn.

Es riecht nach Herbst, moderndem Laub, Pilzen, feuchtem Moos. Auf einer Lichtung steht ein Rehkitz. Als unter seinen Füßen ein Zweig bricht, hebt es den Kopf, flüchtet aber nicht. Er summt eine Melodie, und ohne daß er es merkt, geht das Summen in Gesang über.

Singt er?

Ja, er singt, und der Gesang entspricht genau der Vorstellung, die er davon gehabt hat, denn er stammt aus einer Partitur, die er einmal auf der Orgel gespielt hat; die innere Musik ist also die gleiche wie die des Ohrs. Die Worte bleiben ihm vor lauter Verblüffung im Hals stecken, aber schließlich spricht er laut vor sich hin: »Ich bin Hercule«, sagt er, »Hercule Barfuss. Früher war ich ein Zwerg, mißgebildet, taubstumm, aber jetzt bin ich ein ausgewachsener, sprechender Mensch, ein gewöhnlicher Mensch, weder schön noch häßlich, aber maßstabgerecht, als hätte man mich zu meiner richtigen Größe aufgeblasen.«

Der Boden ist jetzt trockener, zuunterst ist eine Schicht Sandboden. Der Pfad windet sich zwischen niedrig gewachsenen Kiefern hindurch, überall Geräusche, die Geräusche des

Waldes, Knirschen, Knacken, Zapfen, die fallen, Vogelgesang. Er hat sich nie vorstellen können, daß die Welt aus so vielen Geräuschen besteht, daß etwas Unsichtbares in diesem Maß das Dasein ausfüllen konnte. Jetzt riecht er Salzwasser und Tang, der Pfad biegt nach links, führt ihn auf einen Hügel hinauf, und dann liegt, glatt und still, das Meer vor ihm.

Träge Wellen lecken am Strand. Überall Meer. Er begreift, er ist auf einer Insel.

Auf einer der Sanddünen sitzt das Mädchen. Er ruft ihren Namen, doch sie hört ihn nicht. Wieder betrachtet er seine menschlichen Arme, die Sehnen am Handgelenk, die Glieder der Finger, die alle vorhanden sind … da sind Nägel, grauer als rosa, auf dem Handrücken regenwurmähnliche Blutadern …

Jetzt hat ihn das Mädchen gesehen und winkt ihm zu. Er geht weiter, die Düne hinunter, aber das Mädchen ist genauso weit weg wie vorher, als würde sie im Takt seiner Schritte in ihre Richtung von ihm entfernt.

Ein Insekt beißt ihn am Rücken. Er schüttelt sich, denn es sitzt an einer Stelle, die er mit seinen Füßen nicht erreichen kann. Wie viele Läusebisse hat er aus diesem Grund im Laufe der Jahre davongetragen, wie viele Male hat ihn das Jucken zwischen den verwachsenen Schulterblättern gequält, weil es außerhalb der Reichweite seiner Füße gewesen ist. Dann aber fällt ihm ein: Er hat ja Hände! Vorsichtig fährt er sich mit den Nägeln über den Rücken. Auch die Haare sind verschwunden, fühlt er, ebenso die Vertiefungen und die an Fossile erinnernden Auswüchse. Aus reiner Freude fängt er erneut an zu sprechen. Er zitiert einen französischen Philosophen, auf den ihn früher einmal Barnaby Wilson aufmerksam gemacht hat: »Das Glück ist ein Traum, und das Leiden ist Wirklichkeit.« Der Philosoph war im Irrtum. »Umgekehrt ist es richtig«, fügt er mit seiner Stimme hinzu, die ein wenig hell und nasal ist … nein, im Gegenteil, ein weicher Bariton, verwandt mit den mittleren Registern einer Orgel: »Ich träume zwar, aber wenn ich aufwache, ist Henriette da; in der Wirklichkeit bin ich glücklicher als im Traum.«

Er schlendert die letzte Sanddüne an der Küste des Gebildes, das er für eine Insel hält, hinunter. Er stolpert über etwas: eine Landschildkröte mit Edelsteinen im Panzer. Mit ihrem schrumpeligen Greisenkopf nickt ihm die Schildkröte zu, und er begreift, daß sie ihm etwas mitteilen will, aber ihr Denken ist so langsam und archaisch, daß er es nicht in seine Sprache übersetzen kann, und außerdem wartet das Mädchen auf ihn.

Sie trägt eine Maske, sieht er jetzt, seine Maske aus Seide. Henriette? fragt er, aber sie reagiert nicht, und plötzlich begreift er, sie ist taub, sie hat als ein Opfer der Liebe seine Gebrechen und seine Maske übernommen. Da nimmt er ihr die Maske ab, um erneut das Schicksal mit ihr zu tauschen, und das Mädchen ist ebenso betörend schön wie einen Augenblick später, als er die Augen aufschlägt …

Sie liegt neben ihm in seinem Zimmer im von Belowschen Palast. Das milchweiße Licht des Vollmonds fällt in den Raum. Niemand schläft so elegant wie Henriette, denkt er, wie eine Tempeltänzerin, die Hand an der Stirn und den Mund zu einem Kuß geformt.

Wie lange war sie schon da?

Seit Mitternacht! Sie hat sich mit ihren Katzenbewegungen hereingeschlichen und neben dich gelegt, Hercule, doppelt so groß wie du, doppelt so schwer, unvorstellbar viel schöner, aber nicht voll doppelter Liebe, denn die Liebe, ebenso wie die Stille oder auch die Ewigkeit, läßt sich nicht multiplizieren.

Die Nacht liegt über dem Haus. Alle schlafen, außer den Schildkröten, die mit unendlicher Geduld über die Böden des Erdgeschosses kriechen. Henriette murmelt im Schlaf, und er schiebt mit zwei Zehen eine Haarlocke, die ihr ins Gesicht gefallen ist, hinter ihr Ohr. Da lächelt sie in ihrem schönen Traum, in dem er selbst vorkommt, merkwürdigerweise, denn wenn er sich konzentriert, kann er ihm folgen, der Reihe der Traumbilder, und zu seinem Erstaunen träumt sie den gleichen Traum, den er selbst eben geträumt hat. Auch sie befindet sich am Strand einer unbekannten Insel, sie sieht ihn auf sich zukommen, sie trägt eine Maske genau wie eben, in ihrem Traum aber ist er derselbe wie immer, und sie hört und spricht wie gewöhnlich. *Hercule,* denkt sie im Traum, *warum hast du mir die Maske geliehen?*

Dann sitzt er da in der Nacht, ohne antworten zu können, auf dem Gipfel seines unsagbaren Glücks; zerpflückt es, betrachtet all seine tausend wunderbaren Einzelteile, ausgebreitet auf der Bettdecke, und setzt es wieder zusammen, demselben Muster folgend wie früher, oder einem ganz neuen, aber ebenso vollendet; ein Glück, das er sich nie hätte träumen lassen, ein Glück, das seine tollkühnsten Phantasien weit übertrifft.

Aber in den letzten Wochen war Ruhelosigkeit ein treuer Begleiter, und deshalb steht er auf: Er wiegt sich vorsichtig von Seite zu Seite, bis er genug Tempo hat, um auf den Bauch zu rollen. Er schlängelt sich zur Bettkante, dreht sich um die Längsachse und läßt sich mit den Füßen zuerst auf den Boden gleiten: ein veritabler Sprung für einen Mann seiner geringen Körpergröße.

Eine Mondstraße verläuft durch den Raum. Das Licht legt sich über ihn wie ein schwereloser Mantel. Jetzt setzt er sich ans Pult am Fenster, ein Pult für Kinder mit einem Schemel statt eines Stuhls. Vorsichtig öffnet er die Lade, nimmt ein Blatt Papier im Quartformat zwischen zwei Zehen und legt es auf die Tischplatte. Er dreht den Deckel vom Tintenfaß ab, nimmt die Feder zwischen großen und zweiten Zeh des rechten

Fußes, taucht die Spitze in die Tinte, die mit Rosenextrakt parfümiert ist, streift einen überflüssigen Tropfen am Löschpapier ab und setzt die Spitze auf das Blatt Papier. »Ich, Hercule Barfuss«, schreibt er, »stehe jetzt an der Schwelle zu einem neuen Leben ...«

Ein Klecks ist bei dem großartigen Initial entstanden, das er aus dem ersten Buchstaben gemacht hat; egal, denkt er und notiert weiter, ein paar Worte darüber, daß er neugeboren, gleichzeitig mit seiner eigenen Tochter geboren ist, nein, er korrigiert: ein Jahr früher, als er Henriette wiedergesehen hat, in jenem unvergeßlichen Augenblick. Er fügt etwas hinzu in der Richtung, daß all die Jahre der Entbehrung kein Gewicht gehabt hätten, aufgewogen gegen eine einzige Sekunde des Glücks zusammen mit der Frau, die er liebt, schreibt etwas von der Passage nach Amerika, von ihrer Abreise, die nur eine Woche vor ihnen liegt, von ihren Plänen und Vorsichtsmaßnahmen, den Koffern, die sie heimlich gepackt, und dem Geld, das sie beiseite gelegt haben. Charlotte, ihre Tochter, nehmen sie mit. Alles ist bis ins kleinste Detail geplant, sie haben einen Wagen gemietet, der sie nach Hamburg-Altona bringen soll, sie haben eine Mitverschworene in einem der Hausmädchen, der schieläugigen Lisaveta, die die nötigen Dinge erledigt, ohne Fragen zu stellen, denn der Freiherr darf absolut keinen Verdacht schöpfen.

Der Gedanke an den Freiherrn läßt sein Herz sich verkrampfen. Sein Glück wird von Belows Tragödie sein. Er ist ein edler Mensch, denkt er, er, Hercule, steht in seiner Schuld, denn hat nicht er Henriette gerettet?

Von Below ist der letzte Edle aus einer untergehenden Menschengattung, und es tut ihm weh, ihm die Frau zu rauben, die der Freiherr fast ebensosehr liebt wie er selbst ... Doch dann kommt die Woge der Eifersucht. Er kann sich nicht gegen sie wehren, denn die Eifersucht ist der finstere,

Trauer tragende Begleiter der Liebe, der Tod in Miniatur, der im Mund einen Bleigeschmack hinterläßt. Der Gegenstand dieses Gefühls hätte von geringerer moralischer Dignität sein können, aber die Eifersucht ist nicht so konstruiert, daß man mit ihr argumentieren könnte. Er lebt sein eigenes Leben, dieser entzündete Wurmfortsatz der Liebe, und Hercule läßt sich beruhigen von Henriettes Beteuerungen, sie sei zwar dankbar für alles, was der Freiherr für sie getan habe, aus der absoluten Perspektive der Liebe gesehen bedeute er aber nichts.

Der Mond verschwindet in Wolken, und das Zimmer wird pechschwarz. Hercule tastet mit den Füßen nach der Lampe, schraubt den Docht hoch, hebt das Glas ab und zündet ein Teerzündholz an – das Ganze mit einer Eleganz der Bewegungen, die ihm in jedem Zirkus der Welt eine Stellung verschaffen würde. Die Lampe gibt ein trübes, grünliches Licht von sich, wie eine phosphoreszierende Unterwasserpflanze, wenn er sich eine solche hätte vorstellen können. Erneut taucht er die Feder ins Tintenfaß und schreibt die vier Worte, die seine Zukunft umfassen: Vereinigte Staaten von Amerika.

Keiner weiß, was sie dort erwartet, aber obwohl sich der Mensch nicht an die eigene Geburt erinnern und sich auch nicht den eigenen Tod vorstellen kann, hat er doch schon eine Vorahnung von der Ewigkeit und lebt schon jetzt und für immer ewig. Amerika, denkt er, ist die geographische Ewigkeit, ein kartographisches *Immer.*

Plötzlich zuckt er so heftig zusammen, daß er beinahe vom Schemel gefallen wäre. Auf dem Fensterbrett, am Spalier, sitzt ein Rabe. Er klopft mit dem Schnabel an das Fensterglas, als wolle er seine Aufmerksamkeit erregen. Natürlich hört er das Geräusch nicht, aber er spürt die Vibrationen; der Vogel muß sein eigenes Spiegelbild im Glas sehen, denkt er, und glaubt, er habe es mit einem Artgenossen zu tun.

Mit einem raschen Willensakt tut er das Phantastischste, was ihm seine Gabe erlaubt: Er nimmt Platz in dem Raben und betrachtet durch dessen Knopfaugen sich selbst. Dann kehrt er wieder zurück in den eigenen Körper, ergreift die Feder und schreibt: »... sehen Raben die Welt in Schwarzweiß, oder ist dieser Rabe farbenblind? Das Bild ist körnig, besonders die Maske, ich habe vergessen, sie vor dem Zubettgehen abzunehmen.«

Der Vogel fliegt auf, und er fliegt mit, erst zur Roßkastanie auf dem Hof, wo eine Eule sie mit ihren Henkersaugen erschreckt; da fliegt er wieder auf, mit Barfuss in sich, zehn Klafter, zwanzig, vierzig, hundert, hoch in den schimmernden Himmel von Berlin.

Er ahnt die Stadt unter sich: die Gassen, die Höfe, die Ställe, die Paradestraßen, den Palast und die Baracken. Der Gestank ist unbeschreiblich, überall Müllhaufen und Abfall, tote Ratten schwimmen in den Rinnsteinen, menschlicher Kot wird aus Fenstern und von Balkonen geworfen, aber so sind die Städte des 19. Jahrhunderts – Müllhalden des Fortschritts.

Das Bewußtsein des Vogels, spürt er, ist nicht sehr entwickelt; seine Gedanken sind Zwangsgedanken, von den Instinkten kaum zu unterscheiden. Ununterbrochen kann er tagelang ein und dasselbe wiederholen: *Ruhe, Ruhe, Ruhe* oder *Durst, Durst, Durst.* Er betrachtet alles mit derselben befreienden Gleichgültigkeit, nichts heitert ihn besonders auf, aber es grämt ihn auch nichts besonders.

Die Nacht ist dunkel, nur hier und da sieht man Licht von einer Straßenlaterne oder aus einem Fenster, hinter dem ein Student noch auf ist oder eine Schneiderin spät arbeitet. Die Tiere schlafen in ihren Ställen. Der Gestank von Mist, Müll und menschlichen Exkrementen ist beinah unerträglich. Es ist kalt, die Luft äußerst feucht.

Er war noch nie so frei wie im letzten Jahr. Stundenlang kann er sich mit seinen »Trägern« bewegen, wie er jetzt jene nennt, in deren Bewußtsein er eintaucht. Eine Katze. Oder ein Vogel. Manchmal ein Maultier oder ein Ochse. Nur in Ausnahmefällen ein Mensch, und dann am liebsten ein Kind. Manchmal läßt er sich viele Kilometer von der Stadt wegtragen. Ein Willensakt, einen Augenblick lang, genügt, um die Reise zu beenden und in den eigenen Körper zurückzukehren. Doch die Nacht ist lang und seine Ruhelosigkeit groß, und deshalb bleibt er weiter hinter den Augen des Raben auf dessen weiträumigem Segelflug über dem von Belowschen Palast, mit einem leichten Schwindelgefühl und der Welt in Schwarzweiß, bis der Vogel wieder in den Sinkflug geht und am Fenster des Aufsehers landet.

In der Dienstwohnung brennt eine Tranlampe, und der Aufseher steht am Büfett und zieht sich an. Was hat er vor um diese Zeit? Allem Anschein nach handelt es sich um etwas, das eilt. Fieberhaft sucht er nach einem Scheffel für das Licht und versucht gleichzeitig, sich die Stiefel anzuziehen. *Sie sind da*, denkt er, nur diese Worte: *Sie sind da* … und ruft das Bild einiger ernstblickender Herren hervor, deren Gesichter Barfuss, wenn er sich recht erinnert, noch nie gesehen hat.

Dann fliegt der Rabe wieder auf, ohne zu wissen, daß er wie ein Drachen von den Leinen eines menschlichen Willens gelenkt wird. Dann landet er acht Fenster weiter bei Lisaveta, dem russischen Hausmädchen. Zerstreut pickt der Vogel ein paar Samen vom Fensterbrett auf, etwas unsicher über seine eigenen Motive und tatsächlich mit einer gewissen Skepsis seinem wenig entwickelten Charakter gegenüber. Hercule ahnt den Traum des Mädchens dort drinnen, sie träumt von Geld und von ihrer Mutter. Lisaveta ist die einzige unter den Dienstboten, die über sein Aussehen nicht erschrickt. Manchmal hat er Gefühle der Sympathie in ihr gespürt, und Henriette ist sie so treu wie eine Tochter. Sie wird bald zwölf, von Below hat sie bei einer Auktion in einem der Armenhäuser gekauft.

Der Vogel fliegt wieder auf und landet in einem Baum an der Straße außerhalb der Gartenmauer. Der Vogel ist so schlaflos wie Hercule, er hat etwas verloren, weiß aber nicht mehr, was: sein Weibchen vielleicht … oder ein Junges? Erneut sieht der Mond hervor. Drei Männer stehen an der Gartenmauer. Einer von ihnen trägt eigentümlicherweise einen Affen auf der Schulter. Der Vogel aber interessiert sich nicht für die merkwürdige Gesellschaft, er hat auf dem Boden einen Brotkanten entdeckt, und in dem Augenblick, als er vor seiner Beute landet, hat Hercule keine Lust mehr und kehrt zum Pult zurück.

Tod, denkt er und weiß nicht, woher das Wort so plötzlich gekommen ist. Henriette, die ihn im komplizierten Regelwerk des Daseins instruiert, hat einmal von den städtischen Leichenhäusern erzählt, wohin von Below gebracht werden will, falls man ihn ohne Lebenszeichen fände. In den Leichenhäusern Berlins werden die des Scheintods verdächtigen Toten einige Zeit aufbewahrt, sie liegen mit einem Glöckchen am Fuß in einer Halle, und erst, wenn sie ein paar Wochen dort gelegen und schon zu riechen begonnen haben, ohne daß das Glöckchen ein einziges Mal geklingelt hätte, werden sie auf dem Friedhof in christlicher Erde begraben. *Leichenhaus der Liebe* … denkt er, vollendet aber den Satz nicht, denn jetzt registriert er auf seiner übersinnlichen Frequenz, daß der Aufseher die Wohnung verlassen hat. Irgend etwas quält diesen seit Wochen, aber die Liebe macht Hercule unvorsichtig und weniger geneigt, im Inneren eines Menschen zu forschen. Er hat genug mit sich selbst zu tun: mit dieser Gefühlslawine, die Henriette und die Tochter in ihm ausgelöst haben.

Er läßt die Feder sinken und sieht sich um. Das Mädchen scheint tief zu schlafen. Er stellt sie sich vor, den Inbegriff von Schönheit: die langen Haare, die die Natur gewellt hat, das Lächeln, in dem Ewigkeit aufleuchtet, das edle Profil, die gerade Nase, die Mandelaugen, ihren Gang – wie der eines Rehs –, die vollendeten Brüste, ihren tiefen Blick, die feingliedrigen Füße, die intelligenten Ohren, die zarten Schläfen, das Gewölbe ihrer Stirn, die exotische Frucht ihres Mundes. Er schließt die Augen, um nicht daran zu denken, daß er sie bald wecken muß, vor dem Morgengrauen, damit sie Zeit hat, in ihr Zimmer zurückzuschleichen, bevor das Haus wach wird.

Er fragt sich, ob ihre Tochter genauso schön wird. Monatelang hat er das Schlimmste befürchtet, aber das Mädchen wurde ohne Mißbildung geboren. Er sieht sie zusammen vor sich, in Amerika: Sie sind unsagbar glücklich.

Dann schläft er ein, im Sitzen, denn die Woche war lang und voll von Vorbereitungen für ihre Reise. Er träumt von einer Ratte, sie trägt einen Gehrock und eine grüne Bischofsmütze und überreicht ihm einen Brief, der ihn warnt, irgend etwas Furchtbares werde geschehen. Da wacht er wieder auf, in derselben Haltung, in der der Schlaf ihn überrascht hat, auf dem Schemel am Kinderpult sitzend, eine Feder zwischen den Zehen und von dieser verhängnisvollen Nacht auf frischer Tat ertappt.

Henriette murmelt im Schlaf. Er denkt, laß sie noch schlafen, denn bald werden sie beide all ihre Kräfte brauchen. Er legt die Feder hin, wischt sich einen Tropfen Tinte vom Zeh, geht leise zum Bett, steigt den Tritt, den der Aufseher für ihn geschreinert hat, hinauf ins Bett. Mit dem Fuß streichelt er ihr die Wange, und sie murmelt erneut. Das Mondlicht und der Schein der Lampe stören sie, denkt er, und mit einer verblüffend schnellen Bewegung nimmt er sich die Maske ab und legt sie als einen Schutz vor dem Licht über ihr Gesicht. Sie liegt zusammengekauert auf der Seite, die Beine an die Brust gezogen. Im Dunkeln könnte man sie beide verwechseln, denkt er.

Er kehrt zum Pult zurück, bleibt aber in der Mondstraße

mitten im Zimmer stehen. Die Antennenkreise seines sechsten Sinns signalisieren eine Bewegung, er konzentriert sich, und ein einzelnes Bild taucht vor seinem vom Glück getrübten inneren Auge auf: der Affe!

Wie ist er hereingekommen? Das weiß Hercule nicht. Das Bewußtsein des Tiers ähnelt dem eines größeren Kindes oder dem eines zurückgebliebenen Erwachsenen, es sieht im Dunkeln nichts und scheint tief verwirrt.

Hercule öffnet die Tür und tritt in den Korridor, um zu sehen, ob der Affe dort ist. Keine Bewegung, durch ein Fenster fällt nur das Mondlicht und der Schatten einiger Bäume, die sich im Wind bewegen. Er geht weiter, die Treppe hinunter, bis ins Hauptgebäude. Am Zimmer der Amme macht er halt. Sie träumt einen komplizierten Traum, in dem jemand andauernd die Worte wiederholt: »Es war ein Dienstag im April.« Neben ihr, in der Wiege, schläft seine Tochter. Auch sie, die Neugeborene, träumt, allerdings kaleidoskopisch in zahlreichen Farben, die auf ihrer inneren Palette gemischt werden. Vage Konturen, vielleicht Hände, treten aus einem roten Hintergrund hervor. Der Traum ist sprachlos, er sieht plötzlich sein eigenes Gesicht mit Maske in ihrem Traum, er fühlt ihre Erinnerungen an den Herzschlag der Amme, den Geschmack fetter Muttermilch, der ihr das Wasser im Munde zusammenlaufen läßt, und die Erinnerung an den Geruch ihrer Mutter. So ist der Traum eines Säuglings, denkt er, ein Nebel, in dem die Welt ganz langsam Konturen annimmt. Da gibt es keine Sprache, da gibt es keine Gefühle jenseits von Hunger und Durst, Wohlbefinden und Schmerzen. Gut und Böse sind unbekannte Begriffe, ebenso wie Schönheit und Entstelltheit; all das wird das Leben ihr schrittweise beibringen, unaufgefordert wie immer.

Er konzentriert sich auf die Schlafenden im gegenüberliegenden Flügel. Von Belows Schlaf, spürt er, ist völlig ruhig. Der Freiherr träumt selten, und wenn es vorkommt, sind die

Träume praktisch und nach einer klaren Grammatik geordnet. Aber der Aufseher ist nicht mehr in seinem Zimmer.

Die Unruhe knabbert an der Kante seines Glücks. Warum hat von Below nie Verdacht geschöpft? Für die modernen Unternehmer ist Zeit ein dehnbarer Begriff, anders als es die Menschen früher gewohnt waren. Sie ist veränderlich und läßt sich wie ein Behälter mit Entscheidungen und Plänen füllen, die alle auf Profit abzielen. Zeit ist Geld, sagt von Below immer wieder und verblüfft seine Umgebung, die einen solchen Zusammenhang noch nie geahnt hat.

Hercule dreht sich verwirrt um.

Wo ist der Aufseher?

Am Kücheneingang! weiß er plötzlich.

Und irgendwo im Haus, in einer kleinen Kammer, die er nicht wiedererkennt, befindet sich zusammen mit einem fremden Mann der Affe. Hercule fühlt, wie sein Herz Amok läuft, und rennt, so schnell ihn die Zwergenbeine tragen, zum Westflügel hinüber, die Treppe hoch, durch die Korridore, wo die Bäume an den Wänden ihr indonesisches Schattenspiel spielen. Er stolpert über eine Teppichecke, stößt gegen eine Kommode, etwas bewegt sich plump in einer Ecke: eine der juwelengeschmückten Schildkröten.

Er keucht asthmatisch, ein Gurgeln dringt aus seiner Kehle, so nahe an einem Schrei, scheint es, wie er mit seinen mißgebildeten Sprechorganen kommen kann. Die Tür zu seinem Zimmer steht offen, so wie er sie zurückgelassen hat, doch auch die Bücherwand steht offen und reißt den Schlund einer Geheimtreppe auf, die er noch nie gesehen hat. Das Zimmer schwimmt im Mondlicht. Auf dem Bett, noch mit seiner Maske, liegt Henriette.

Er sieht jetzt alles in Schwarzweiß, genauso wie durch die Augen des Raben, und zum ersten Mal in seinem Leben steigt ein wirklicher Schrei aus seiner Kehle, so voller Grauen, daß in kürzester Zeit die Dienstboten angelaufen kommen. Henriette liegt völlig still da, zusammengekauert zu seiner eigenen Größe, einem Zwerg mit Maske nicht unähnlich.

Auf dem Boden liegt ein Rasiermesser. Ein Affe klettert verschreckt die Gardine hoch. Der Hals des Mädchens ist durchschnitten bis zu den Halswirbeln.

VII

Christlicher Anzeiger, Ratibor, 14. Januar

Tragischer Selbstmord oder bestialischer Mord?

Seit einer Woche teilt ein mysteriöser Todesfall die Bevölkerung unserer Stadt in zwei Lager und gibt Anlaß zu einer heftigen Debatte über Schuld und Verbrechen in unserem jungen Zeitalter. Am Dreikönigstag fand der Kätner J. Langemüller die Leiche einer unbekannten Mannsperson in einer Schlinge an einem Baum auf dem Friedhof unseres Nachbarortes Jägerndorf hängend. Langemüller, stellvertretender Küster und wegen seines mutigen Auftretens beim Waldbrand im letzten Jahr allgemein geachtet, rief sofort Herrn Bezirkspolizeidirektor Köhler herbei, der zusammen mit Herrn Gemeindepropst Heinemann in aller Eile auf dem Friedhof eintraf. Sie konnten den Toten augenblicklich als S. Moosbrugger identifizieren, früher Wärter im Irrenhaus von Ratibor und seit dem zweiten Weihnachtstag von seinem Bruder K. Moosbrugger als vermißt gemeldet.

Wie unsere Leser wissen, wurde im kommunalen Leichenschauhaus eine Leichenschau durchgeführt. Feldscher Jansen stellte als Todesursache Erdrosseln mittels einer Schlinge fest, fand aber auch Spuren weiterer Gewaltanwendung am Leichnam des Verstorbenen. Moosbruggers Kopf war vor dem Todesaugenblick von mehreren Schlägen mit einem stumpfen Gegenstand getroffen worden, die jedoch, Jansen zufolge, keine lebensgefährlichen Verletzungen verursacht hätten. Ferner war seine rechte Hand schwer verstümmelt: Drei Finger waren bis zu den Knöcheln abgerissen, mehrere Klumpen geschmolzenen Bleis waren in den Handrücken eingedrungen, zusammen mit dem Glied einer groben Kette. Einige buchstabenähnliche Zeichen, die Bezirkspolizeidirektor Köhler als die Worte »Sieben Jahre« deutete, waren in den Rücken des Verstorbenen geritzt. Die Zunge war mit einem scharfen Gegenstand durchbohrt. Der Zeitpunkt des Todes wurde für ungefähr den Ersten des Monats festgestellt.

Bezirkspolizeidirektor Köhler hat im Gebiet um den Fundort an Türen geklopft, aber wie unsere Leser wissen, konnte niemand etwas von Gewicht beitragen. Mit Hilfe von Angaben des Friedhofwächters wurde festgestellt, daß die Leiche, nur wenige Stunden bevor sie gefunden wurde, an den Baum gehängt worden ist: Am vorangegangenen Tag, als mehrere Familien aus dem Dorf an den Gräbern Kerzen angezündet hatten, war sie noch nicht dort gewesen.

Wegen der Feierlichkeiten am Dreikönigstag wurde der Bruder und nächste Angehörige des Verstorbenen, K. Moosbrugger, erst vier Tage später zum Verhör in unsere königliche Gendarmerie bestellt. Bezirkspolizeichef Köhler zufolge war Moosbrugger dabei so nervös, daß man sich zu seiner Festnahme entschloß. Weitere Verhöre wurden im Beisein des Herrn Amtshauptmanns Brink geführt, bei dem Moosbrugger an Weihnachten seinen Bruder als vermißt gemeldet hatte.

Wie die Verhöre mit Moosbrugger ergaben, soll sich der Verstorbene mit Selbstmordgedanken getragen haben, seit die Brüder im Vormonat von der Anstaltsleitung entlassen worden waren. In diesem Skandal, über den, wie sich der Leser erinnern dürfte, der Anzeiger schon berichtet hat, ist eine Anklage zu erwarten.

Am zweiten Weihnachtstag, an dem K. Moosbrugger seinen Bruder zum letzten Mal gesehen hat, soll dieser tief melancholisch gewesen sein und von seinem bevorstehenden Selbstmord gesprochen haben. Moosbrugger behauptet, er habe sich in einem Wirtshaus von ihm verabschiedet, bevor er in sein Haus zurückkehrte, um Abendbrot zu essen.

Den Quellen zufolge, die dem Anzeiger zur Verfügung stehen, wird Herr Moosbrugger noch keines Verbrechens verdächtigt, obwohl bestimmte Anzeichen darauf hindeuten, daß ihm die Identität des Missetäters bekannt sein dürfte. Wenn auch klar ist, daß die Leiche an einen anderen Ort gebracht wurde, ist Selbstmord, Bezirkspolizeidirektor Köhler zufolge, noch nicht ausgeschlossen. Der Verstorbene kann sich, so die medizinische Untersuchung, erst das Leben genommen haben und danach von einem unbekannten Täter verstümmelt und zum Friedhof gebracht worden sein. Die Bevölkerung unserer Stadt spekuliert inzwischen über die Motive für sowohl Mord als auch Selbstmord. Ein Gefühl der Bedrücktheit hat uns alle erfaßt. Die neue Zeit bringe nicht nur Manufakturen und Eisenbahnen mit sich, sagte Stadtrat Rau kurz vor der Drucklegung dieser Ausgabe des Anzeigers, sondern auch eine immer brutalere Kriminalität. Die Redaktion und die Gendarmerie sind dankbar für alle Hinweise, die zur Aufklärung des tragischen Todesfalls führen können.

Christlicher Anzeiger, Ratibor, 20. Januar

Moosbrugger verhaftet

Am Freitag beschloß Amtshauptmann Brink, den zweiundvierzigjährigen Karl Moosbrugger wegen des dringenden Verdachts, seinen jüngeren Bruder Stephan ermordet zu haben, in Haft zu nehmen. Noch liegt kein Geständnis des Inhaftierten vor, doch haben sich den Quellen des Anzeigers zufolge Zeugen gemeldet und Angaben gemacht, die auf Moosbrugger als möglichen Täter hinweisen. Amtshauptmann Brink hat in einer Verlautbarung versprochen, die Öffentlichkeit über alle neuen Angaben, die in die Tragödie Klarheit bringen können, unterrichtet zu halten. Ein Zeuge, der sich, wie es heißt, in der Nähe des Friedhofs aufgehalten hat, wird vom Bezirksstaatsanwalt gesucht. Sollte diese Person ein Leser dieser Zeitung sein, bitten wir ihn, mit der Behörde oder der Redaktion Kontakt aufzunehmen.

Christlicher Anzeiger, Ratibor, 24. Januar

Der Inhaftierte sollte angeklagt werden

Seit einigen Tagen wird in unserer Stadt darüber spekuliert, ob Karl Moosbrugger des Mordes an seinem jüngeren Bruder schuldig ist oder nicht. Den heiligen Beteuerungen des Inhaftierten zufolge soll sich Stephan Moosbrugger das Leben genommen haben, und zwar wegen der Kündigung durch das Irrenhaus im letzten Jahr. Wie Herr Moosbrugger seiner Sache so sicher sein kann, ist der Redaktion ein Rätsel, behauptet der Inhaftierte doch, seinen Bruder an Weihnachten in einem unserer Wirtshäuser zum letzten Mal lebend gesehen zu haben. Wegen der Aufmerksamkeit, die die Geschichte erregt hat, und weil sie von öffentlichem Interesse ist, referieren wir sie hier noch einmal in aller Kürze:

Um die Weihnachtszeit des vergangenen Jahres wurden die beiden Brüder auf frischer Tat ertappt, als sie Essen stahlen, das eigentlich für die armen Insassen unseres städtischen Irrenhauses bestimmt war. Der neue Anstaltsdirektor, der hochgeehrte Provinziallandrat a. D. Henningsdorf, soll in Hinblick auf die Unternehmungen der Brüder Verdacht geschöpft haben, nachdem er einen anonymen Brief, verfaßt von einem, wie man glaubt, früheren Insassen, erhalten hatte. Die Diebstähle sollen schon seit Jahren systematisch betrieben worden sein. Die Brüder werden darüber hinaus verdächtigt, von den Insassen Holz und Kleidung gestohlen und auf dem Markt weiterverkauft zu haben. Aus diesen Gründen wurden sie am ersten Weihnachtstag von ihrem Dienst suspendiert. Henningsdorf zufolge ist es nicht ausgeschlossen, daß ihre Handlungsweise im Laufe der Jahre zum Tod mehrerer Insassen geführt hat. Schon vor Neujahr beschloß die Staatsanwaltschaft, Anklage zu erheben.

Bei einem Gespräch dieser Zeitung mit Amtshauptmann Brink, das vorgestern stattfand, lag noch kein Geständnis des Inhaftierten vor. Moosbrugger behauptet nach wie vor, sein Bruder habe sich seit dem Bekanntwerden des Skandals mit Selbstmordabsichten getragen. Allem Anschein nach sind dies Angaben, die der Verdächtige erfunden hat, um die Untersuchung zu erschweren.

Christlicher Anzeiger, Ratibor, 30. Januar

Moosbrugger gesteht Mord

Nach nahezu zwei Wochen in Haft hat Karl Moosbrugger den Mord an seinem jüngeren Bruder Stephan schließlich gestanden. Der Fall ist nach Auskunft des stellvertretenden Staatsanwalts, Amtshauptmann Brink, äußerst delikat, die Tat weise eine Bestialität auf, die »für unsere Zeit typisch zu sein scheint«.

Dem Vernehmungsprotokoll zufolge soll Moosbrugger am 27. Dezember zusammen mit seinem Bruder im Wirthaus »Drei Anker« in unserem Nachbarort Jägerndorf erschienen sein, wo ein Streit über den Holzdiebstahl ausbrach, für den strafrechtliche Folgen auf beide Brüder zukamen. Gegen zehn Uhr, berichtet ein neuer Zeuge, verließen die Brüder das Lokal. Was dann geschah, dürfte jeden anständigen Bürger unserer Provinz schockieren: In einer stillgelegten Schlosserei in der Nähe soll Moosbrugger seinen jüngeren Bruder mit einem Hammer bewußtlos geschlagen und ihn dann an einen Eisenträger gekettet haben. Der Inhaftierte soll außerdem seinen Bruder »durch die Zunge an die Wand« genagelt sowie ein Pfund Blei erhitzt und damit den Bewußtlosen übergossen haben, so daß »dieser jetzt durch die Zunge an die Wand genagelt sowie mit seiner rechten Hand mit dem Eisenträger und der Kette verschmolzen war«. Vier Tage lang hielt Moosbrugger seinen Bruder auf diese bestialische Weise gefangen, mißhandelte ihn aufs gröbste und ritzte ihm auch mit einem Stemmeisen »einige Worte« in den Rücken. Schließlich erdrosselte er ihn mit einer Schlinge und transportierte anschließend die Leiche im Schutz der Nacht zum nahe gelegenen Friedhof.

Für diese maßlose Brutalität hat der Inhaftierte noch keine vernünftige Erklärung geben können. Bezirkspolizeidirektor Köhler zufolge wirkt er äußerst verwirrt und behauptet, der Teufel habe ihn zu der Tat aufgehetzt. Moosbrugger soll sich vom »Satan« verfolgt und bedroht gefühlt haben. Im Verhör sagt der Inhaftierte: »Der Böse hat meine Taten gelenkt und mir genau gesagt, was ich zu tun hatte.«

Das Geständnis wird von mehreren, für den Inhaftierten negativen Zeugenaussagen bestätigt. Eine Schneiderin aus der Gemeinde, Fräulein Rachel Mandelbaum, soll den beiden Brüdern am fraglichen Abend auf dem Weg zwischen Wirtshaus und Schlosserei begegnet sein. Der Wirt des Gasthauses »Drei Anker«, der sich bislang an die Brüder angeblich nicht erinnern konnte, hat jetzt seine Meinung geändert. Ein dritter Zeuge wird vom Staatsanwalt noch gesucht: ein Kind, vermutlich ein Junge, der Silvester in der Nähe der Schlosserei gesehen wurde.

Laut Amtshauptmann Brink weist der Fall Karl Moosbrugger mit jeder denkbaren Deutlichkeit auf die Gefahren hin, die mit unserer modernen Zeit verbunden sind: »Sittenverderbende Schriften sind heute jederzeit zugänglich, die Moral befindet sich in Auflösung, die Abwanderung in die Städte führt zu Ehescheidungen und Anarchie.«

Das Haus war in italienischem Stil gebaut und von einem wild wuchernden Garten umgeben. Leichter Schneefall puderte den Boden, doch er spürte keine Kälte, denn er trug einen Pelz. Den dichten Pelz einer Katze, um genauer zu sein. Auch der Gesichtssinn, den er benutzte, war der einer Katze.

Hinter dem Fenster lag ein unbeleuchtetes Zimmer. Die Dunkelsicht der Katze war so gut, daß er jedes Detail dort drinnen wahrnahm. Hohe Mahagoniregale, brechend voll mit Büchern, bedeckten die Wände. Endlose Bücherreihen, Abhandlungen, Nachschlagewerke, Kartotheken und Gerichtseingaben. »Von Thierprocessen und Thierstrafen« las er auf dem Rücken eines Halbfranzbandes. »L'Uomo delinquente« auf einem anderen.

Der Blick der Katze glitt über die englischen Sessel, den Flügel, der in der Mitte des Raums thronte, den Schreibtisch, der mit Dokumentenstapeln bedeckt war. Er konnte das Tier nur mit Mühe unter Kontrolle halten. Nur mit der Kraft seines Hasses, dachte er; der Haß, der ihn zur Tat verpflichtete, der ihm in den endlosen Nächten der Selbstvorwürfe den Schlaf geraubt hatte, der Haß, der ihn nie ruhen, nie in Frieden ließ, der mit seiner Eiseskälte alle anderen Gefühle fernhielt.

Im hinteren Teil des Zimmers war ein Naturalienkabinett eingerichtet. *Panthera uncia* stand eingraviert auf einer Messingplakette. Das Schild war an einem Sockel befestigt, der mit weißgefärbten Sägespänen, die Schnee darstellen sollten, bedeckt war: Leopard aus dem Himalaya oder Schneeleopard. Das Tier war in einem unnatürlichen Sprung nach einer asiatischen Goldkatze – *Felis temmincki* – eingefangen worden. Daneben stand eine fleckige Hyäne, gebeugt über einen vorgeblichen Kadaver.

Wo war sein eigener Körper? Weit weg in dem wild wuchernden Garten, dem Abenddunkel zugewandt. Schnee fiel auf sein maskiertes Gesicht, doch sein Körper schlief und merkte vom Wetter ebensowenig wie die Spezies im Naturalienkabinett.

Oben auf den Bücherregalen blickten zwei ausgestopfte Vögel über den Raum. *Milvas milva*: Milan. Direkt daneben ein Mönchsgeier. Der Konservator hatte ihn in einer entlaubten Baumkrone sitzend verewigt. Der Geier hielt einen blutigen Fleischfetzen im Schnabel. Wie der Abt, dachte er, in seinem Keller …

Die Zimmertür ging auf, und ein Hausmädchen trat ein, eine Kerosinlampe in der Hand. Das Mädchen ging zwischen den Wandleuchten hin und her und zündete eine nach der anderen an. Als sie fertig war, hockte sie sich vor den Kachelofen, kratzte die Asche heraus, legte neue Kohle hinein und blies Leben in die Glut. Sie öffnete die Klappe, damit das Feuer Luft bekam, stand erneut auf und ging neugierig im Zimmer umher.

Sie schlug ein Buch auf, das auf einem erlesenen, mit Schnitzereien verzierten Kapitänstisch lag, und blätterte vorsichtig die Seiten um. Sie hob einen Briefbeschwerer an und bewunderte eine Porzellanpuppe, die Darstellung einer Ballettänzerin. Dann erstarrte sie, lauschte mit hochgezogenen Brauen, bevor sie die Gegenstände eilig an ihren Platz zurückstellte. Sie glättete ihr Kleid, kontrollierte den Knoten ihrer Schürze, strich sich rasch mit einer Hand übers Haar und setzte in dem Augenblick ein nervöses Lächeln auf, als die Tür erneut aufging.

Ein Mann betrat das Zimmer. Die Jahre hatten ihn seiner Haare beraubt und dafür eine blanke Tonsur hinterlassen. Er schloß die Tür hinter sich, löste den Hemdkragen und winkte das Mädchen zerstreut zu sich. Sie war sehr jung, sah der Beobachter jetzt, dreizehn, höchstens vierzehn Jahre alt.

War das der Mann, nach dem er suchte, dieser Mann? Er hatte ihn anders in Erinnerung, von einer einzigen Begegnung vor sehr langer Zeit, als er das Leben noch vor sich gehabt hatte. Trotzdem war er sicher. Er verließ sich auf seinen Haß, dieses einzige menschliche Gefühl, das sich nicht beirren läßt, das jenseits der Vernunft sein eigenes Leben lebt und das mit einem anderen unmöglich zu verwechseln ist.

Auf ein Zeichen hin sank das Mädchen vor den Füßen des Mannes in die Knie. Er fummelte an seinem geknöpften Hosenschlitz herum, grub mit der Hand in der Hose, bis er die Reste seines Gliedes draußen hatte.

Direkt unter der Vorhaut war eine Albuginea-Naht angebracht worden, das tote Gewebe war geschwärzt, das Fleisch um die Öffnung der Harnröhre hatte sich verhärtet.

Das Mädchen kniff krampfhaft die Augen zu. Der Mann wiegte sich rhythmisch in den Hüften, stieß tiefer in den Mund des Mädchens, entspannte sich, als er sich erinnerte, daß er die Tür abgeschlossen hatte. Die Lippen des Mädchens zitterten, ihre Augen waren fest geschlossen … Das Glied des Mannes wuchs, er stieß kräftiger, das Mädchen war dem Erbrechen nahe, sie würgte, Tränen traten in ihre Augenwinkel. Der Mann atmete mit offenem Mund, stöhnte, packte ihre Haare, grub mit den Fingern in ihrem Haarknoten und riß die Augen auf. Dann knöpfte er sich den Hosenschlitz zu, glättete seine Hose und warf einen raschen Blick in den Wandspiegel.

Das Mädchen hockte da, bewegungslos. Der Mann hielt ihr ein Taschentuch hin. Sie spuckte hinein. Er wischte ihr den Mund ab, ging zum Schreibtisch und vertiefte sich in seine Arbeit.

Nachdem das Mädchen gegangen war, verschwand die Röte aus dem Gesicht des Mannes. Er blätterte zerstreut in Gerichtsakten, bevor er vor einer unerklärlichen Ruhelosigkeit kapitulierte und vom Schreibtischstuhl aufstand.

Die bewegungslose Fauna des Naturalienkabinetts lenkte seine Gedanken auf neue Geleise, die seinen Blick wiederum zu den Bücherregalen und einem der Bände dirigierten, den die Katze gerade fixiert hatte: »Von Thierprocessen und Thierstrafen«.

Auch das Verbrechen, mit dem er jetzt beschäftigt war, dachte er, und dessen Finale er am folgenden Tag von Amts wegen beiwohnen würde, hatte Berührungspunkte mit den Tierprozessen alter Zeiten.

Die Gedanken des Mannes gingen weiter zu einem Lieblingsonkel mütterlicherseits, dem ehrwürdigen Bezirksstaatsanwalt Roes in Heidelberg, seit einem Jahrzehnt verstorben, in seiner Erinnerung aber sehr lebendig. In seiner Jugend, als er an der Universität von Erlangen Jurisprudenz studiert und die Ferien bei diesem Onkel verbracht hatte, hatte Roes ihm von den Anklagen erzählt, die er selbst Jahre zuvor erhoben hatte, als Tiere noch unter die öffentlich zu verfolgenden Straftäter fielen. Einmal war eine Sau zusammen mit ihren Ferkeln vor Gericht gestellt worden, angeklagt, den Tod eines Säuglings verursacht zu haben. Die Sau habe einen gerechten Prozeß bekommen, hatte Roes lächelnd versichert, einen Verteidiger mit Zopfperücke, der ein hochgeachtetes Mitglied der Advokaten-Vereinigung war. Die Verhöre waren nicht nur symbolisch, sondern auch juristisch korrekt gewesen. Man hatte der Sau persönliche Fragen gestellt, auf die sie natürlich nicht hatte antworten können:

»Was hat Sie dazu veranlaßt, die Hilferufe des Kindes zu ignorieren … und warum haben Sie Ihre eigenen Ferkel zum Gemeindeacker mitgenommen? Geschah die Tat vorsätzlich … können Sie mildernde Umstände geltend machen?«

Die Sau hatte geantwortet, indem sie sich im Zeugenstand,

wo sie stand wie jeder andere Angeklagte, umgedreht und verblüfft ihren Verteidiger, einen gewissen, an diesem Gericht zugelassenen Rechtsanwalt Lehr, angestarrt hatte, der gerade einen Einspruch formulierte.

Weiter hinten im Gerichtssaal hatte die erstaunte Öffentlichkeit gesessen. Roes hatte sich gemerkt, wie der Besitzer der Sau, ein Kätner aus der Gegend, der über den Tod des Kindes verzweifelt war, seinem Schwein Schimpfworte zugeschrien und applaudiert hatte, als der Vorsitzende die härteste für Kindesmord vorgesehene Strafe verhängte.

Zwei Tage später war sie, Verbrecherin, die sie war, auf Heidelbergs Galgenberg gehängt worden. Den Kadaver hatte man in einem Acker vergraben. Besonders amüsiert hatte Roes das Schicksal der Ferkel: Aufgrund ihres zarten Alters waren sie freigesprochen worden; später hatte er selbst eines von ihnen zum Abendessen servieren lassen.

Angeregt durch diese Erinnerung nahm der Mann jetzt den Folianten vom Regal, ließ sich in einem Lehnstuhl nieder und begann zu blättern. In Hamburg war 1601, las er, für das ketzerische und unnatürliche Verbrechen, ein Ei zu legen, ein Hahn zum Tode auf dem Scheiterhaufen verurteilt worden. Sollte ein solches Ei von einer Kröte oder einer Schlange ausgebrütet werden, konnte das dem Volksglauben zufolge für die Umgebung sehr gefährlich werden: Ein Basilisk konnte schlüpfen und Tod und Krankheiten um sich verbreiten.

Unter Berufung auf den berühmten Abschnitt im einundzwanzigsten Kapitel des Zweiten Buches Mose war man zeitweilig der Ansicht gewesen, Tiere trügen die gleiche Verantwortung für ihre Taten wie ein Mensch: »Wenn ein Ochse einen Mann oder ein Weib stößt, daß sie sterben, soll man den Ochsen steinigen und sein Fleisch nicht essen; so ist der Herr des Ochsen unschuldig. Ist aber der Ochse zuvor stößig gewesen, und seinem Herrn ist's angesagt, und er hat ihn nicht verwahrt, und er tötet darüber einen Mann oder ein Weib, so soll man den Ochsen steinigen, und sein Herr soll sterben.« So waren Mann und Tier vor dem Gesetz gleich angesehen, und indem man das mosaische Gesetz mit dem römischen Recht verband, hatte man den Grundstein einer europäischen Zivilisation gelegt.

Es folgte ein Abschnitt über Mord und Unzucht, begangen von Pferden, Stieren, Ochsen, Hunden und sogar Katzen. Eine Fußnote berichtete, wie ein Hengst gefoltert wurde, damit er eine Sachbeschädigung gestand. Andere Tiere waren begnadigt worden, aus Großmut oder dank einer ausgezeichneten Verteidigung oder, wie im Fall der Ferkel, weil sie minderjährig gewesen waren, als das Verbrechen begangen wurde. Maulwürfe waren aus zwei Gemeinden in Schwaben verbannt worden, und eine Ziege hatte als Buße Milch geben müssen, weil sie einen Zaun umgerissen hatte.

Offensa cuius nominatio crimen est, dachte der Mann, während er sich umdrehte und zu seinem Erstaunen im Fenster ein Paar Katzenaugen aufglimmen sah. Tiere laufen ja überall herum, brummte er. Wie die Katze da draußen. Natürlich kam es vor, daß sie zufällig Menschen verletzten; das besagte ja schon die Statistik.

Er stand auf und trug das Buch zu seinem Platz im Regal zurück. Vorsichtig ging er zum Fenster und betrachtete die Katze, die noch auf dem Fenstersims saß und sich jetzt leicht zerstreut eine Pfote leckte. Sie schien sich nicht im geringsten zu fürchten, sah ihm nur ruhig in die Augen, blinzelte, leckte sich wieder.

Er klopfte mit den Fingerspitzen an die Scheibe, doch die Katze rührte sich nicht.

Verwirrt kehrte er zum Schreibtisch zurück. Das Verbrechen, mit dem er sich in seiner Eigenschaft als Richter gerade auseinandergesetzt hatte, ließ sich in all seinen bizarren Details mit den Tierprozessen alter Zeiten vergleichen, dachte er, während er zwischen den Papierstapeln aufzuräumen begann. Nur ein Dokument fehlte noch, dann konnte er den Fall zu den Akten legen: der Totenschein des Verurteilten.

Das Verbrechen und die bevorstehende Hinrichtung, die den Mann am Schreibtisch beschäftigten, hatten weit über die Grenzen von Danzig hinaus Aufmerksamkeit erregt. Die Geschichte war unerklärlich, wie mehrere der Schöffen es ausgedrückt hatten. Besonders die Frage des Motivs war heiß umstritten und Gegenstand aller möglichen Spekulationen. Der Mann am Schreibtisch hatte etwas Vergleichbares tatsächlich noch nie erlebt.

Zwei Jahre zuvor hatte die Stadt einem Gesuch des Jesuitenordens stattgegeben, innerhalb der früheren Diözese ein Kloster zu gründen. Das alte war vor ein paar Jahrzehnten während der Religionskämpfe zwischen den deutschen Lutheranern und den wenigen polnischen Katholiken Danzigs verlassen worden. Ein Abt, ein gewisser Johann Kippenberg, hatte die Verantwortung für den Aufbau, ein, soweit man wußte, äußerst pflichtgetreuer Mönch, der jahrelang ein namhaftes Kloster in Schlesien geführt hatte.

Die Gesellschaft hatte ein Haus im alten Stadtkern gekauft. Nach weniger als einem Jahr zählte man an die vierzig Mitglieder, die Hälfte davon Novizen. Das Kloster betrieb Wärmestuben für Arme, eine Grundschule für mittellose Kinder, missionierte unter den Seeleuten. Ein halbes Dutzend älterer Mönche waren mit dem Abt aus Schlesien gekommen und dann einer nach dem anderen verschwunden.

Die Sache wäre vermutlich nicht bekannt geworden – oder jedenfalls erst sehr viel später –, hätte nicht einer der Novizen das Verschwinden der Männer aus eigenem Antrieb bei der Gendarmerie angezeigt. Der Junge, ein Konvertit namens Fischel, war mißtrauisch geworden, als ihn der Abt auf eine Frage nach den Verschwundenen gebeten hatte, die Sache geheimzuhalten, um dem Ruf des Klosters nicht zu schaden. Erst da, hatte Fischel erklärt, habe er geahnt, daß die Sache nicht mit rechten Dingen zugehe.

Der Polizeidirektor hatte eine Routineuntersuchung eingeleitet. Doch als man Kippenberg zum Verhör bestellt hatte, war er zusammengebrochen und hatte ohne Umschweife die Morde an fünf seiner Ordensbrüder gestanden. Am selben Tag hatte er der Polizei den Ort gezeigt, wo die Leichen waren, das heißt, das, was von ihnen übrig war. Er hatte sie zerstückelt und unter dem Chor der Klosterkapelle begraben. Die Verbrechen waren unerklärlich. Der Abt konnte keine plausiblen Motive nennen. Er schien erleichtert über sein Geständnis, als wäre ihm eine riesige Last von den Schultern genommen.

Der Mann am Schreibtisch, der bei dem Prozeß den Vorsitz geführt hatte, las die mit dem neuen Gabelsberg-System stenographierten Vernehmungsprotokolle als einer der ersten. Seit dem Dezembermorgen vor knapp einem Jahr, als sie ihm der Staatsanwalt persönlich ausgehändigt hatte, hatte er sich so oft in sie vertieft, daß er sie auswendig konnte.

Was ihn vor allem verwirrte, war »der Junge«. Kippenberg behauptete, er sei von einer Stimme gelenkt worden, die keinen Widerspruch duldete, eine Stimme, die ihn zu einem bestialischen Verbrechen nach dem anderen getrieben habe. »Der Junge« habe hinter alledem gesteckt, hatte er gesagt; »der Junge« sei der wirkliche Mörder, denn er habe ihm befohlen, seinen Brüdern das Leben zu nehmen. Auf die Frage jedoch, wer dieser »Junge« sei, hatte der Abt ausweichend geantwortet oder sogar einen Weinkrampf bekommen, denn derselbe »Junge« habe ihm verboten zu erzählen, was er wußte.

Einmal, als der Richter inkognito die Haftanstalt besucht hatte, hatte der Abt in sich versunken auf der Pritsche in seiner

Zelle gesessen, mit einem blöden Lächeln und einem Blick weit weg in die Ferne. Seine Lippen hatten sich unablässig bewegt, aber es war nicht zu hören, was er sagte. Man hatte ihn mehrere Male ansprechen müssen, bis er überhaupt reagierte.

»Helfen Sie mir«, hatte er schließlich gesagt, und der Ton war so verzweifelt gewesen, daß die Versammelten eine Gänsehaut bekommen hatten: »Der Junge hat mich gezwungen. Er hat mir genau gesagt, was ich zu tun hatte.«

Die Morde waren so grausam gewesen, daß die Zeitungen keine Einzelheiten veröffentlicht hatten. Kippenberg hatte die Mönche in einem Kellerraum, den er am Stadtrand gemietet hatte, gefangengehalten; einen von ihnen hatte er gezwungen, Blausäure zu trinken, einen zweiten hatte er in der Haltung des Gekreuzigten an die Wand genagelt und ihm außerdem ein Prozessionskreuz ins Rektum getrieben. Zwei weitere hatte er in lebende Fackeln verwandelt, wonach er Teile von ihnen, »gegrillt mit einer ausgezeichneten Kräutermischung«, aufgegessen hatte, wie er, ohne mit der Wimper zu zucken, gestand. Den fünften, dessen Kopf noch verschwunden war, hatte er in Einzelteile zerschnitten, während dieser noch lebte: einen Zeh, einen Finger, das Geschlechtsorgan, die Ohren. Danach hatte er eine ausgehungerte streunende Katze in den Kellerraum gesperrt. Der Mönch, hatte Kippenberg gestanden, lebte noch, als das Tier begann, sich an ihm gütlich zu tun.

»Der Junge sagt mir ganz genau, was ich tun soll«, hatte er wiederholt, als man ihn nach dem Grund für die Exzesse gefragt hatte. »Der Junge wird von einem Haß getrieben, den man sich nicht vorstellen kann. Das ist die Rache für das, was wir mit Schuster gemacht haben.«

»Was für ein Junge?« hatte man ihn erneut gefragt. »Und wer ist Schuster?«

»Der Gedankenleser«, hatte der Mönch kryptisch geantwortet, »Schusters taubstummer Schützling«, bis er wieder hysterisch zu schluchzen begonnen hatte.

Der Name Schuster war in den Verhören so oft aufgetaucht, daß sich die Gendarmerie veranlaßt sah, Nachforschungen anzustellen. Wie sich herausstellte, war Schuster ein alter Jesuitenmönch gewesen, der vor Jahren auf einer Pilgerreise nach Italien unter geheimnisvollen Umständen verschwunden war. »Wir haben ihn bewußt in den Tod geschickt«, hatte Kippenberg die Sache kommentiert, »ich und die fünf anderen ... die, die ich im Auftrag des Jungen ermorden sollte ... wir haben ihn in den Vatikan geschickt, und dafür rächt sich der Junge ...«

Einer der Sachverständigen, die das Gericht bestellt hatte, hatte die Hypothese aufgestellt, Kippenberg sei Pyromane, denn die polizeiliche Untersuchung ergab auch, daß er einen Teil der Büchersammlung des Klosters verbrannt hatte und daß ihm dies, einem Zeugen zufolge, »übertriebene Befriedigung« verschafft habe. Es war nicht auszuschließen, daß dem Tun des Abtes eine ganze Reihe von Perversionen zugrunde lag.

In seinem Gutachten hatte der Sachverständige in beinah Linnéschem Geist Sexualverbrecher klassifiziert. Die Liste hatte neben Pyromanen Sodomisten, Päderasten und Exhibitionisten enthalten. Darüber hinaus gab es Perversionen, von denen allein schon der Name die Mitglieder des Gerichtes erschauern ließ: Gerontophile, die Sexualverkehr mit sehr alten Menschen bevorzugten, Zoophile und Zooerasten, die es gern mit Tieren trieben; ferner Deformations-Fetischisten, die es auf Blinde, Bucklige und Krüppel abgesehen hatten, und Perverse beiderlei Geschlechts, die sich in ihrer Vorliebe für Männer mit Gynäkomastie, also entwickelten Frauenbrüsten, begegneten. Außerdem gab es sogenannte Invertiten, die bereit waren, für eine Nacht mit einer zweigeschlechtlichen Mißgeburt ein Vermögen zu bezahlen, ganz zu schweigen von Männern, die bei den Frauen, mit denen sie schliefen, Dyspareunie, zum Beispiel extreme Gebärmutterschmerzen, schätzten. Es könne sein, daß mehrere dieser Perversionen bei dem Abt vorlagen, erklärte das Gutachten trocken.

Die Ähnlichkeit mit den Tierprozessen alter Zeiten, dachte der Mann am Schreibtisch, bestand in der ausgehungerten Katze, die der Abt auf sein letztes Opfer losgelassen hatte. Zur Zeit seines Onkels wäre diese vielleicht wegen Beihilfe zum Mord vor Gericht gestellt worden.

Die Verbrechen waren im übrigen von einer solchen Art, daß Kippenbergs Ordensbrüder ihm vor der morgigen Hinrichtung die Absolution verweigert hatten. Auch der Gefängnispriester hatte es abgelehnt, sich mit dem Verurteilten zu befassen, während nicht weniger als acht katholische Schmiede sich erboten hatten, ein Beil anzufertigen. Das hatte es noch nie gegeben: ein Katholik, der auch noch Abt war, dem die letzte Ölung verweigert wurde.

Es ging das Gerücht, die Haare des Abts seien in der letzten Woche schlohweiß geworden und die Angst vor dem Jenseits habe ihm den Verstand geraubt. Laut Auskunft der Gefängnisdirektion verbrachte er seine letzten Stunden damit, das Kruzifix an der Wand seiner Zelle anzustarren, während sein Körper von Krämpfen und Konvulsionen wie bei einem Besessenen erschüttert wurde. Den Gefängniswärtern schrie er zu, sie sollten auf der Hut sein, der Junge sei in der Nähe, obwohl er sich unsichtbar gemacht habe. Mehrere Male hatte er sie gefragt, ob sie nicht seine Stimme hörten. Er selbst höre sie sehr deutlich, der Junge lache ihn aus oder verhöhne ihn.

»Der Abt wartet nicht auf die Hölle«, hatte einer der Gefängniswärter zum Gefängnisdirektor gesagt, ohne seine Schadenfreude verbergen zu können: »Er ist schon drin.«

Der Mann am Schreibtisch glaubte gewiß nicht an die geistliche Besserungsfähigkeit des Menschen, am wenigsten an seine eigene. Er vertrat den Gedanken, Moral habe keinen Eigenwert; sie brauche Zwecke, die ihre Bedeutung bestimmten. Die Jesuiten waren wahrscheinlich bereit, ihm beizupflichten, obwohl sie ihn natürlich verurteilt hätten, hätten sie seine Beweggründe gekannt.

Er erinnerte sich an Kippenbergs Verteidiger, der sein Plädoyer mit folgenden denkwürdigen Worten beendet hatte: »Unser Urteil über eine Tat ist nie ein Urteil über die Seite der Tat, die Gott bestraft oder belohnt.«

Gott allein kennt die wahre Natur einer Tat. Aber wenn es Gott gab, dann kannte er auch das wahre Wesen des Richters und nicht nur seine moralischen Defizite.

Es hatte gerade elf geschlagen, als er die Vernehmungsprotokolle weglegte. Ein Ast schlug gegen das Fenster, und als er sich umdrehte, sah er, daß die Katze immer noch dasaß.

Sie muß krank sein, dachte er, oder verwirrt, was macht sie sonst auf dem Fenstersims?

Er unterdrückte einen Schauder. Im Kreuzverhör hatte der Abt von der streunenden Katze erzählt, die er zu seinem letzten Opfer in den Keller gelassen hatte. »Ein gesprenkelter Kater«, hatte er gesagt, mit einer Stimme, als spreche er von einem lieben, alten Haustier. »Sie hat bei einem Kampf ein Ohr verloren und hat einen weißen Fleck auf der Stirn.«

Der Richter stand auf und ging zum Fenster. Irritiert fragte er sich, ob es sich um dasselbe Tier handelte. Auch diesem Wesen fehlte ein Ohr, obwohl der Fleck auf der Stirn eher grau als weiß war.

Der Tag darauf war ein Samstag. Der Richter stand früh auf, um auf keinen Fall zu spät zur Exekution zu kommen. Seine Frau, die hochwohlgeborene Rosalinda von Kiesingen, mit der er seit jener tragischen Verstümmelungsgeschichte, von deren Details sie übrigens nichts wußte, kein eheliches Zusammenleben mehr gepflegt hatte, sah ihm vom Bett aus schlaftrunken bei seiner Morgentoilette zu.

Er goß Wasser aus der Emailkanne, schäumte die Seife auf und nahm ein Rasiermesser heraus. Während er sich rasierte, grübelte er darüber nach, ob es angebracht war, für eine Hinrichtung Eau de Cologne zu benutzen. Er erinnerte sich an seine Pflichten: Zusammen mit dem Arzt mußte er feststellen, ob der Tod eingetreten war, ein Totenschein sollte unterzeichnet und die letzten Habseligkeiten des Toten dem Orden übergeben werden. Im Hinblick auf all das verzichtete er auf das Rasierwasser.

Er puderte sich die Achselhöhlen mit Talkum, zog das Hemd mit gestärkter Hemdbrust an, den Kragen mit Silberknopf, die Weste und die dunkle Amtstracht. Gerade als er im Begriff war, die Taschenuhr aufzuziehen, richtete sich seine Frau im Bett auf.

»Da draußen ist jemand«, sagte sie, »jemand spioniert uns nach.«

»Das bildest du dir ein«, sagte er.

Doch sie blieb beharrlich.

»Da ist jemand am Fenster! Sieh nach, sei so gut.«

Der Richter ging zu den französischen Fenstern und öffnete die Jalousien. Der Anblick, der sich ihm bot, ließ ihn so zusammenzucken, daß er die Uhr beinah fallengelassen hätte. In Augenhöhe, weniger als zehn Zentimeter von ihm entfernt, saß in einem perfekten Balanceakt auf einem der Spaliere die streunende Katze. Das Tier atmete ans Glas, das sofort beschlug, fauchte leise und entblößte die Zähne. Mit klopfendem Herzen betrachtete der Richter die Flecken in der bernsteingelben Iris, die mandelförmigen Pupillen und die rote Narbe, wo früher einmal das Ohr gewesen war. Erneut fauchte das Tier, haßerfüllt, fand er, bis es mit drei schnellen Sätzen im Garten verschwand.

»Man sollte etwas gegen sie unternehmen«, sagte seine Frau unruhig. »Hier ist eine richtige Katzenplage ausgebrochen.«

»Das muß an den Mäusen liegen«, antwortete er.

»Dann sollten die Schädlingsbekämpfer mehr Geld bekommen. Wie sah sie aus?«

Der Richter beschrieb ihr die Katze: das gesprenkelte Fell, den Fleck auf der Stirn, das fehlende Ohr.

»Es muß dieselbe sein«, sagte sie. »Sie streicht seit fast einer Woche ums Haus. Gestern morgen hätte sie beinah den Gärtner gekratzt.«

Der Richter nickte, während er im Spiegel seinen Scheitel fixierte.

»Die Dienstboten haben versucht, sie zu fangen«, fuhr seine Frau fort. »Aber die ist schlau. Übrigens sind aus Pommern neue Fälle von Tollwut gemeldet worden.«

Der Richter warf einen raschen Blick durch das Fenster. Die Katze war nicht zu sehen. Statt dessen entdeckte er dicke Regenwolken. Er nahm aus dem Kleiderschrank einen Regenschirm.

»Bleibst du lange weg?« fragte seine Frau.

»Bis zum Mittag.«

»Es muß schrecklich sein, eine Hinrichtung erleben zu müssen.«

»Das gehört zu den Berufspflichten.«

»Für den Pöbel ist es eine Volksbelustigung. Ich wünschte, man könnte diese Katze köpfen statt eines Jesuiten.«

»Kippenberg ist ein Mörder«, erwiderte er. »Er hat seine Strafe verdient.«

»Wer weiß, ob nicht diese Katze ein ebensolcher Mörder ist. Tollwut ist eine ernste Sache. Den Gärtner hat sie so angefaucht, daß er Angst bekommen hat. Ich mache mir Sorgen um die Mädchen, stell dir vor, wenn sie gebissen werden?«

Der Richter nickte ernst.

»Du hast recht«, sagte er. »Ich rede mit dem Bürgermeister. Die Schädlingsbekämpfer brauchen mehr Mittel …«

Kurze Zeit später, als der Richter ins Eßzimmer kam, sah er die Katze wieder. Diesmal saß sie hoch oben in einem Baum direkt beim Kücheneingang. Der Kutscher und eine der Mägde versuchten, sie zu verscheuchen. Das Mädchen warf Steine, der Kutscher drohte mit einer Harke. Die Katze äußerte keine Zeichen von Angst. Statt dessen fauchte sie und zeigte die Zähne, als erwäge sie, zum Angriff überzugehen.

Das junge Hausmädchen, mit dem er sich im letzten Monat amüsiert hatte, stellte ihm das Frühstück hin. Sie errötete und vermied es, ihm in die Augen zu sehen.

»Was weißt du von dieser Kanaille?« fragte er und machte sie auf die Szene vor dem Fenster aufmerksam.

»Sie ist seit einer Woche hier, Herr«, antwortete sie.

»Warum habt ihr nicht schon früher versucht, sie wegzujagen?«

»Die läßt sich nicht so leicht wegjagen, Herr.«

»Wie meinst du das?«

»Sie beißt, wenn man ihr zu nahe kommt.«

»Ich möchte, daß du mit dem Gärtner redest«, sagte er. »Bitte ihn, eine Falle aufzustellen, oder das Tier zu erschießen, wenn das schneller geht. Und achte darauf, daß die Mädchen im Haus bleiben, bis ich zurück bin.«

Der Richter frühstückte eilig, während er den unvollständigen Totenschein durchsah. Zwei Beglaubigungen auf der Urkunde fehlten noch, dachte er, und der Fall Kippenberg würde zu den Akten gelegt werden, ohne daß er gelöst gewesen wäre. Das Motiv des Täters fehlte noch immer. Ebenso wie die Antwort auf das Rätsel um den »Jungen« und die »Stimme«. Er unterbrach seine Überlegungen und sah auf seine Taschenuhr; wenn er sich nicht beeilte, würde er zu spät kommen.

Als er auf den Hofplatz trat, hatte der Kutscher den Wagen schon vorgefahren. Die Katze war nicht mehr zu sehen.

»Sie ist runter zum Wald verschwunden«, erklärte der Kutscher. »Aber ich schwöre bei Gott dem Herrn, sie kann jeden Augenblick wieder dasein. Es ist, als ob sie irgendwas sucht.«

»Was sollte das sein?«

»Das weiß ich nicht. Aber es ist, als hätte sie irgendwas verloren, und wenn man sie stört, wird sie gehässig.«

Noch immer hing Regen in der Luft. Der Richter hoffte auf ein Unwetter. Das würde die Volksmenge vom Richtplatz fernhalten.

»Der Gärtner soll sich darum kümmern. Ein paar Fallen müßten reichen.«

»Herr, das glaube ich nicht. Diese Katze hat was Unheimliches. Eine richtige Hexenkatze, wenn ich meine Meinung sagen darf.«

Der Richter war gerade dabei, ins Coupé einzusteigen, als er das Tier erneut sah, jetzt hinten an der Gartenpforte. Er bat den Kutscher zu warten.

Bewaffnet mit dem Regenschirm näherte er sich der Katze. Die saß ganz still im Kies vor der Pforte. Er warf ein paar Steine, doch sie rührte sich nicht vom Fleck. Sah ihn nur an, genau wie am Abend zuvor, sehr ruhig, ohne seinem Blick auszuweichen.

Er war jetzt nicht weiter als einen Meter von ihr entfernt. Die Katze machte einen Buckel und starrte ihm intensiv in die Augen. Vorsichtig hob er den Regenschirm. Ein kräftiger Schlag würde reichen, dachte er, und dann war die Sache aus der Welt.

Im selben Augenblick aber überrumpelte ihn ein völlig neues Gefühl. Die Katze sah ihm in dic Augen, als wolle sie ihm etwas mitteilen. Das war selbstverständlich absurd, doch anders konnte er es sich nicht erklären: Er kam ihm vor, als versuche sie, ihm etwas zuzuflüstern, auch wenn er nicht verstand, was.

Ein plötzlicher Schwindel überkam ihn. Er fragte sich, ob das etwas mit der Hinrichtung zu tun hatte, der ununterbrochenen Beschäftigung mit der Durchführung der Hinrichtung in der letzten Zeit. Er empfand eine unwiderstehliche Lust, das Tier zu berühren, mit der Hand über seinen Pelz zu streichen, und als würde ihm die Katze genau das zuflüstern: *Faß mich an, faß mich an!*

Er streckte die Hand aus. Die Katze betrachtete ihn. Er streckte die Hand etwas weiter aus, verunsichert durch sein eigenes Verhalten. Katzen reden nicht, dachte er, flüstern tun sie auch nicht, denken ebensowenig. Dann spürte er einen heftigen Schmerz auf dem Handrücken. Das Tier hatte ihn gekratzt. Er schrie auf vor Angst, und im selben Augenblick, blitzschnell, verschwand das Tier ins nächste Gebüsch.

Als der Richter am Richtplatz eintraf, hatte sich schon eine große Schar von Menschen versammelt: Männer und Frauen jeden Alters, auch einige Kinder. Eine Kompanie Rekruten war abkommandiert worden, um bei der Ankunft des Verurteilten die Gasse für den Spießrutenlauf zu bilden. Besonders die Frauen pflegten sich bei Hinrichtungen auszuzeichnen. Sie wurden von einer Art tierischem Blutdurst befallen, der in Zusammenrottungen ausarten konnte, wenn man nicht aufpaßte. Der Richter hatte sie vor unterdrückter Leidenschaft aufheulen hören, wenn ein Mörder zum Scharfrichter geführt wurde. Dann, wenn das Beil fiel, übergaben sie sich.

An der Zeugentribüne begrüßte der Richter die anwesenden Behördenvertreter. Einen Sekretär aus dem Bürgermeisteramt, den Arzt, den Staatsanwalt, den Landjäger und den Gefängnisdirektor. Bei der Frage nach dem Verband an der

Hand wiegelte er ab. »Nicht der Rede wert«, murmelte er, »ein kleiner Zwischenfall mit einer streunenden Katze.«

Ein Medizinstudent hatte die Genehmigung erhalten, unmittelbar nach der Enthauptung den Kopf des Mörders zu untersuchen. Die Wissenschaft wollte herausfinden, ob es nach der Trennung des Kopfes vom Körper noch Lebensreflexe gab. »Blinzeln«, erklärte der Student sachkundig, »Augenrollen, Lippenbewegungen ...«

Am Schafott unterhielt sich der Henker mit einem Helfer. Der Richter war ihm vorher erst einmal begegnet, aber sein Äußeres ließ sich schwerlich vergessen. Der Scharfrichter war ein begnadigter Verbrecher; wegen eines Viehdiebstahls waren ihm beide Ohren abgeschnitten worden.

Auf Befehl des Staatsanwaltes vertrieben jetzt die Rekruten die Volksmenge, so daß das Schafott frei stand. Einige Frauen waren mit Tassen und Gläsern bewaffnet. Sie hofften, darin etwas vom Blut des Mörders auffangen zu können, solange es noch frisch war. Angeblich half es gegen Ekzeme und Fallsucht.

Dann erschien an der Straßenbiegung der Gefangenenkarren. Durch die Volksmenge ging ein erregtes Gemurmel. Die Rekruten stellten sich in Reih und Glied auf, und der Staatsanwalt verlas eilig das Urteil. Als Kippenberg aus dem Karren stieg, wurde es erneut still. Der Verurteilte trug Gefängniskleidung, eine Fußfessel und ein schwarzes Halstuch. Die Angst hatte ihm den Gleichgewichtssinn genommen. Er torkelte zwischen zwei Wärtern vorwärts wie ein Betrunkener. Der Richter stellte fest, daß das Gerücht zutraf: Kippenbergs Haare waren wirklich schlohweiß geworden.

Das Gemurmel der Volksmenge wurde lauter, während Kippenberg sich dem Schafott näherte. Der Gefängnisdirektor bot ihm einen Schnaps an, aber der Abt schien nicht mehr wahrzunehmen, was um ihn herum vorging. Er sackte zusammen und mußte die letzten Meter zum Richtblock geschleppt werden. Er weinte jetzt ganz offen und versuchte dann doch, sich mit Tritten und Schlägen gegen das Unvermeidliche zu wehren. Mit Gewalt drückte man ihn auf den Richtblock, entfernte das Halstuch, nicht jedoch die Fußfessel.

»Der Junge!« schrie Kippenberg. »Der Junge lacht … lacht auch Sie aus, Herr Richter … Sie sind der nächste!«

Gleich darauf wurde der Richter ein weiteres Mal daran erinnert, unter welchem Zeichen dieser Tag stand. Der Scharfrichter hatte allem Anschein nach getrunken. Der erste Hieb traf die Schulter des Verurteilten. Man hörte deutlich, wie ein Knochen brach. Kippenberg gab keinen Laut von sich, verdrehte aber die Augen, so daß nur noch das Weiße zu sehen war. Der Henker schlug erneut zu: Diesmal traf er den Rükken. Vom Pöbel waren Pfiffe zu hören, Schimpfworte hagelten auf den Scharfrichter nieder, und eine Frau in der ersten Reihe wurde ohnmächtig. Erst beim dritten Versuch, als Kippenberg schon das Bewußtsein verloren hatte, gelang es dem Henker, ihn zu enthaupten. Er traf ihn schief und trennte den oberen Teil des Kopfes vom unteren. Der ganze Unterkiefer saß noch auf dem Hals. Die Zahnreihe war perfekt hufeisenförmig. Die Lebenssäfte spritzten mit gewaltigem Druck aus der Halsschlagader.

Von Kiesingen sah zur Seite. Der Gefängnisdirektor stand da, über die Tribüne gebeugt, und erbrach sich direkt in die Menschenmenge. Der junge Mediziner hingegen schien in guter Verfassung. In fünfzehn Meter Entfernung sah ihn der Richter mit dem halben Kopf in der Hand dastehen. Er erinnerte ihn an einen geisteskranken Hamlet, der wild den blutigen Schädel schüttelt, in der Hoffnung, dieser werde blinzeln.

Aus der Perspektive einer streunenden Katze gesehen, war der Garten nur ein Teil der namenlosen Natur. Auch das Haus interessierte sie nicht, ebensowenig die Menschen. Über eine Stunde lang hatte sie am Hang zum angrenzenden Wald vor dem Bau einer Wühlmaus gelauert. Jetzt, ohne Vorwarnung, wurde das Tier von einer dunklen Macht überrumpelt, die in der letzten Zeit nach eigenem Gutdünken in ihm ein- und ausgegangen war. Eine Macht, die den Willen der Katze auslöschte und sie in ein gehorsames Werkzeug verwandelte, in einen Gefangenen *von innen*, der zu undurchsichtigen Zwekken seinen Körper auslieh, ohne zu fragen, warum. Die Katze gab ihre Jagdpläne auf und verließ den Gartenhang.

Sie kroch durch Gestrüpp und Hagebuttenbüsche, betrachtete verächtlich die Katzenfalle des Gärtners, die dieser einige Stunden zuvor an einen Baum gehängt hatte, spähte nach Bewegungen von Menschen, diesen Wesen, die sie eben noch unter wahnsinnigen Schreien gejagt hatten, duckte sich in einen Graben, kroch auf dem Bauch weiter, bis sie plötzlich stehenblieb und zum Waldrand sah. Da hinten saß, vom Laubwerk beinah verdeckt, in einer Astgabel ein sehr kleiner Mann mit einer Maske vor dem Gesicht, schlafend, wie es schien. Blätter und Nadeln waren auf die Kleidung des kleinen Menschen gerieselt, und er saß so still, daß eine Spinne angefangen hatte, zwischen seinen Füßen ein Netz zu spinnen. Aber die streunende Katze, die sich allenfalls aus Gründen der Zweckmäßigkeit über etwas wunderte, interessierte sich bald nicht mehr für ihn, sondern nutzte statt dessen den natürlichen Schutz der Gartenfontäne, ihren toten Winkel, bis sie ein paar Minuten später am Haus vor einem offenen Kellerfenster stand.

Der Geruch von Schimmel und Feuchtigkeit stieg aus dem Keller auf. Die Katze öffnete mit der Pfote die Luke etwas weiter, kroch durch die Öffnung und erreichte mit einem geschmeidigen Sprung den Boden. Einen Augenblick blieb sie stehen, ein wenig unsicher, was sie eigentlich in dieses feindliche Haus getrieben hatte, mit seinen feindlichen Menschen, die vorhin Stunden damit verbracht hatten, sie zu jagen, und sogar versucht hatten, sie zu erschießen. Aber wieder übermannte sie der fremde Wille, scheuchte sie mit einer Autorität, der sie sich beugen mußte, in einem Ton, der Widerstand nicht duldete, lautlos durch das Dunkel in einen angrenzenden Kellerraum voller Bierfässer, Heringstonnen, Speckseiten und verschiedener Sorten Schinken und Würste, die von Sparren an der Decke hingen und der armen streunenden Katze, die mit derartig leicht zugänglichen Delikatessen nicht verwöhnt war, das Wasser im Munde zusammenlaufen ließen.

Ihre Beine ignorierten ihren Wunsch, stehenzubleiben und sich an dem Überfluß zu bedienen, und wäre nicht das schlechte Kurzzeitgedächtnis der Katze gewesen, das eine ununterbrochene sensorische Stimulation braucht, zum Beispiel die Herzschläge einer in Panik geratenen Beute oder das verzweifelte Piepen einer Wühlmaus in einem Bau einen halben Meter unter der Erde, damit das Tier in einer intentionalen Welt nicht völlig unterging, wäre dieser eklatante Mangel in der Konstruktion des Katzengedächtnisses nicht gewesen, hätte sie gegen die Übermacht, die sie vorwärts trieb, ohne Zweifel revoltiert.

Vorsichtig, mit den Schritten des Jägers, schlich sie statt dessen eine Treppe hoch.

Jemand, vielleicht ein Hausmädchen, hatte vergessen, die Tür richtig zu schließen. Ein Streifen Licht drang in den Treppenaufgang hinunter. Mit der Pfote drückte die Katze die Tür auf.

Sie befand sich jetzt in einer beleuchteten Diele. Ein unendlich langer Korridor lief durch das Haus, mit Türen an beiden Seiten. Keine Bewegung, kein Zeichen von Leben.

Den Bauch auf dem Boden, setzte sie ihren Weg fort, strich die Wände entlang, spähend, witternd, ohne ihren Auftrag zu kennen. Sie hörte aus einem Zimmer Lachen, aus der Küche Geklapper, von da kamen auch Essensdüfte, die der fremde Wille in ihr unerbittlich wegzensierte, um das Tier rascher vorwärts zu treiben, zu einer weiteren Treppe, bedeckt mit einem dicken Orientteppich, in eine weitere Etage dieses fremden Hauses, in das streunende Katzen normalerweise keine Pfote setzen.

Dann, auf ein unhörbares Signal hin, machte sie halt. Sie befand sich jetzt in einem dunklen Raum im Obergeschoß des Hauses. Ein Geräusch ließ sie unter einem Büffet verschwinden. Ohne zu protestieren, wartete sie neue Instruktionen ab.

Als der Richter am Nachmittag nach Hause zurückkehrte, traf er auf einen Tumult aufgeregter Stimmen. Im Gewimmel der Dienstboten, die sich im Salon versammelt hatten, entdeckte er seine Frau. Er nahm sie beiseite und fragte, was geschehen sei. Dem Gärtner sei ein Auge ausgerissen worden, erklärte sie erregt; von demselben Untier, das den Richter am Morgen angegriffen hatte; die Katze habe zweifellos Tollwut.

Der Gärtner lag ausgestreckt auf dem Boden, das Gesicht bandagiert. Ein Arzt stand über den armen Mann gebeugt. Er schüttelte den Kopf. »Jansen wird auf einem Auge blind«, seufzte er. »Ich kann es nicht ändern.«

Die Frau des Richters erzählte jetzt ausführlicher, was passiert war: Den Anordnungen des Richters entsprechend hatte der Gärtner eine Falle angebracht, doch die Katze hatte sie ignoriert. Der Gärtner hatte dann versucht, sie vom Grundstück zu jagen, aber wie sehr er sich auch angestrengt hatte, sie war dageblieben. Sämtliche Dienstboten und außerdem die Frau des Richters hatten schließlich zur Treiberschar gehört, aber die Katze hatte sie wieder und wieder zum Narren gehalten, ihre Zuflucht auf Bäumen, in der dichten Buchsbaumbepflanzung und allen möglichen Verstecken gesucht, doch sie war unauffindbar gewesen. Schließlich hatte der Gärtner die Vogelflinte geholt. Zwei Stunden lang hatte der alte Mann auf dem Dach der Remise gelegen, bis es der Katze behagt hatte, sich wieder zu zeigen. Er hatte zwei Schüsse abgefeuert, ohne zu treffen, und die Katze war fauchend in das Waldstück verschwunden, das an das Grundstück grenzte. Man war zu seinen früheren Beschäftigungen zurückgekehrt, in der Hoffnung, es sei gelungen, das Tier zu verscheuchen.

Am Nachmittag aber, als die Töchter des Richters in den Garten hinausgegangen waren, war es erneut aufgetaucht. Der Frau des Richters zufolge war es zu diesem Zeitpunkt so gereizt gewesen, daß es geschäumt hatte, »eher wie ein Hund als eine Katze«, wie sie sich ausdrückte, und zum Angriff auf die Mädchen übergegangen war. Sie hatten mit knapper Not ins Haus laufen können, aber eine von ihnen hatte eine Kratzwunde am Knie, und die jüngere, Maria, hatte sich bei der Flucht den Fuß umgeknickt und ihre Silberberlocke verloren. Noch einmal war der Gärtner mit der Flinte hinausgegangen, aber es war, als hätte die Katze seine Absichten geahnt, denn sie war wie vom Erdboden verschluckt. Dann, vor einer Stunde, fuhr die Frau des Richters fort, hätten sie sie erneut gesehen, jetzt aber im Inneren des Hauses! Niemand konnte sich erklären, wie sie dorthin gekommen war. Das Tier hatte etwas Unheimliches, als könne es sich unsichtbar machen.

Irritiert über den Zwischenfall, der auf dem besten Wege war, ihm den Tag zu verderben, folgte der Richter seiner Frau ins Obergeschoß.

Im Rauchzimmer herrschte ein schreckliches Durcheinander, Gläser und Porzellanvasen lagen zerbrochen auf dem Boden, einige Gemälde waren zerrissen, zwei Sessel umgekippt.

Blutflecke verunzierten den Teppich. Es sah aus wie auf einem Schlachtfeld.

Eines der Hausmädchen habe das Untier entdeckt, erklärte seine Frau. Als es hinaufgegangen sei, um Tischwäsche für das Abendessen zu holen, habe die Katze ganz frech oben auf einem Bücherregal gesessen und so gefaucht, daß das Mädchen schreckensstarr gewesen sei. Es habe sofort den Gärtner gerufen, der, bewaffnet mit einem Stock, zum Rauchzimmer hinaufgegangen sei.

Die Frau des Richters begann, leise zu schluchzen, als sie zu diesem Teil der Erzählung kam. Die Katze sei wie verrückt gewesen, behauptete sie, habe einen Buckel gemacht und gefaucht, daß der Speichel spritzte. Der Gärtner habe sie im Raum hin und her gejagt; Vasen, Gläser und Möbel seien in der allgemeinen Aufregung umgefallen. Dann, in eine Ecke gedrängt, war das Untier plötzlich zum Angriff übergegangen, hatte sich mit einem unglaublichen Sprung auf den Gärtner gestürzt und ihm das Auge ausgekratzt. Der Gärtner sei zu Boden gesunken und habe geschrien, er könne nicht mehr sehen. In diesem Durcheinander sei die Katze verschwunden.

Wo sie jetzt sei, fragte der Richter.

Irgendwo im Haus, antwortete seine Frau; das Hausmädchen habe sie auf dem Dachboden herumtoben hören, doch niemand traue sich dorthin, denn das Tier sei von Sinnen.

Er folgte ihr hinunter in den Salon. Die Dienstboten waren zu ihrer Arbeit zurückgekehrt. Der Gärtner saß auf einem Stuhl, während der Arzt ihm den Puls fühlte. Der Richter fragte, wo die Vogelflinte sei, und bekam zur Antwort, sie hänge an einem Haken im Geräteschuppen.

Kurz darauf betrat der Richter den Dachboden. In dem Licht, das durch die Dachluken fiel, fand er sich gerade so zurecht. Er stolperte über einen alten Reisekoffer und fluchte laut, als er mit der Hand an einen Dachbalken stieß. Die Kratzwunde hatte wieder zu pochen begonnen, und der Gedanke daran, daß seine Frau recht haben könnte damit, daß das Tier tollwütig sei, ließ ihn erschauern.

Im Raum war es still. Alles, was er hörte, war die leise Geräuschkulisse aus dem Erdgeschoß, wo man jetzt das Abendessen vorbereitete. Die Katze, dachte er, hatte wahrscheinlich hinausgefunden. Morgen würde er den Forstmeister rufen lassen.

Eine Weile stand der Richter mit geschlossenen Augen da und phantasierte, was er mit dem jungen Hausmädchen hier oben alles machen könnte. Es würde nicht protestieren, dachte er, gleichgültig, was er mit ihm anstellte. Es war zu jung, zu ängstlich, zu machtlos. Er würde es sogar umbringen können.

Er war gerade im Begriff umzukehren, als er vom Dach ein Geräusch hörte. Weiter hinten war eine der Dachluken offen. Darunter stand eine Leiter.

Von einem sonderbaren Schwindel ergriffen, kletterte der Richter auf das Dach. Unter ihm breitete sich die Stadt aus. Die Marienkirche, das Rathaus mit Turm und Zinne, der Artushof, die Langgasse und der Langemarkt. Die Schiffe im Hafen sahen aus wie Spielzeug. Im Hintergrund glänzten die Weichsel und das Meer.

Dann, ohne Vorwarnung, begann er, Stimmen in sich zu hören: die Stimme eines zehnjährigen Mädchens, das er früher einmal ertränkt, das Röcheln der Prostituierten, der er in einem Bordell in Königsberg die Brust abgeschnitten, und das Keuchen des Mädchens, das ihrerseits ihn vor vielen Jahren in einem Hotel in Danzig mit einem Messer verletzt hatte. Dann Lachen, hysterisches Lachen, das Fauchen einer wahnsinnigen Katze und das Wimmern des Abtes, als dieser am Richtplatz vom Gefangenenkarren gestiegen war.

Er fragte sich, ob er dabei war, den Verstand zu verlieren.

Ganz hinten auf dem Dachfirst entdeckte er die Katze. Sie stand aufrecht auf zwei Beinen wie ein Mensch und lachte ihn mit einem völlig menschlichen Lachen und hochgezogenen Mundwinkeln aus. Sie sprach jetzt ganz ungezwungen zu ihm, in seinem Inneren, mit einer erschreckend klanglosen Stimme. *Komm näher*, sagte sie, *sieh doch, ich bin ganz nah, komm näher.* Den Richter packte ein unerklärlicher Schüttelfrost. Ich bin verrückt geworden, dachte er: Ganz plötzlich habe ich die Kontrolle verloren.

Aber etwas trieb ihn vorwärts über das Dach; die Katze trieb ihn vorwärts, dachte er, zwang ihn, die Füße Schritt für Schritt über den regennassen Dachfirst zu bewegen.

Fünfzehn Meter unter ihm im Garten sah er seine Frau. Sie rief ihm zu, vorsichtig zu sein, wieder hinunterzuklettern, die Stimme aber trieb ihn weiter, oder genauer gesagt, die Stimmen, Hunderte von Stimmen, die in seinem Inneren einen gewaltigen Chor bildeten, der ihm zuschrie, er solle weitergehen, vorwärts, vorwärts, um jeden Preis. Die Schreie waren unerträglich, sie wollten nicht aufhören, sie hetzten ihn weiter ans Ende des Dachfirstes, wo auf den Hinterbeinen die Katze stand und ihn anlächelte, ein absolut menschliches Lächeln.

Dann empfand er ein ganz neues Gefühl, ein heftiges Jukken in seinem verstümmelten Geschlechtsorgan. Etwas Ähnliches hatte er noch nie erlebt, es war, als ob Tausende von Läusen sich da unten bewegten und in seinen Unterleib bissen und kratzten; es juckte, wie er es nie für möglich gehalten hätte.

Seine Frau, die ehrwürdige Rosalinda von Kiesingen, die seine gefährliche Balance vom Garten aus voller Schrecken verfolgte, sollte sich nachher erinnern, er habe sich wie im Wasser bewegt, als habe er schwimmend versucht, auf dem Dach voranzukommen, und als er fiel, tat er es unnatürlich langsam, in einem weiten Bogen auf die gepflasterte Terrasse.

Aus der Perspektive einer streunenden Katze sah alles anders aus. Was sie sah, war ein plumpes, stolperndes Menschentier, das mit dem panischen Blick der Beute vor einem wirklichen oder eingebildeten Verfolger floh. Sie wunderte sich allenfalls über ihre eigene unnatürliche Körperhaltung, auf den Hinterbeinen stehend, die Mundwinkel hochgezogen zu einem naturwidrigen menschlichen Grinsen.

VIII

In dem Dorf Fossa in den abruzzischen Bergen öffnet ein Mann die Tür zu einem Kleiderschrank. An der Wand hinter den Kleiderbügeln tritt sehr rasch ein Dämonengesicht hervor. Der Anblick ist schrecklich, denn das Gesicht ist schwer verstümmelt: Die Nase ist weggeschnitten, ein Auge ausgestochen, und beide Ohren sind bis in den Gehörgang ausgerissen.

Der Mann schließt mit einem Keuchen die Tür und sinkt zu Boden, herabgezogen von der unbestechlichen Schwerkraft und dem Schrecken, der ihn jetzt seit mehreren Wochen verfolgt. Doch sein *Glaube*, der, den die Menschen auf so ungesunde Weise mit Reue und mit der Furcht vor dem Leben verwechseln, in das geboren zu werden sie nicht gebeten haben, das sie aber dennoch unmerklich in Besitz nimmt, gibt ihm neue Kraft, sich zu sammeln.

Obwohl er bereits weiß, was ihn erwartet, öffnet er wieder die Tür. Denn so ist es in den letzten Monaten gewesen: Die Überraschungen haben sich wiederholt, bis sie nicht mehr sein Staunen erregt, sondern ihn nur noch mit eisigem Schrekken erfüllt haben, und deshalb weiß er schon, daß das verstümmelte Gesicht weg ist. Der Schrank ist leer, abgesehen von der Tüte mit den Mottenkugeln, der Tasche mit seiner Ausrüstung und seinem Mantel, dem schwarzen, pelzbesetzten, der auf einem der Bügel hängt und in den er sich nachts zum Schutz vor der Kälte und den unheimlichen Traumbildern hüllt.

Die Alpträume, denkt er verzweifelt, während er die Fläche betrachtet, wo eben das Gesicht erschienen ist, diese unglaublich wirklichen Alpträume, die ihn heimsuchen und dafür sorgen, daß er den Schlaf scheut wie eine Krankheit. Aber kein Mensch kann leben, ohne auszuruhen, und schließlich, im Morgengrauen, ergaunert sich der Körper ein paar Stunden des Schlummers, der unzuverlässige Körper, der auf seinen Willen pfeift und ihn Dämonen ausliefert, die in seinen Träumen ungebeten ein und aus gehen.

Seinem Motto getreu, die Listen Satans seien so zahlreich wie die Sünden der Menschen, versucht er, sich zu wappnen. Sein Glaube wird ihm helfen, denkt er, während er dieses Zimmer verflucht, das letztlich zu seinem Gefängnis geworden ist, das er nicht einmal bei Tag zu verlassen wagt, weil der Dämon die Tür bewacht, ein Zimmer für Reisende in einem gottverlassenen italienischen Dorf, wohin er gekommen ist, einer großen Herausforderung oder, genauer gesagt, einem großen Herausforderer auf den Fersen. Der Herausforderer aber hat sich als stärker erwiesen, als er hätte ahnen können, denn ein Blendwerk von dieser Kraft hat er noch nie zuvor erlebt.

Er legt sich auf das Bett und schließt die Augen. Die plötzlichen Gesichte am hellichten Tag sind in immer zahlreicher geworden, ebenso die Träume, die keine Träume mehr sind, sondern Reisen in ein Land voller Grauen.

Er fragt sich, ob die Entscheidung sich nähert, das Finale dieser langen Reise zum Wendekreis der Finsternis. Vor einer Stunde zum Beispiel hatte sich der Raum mit stechendem Rauchgeruch gefüllt, dem Gestank verbrannten Menschenfleisches, dem Prasseln von Feuer, doch als er sich umgesehen hatte, hatte er nichts Brennendes entdeckt. Kurz darauf hörte er deutlich, wie jemand seinen Namen rief, und als er automatisch antwortete, mit einer Stimme, die ihm seit vierundzwanzig Stunden nicht mehr recht gehorchte, schlug ihm ein vielstimmiges Hohngelächter entgegen. Ständig wird er weiteren Prüfungen ausgesetzt: ein Klopfen in der Wand, das ihn weckt, und als er verzweifelt ruft: »Wer da?«, hört er nur einen Seufzer oder jemanden, der aufreizend seinen Namen flüstert.

Doch das ist nicht alles. Darüber hinaus kann ihn jederzeit die Musik in Besitz nehmen. Sein Körper ist ein akustischer

Raum, in dem jemand Konzerte veranstaltet. Er ist eine Orgel aus Fleisch und Knochen, und jemand spielt auf dem Manual seiner Angst Fugen, Kantaten, bläst Luft durch die Orgelpfeifen seiner Panik. Ihm fehlen die Worte, um dieses Gefühl zu beschreiben; die Töne drohen ihn zu sprengen, so laut wird auf ihm, *in ihm,* gespielt, daß er fürchtet, seine Trommelfelle würden platzen und das faulige Wasser in seinen Ohren werde aufspritzen in einem Dreiklang, intoniert von der Stimmgabel des Teufels. Das Gefühl verschafft ihm Schüttelfrost. Er fürchtet, die Blendwerke würden ihn wahnsinnig machen. Es ist Satan, der ihn versucht, und er flüchtet sich in Grübeleien.

Ist das Ganze nur eine Illusion? fragt er sich. Ebenso wie Leiden und Krankheiten, die möglicherweise nur vom erhöhten Standpunkt des Schöpfers aus zu begreifen sind? Aber da der Mensch es nicht vermag, aus dieser göttlichen Perspektive zu sehen, müssen der Schöpfer und seine Schöpfung als böse erscheinen.

Gott sei eins mit seiner Schöpfung, behaupteten die Theologen. Aber da das Böse überall in der Schöpfung zu sehen ist, ist dann nicht auch Gott böse?

Mit diesem Gedanken versucht ihn der Dämon. Denn wenn der Gedanke richtig ist, was hat dann der Mensch noch, das er anbeten kann? Wenn Gott im Mörder genauso stark ist wie in dessen Opfer.

Satan existiert, und er existiert in ihm. Die Schöpfung ist nicht vollkommen und somit auch nicht der Schöpfer. Die Männer, die er im Vatikan kennt … die gebildeten Theologen … sie alle haben unrecht, wenn sie behaupten, das Böse sei in Wirklichkeit nicht das Böse, sondern ein geringeres Maß oder sogar die Abwesenheit des Guten …

Die Dämmerung fällt jetzt schnell. Durch das Fenster, in dessen Glas die Dämonen mit der Regelmäßigkeit eines Uhrwerks erschienen sind, sieht er über die Berge. Der Himmel ist leichenfarben. Die Bäume kahl. Er wünscht sich, er könnte das Zimmer verlassen, aber er traut sich nicht.

Das Böse sollte die Abwesenheit des Guten sein? fährt er in seiner Überlegung fort. Genau wie Salz die Abwesenheit von Süße ist, Trauer die Abwesenheit von Freude und Schwarz die Abwesenheit von Weiß? Die Versuche, die Ehre Gottes zu retten, kommen ihm auf einmal lachhaft vor. Was hatte Augustinus geschrieben: »Das Böse ist ein Raub am Guten und führt so weit, bis es das Gute vernichtet.« Wie aber verhält sich dann der Gott, dem er sein Leben lang gedient hat, zu dem, was er jetzt erleben muß, zu der Spur, die er durch die Dörfer verfolgt, zu dem verstümmelten Gesicht, das er eben im Kleiderschrank gesehen hat, zu Satan, der ihn versucht wie noch nie und will, daß er zugibt: »Ja, du bist mächtiger als mein Herr, denn er greift nicht ein.«

Er fragt sich, ob Gott seinen Prüfungen gegenüber gleichgültig ist. Oder nur verantwortungslos. Aber nicht einzugreifen ist ja auch eine Stellungnahme.

Durch die Angst ist ihm speiübel. Wenn er die Zimmertür öffnet, werden ihn Höllenflammen empfangen. Er fragt sich, warum das Feuer so heiß erschaffen wurde, daß es Menschen verschlingen kann. Warum hat Gott an der Möglichkeit des Leidens nicht ein wenig gespart? Hätte Gott nicht das Leiden erschaffen, hatte sein alter Prior einmal gesagt, auch bis zu seiner äußersten Grenze, wäre seine Schöpfung nicht vollendet gewesen. In einer vollkommenen Welt muß es alles geben. Eine begrenzte Welt widerspricht dem Prinzip der Großzügigkeit der Schöpfung. Auch im Schrecken.

Der Schweiß läuft ihm jetzt eiskalt zwischen den Schulterblättern hinunter, mit dem scharfen Geruch eines Beutetiers. Erneut riecht er den Rauch, und danach hört er eine Stimme, die unheimlicherweise aus seiner Brust ruft: *Sebastian, mein lieber Hexenjäger! Ich erschrecke dich doch nicht?*

Er sinkt auf die Knie. Es zuckt in seinem Körper wie bei einem Fallsüchtigen; heftige Konvulsionen durchfahren ihn mit jedem in sein Fleisch gehämmerten Akkord, gestimmt in der Hölle. Die Töne der Orgel, auf der ein unsichtbarer Dämon spielt, vor Lachen brüllend, sind auf dem besten Weg, ihm den Verstand zu rauben.

Erschöpft von den schrecklichen Gedanken fällt Sebastian del Moro in dem Zimmer für Reisende in dem Dorf Fossa in Schlaf. Er nimmt ein Räuspern wahr. Als er die Augen aufschlägt, sieht er auf seiner Brust eine äußerst kleine Gestalt. Es ist ein Mann, nicht größer als ein Daumen, der damit beschäftigt ist, die haarbewachsene Landschaft von del Moros Oberkörper zu untersuchen. Die Gestalt trägt eine Brille, die schwarze Ordenstracht der Dominikanermönche und einen schmutzigen Kaftan, und del Moro erkennt, daß sie eine Miniaturausgabe von ihm selbst ist. Aber dem Doppelgänger, der ihn im übrigen nicht zu bemerken scheint, fehlen Ohren und Nasenspitze. In der Hand hält er eine Tasche. Sie ist eine exakte Kopie von del Moros eigener Tasche, die im Schrank steht.

Sebastian, mein Exorzist, flüstert eine kindliche Stimme, die aus allen Richtungen gleichzeitig zu kommen scheint. *Das hier hast du nicht erwartet. Wir sind schon in dir, wir sind Legion, wie man sagt … und wenn du uns loswerden willst, mußt du zu deinen höchsten Riten greifen …*

Indem er nur die Augen bewegt, betrachtet er den Raum. Niemand ist da. Im Traum fragt er sich, ob er möglicherweise träumt, dann aber erinnert er sich daran, daß sein bewußter Zustand gleichgültig ist, denn in der letzten Zeit haben sich die Alpträume bis weit in sein waches Leben erstreckt, und umgekehrt: Die Alpträume des wachen Lebens haben ihn verfolgt bis in den Schlaf.

»Wer da?« fragt er deshalb. Aber wie erwartet kommt keine Antwort.

Auf seinem Brustkorb hat sein jetzt handbreitgroßer Doppelgänger die Tasche mit der dämonologischen Ausrüstung geöffnet. Lange steht er da und wählt unter den verschiedenen Instrumenten, bis er sich für eine der scharfen Ahlen entscheidet, die sich in einem Außenfach befinden. Del Moros Existenz scheint ihm noch immer nicht bewußt zu sein, und zum Erstaunen des letzteren nimmt jetzt ersterer aus derselben Tasche ein Paar falsche Ohren und eine falsche Nase, die er mit einer gewissen Mühe an seinem Gesicht befestigt. Dann nimmt er eine kleine, aber vollentwickelte menschliche Zunge heraus, die er mit Hilfe einer Nadel und eines spinnennetzdünnen Fadens in seinem Mund annäht.

Sebastian! sagt die Stimme wieder, diesmal aber auffordernder. *Du fragst dich, wo wir sind, da du uns nicht siehst, weder wenn du schläfst noch wenn du wach bist. Da hast du was zum Nachdenken! Und in welchem Zustand bist du selbst? Laß mich dir die Sache erklären: Du schläfst, aber wenn du aufwachst, wirst du dich an all das hier erinnern, und du wirst einsehen, daß es egal ist, ob das Unnatürliche im Schlaf oder mitten am hellichten Tag geschieht, denn Schlafen und Wachen sind in deinem Fall zwei Seiten derselben Medaille …*

Seine Lähmung hat jetzt eine Spur nachgelassen, und zu seiner Erleichterung kann er den Kopf zur Seite bewegen. Er sieht sich um: Jemand hat auf dem Tisch am Bett einen Kandelaber angezündet.

Gleichzeitig greift der kleine Doppelgänger auf seiner Brust nach einer seiner Ahlen und hackt jetzt damit direkt unter seiner linken Brustwarze in die Haut. Ein rhythmisches Geräusch entsteht, wenn sich das Instrument, ohne Schmerz zu verursachen, in sein Fleisch eingräbt.

Hör zu, sagt die Stimme wieder. *Du siehst uns nicht, aber trotz-*

dem fällt dir nicht die plausibelste Erklärung ein: daß wir aus dir selbst sprechen. Vielleicht haben wir deinen Körper in Besitz genommen, wie wir früher oder später alle Missetäter in Besitz nehmen … Wie? fragst du. Und wann? In einem unbewachten Augenblick natürlich … durch die erstbeste Körperöffnung … sagen wir, durch dein widerliches Rektum. Wir hassen dich wirklich! Und wie willst du uns hier wegkriegen … Uns mit einem Weihwassereinlauf austreiben?

Die Dämonenstimme lacht höhnisch, und del Moro begreift mit einem Schauder, daß es wahr ist: Der Dämon hat wirklich seinen Körper in Besitz genommen.

Er versucht, seine Gedanken zu einem Gebet zu sammeln, statt dessen aber nimmt eine Melodie seine Aufmerksamkeit in Anspruch. In sich hört er, gespielt auf einer Orgel, ein Stück von Clementi, das in eines von Bach übergeht und das anschließend, merkwürdigerweise, Ton für Ton von hinten gespielt wird.

Auf seiner Brust ist es dem Doppelgänger mit Hilfe der Ahle gelungen, in seine Haut ein kleines Loch zu graben. Er hört die kleine Gestalt mit ihrer eben angenähten Zunge schnalzen und dann in eine lange Tirade in einer unverständlichen Sprache ausbrechen. Ein Blutstropfen dringt wie eine rote Perle aus seiner Brust, löst sich aus ihrer Quelle und fließt einen der Gräben hinunter, die sich zwischen seinen Rippen bilden. Der kleine Doppelgänger wischt sich mit einem Taschentuch mit päpstlichem Monogramm den Schweiß von der Stirn; die Arbeit hat an den Kräften gezehrt.

Während del Moro wie verhext auf die merkwürdige Szene starrt, steigt von seiner anderen Brustwarze eine Säule aus Dampf auf.

Del Moro, du Aas, sagt die Dämonenstimme. *Die Stunde hat geschlagen! Es ist an der Zeit, daß du uns austreibst!*

Die innere Musik verstummt, und aus der Brustwarze, wo eben die Säule aus Dampf aufgestiegen ist, guckt jetzt ein

Dämon hervor, um mit seinem ätherischen, leicht grünlichen Körper blitzschnell gleich wieder in der Vertiefung zu verschwinden. Auch der kleine Doppelgänger ist jetzt verschwunden, aber auf del Moros Bauch, direkt am Nabel, steht noch die Tasche, offen, die Werkzeuge gut sichtbar.

Die Tasche schwillt an, als blase sie jemand auf oder als blase del Moro selbst sie mit dem Nabel auf; sie wird immer größer, bis sie ihre ursprüngliche Form erreicht.

Zeit für deine Berufspflichten, flüstert die Dämonenstimme in ihm. *Zeit, uns zu suchen, in deinem Inneren, mit allen zur Verfügung stehenden Mitteln … das ist wirklich deine letzte Hoffnung.*

Er schlägt die Augen auf und begreift, daß er geträumt hat. Doch nur einen kurzen Augenblick, denn auf seinem Bauch steht noch immer die Tasche. Ohne Bewußtsein davon, daß er sie selbst dorthin gestellt, daß ihn jemand dazu gebracht hat, schlafzuwandeln und sie aus dem Schrank zu holen, glaubt er, den Zusammenhang klarer zu sehen, das Dilemma und wie es zu lösen ist.

Ich bin besessen, denkt er mit der ganzen Schärfe der Erkenntnis: Der Dämon ist schon in mir. Ich muß ihn vertreiben …

Am Fenster ist ein kleiner Hausaltar vorbereitet. Auf einem weißen Tuch liegen, säuberlich aufgereiht, die Werkzeuge: die Flasche mit heiligem Öl, ein Kruzifix mit eingefaßten Reliquien, der Siphon mit Weihwasser. Der Große Exorzismus, oder *De Exorcismis*, so seine professionelle Bezeichnung, aus dem Rituale Romanum ist ein Ritus, der nur in den allerernstesten Fällen von Dämonenbesessenheit angewandt wird. Del Moro hat ihn schon früher ausgeführt, aber nie zuvor an sich selbst. Jetzt bereitet er in dem heimgesuchten Raum die Zeremonie akribisch vor.

Gerade als er das einleitende Gebet an den Erzengel Michael beginnen will, fängt der Dämon wieder an, in ihm zu sprechen:

Du Aas! Ich hoffe, du weißt, was du tust … böse Geister auszutreiben kann einen Menschen das Leben kosten …

Die Stimme ist stärker als vorhin, und mit einem Gefühl, daß die Zeit abläuft, spricht del Moro eilig das Gebet:

»Sancte Michael Archangele, defende nos contra nequitiam et insidias diaboli esto praesidium.«

Wie die Liturgie es vorschreibt, streut er Salz auf den Boden. Und nachdem er sich ein violettes Leinentuch über die Schultern gelegt hat, küßt er den Becher mit Meßwein.

»Exorcizo te«, fährt er leiernd fort, »omnis spiritus immunde, in nomine Dei Patris omnipotentis, et in nomine Jesu Christi Filii eius, Domini et Judicis nostri, et in virtute Spiritus Sancti.«

Er führt eine Oblate zum Mund und läßt sie auf der Zunge zergehen. In seinem Hinterkopf lacht der Dämon, und dann hört er eine andere, kindlichere Stimme, die sagt:

Was hilft eine Hostie gegen meinen ungetrübten Haß? Du ahnst nicht, wozu der Haß uns treiben kann. Auge um Auge, Zahn um Zahn. Es gibt eine Schuld, die gesühnt werden muß …

Das Gebet, denkt del Moro, während die Dämonenstimme verklingt, das Gebet wird ihm Kraft geben, denn das Gebet an sich enthält göttliche Kraft, die den Menschen geschenkt worden ist.

»Ut descedas ab hoc plasmate Dei«, murmelt er, »quod Dominus noster ad templum sanctum suum vocare dignatus est, ut fiat templum Dei vivi, et Spiritus Sanctus habitet in eo.«

Die Stimme in seinem Hinterkopf kichert ein wenig, als sei dem Dämon der Meßwein zu Kopf gestiegen. Er aber fährt ungerührt fort:

»Per eundem Christum Dominum nostrum, qui venturus est judicare vivos et mortuos, et saeculum per ignem. Amen.«

Es ist jetzt völlig still im Zimmer, und del Moro nährt eine Sekunde lang die Hoffnung, der böse Geist habe sich schon entfernt, sei von den heiligen Worten in die Flucht geschlagen worden. Doch er weiß aus Erfahrung, daß die Mächte der Finsternis sich aller möglichen Kriegslisten bedienen, um den Exorzisten zu veranlassen, die Zeremonie abzubrechen.

Er bückt sich daher zum Kruzifix und küßt es. Dann spuckt er sich leicht auf die Fingerspitzen, schlägt das Kreuzzeichen in die Luft und befeuchtet erst das linke und dann das rechte Ohr mit dem Speichel.

»Eppheta, quod est, adaperire«, bittet er: Öffnet euch!

Er läßt eine weitere Oblate auf der Zunge zergehen, während er seine Nasenlöcher berührt.

»In odorem suavitatis. Tu autem effugare, diabole; appropinquabit enim judicium Dei.«

Der Dämon wird ein wenig unruhig. Del Moro hört ihn etwas murmeln, versteht aber kein Wort. Aus seinem Brustkorb kommt statt dessen etwas, das er zunächst für eine weitere Stimme hält, das aber, wie er schließlich begreift, erneut Orgelmusik ist. Er küßt das Kruzifix ein weiteres Mal, zündet zwei Meßkerzen an und fragt feierlich sich selbst:

»Abrenuntias satanae?«: Schwörst du Satan ab?

»Abrenuntio«, antwortet er: Ich schwöre ab!

In der versilberten Oberfläche des Weinkelchs zeichnet sich sein Gesicht ab. Die eingefallenen Wangen erschrecken ihn, die Haut, die grünlich und voller Pusteln ist, die Barthaare, die in schmutzigen Zotteln zusammengeklebt sind.

»Et omnibus operibus eius?« fragt er sich: Und all seinen Werken und Lehren?

»Abrenuntio!«

Er nimmt jetzt den Siphon mit dem Weihwasser und spritzt ein paar Tropfen auf seine Kleidung.

»Et omnibus pompis eius?«

»Abrenuntio!«

Der Dämon verhält sich nach wie vor ruhig. Dagegen kommt ein raschelndes Geräusch vom Schrank. Der Gebirgswind, merkt del Moro, ist stärker geworden.

Er öffnet die Flasche mit dem heiligen Öl und reibt sich ein paar Tropfen auf die Stirn.

»Ego te linio«, fährt er fort, »oleo salutis in Christo Jesu Domino nostro, ut habeas vitam aeternam.«

Der Ritus nähert sich seinem Ende. Del Moro wundert sich, daß der Dämon keinen Widerstand leistet, daß er sich mit der Vertreibung so passiv abfindet, und er will gerade das abschließende Gebet beginnen, als dieser wieder zu sprechen anfängt:

Das Ganze ist sehr amüsant, Sebastian … du siehst mich nicht … nicht einmal deine Vergangenheit … erinnerst du dich wirklich nicht an mich, wir sind uns ja schon begegnet, unter anderen Umständen. Aber im Reich der Blinden ist bekanntlich der Einäugige König …

Del Moro hebt die Stimme und fährt fort:

»Credo in Jesum Christum Filium eius unicum …«

Du glaubst überhaupt nichts, und am allerwenigsten an die Menschen. Außerdem hältst du mich für tot … du und deine Vorgesetzten … der Glaube macht die Menschen einfältig … und dein Gott ist mir nie zu Hilfe gekommen, obwohl ich ihn in mehr als einem Fall dringend gebraucht hätte …

Während del Moro das violette Leinentuch um die Schultern gegen ein weißes, das die Reinheit der Seele symbolisiert, austauscht und mit aller Kraft der Versuchung widersteht, dem Dämon die Meinung zu sagen, was das Ritual streng verbietet, hört er den Dämon höhnisch lachen, und in der nächsten Sekunde, als er auf die Knie gefallen ist, um die Seligpreisungen zu sprechen, wird er von einem Dreiklang von einer der Orgeln der Hölle zu Boden geschlagen.

Erinnerst du dich wirklich nicht an mich! ruft die Dämonenstimme, um den Lärm zu übertönen. *Ich habe dir schon früher vorgespielt …*

Del Moro schafft es aufzustehen. Die Orgelmusik geht weiter; wieder ein Stück von Clementi, in seinem Inneren mit einer Lautstärke gespielt, die er nicht für möglich gehalten hätte.

»Credo in Jesum …«, ruft er, während er die Tracht auszieht und sich ein Kreuz aus heiligem Öl auf die Brust zeichnet.

Die Musik geht in eine langsame Orgelimprovisation über. Die Panik schnürt seine Eingeweide zusammen. An der Stelle, wo sein Doppelgänger im Traum ein Loch gehackt hat, aus der Haut direkt unter seiner linken Brustwarze, steckt jetzt eine grünliche Kreuzotter ihren Schwanz heraus. Er greift in Panik danach, aber es gelingt dem Untier, zurück in seinen Körper zu schlüpfen, während erneutes Dämonengelächter durch den Raum hallt.

Er ist kurz davor, sich zu erbrechen. Überall auf seinem Bauch und seiner Brust öffnen sich kleine Löcher, aus denen Würmer, Larven und Reptilienbrut ihre Köpfe herausstecken. Von seinem Körper, merkt er, steigt Verwesungsgestank auf, als wäre er schon tot, und wieder beginnt der Dämon, ihn anzuschreien.

Soviel Sünde hat sich in deiner Brust angesammelt … so viele Missetaten, soviel Grauen … siehst du wirklich, was du siehst, oder verzerre ich deinen Blick … na, na, du erinnerst dich schon, wenn du willst … der kleine Orgelvirtuose …

Die Ahlen! sagt eine andere Stimme in ihm. *Treib ihn mit den Silberahlen aus!*

Del Moro bildet sich ein, es sei der Erzengel Michael, der ihm im letzten Augenblick zu Hilfe gekommen ist, und greift deshalb dankbar nach einer der Ahlen in der Tasche; die, die er benutzt, um festzustellen, ob die Besessenen in ihren Warzen und Hexenmalen noch Gefühl haben.

Die Stimmen in ihm vermischen sich jetzt, ein ganzer Chor von Stimmen, eine Kakophonie von Teufeln und Engeln, die um die Herrschaft über seine Seele kämpfen. Aus dem Loch unter seiner linken Brustwarze streckt jetzt wieder ein Dämon sein widerliches Gesicht heraus, doch als er die Ahlenspitze an der Vertiefung ansetzt, flieht dieser zu seiner Erleichterung zurück in seine Brust.

Vor sich im Raum sieht er jetzt die sonderbarsten Gesichte, oder vielleicht sieht er sie tatsächlich in seinem Inneren, in seinem bis zum Wahnsinn erregten Bewußtsein? Kardinal Rivero tritt vor ihn hin, aber del Moro erkennt mit schwindelerregender Klarheit, daß er in Wirklichkeit unter dem tödlichen Einfluß seines Feindes steht, der ihn bewußt auf diese Spur gesetzt, immer höher hinauf in die Berge gelockt hat, damit der Endkampf ohne Zeugen stattfindet. Auch der Jesuitenmönch Schuster erscheint vor seinem Blick, oder vielleicht vor seinem inneren Blick, und del Moro weiß jetzt, daß auch er, der Tote, eine simple Figur in einem höheren Spiel zwischen kosmischen Mächten ist, Schuster ebenso wie der Kardinal und alle, die ihn Schritt für Schritt hierhergeführt haben.

Der Dämon ringelt und windet sich in dem Loch unter del Moros Brustwarze, und wieder hört er die Stimme, die, bildet er sich ein, dem Erzengel Michael gehört:

Treib den Dämon mit der Ahle aus, Sebastian, das ist deine letzte Hoffnung!

Im selben Augenblick, als del Moro die Ahlenspitze an seine Brust setzt, genau an den Punkt, wo eben noch das Dämonengesicht gewesen ist und der direkt über seinem Herzen liegt, öffnet sich die Tür des Schrankes am anderen Ende des Zimmers. Er erkennt die Gestalt wieder, die, beleuchtet von den brennenden Meßkerzen, heraussteigt. Es ist der mißgebildete Junge, den er einmal vor Jahren im Vatikan untersucht hat.

Während ausgelassene Orgelmusik, wieder Clementi, in ihm

ertönt, wird ihm dies klar, doch die Gewißheit, daß es sich um eine furchtbare Rache handelt, kommt zu spät. Alles wird schwarz, als jemand die Kerzen ausbläst. Aber er hat schon vorher, in einem letzten Versuch, den Dämon auszutreiben, die Ahle in sein Herz gebohrt.

Borgo Santo Spirito, den XX. April MDCCCXXXVII

Lieber Beichtvater!

Bösartige Gerüchte werden Dich bald in Neapel erreichen, und meine Absicht ist es, diesen mit einem beruhigenden Brief zuvorzukommen, der im übrigen auch eine gute Nachricht für Deinen Neffen Gianfranco enthält. Traue dem nicht, was Du über mich hörst, Ildebrando, mein Ruf ist und bleibt makellos.

Abgesehen von den tragischen Todesfällen in unseren Reihen in der letzten Zeit, die einige Verwirrung gestiftet haben und über die Du, wie ich weiß, schon informiert bist, ist dieses Frühjahr im Zeichen der Konsolidierung vergangen. Mit Gottes Gnade und dem bis jetzt wohldokumentierten Glück des Pontifikats in den politischen Fragen, haben wir bei den wichtigen Themen, die im Sommer in der Kleruskongregation und unserem standhaften Päpstlichen Rat *Cor unum* diskutiert werden sollen, Übereinstimmung erzielt. Es ist nicht immer Gottesfurcht, was unsere lieben Brüder bewegt, wenn es um die Nationalität geht, aber keiner von uns ist vollkommen.

Nun die gute Nachricht: Der Präfekt der Pontifikalakademie, Lorenzetti, hat nach langem Hin und Her Deinen Neffen Gianfranco zum neuen Nuntius in Genf vorgeschlagen, eine Nachricht, die Dich, glaube ich, noch nicht erreicht hat. Um sein Glück zu vervollkommnen, habe ich ihm den Ehrenauftrag erteilt, diesen Sommer Gastgeber für die vielen Besuche *Ad limina apostolorum* zu sein; offensichtlich sind bei den Pflichtwallfahrten nach Rom in diesem Jahr schweizerische Bischöfe überrepräsentiert – was Gianfrancos Ambitionen zupaß kommen dürfte.

Mit den besten Wünschen für Dich und unsere Brüder in

der Provinz Kampanien beende ich diesen in aller Eile diktierten Brief und bitte Dich noch einmal, den Gerüchten keinen Glauben zu schenken.

Dein ergebenster und gehorsamster Diener
Rivero

Sant'Angelo, Ischia, den XXIV. April MDCCCXXXVII

Bester Aurelio,

Dein Brief vom zwanzigsten erreichte mich heute auf Ischia, bei den Thermalbädern, wo er mich aus meinen Altersgrübeleien geweckt hat. Die warmen Quellen der Insel tun, wie Du weißt, meinem Rheumatismus gut, und ich danke der göttlichen Vorsehung dafür, daß ich, nachdem meine Gesundheit nicht mehr die beste ist, mein gutes Urteil und meine gute Laune nach wie vor behalten darf.

Wie Du richtig errätst, haben mir die Gerüchte über Deine angeblichen Unternehmungen nicht entgehen können, obwohl sie bislang nur in Form verstohlener Nebensätze und dunkler Anspielungen zu meiner Kenntnis gelangt sind. Natürlich beachte ich sie nicht, oder zumindest nur insoweit, als ich konstatieren muß, was ich seit langem gewußt habe: daß Du die wenig beneidenswerte Fähigkeit hast, Dir Feinde zu machen.

Das Leben in Neapel ist, wie Du weißt, ansonsten von anspruchsloserer Art. Die erhabenen Intrigen des Kardinals- und Bischofskollegiums gehen gewöhnlich an uns vorbei, und welche Ansichten ein Erzdiakon im Rom bezüglich des *Mandatum Docendi* für Freidenker hat, erfahren wir normalerweise nicht einmal. Ich bedanke mich daher in aller Demut für vertrauliche Informationen über höhere kirchliche Angelegenheiten, auch wenn sie zweifellos meine profane Neugier befriedigen, noch mehr aber für solche über private Dinge, die nicht einmal in die persönliche Beichte gehören.

Manchmal fehlst Du mir hier, Aurelio: die Abende in der Bibliothek, die Wanderungen in den Bergen, die Arbeit mit den Armen. Neulich, als ich Deinen Brief las, stieg die Erinnerung an unseren ersten Sommer vor mir auf, mit der ganzen Kraft der Sentimentalität, alles in hellen Farben zu zeichnen. Glaub mir, so etwas wird mit den Jahren nur schlimmer: Die Erinnerung enthält uns in immer höherem Maß das Unangenehme vor und schleppt die schönsten Stunden ins Licht, um unseren Seelen Linderung zu verschaffen. Die Mühen, die Plackerei, die Not der früheren Jahre nehmen immer mehr die Form eines Traums mit leichten Kratzern an.

Ich hoffe, Dich in nicht allzu ferner Zukunft hier wiederzusehen. Nicht im Schatten der Lateranbasilika, sondern hier, im Süden, Deiner früheren und meiner jetzigen Heimat!

Die gute Nachricht über Gianfranco hat mich im übrigen besonders gefreut, und ich darf Dich bitten, meine herzlichsten Glückwünsche zu übermitteln, wenn Du ihm bei nächster Gelegenheit in den Korridoren des Borgo begegnest. Was die tragischen Todesfälle in der Geheimen Vereinigung angeht, muß ich mich den Befürchtungen anschließen, die zwischen den Zeilen Deines Briefes zu lesen sind: Die Bruderschaft hat trotz der Restauration noch mächtige Feinde, und ich bitte Dich deshalb, wachsam zu sein.

In der Hoffnung auf ein baldiges Wiedersehen zeichne ich als Dein alter Lehrer und Beichtvater

Ildebrando Montelli

Borgo Santo Spirito, den XVI. Mai MDCCCXXXVII

Lieber Ildebrando!

Ich schreibe diesen Brief in größter Eile und, wie Du an der Handschrift merkst, ohne ihn einem Sekretär zu diktieren. Die Ereignisse der letzten Zeit, von denen Du jetzt, wie ich fürchte, volle Kenntnis hast, verlangen eine rasche Erklärung und eine ebenso strenge Diskretion, damit mein Ruf nicht noch weiter gefährdet wird. Ich versichere Dir, Ildebrando, es gibt Erklärungen für alles, was Du über mich hörst, zieh keine übereilten Schlüsse!

Zuallererst muß ich Dich über einen weiteren Todesfall in unseren Reihen informieren, weil er möglicherweise mit der Kampagne, die gegen mich geführt wird, in Zusammenhang steht: Diesmal betrifft es unseren hochgeehrten, von manchen gefürchteten Inquisitor und Dominikanermönch S. del Moro. Er wurde in der vorvorigen Woche in der Gegend von Assisi aufgefunden, mit einer Ahle im Herzen. Mein Bediensteter, Silvio, der dorthin gereist ist, um sich eine Auffassung von der Tragödie zu bilden, hat die Theorie, daß unsere Feinde – wer sie auch sein mögen – in den Fall verwickelt seien, noch nicht bestätigen können. Auch konnte die exakte Todesursache noch nicht festgestellt werden. Es kann sich um Mord handeln oder, was Gott verhüte, um Selbstmord. Wie Du weißt, habe ich Sebastian als einen unserer zuverlässigsten Mitarbeiter betrachtet. Möge Gott seiner Seele gnädig sein.

Der Vorfall beunruhigt mich zutiefst, und ich kann keine anderen Schlüsse ziehen, als daß einer oder einige der inneren Verfassung der Vereinigung schaden wollen. Vielleicht bin ich selbst als nächster an der Reihe? Verstorben und verschwunden sind ja ausnahmslos Männer in Schlüsselpositionen. Unsere rheinländischen Brüder Malitsch werden seit einiger Zeit vermißt. Ein weiterer unserer treuen Mitarbeiter, Pirandello, verantwortlich für die Rekrutierung von Laienbrüdern, wurde im letzten Winter ertrunken oder ertränkt vor der ligurischen Küste aufgefunden. Dieses kurz zu dem, was eine geplante Kampagne gegen die Bewegung zu sein scheint, die ich, aber in gewissem Ausmaß auch Du, Ildebrando, aus der Taufe gehoben habe.

Nun zu den Gerüchten, von denen Du sicherlich erfahren hast. Ich schreibe diese Zeilen an Dich in Deiner Eigenschaft als *mein* ältester Beichtvater, und das seit dem Noviziat: Vergiß nie die Bande, die uns dadurch verbinden. Ich war, um mich milde auszudrücken, in der letzten Zeit nicht ich selbst, vielleicht aufgrund des Drucks, unter dem ich lebe, seit es in meiner nächsten Umgebung zu diesen unerklärlichen Todesfällen gekommen ist. Plötzlich hatte ich den Verdacht, daß die Handlungen, deren ich mich tatsächlich schuldig gemacht habe, irgendwie von außen gelenkt sind. Aber bei meiner Ehre versichere ich Dir: Was geschehen ist, wirkt dramatischer, als es in Wirklichkeit ist. Von außen betrachtet, kann meine Handlungsweise gedankenlos, verwerflich oder gar skandalös erscheinen. Aber laß mich Dir diese Vorkommnisse erklären, wenn wir uns sehen, sie eignen sich nicht zur Niederschrift auf ein Blatt Papier.

Ich schreibe Dir also in erster Linie, weil ich mich entschlossen habe, nach Neapel zu reisen, in der Absicht, vor Dir, meinem ältesten Beichtvater und Seelsorger, im Hinblick auf die Ereignisse der letzten Zeit ein vollständiges Sündenbekenntnis abzulegen. Doch die Pflicht – nicht zuletzt die Verteidigung meiner stark in Frage gestellten Position – hält mich mindestens noch einen Monat oder vier Wochen ab dem Datum, an dem Du dieses Schreiben erhältst, in Rom fest. Bis dahin: Bete für mich mit all der Kraft und Liebe, die ich so lange an Dir bewundert habe.

Dein Aurelio Rivero

P.S. Unsere Fürbitten in der nächsten Zeit sollten dem dahingegangenen Inquisitor S. del Moro gelten.

Neapel, den XXVI. Mai MDCCCCXXXVII

Aurelio,

durch meine Freunde in der Präfektur habe ich Deine Unternehmungen in Rom aus größerer Nähe verfolgen können, als Du glaubst, und angesichts der neuen Informationen, die mich erreicht haben, finde ich die Situation alarmierend. Lüg mich nicht an! Versuche nicht, Dich der Verantwortung für die Handlungen, deren Du Dich in der letzten Zeit schuldig gemacht hast, zu entziehen! Erspare mir auch die feigen Ausflüchte und maßlosen Euphemismen in Deinen Briefen: »nicht ich selbst«, »was geschehen ist, wirkt dramatischer, als es in Wirklichkeit ist«, »gedankenlos«, »irgendwie von außen gelenkt«! In Anbetracht dessen, was mir zur Kenntnis gekommen ist, mache ich mir ernste Sorgen um Deine seelische Gesundheit. Ich höre Gerüchte über Dich, die ich kaum in Worte kleiden kann: Lästerungen, Entweihungen aller Art, plötzliche Wutanfälle, Szenen, die sich vor Dutzenden von Zeugen, alle äußerst angesehen, abgespielt haben sollen. Man erzählt, Du seiest grob unsittlich aufgetreten und habest bei zwei Gelegenheiten einen Beamten geschlagen. Ferner: Unehrlichkeiten, ausgefallene Messen, zwei Nuntien, die sich bei der Akademie schriftlich beschwert haben, und außerdem – ich bete zu Gott, daß es nicht wahr ist – sollst Du, Aurelio, früher mein Lieblingsschüler, Dich unsagbarer Vergehen in einer Kirche schuldig gemacht haben: der Verunreinigung mit Exkrementen in einer Art, die ich nicht in Worte fassen will oder kann. Ich verlange eine Erklärung, schriftlich, schon vor Deiner Ankunft in Neapel, die im übrigen viele für ein Scheinmanöver halten: Es heißt, daß Du in Wirklichkeit planst, das Land zu verlassen.

Ich habe auch meinen Neffen, Gianfranco, gebeten, mich über Deine Unternehmungen in der nächsten Zeit auf dem laufenden zu halten. Die Vereinigung will, wenn ich die Sache recht verstanden habe, mit Dir keine Risiken mehr eingehen. Ich rate Dir zu Einkehr und Gebet und daß Du Dich entbinden läßt von Deinen bereits grob vernachlässigten Pflichten. Vielleicht könnte ein Fasten zur Besinnung führen, hilfreich wäre wohl auch eine ärztliche Untersuchung. Ich erwarte postwendend eine Antwort.

Ildebrando Montelli

Rom, den II. Juni MDCCCXXXVII

Lieber Beichtvater!

Ich bitte Dich: Zieh nicht Deine Hand von mir ab, nicht jetzt, da sich meine Verzweiflung mit meiner Schuld messen kann.

Heute morgen erreichte mich die Nachricht von unseren rheinländischen Brüdern, Malitsch. Sie sollen sich mit Gift das Leben genommen haben. Oder geschah es irrtümlich? Die Umstände sind in Dunkel gehüllt: Es gibt keine Zeugen, keine Abschiedsbriefe, niemanden, der von ihren Unternehmungen seit ihrem mysteriösen Verschwinden an Ostern hätte berichten können. Bete für ihre Seelen, Ildebrando, so wie ich hoffe, daß Du für meine beten wirst, wenn der Augenblick gekommen ist.

Seit einiger Zeit sucht mich ein furchtbarer Verdacht heim: daß der mißgebildete Junge mit dem Geschehenen irgendwie in Verbindung steht. Der Gedanke, daß jemand seinen Tod rächen will, läßt mir keine Ruhe. Der Junge ist, wie Du weißt, aus dem Weg geräumt, aber all die Personen, denen bis jetzt etwas zugestoßen ist, waren auf irgendeine Weise in die Affäre verwickelt. Ich bin äußerst verwirrt. In meinen düstersten Stunden fürchte ich, daß irgendwo ein unglaublicher, aber so wenig spektakulärer Fehler gemacht wurde, daß er unserer Aufmerksamkeit entgangen ist. Aus diesem Anlaß habe ich unserem verschwundenen Freund J. Langhans in Wien geschrieben. Bei unserer letzten Begegnung, im November, versicherte er mir erneut, daß der Gedankenleser wirklich nicht mehr ist. Sollte er Grund haben, mich anzulügen, oder aus Gründen, von denen wir nichts wissen, etwas verbergen?

Diese Überlegungen haben mich derart beschäftigt, daß ich noch nicht die Kraft hatte, Deinen letzten Brief, in dem Du mir meine Handlungen mit Recht vorwirfst, zu beantworten.

Ich versiegle hiermit dieses Schreiben, da mein neuer Sekretär in einer eiligen Angelegenheit nach mir ruft. Gleich heute nachmittag hoffe ich einen weiteren Brief an Dich beginnen zu können, mit Antworten auf Deine Fragen.

Gott erhalte Dich bei guter Gesundheit,

Dein gehorsamster Diener
Aurelio

Liebster Ildebrando!

Ich setze hier den Brief fort, den ich heute morgen begonnen habe.

Ich bin verzweifelt, und ich bitte um Verzeihung für das, dessen ich mich schuldig gemacht, und den Schaden, den ich der Geheimen Vereinigung damit zugefügt habe. Ich weiß, daß im Licht dessen, was geschehen ist, die Erklärungen verspätet wirken, aber es ist – in Ermangelung eines besseren Vergleichs –, als hätte mich eine fremde Macht in Besitz genommen oder eher Gedanken und Absichten, von denen ich nicht wußte, daß ich sie haben könnte.

Ich weiß nicht, wie ich diese Gefühle formulieren soll, denn sie sind ebenso erschreckend wie verwirrend. Es geschehen hier Dinge gegen meinen Willen. Ich handle, Stunde für Stunde, immer im Kampf gegen meinen Glauben, im Konflikt mit meinen Überzeugungen und dem Gehorsam, den ich, wie ich glaube, seit meinem Eintritt in den Orden geübt habe. Allein das Niederschreiben dieser Zeilen nimmt meine gesamte Willenskraft in Anspruch, die Feder will mir kaum gehorchen, nicht im physischen Sinn, sondern im geistigen: Die Feder will Worte schreiben, die nicht meine sind.

Ja, so ist es: Die Feder will mich demütigen und auch Dich, meinen geliebten Ildebrando. Was ist das für eine Macht, die nicht einmal meine Sprache in Ruhe lassen will? Die Anklagen, die man gegen mich richtet, treffen, wie Dir klar ist, zu, und ich kann meine Handlungsweise nicht anders erklären: Das war ich nicht! Wer aber, frage ich mich, ist es dann?

Merkst Du, mit welcher Mühe ich diese Fragen zu Papier bringe, bemerkst Du meine eckige Handschrift, wie sie sich neigt und kippt, wie Du es noch nie gesehen hast, als schriebe ich mit der linken Hand, bemerkst Du die Tintenflecke, die mißlungenen Initialen, wie ich mich, mit meiner ganzen Willenskraft und der Feder in dieser verkrampften Hand, anstrenge, um einen einzigen klaren Satz bis zu seinem Ende schreiben zu können? Es ist, als erlaube mir eine äußere Macht nur mit Mühe und Not, diese Worte zu formulieren.

Ich kann auch nicht diktieren, denn was aus meinem Mund kommt, sind Fäkalien, Ildebrando. Ich denke eines, aber aus meinem Mund kommt etwas Schreckliches, etwas Grobes und Häßliches, das meine Umgebung zurückweichen läßt. Ich bin nicht mehr verantwortlich für meine Sprache, noch weniger für meine Handlungen. Bete für mich, Ildebrando, bete für meine Seligkeit, die ernsthaft bedroht ist.

Hätte ich nicht meinen neuen Sekretär, die Situation wäre

schon lange außer Kontrolle geraten. Er hat jetzt die Verantwortung für mein Tagesprogramm übernommen, hält Besucher auf Distanz und läßt nur meine engsten Mitarbeiter zu Audienzen vor.

Du mußt mir glauben, Ildebrando, wenn ich Dir sage, daß dies heute der vierte Entwurf zu einem Brief ist. Die anderen mußte ich verbrennen. Zu meinem Entsetzen habe ich gesehen, wie sie sich mit Sätzen füllten, die nicht meine sind: Beschimpfungen, Grobheiten, Flüche, Verwünschungen. Formulierungen, die nicht mir gehören, schleichen sich in den Text ein, Wörter, von denen ich nicht einmal wußte, daß ich sie denken oder schreiben kann. Ich denke: Jetzt schreib das und das, Aurelio! Aber wenn ich die Bewegungen der Feder auf dem Papier verfolge, sehe ich, daß auf dem Papier ganz andere Worte entstehen. Auch die Handschrift ist eine andere: die Handschrift eines anderen Menschen!

Alles, was Du über mich gehört hast, Ildebrando, ist wahr: all diese Unsittlichkeiten, diese Lästerungen, die Verunreinigung, die Exkremente, die Entweihungen. Es passiert wie im Rausch, jenseits meiner Kontrolle, als wäre ich ein Automat, gebaut von einem bösartigen Puppenmacher. Nur kraft der Autorität meines Amtes und mit Hilfe meines Sekretärs habe ich den Skandal ersticken können. Die fremde Stimme spricht in mir, die unheimliche Stimme, die mir Böses will, die mich zu alledem treibt, die mich an den Pranger stellen und mein Leben zerstören will. Die Stimme, die mir in der letzten Stunde eingeredet hat, ich soll die äußerste der Todsünden begehen …

Meine seelischen Kräfte gehen zur Neige, Ildebrando. Ich schließe hier, bevor die böse Macht im Ernst beginnt, das, was ich schreiben soll, zu diktieren.

Rivero

Neapel, den XXII. Juni

Lieber Aurelio,

mit Hoffnung und Beben sende ich Dir diesen Brief, da Du auf meinen vorigen nicht geantwortet hast. Ein Lebenszeichen ist alles, was ich verlange. Antworte mir postwendend.

Dein Ildebrando Montelli

Neapel, den I. Juli

Aurelio!

Ich bitte Dich noch einmal: Antworte baldmöglichst auf meine Briefe. Gib mir wenigstens ein Zeichen, daß Du bei guter Gesundheit bist! Dieses Schweigen von Deiner Seite erfüllt mich mit den schrecklichsten Vorahnungen. Zuletzt kam heute morgen mein letzter Brief zurück. Ich habe meine Freunde gebeten, Dich aufzusuchen, doch Du hast dafür gesorgt, daß Du nicht anzutreffen bist. Gianfranco hat mir durch Boten mitgeteilt, daß Du keine Audienzen mehr gibst. Er will mit Deinem neuen Sekretär gesprochen haben, der mitteilte, Du seiest nicht »disponiert«. Was meint er, Aurelio? Und wer ist dieser neue Mann in Deiner Kanzlei? Ich flehe Dich an: Gib mir ein Lebenszeichen!

Ildebrando

Neapel, den VIII. Juli

Geliebter Aurelio!

Noch kein Lebenszeichen von Dir und noch ein Schreiben retour mit ungebrochenem Siegel. Ich habe mich entschlossen, diesen Brief per Kurier zu schicken, um sicherzugehen, daß er wenigstens Deinen Sekretär erreicht, von dem das Gerücht berichtet, er sei unnachgiebig, geheimnisvoll und kein Mann aus unseren Reihen. Wer ist er, dieser Fremde, Aurelio, der Besucher schon im Vorraum zu Deinem Büro verjagt? Ich höre Gerüchte, die zu unglaublich wirken, um wahr zu sein. Man hat Dich seit über einem Monat nicht gesehen, nur diesen merkwürdigen kleinwüchsigen Sekretär, der schriftlich mitteilt, Du seiest nicht »disponiert« oder »für Gespräche nicht verfügbar«, und dessen Äußeres – abgesehen von seiner geringen Größe und einer eigentümlichen Maske – offenbar niemand beschreiben kann. Ich erwarte auch keine Antwort auf diesen Brief, Deine Korrespondenz mit der Außenwelt scheint gänzlich zum Erliegen gekommen zu sein. Aber wenn ich in den nächsten zehn Tagen kein Lebenszeichen von Dir erhalte, werde ich nach Rom reisen und eine persönliche Begegnung mit Dir verlangen oder in Erfahrung zu bringen suchen, wo Du Dich aufhältst. Gianfranco hat jetzt ein dutzendmal versucht, Dich zu erreichen. In unseren Reihen breitet sich Unruhe aus. Man erzählt, Du habest Dich unseren Feinden angeschlossen, Du befändest Dich an einem unbekannten Ort außerhalb Roms, um von dort aus gegen unsere Vereinigung zu konspirieren. Ich weiß nicht, was ich glauben soll, bevor ich nicht unter vier Augen mit Dir gesprochen habe. Meine größten Befürchtungen gelten jetzt Deiner Gesundheit, und ich frage mich, ob Du noch am Leben bist. Ich hoffe, Dich mit Gottes Hilfe wiederzusehen oder baldigst ein Lebenszeichen von Dir zu erhalten.

Dein Ildebrando Montelli

Sabiner Berge, San Pietro e Paolo MDCCCXXXVII

An meine Brüder in Jesu und besonders meinen ältesten Beichtvater, den hochgeehrten und gottesfürchtigen Ildebrando Montelli, seit dem Noviziat mein Mentor und christliches Vorbild, zugleich an meine Mitarbeiter in den Kanzleien und Kongregationen, dazu an meine Schwestern Anna und Ricarda sowie an all jene, die mein nahe bevorstehendes Ende interessieren könnte.

Diese Zeilen sind in großer Angst geschrieben, mit äußerster Anstrengung, Kräften ausgeliefert, die ich nicht beherrschen kann und denen den nötigen Widerstand entgegenzusetzen ich nicht mehr imstande bin. Nichts bleibt mir mehr übrig, als mich dem guten Gott anheimzugeben, in der Hoffnung, daß er eine unwürdige Seele annimmt. Ich, Aurelio Rivero, kann nur darauf vertrauen, daß jemand diese Epistel deuten kann, obwohl ich nicht mehr Herr der Hand bin, die sie schreibt.

An diesem Ort, einem verlassenen Landgut vielleicht in den Sabiner Bergen, wohin ich Anfang Juni dieses Jahres gegen meinen Willen von meinem neueingestellten Schreiber und zugleich privaten Sekretär, der die volle Kontrolle über mein Handeln hat, gebracht wurde, schreibe ich jetzt diesen Brief, mit seiner gnädigen Erlaubnis, etwas anderes wäre nicht möglich, da er ja jeden kleinsten meiner Schritte lenkt und vollen Einblick in meine Seele, meine Gedanken, hat, auch in meine Sünden, die nicht zu zählen sind meine Handschrift schwankt heftig und ich bitte den Leser um Geduld Auch sind nicht alle Worte meine! Nachrichten haben mich erreicht über Luca S. sowie andere die in den Tod des Ordensbruders Julian Schuster in Rom verwickelt waren Auch Witold Kossak war es überlebte aber mit Gottes Hilfe da er von zwei Kindern an einen Ort außerhalb der Regia gelockt alles hängt zusammen mit meinem Schreiber der mich hier gefangen hält möge dieser Brief die erreichen die von meinem furchtbaren Schicksal Kenntnis erhalten wollen!

Vergebt mir die Missetaten, deren ich mich schuldig gemacht habe, in Santa Maria Maggiore, in der Kirche Johannes' des Täufers, in San Luigi dei Francesi, wo ich in verwirrtem Zustand   muß jetzt schließen, da mein Sekretär nach mir ruft   ich kann bei seiner furchtbaren Kraft nichts anderes tun als gehorchen

Sabiner Berge, VIII nach Santissima Trinità

Dieser Brief wird heimlich geschrieben, da mein Wächter dieses Gebäude verlassen hat, um Besorgungen zu machen, Nahrungsmittel für mich zu beschaffen, denn er will mich am Leben erhalten, um mich zu quälen   ich bin hier gefangen, eingesperrt wie ein gemeiner Dieb   Gott gibt es nicht mehr in meiner Finsternis, nur den Becher mit Gift, damit ich die äußerste der Sünden begehe

Nur unter Aufbietung aller Willenskraft kann ich vermeiden, unseren Herrn und meine Lieben in diesem Brief zu schmähen   hier kommt nur ein schwaches Licht als Streifen durch eine Fensterluke in sechs Ellen Höhe an meiner, wie ich glaube, westlichen Zellenwand. Sonst nichts! Keine Möbel, keine Lampen, der Boden kalt, die Wände aus Stein, bittere Kälte am Morgen, weil der Turm nach Norden liegt   mein Privatsekretär und zugleich Gefängniswärter hat mich mit einer List und seiner Kraft hierher gelockt, meine Schwäche, meinen schwer angegriffenen Verstand ausgenutzt   meiner Erinnerung vergessene Ereignisse der letzten Jahre entlockt, höre hier Stimmen in mir sehr deutlich, habe auch autoskope Halluzinationen ungewöhnlicher Art   er sieht in meine Seele hinein, all meine Schwächen nutzt er aus, meine seit meiner Kindheit tief verwurzelte Angst vor den Todsünden, darunter den Tod von eigener Hand, zu dem er mich mit Blendwerk, aber auch mit praktischen Mitteln zu verführen sucht   keine

Möbel oder Bequemlichkeiten in dieser Zelle, nur ein Giftbecher, eine Schlinge aus gediegenem Kupferdraht, eine scharfe Schere eine Treppe an der Wand hinauf zur Galerie, an deren einziger Fensterluke man durch eine Ritze einen Hinterhof mit Mandelbäumen sehen im Hintergrund, vermute ich, die Silhouette der Sabiner Berge muß jetzt schließen er kommt zurück

Sabiner Berge, August oder September

Möge dieser Brief eine christliche Seele erreichen! Ich, Aurelio Rivero, verliere hier langsam den Verstand, Stimmen verfolgen mich ohne Unterlaß, mein Sekretär und zugleich Feind hat sich entschlossen, mich auf diese Weise in den Tod von eigener Hand zu treiben Tritt auch unsichtbar auf tritt dann lachend aus dem Nichts hervor!

dies ist eine öde Gegend, keine Menschen leben hier. Ich bin jetzt völlig verstummt und habe meine Sprache verloren, mein Sekretär vergiftet meine Getränke Halluzinationen entstehen Höllenbilder schlimmer als Dante beschrieben hat, dies ist eine tote Gegend, der Morgen kommt langsam um unmerklich zu übermannen ich höre Geräusche aus dem verschlossenen Raum nebenan Stühlerücken, Musik, jemand spielt Klavier mein Schreiber, der entstellte Junge, spricht durch die Gedanken zu mir Möge Gott meiner Seele gnädig sein wenn ich vor seinen Thron trete

in der Hoffnung daß dieser Brief mit Gottes Gnade einen Adressaten findet bereit für meine Seligkeit zu beten gehe ich meinem Untergang entgegen

IX

So war es: Durch seinen Haß hatte Hercule seine Gabe so verfeinert, daß er unbemerkt erscheinen konnte. Es gelang ihm, in denen, denen er begegnete, die Vorstellung von sich auszuradieren, er fand den Punkt in ihrem grauen Hirn, wo sein Bild erschien, und er verwandelte es in etwas anderes.

Er machte sich »unsichtbar«, hätten vielleicht manche gesagt, doch dann wäre er gezwungen gewesen, sie zu korrigieren. Denn kein Mensch kann sich unsichtbar machen, nur unbemerkt bleiben, was oft bei den Einsamen der Fall ist.

Auf dem Schlachthof zum Beispiel, wo er stand, bemerkten ihn die Gesellen nicht, obwohl er mitten unter ihnen war. Möglicherweise empfanden sie ihn wie den Hauch des Todesengels (der an Orten wie diesem immer anwesend war) oder wie einen toten Tierkörper, ein Schwein, das gerade abgestochen werden sollte, oder wie ein wildes Tier, das in einem Käfig gehalten wurde.

Direkt neben ihm zog ein Schlachtergeselle einem Schaf das Fell ab. Für den Gesellen gab es ihn nur in Form einer kaum merklichen Ahnung seiner Gegenwart, die ihn ab und zu den Blick heben und widerwillig in seine Richtung sehen ließ. Aber er entdeckte ihn nicht. Und diese sich wiederholenden Ahnungen, die nie Gestalt annahmen, hatten den Gesellen schließlich ermüdet und wurden daher auf die Haufen unwichtiger Dinge befördert, mit denen sich der Mensch im Alltag umgibt, um sich auf das für ihn Wichtige konzentrieren zu können. Erfüllt von dumpfem Ekel, gepaart mit unterdrücktem Blutdurst, der jeden Schlachter kennzeichnet, häutete der Geselle den Körper, bis das Fell wie ein blutiger Rock von dem gleichgültig blickenden Schafskopf herabhing.

Der scharfe Geruch der Eingeweide ließ Hercule seinen Auftrag für eine Weile vergessen. Er starrte wie verhext, als der

Geselle den Bauch des Schafs öffnete und das Darmpaket nach außen stülpte. Der Junge grub mit den Händen in der dampfenden Bauchhöhle, nahm Leber, Lungen und Magen heraus und danach, sehr vorsichtig, einen Beutel aus gespannten, feuchten Häuten. Diesen legte er mit großer Sorgfalt auf den Boden, als sei sein Inhalt äußerst zerbrechlich. Mit der Messerspitze schnitt er in die Häute, und erst als der Beutel, in der morgendlichen Kühle dampfend, aufplatzte, begriff Hercule, was es enthielt: zwei ungeborene Lämmer, die des kostbaren Fells wegen geschlachtet werden sollten.

Genau so, dachte er, sollte sein letzter Feind geschlachtet werden. Und zwar unter wilden Tieren, als das wilde Tier, das jener war …

Der Haß war es, der Hercule zu dem schaurigen Beobachtungsposten im Schlachthof getrieben hatte. Um neue Nahrung für sich zu finden, um sich in ihm schüren und pflegen zu lassen; der Haß, der sich in seiner Intensität nur mit der Liebe messen konnte, deren Mittelpunkt jetzt für immer verloren war.

Der Haß war sein einziger Freund, sein Waffenträger durch die Zeit. Er roch nach Kadaver, nach saurer Erde, kaltem Schweiß und Kot, nach dem Atem der Sterbenden und dem Blut von tausend Schlachttieren. Auch ein Geräusch hatte sein Haß: einen surrenden Laut, der nie aufhörte. Der Tinnitus des Hasses. Unaufhörlich hallte er in ihm wieder, summend wie eine Motte am Glas einer Lampe; ununterbrochen hielt er ihn wach, das einzige Geräusch, das ihm je begegnet war und das ihn an die noch zu nehmende Rache erinnerte. Ihm war nicht das Leben genommen worden, sondern der Sinn des Lebens, und das ließ sich nur mit der gleichen Währung vergelten. Die Rache war die Währung des Hasses. Tod wurde mit Tod vergolten; das waren die beiden Glieder seiner Gleichung.

Haß hat auch einen Geschmack, dachte er, während er das Wirtshaus gegenüber betrachtete: Seine Mundhöhle hatte sich mit einer klebrigen Masse gefüllt, die aufgestiegen und wiedergekäut war, verdickt im Magen des Hasses, und die sich nicht ausspucken ließ, denn die Trauer hatte seine Lippen verschlossen.

Sein Haß ließ sich auch anfassen; er war ein Rasiermesser, um das sich seine Zehen mit voller Kraft schlossen, oder wie ein Rasiermesser, das man verschluckte, eine kalte Klinge, die Hals und Magen zerschnitt, kalt wie Eis, heiß wie Glut.

Der Mann, der diese Gefühle ausgelöst hatte, war allein in dem Wirtshaus gegenüber dem Schlachthof. Er saß am Fenster, über einen Bierkrug gebeugt, und sah einige Papiere durch. Dieser Mann war der letzte, aber auch der mächtigste Gegenstand seines Hasses – hätte er seinen Haß messen können.

Doch er ließ sich nicht messen und machte keinen Unterschied. Vor dem Haß waren die Objekte des Hasses gleichwertig, hatte er gemerkt, und das verwirrte ihn. Er haßte diesen Mann nicht mehr als die anderen. Er haßte sie gleichermaßen, aber grenzenlos. Der Haß hatte keine Chronologie. Er dauerte überallhin eine Ewigkeit. Es hatte ihn immer gegeben und würde ihn immer geben, denn der Haß ließ sich nicht anders vorstellen als in der Perspektive der Ewigkeit. Er radierte jedes Gefühl für Zeit aus: Er war das Sein selbst.

Mit dem Mann am Kneipentisch aber mußte Hercule vorsichtig sein, denn der hatte eine Gabe ähnlich seiner eigenen. Und deshalb hob er jetzt den Blick von seinen Papieren und sah sich um, als ahnte er, daß er beobachtet wurde.

Hercule belauschte die Empfindungen des Mannes. Dessen Durst war gestillt. Die Ahnungen hatten ihn nervös gemacht: Er würde bald aufstehen und gehen.

Für einen tauben Menschen war die Großstadt still, Wagen

fuhren auf Rädern vorbei, die still dahinrollten, die verängstigten Tiere im Schlachthof waren nicht zu hören (das Muhen, Brüllen, das Todesröcheln, wenn das Blut ihre Kehlen füllte); die Gesellen redeten und lachten, ohne daß er sie wahrnahm; Münder bewegten sich wie die stummen Münder von Aquariumsfischen.

Fest entschlossen, den Mann nicht aus den Augen zu verlieren, verließ Hercule den Schlachthof und trat auf die Gasse hinaus. Fast wäre er von einer Droschke überfahren worden, der Kutscher fluchte über die Pferde, die sich plötzlich aufbäumten. Nur die Pferde bemerkten ihn, dachte Hercule, und vielleicht auch die paar Kinder, die jetzt, ein wenig erstaunt, in seine Richtung sahen.

Die Sonne brach durch die Wolkendecke. Es war Vormittag, aber schon sehr heiß. Er wartete darauf, daß die Kneipentür aufging und sein Feind erschien. Dieser Mann war der letzte, dachte er, erst wenn der weg war, war die Liebe endgültig gerächt.

Doch der Haß hatte ihn, ebenso wie einmal die Liebe, unvorsichtig gemacht. Drinnen im Wirtshaus begann jetzt Johannes Langhans, Hercules Tinnitus der Rachsucht zu spüren. Und darauf bedacht, seine Gedanken in eine andere Richtung zu lenken, verließ er das Lokal durch eine Hintertür, hielt eine Droschke an und bat den Kutscher, ihn wegzufahren.

Es dauerte eine Weile, bis Hercule begriff, daß der Mann verschwunden war. Das störte ihn nicht, denn er wußte bereits, wo er ihn finden würde. Daß er ihm bis zum Wirtshaus gefolgt war, hatte nur den Zweck, seine Vorsätze zu bestärken. Er hatte schon Pläne für den Bettelmönch: Sehr bald würde er sie in die Tat umsetzen.

Als Johannes Langhans in die Kanzlei zurückkehrte, war nur sein nächster Vorgesetzter, der Abteilungssekretär Wohlrat, noch da. Die übrigen waren für den Rest des Tages entlassen worden. Nachdem er sich nach ein paar Terminen erkundigt hatte, die alle mit den Papieren zusammenhingen, die er im Wirtshaus durchgesehen hatte, ging er zu seinem Büro, einer dunklen Kammer am Ende eines düsteren Korridors.

Neben dem Dokumentenstapel, der sich im Laufe der Woche aufgetürmt hatte, lag ein mit einem Wachsstempel versiegeltes Billet. Der Brief war an ihn persönlich gerichtet. Er öffnete ihn und las:

Hochgeehrter Herr Kanzleirat! Ein Bote wird heute nachmittag geheime Informationen über das Staatskonferenzmitglied Kolowrat liefern. Um zu vermeiden, daß Unbefugte von dem Material Kenntnis erhalten, bitten wir um ein Treffen mit Ihnen an einem neutralen Ort.

Es folgte eine Wegbeschreibung zu einer Adresse am Rande der Stadt. Der Brief war mit einer kaum lesbaren Signatur unterzeichnet und hatte keinen Absender.

Langhans saß da, das Billet in der Hand; irgend etwas stimmte nicht mit der Nachricht.

Nachdem er sich über die Sache eine Weile den Kopf zerbrochen hatte, fiel ihm auf, daß dem Kuvert der Stempel für eingehende Post fehlte, und um das Geheimnis zu lüften, ging er zurück zum Kanzleisaal, wo über einen Stapel Bücher gebeugt der Abteilungssekretär stand.

»Wissen Sie, wer das hier abgegeben hat?« fragte er und hielt den Brief hoch.

Wohlrat sah von einer Drucksache auf, die gerade von der Zensur hereingereicht worden war.

»Das kam mit der internen Post«, antwortete er. »Heute war sonst niemand hier. Der Ministerialdirektor hat der ganzen Abteilung freigegeben. Die Kamarilla hat heute nachmittag geschlossene Sitzung. Der Kaiser ist wieder unpäßlich.«

»Haben Sie vielleicht gesehen, wie die interne Post kam?«

Wohlrat bedachte ihn mit einem müden Blick.

»Der Brief hat keinen Eingangsstempel«, verdeutlichte Langhans. »Sie haben keinen Boten gesehen? Keinen Besucher?«

»Sie wissen genausogut wie ich, daß hier Besuchsverbot herrscht. Verschwiegenheit, Langhans, ist in einem Reich voller Intrigen unser einziger Schutz! Und glauben Sie mir, außer mir und Ihnen und dem Bürodiener war heute keine Menschenseele hier. Der Schreiber hat frei wie alle anderen, und ich sitze seit heute früh um acht fünf Meter vom Eingang entfernt. Die interne Post kommt gegen zehn. Derselbe Laufjunge wie immer. Ihr Brief ist nicht auf Flügeln hierhergeflogen.«

»Ist der Kaiser wirklich unpäßlich?« fragte Langhans, um seine Verwunderung zu verbergen.

»Fallsucht. Unser Monarch gibt den Ton für die ganze Bürokratie an, nichts funktioniert mehr. Sehen Sie!« Wohlrat wedelte über dem Schreibtisch mit einem Heft. »Ich selbst bin mit Zensuraufgaben beschäftigt, obwohl ich genau wie Sie in den religiösen Fragen ausgebildet bin. Die Einsparungen gehen zu weit ...«

Der Abteilungssekretär spuckte in einen überschwemmten Spucknapf und ließ sich dann an seinem Schreibtisch nieder.

»Im übrigen sind Sie befugt zu arbeiten, wie es Ihnen paßt«, sagte er. »Und wenn es um geheime Angelegenheiten geht, wissen Sie, wohin Sie sich wenden müssen.«

Langhans begnügte sich bis auf weiteres mit dieser Antwort und kehrte verwirrt in sein Büro zurück.

Wieder an seinem Platz hinter dem Pult faltete er erneut das Billet auf und las die fünfunddreißig Wörter in den drei Sätzen durch, erst einmal und dann noch einmal, um sicherzugehen, daß er sie richtig verstanden hatte.

Er konnte keine Nachricht zwischen den Zeilen entdekken, nichts, was, im Hinblick auf die Natur der Sache, ungewöhnlich wirkte. Es gehörte zu seinen Aufgaben, heikles

Material von anonymen Quellen entgegenzunehmen, doch sein Gefühl in der letzten Zeit, beobachtet zu werden, hatte ihn mißtrauisch gemacht. Die Beamten, dachte er, spielten sich in dem Machtvakuum, das um die Intrigen der Hofkamarilla entstanden war, gegeneinander aus; je nachdem, unter wessen Einfluß sie gerade standen, konnten die Loyalitäten wechseln. Nicht einmal in seiner Position war man sicher.

Daß jemand heimlich Informationen über Graf Kolowrat liefern wollte, wunderte ihn nicht. Bei einem Kaiser, der Literatur dem Dekreteschreiben vorzog und Wohltätigkeit dem Füllen der Kriegskasse, stand die Tür für alle möglichen Ränke offen. Wien summte von Gerüchten. Die Ehe des Kaisers war kinderlos, und seine Schwägerin – so hieß es – versuche, ihn zum Abdanken zu bringen. Eine Hofkamarilla mit Kanzler Metternich am Ruder lenkte das Reich auf eigene Faust, aber die Mitarbeiter des Rats verbrachten den größten Teil ihrer Zeit damit, gegeneinander zu konspirieren. Graf Kolowrat betrieb heimlich die Absetzung Metternichs und suchte Unterstützung beim dritten mächtigen Mann des Rates: Erzherzog Ludwig Joseph.

Bei einer solchen politischen Tagesordnung, dachte Langhans, sollte das Billet nicht sein Mißtrauen erregen. Dennoch tat es das …

Nachdem er seine Empfehlungen für die Routinearbeiten des Tages verfaßt hatte, legte er die Mappen weg. Es war nur noch eine Stunde bis zum Treffen mit dem anonymen Briefschreiber.

Durch das einzige Fenster des Raums betrachtete er den Nachmittagsverkehr. Auf der anderen Straßenseite war ein Coupé geparkt. Der Kutscher war auf dem Kutschbock eingeschlafen, aber im Wagenfenster bewegte sich leicht der Vorhang. Langhans hatte die Eingebung, daß sein Verfolger in ebendiesem Wagen sitze und ihn von dort aus beobachte.

Doch das Gefühl wurde schwächer, je länger er die Equipage betrachtete.

Es war ganz offensichtlich, dachte er jetzt, daß derjenige, der ihm das Billet geschickt hatte, in die Versuche, ihn aus der Fassung zu bringen, verwickelt war, vielleicht war es auch dieselbe Person, die ihn, ohne sich zu erkennen zu geben, in der Kneipe beobachtet hatte. Er mußte natürlich herausfinden, warum und um wen es sich handelte.

Was ihn nach wie vor verwirrte, war die Frage, wie das Billet auf sein Pult gelangt war. Mit ziemlicher Sicherheit war das Schreiben nicht mit der internen Post eingetroffen; der obligatorische Stempel fehlte und außerdem die Briefpaginierung des Bürodieners. Wohlrat hatte natürlich recht, als er gesagt hatte, daß es nicht dorthin geflogen war. Und es hatte auch nicht dort gelegen, als er früher am Tag das Büro verlassen hatte. Das übrige Personal war beurlaubt, und falls nicht irgend jemand sich unsichtbar machen und so in sein Büro vordringen konnte, blieb nur eine Möglichkeit …

Er wurde in seinen Überlegungen unterbrochen, als der Gegenstand seines Verdachtes sich im Korridor näherte. Er hörte zwar nicht die Schritte des Abteilungssekretärs, empfand aber die Konturen von dessen Gedanken. Etwas machte ihm Sorgen, was sich bestätigte, als er den Raum betrat.

»Sie haben doch in einer Stunde einen Termin«, sagte Wohlrat.

»Sie sind über mein Tagesprogramm gut informiert.«

»Bitte, ersparen Sie mir die Ironie. Ich habe gerade einen Bericht vom Ministerium bekommen. Man weiß, daß Sie von einer geheimen Quelle Informationen über Kolowrat erhalten werden, was den Erzherzog ganz besonders zu freuen scheint.«

»Das stand in dem Billet, das ich Ihnen gezeigt habe.«

»Welches Billet?«

»Das, von dem Sie meinten, es wäre mit der internen Post gekommen …«

Wohlrat schien auf die Insinuation nicht zu reagieren. Stattdessen seufzte er und ließ sich auf einem Stuhl nieder.

»Diese Arbeit ist anstrengend«, sagte er. »Die Umstände verlangen Diskretion. Wir legen größten Wert darauf, es uns mit niemandem zu verderben, aber das ist nicht zu vermeiden, solange das Reich so regiert wird wie jetzt.«

»Es wird nicht regiert«, sagte Langhans. »Es wird verwaltet.«

»Ich weiß von Ihren doppelten Loyalitäten, Metternich auf der einen Seite und der Vatikan auf der anderen. Vielleicht sollten Sie deshalb größere Vorsicht walten lassen.«

Langhans bemühte sich aufs äußerste, zu erfassen, was sich in seinem Vorgesetzten tat, aber zu seiner Überraschung und vielleicht auch Enttäuschung spürte er überhaupt nichts, nur einen bleiernen Überdruß, am Dienst, oder möglicherweise am Leben selbst.

»Wegen der tagespolitischen Lage«, fuhr Wohlrat fort, »und Ihrer heiklen Position, wollte ich nur fragen, brauchen Sie eine Eskorte?«

Was der Abteilungssekretär meinte, war die Wachmannschaft, die den Beamten seit einiger Zeit zur Verfügung stand. Das Angebot beruhigte Langhans ein wenig. Vielleicht, dachte er, war das Billet doch mit der internen Post gekommen, und man hatte nur das Abstempeln vergessen.

»Nicht nötig«, sagte er deshalb. »Aber ich wüßte es zu schätzen, wenn ich einen Wagen anfordern dürfte.«

Wohlrat schenke ihm eines seiner seltenen Lächeln.

»Schicken Sie den Kutscher zurück, wenn Sie fertig sind. Und nehmen Sie dann ein paar Tage frei. Sie sehen schrecklich müde aus.«

In Gedanken begleitete Langhans seinen Vorgesetzten zurück in dessen Büro, wo der sich an den deprimierenden Papierkrieg machte. Aber auch jetzt, als die Wachsamkeit des Abteilungssekretärs hätte nachlassen dürfen, kreiste sein Bewußtsein um nichts anderes als die Arbeit, die Unpäßlichkeit des Kaisers und die Zensuraufgaben, die seiner Meinung nach nicht auf seinen Schreibtisch gehörten.

Die Adresse, die der Briefschreiber angegeben hatte, lag an einem Marktgelände am nördlichen Stadtrand, in der Nähe von Schloß Augarten. Vor einer Umzäunung aus groben Planken drängte sich eine ausgelassene Schar von Menschen. Keiner sah aus, als warte er auf Langhans.

Er bat den Kutscher, den Wagen anzuhalten. Dann stieg er aus, ging zu einem Trinkbrunnen, wo er deutlich zu sehen war, und erwartete die Ankunft des Informanten.

Er fühlte sich sicher. Dem Kutscher war befohlen worden, ihm zu Hilfe zu kommen, falls ihn jemand bedrohte. Doch die Minuten vergingen, ohne daß jemand auf ihn zugekommen wäre. Gerade als er sich entschlossen hatte, das Treffen ausfallen zu lassen, hatte er wieder das Gefühl, beobachtet zu werden. Er sah sich um, entdeckte aber nichts Verdächtiges.

Darauf ging er, ohne es sich selbst erklären zu können, zu dem plankenumzäunten Gelände. Ein Plakat kündigte einen Tierkampf an. Die Menschen dort, begriff er jetzt, bildeten in Wirklichkeit eine ungeordnete Schlange.

Er löste eine Eintrittskarte. Es war Intuition, versuchte er sich einzureden: eine innere Stimme, die ihm zuflüsterte, der Briefschreiber werde sich erst dort drinnen zu erkennen geben …

Von der Tribüne aus, wo er Posto gefaßt hatte, überblickte Langhans eine provisorische Arena. Eine hölzerne Einfriedung trennte die Zuschauer von der Manege. Nicht weit von ihm, bei den Getränkeständen, befanden sich die Käfige mit den wilden Tieren. Die Tiere waren völlig verschreckt, er spürte ihre Todesangst ebenso deutlich, als wäre es seine eigene.

Der Impresario verhandelte mit den Wettern über den Prozentsatz, den er als Arrangeur des blutigen Spektakels erhalten würde. Immer mehr Menschen strömten herbei. Die Tribünen waren fast vollbesetzt.

Langhans durchsuchte die Menschenmenge. Wieder und wieder blieb sein Blick bei den Käfigen haften, an einem leeren Fleck, knapp einen Quadratmeter groß, wo merkwürdigerweise niemand zu sehen war.

Die Erregung des Publikums nahm zu. Der Impresario, ein Mann mit Augenklappe und einer Mensur auf der Wange, führte einen leibhaftigen Braunbären zur Einfriedung. Das Tier hatte einen Eisenring durch die Nase gezogen, und der Ring war an einer meterlangen Kette befestigt. Die Nasenpartie war extrem empfindlich; anders konnte sich Langhans die Willenlosigkeit, mit der das Tier seinem Herrn folgte, nicht erklären.

Mitten in der Arena kettete der Einäugige die Bärin an eine Metallöse im Boden. Die Kette war so kurz, daß das Tier sich nicht auf die Hinterbeine aufrichten konnte, ohne daß die Nase zu Schaden kam. Es sollte gezwungen werden, auf allen vieren zu kämpfen.

Ein anderer Mann führte jetzt eine Meute Bulldoggen herein. Die Hunde waren äußerst erregt, zeigten die Zähne und zerrten so an den Leinen, daß der Besitzer beinah vornüber fiel. In der Einfriedung ließ der Mann die Tiere los. Ein Schauer durchfuhr die Volksmenge.

Staub wirbelte auf, als die Hunde zum Angriff übergingen. Einer von ihnen verbiß sich im Bauch der Bärin und riß große Büschel des Pelzes heraus. Ein zweiter bewegte sich vor ihrer Nase vor und zurück, täuschte Ausfälle vor und zog sich wieder zurück. Der dritte und der vierte näherten sich von den Seiten.

Die Bärin schlug wild um sich, aber immer, wenn sie sich mit den Tatzen in eine Richtung wehrte, griff ein Hund aus einer anderen an. Wieder und wieder wurde sie von der Kette daran gehindert, ihre Quälgeister zu erreichen.

Dann, auf einmal, mitten in einem Ausfall, überschlug sich einer der Hunde, und mit einer fast unnatürlich schnellen Bewegung, drückte die Bärin ihren Quälgeist auf den Boden. Ein Geräusch entstand, wie von einem Stück Stoff, das zerrissen wird, als der Bär dem Hund den Bauch aufschlitzte. Dieser konnte noch aufstehen und humpelte, während seine Gedärme im Sand schleiften, davon.

Den Bulldoggen stand der Schaum vor den Schnauzen; immer wieder stürzten sie sich auf die Bärin, als wollten sie ihren sterbenden Kameraden rächen. Ihr wurde ein Ohr abgerissen, das Blut floß aus einer Wunde an ihrem Bauch; ein Strang Sehnen war an einer Vordertatze bloßgelegt.

Dann passierte erneut etwas, das die Szene veränderte. Eine der Bulldoggen machte einen Ausfall auf die Hinterbeine der Bärin, eine Finte, und zog sich wieder zurück; die Bärin versuchte, ihn mit einer Tatze zu treffen, und übersah deshalb den Hund, der sich von der Seite näherte und ihr mit einem einzigen Biß die Nase abriß.

Blut spritzte in dicken Strahlen, wie aus einem Springbrunnen. Das Tier brüllte vor Schmerz, aber jetzt war die ganze Nasenpartie weg und damit auch der Ring. Es richtete sich auf die Hinterbeine auf, prustend von seinem eigenen Blut.

Während das Blut stoßweise aus der offenen Wunde floß, attackierte die Bärin die Hunde. Diese versuchten zu flüchten, aber die Türen zur Arena waren geschlossen. Ein süßer Geruch von Blut und Eingeweiden legte sich über das Gelände.

Die Bärin schlug eine der Bulldoggen zu Boden und riß ihr den Unterkiefer ab. Das Tier lebte noch, als die Bärin sich umdrehte und den nächsten Hund attackierte.

Der Besitzer der Bulldoggen schrie, man solle das Schauspiel beenden, es sei zu weit gegangen, zu viel Blut sei schon vergossen worden, aber das Publikum hielt ihn zurück. Der Blutdurst hat sie alle befallen, dachte Langhans; die Gier nach dem Leiden anderer. Sie alle wollten Zeugen des Schmerzes anderer sein, den Atem des Todes an der Wange spüren, spüren, daß ein Leben so rasch ausgelöscht werden konnte. Sie wollten das Beben erfahren, das sie alle durchfuhr, wenn einer aus ihrer Mitte gerissen wurde, ohne einen plausiblen Grund, fast gleichgültig, nur weil das Leben sich davonmachte.

In diesem Augenblick hatte Langhans wieder das Gefühl, daß ihn jemand beobachtete. Er sah sich in der Menschenmenge um, aber genau wie vorher konnte er niemanden entdecken.

Dafür waren die Gedanken der Menschen deutlicher für ihn als seit langem. Hinten bei den Käfigen entdeckte er den Einäugigen, der vorhin den Bären hereingeführt hatte. Dem Mann floß vor Erregung der Schweiß herunter, und er war berauscht von dem Blutgeruch. Sein Bewußtsein erinnerte an das eines Betrunkenen, und jemand flüsterte in ihm, das aber konnte Langhans nicht verstehen.

Die Sonne brannte über der Arena, und ihn packte heftiger Durst.

Weiter hinten entdeckte er einen Stand mit Getränken, doch das Gedränge war so groß, daß er sich nicht vom Fleck rühren konnte. Dann spürte er erneut die Gedanken des Einäugigen, oder eher die Gedanken eines anderen, der in dem Einäugigen sprach und diesen veranlaßte, zu den Käfigen zu gehen, wo die übrigen Tiere eingeschlossen waren.

So war es: Der Einäugige, der der Eigentümer einer ganzen

Menagerie wilder Tiere war, ging jetzt, auf eine unerklärliche innere Aufforderung hin, zu den Tierkäfigen und öffnete den, der einen äußerst aggressiven Keiler beherbergte. Der Einäugige tat all das in einer Art Trance, unfähig zu erkennen, daß nicht sein eigener Wille sein Handeln lenkte, sondern statt dessen eine kleine Gestalt, die er nicht sehen konnte, obwohl sie sich seit mehreren Stunden direkt neben ihm, nur ein paar Meter entfernt, an einer freien Stelle in der Menschenmenge befand, wachsam bei jedem Schritt, aber völlig unbemerkt, so daß man ihn mit der Sommerluft verwechselte. Und diesem Wildschwein in dem Käfig aus prächtigem Holz näherte sich jetzt der Einäugige und öffnete ihn, ohne erklären zu können, warum, während sich rund um die Arena Panik ausbreitete.

Denn während der Einäugige damit beschäftigt war, den Willen des Unsichtbaren umzusetzen und das Wildschwein zu befreien, in dem Glauben, er habe für einen Augenblick die Kontrolle verloren, vielleicht zuviel getrunken … während all das geschah, war es der Bärin gelungen, aus der Arena auszubrechen. Verrückt vor Schmerz hatte sie die Einfriedung niedergerissen und war ins Publikum gerast, heftig blutend aus der offenen Wunde, die eben noch ihre Nase gewesen war.

Langhans erschauerte. In der Arena, sah er, lagen drei sterbende Hunde, mit aufgeschlitzten Bäuchen und entblößten Eingeweiden. Das scharfe, weiße Sonnenlicht beleuchtete die grausige Szene. Die Bärin schlug um sich, die Menschen flüchteten in alle Richtungen. Und mitten in diesem Chaos, in dieser Orgie aus Blut und Schmerz, spürte er, wie ein anderer, mit einer Gabe ähnlich seiner eigenen, aber um ein Vielfaches stärker, seinen Willen in das Wildschwein einpflanzte, es dazu brachte, den offenen Käfig zu verlassen, getrieben von einem Befehl, den es nicht verstand, zwischen die flüchtenden Menschen zu rasen, wie eine Urgewalt durch die Zuschauermenge zu brechen, so schnell, wie sich nur ein Wildschwein bewegen kann, bis es zu Langhans' Entsetzen direkt vor ihm auftauchte, der an eine Wand gedrückt stand, an die ihn die panischen Menschen gedrängt hatten.

Man glaubt, man lebt ein Leben, hörte er eine Stimme in sich zischen, *aber das Leben lebt uns, und wenn wir verbraucht sind, geht es ohne uns weiter.*

Das waren passende Schlußworte, dachte Langhans, während er sich auf die entsetzliche Coda des Stücks vorbereitete, denn die Volksmenge hatte ihn in seiner sitzenden Position geradezu festgenagelt, auf einer Höhe mit den ahlenscharfen Hauern des Keilers, und gegen diese Kraft konnte er nicht einmal mit seiner Gabe etwas ausrichten.

Und im selben Augenblick, als die Bärin ihre Erniedrigung rächte und mit einem einzigen Schlag ihrer Tatze ihren Herrn, den Einäugigen, enthauptete, ging das Wildschwein in dem Glauben, Langhans sei ein Feind, zum Angriff über. Denn die Gabe des Unsichtbaren, der den Keiler lenkte, war von einer solchen Kraft, daß sie Eindrücke aus dem Nichts schaffen und die Verwechslungsnummern auf die Spitze treiben konnte. Eine fremde Energie zwang Langhans, sein Gesicht zu heben, wie aus einem plötzlich aufflammenden Verlangen heraus, den blendend weißen Wiener Himmel zu sehen, und damit seinen Hals den Hauern des Keilers darzubieten.

Hercule Barfuss stand da, unbemerkt von der Menschenmenge, die sich jetzt im Auflösungszustand befand, und dachte, daß der Mensch unfähig ist, sich sein eigenes Ende vorzustellen, und deshalb in einem Zustand der Verwunderung stirbt.

Er stand auf der Tribüne, befand sich aber im Bewußtsein des Bettelmönchs. Wegen des Vergnügens, dessen Tod von innen zu erleben, zur Vergeltung des Verlustes des einzigen Menschen, den er je geliebt hatte. Aber im entscheidenden Augenblick hinderte ihn etwas …

Danach sollte sich Langhans daran erinnern, wie der Keiler mitten im Heranstürmen innegehalten hatte, als habe ihm jemand befohlen, haltzumachen. Ganz ruhig hatte sich das Tier dann umgedreht und war zum Käfig zurückgekehrt. Und in der Sekunde darauf stand direkt vor Langhans, wie aus dem Nichts, der mißgebildete Junge, Barfuss.

Langhans hatte etwas Ähnliches nie erlebt: Der Mißgebildete schien sich bisher unsichtbar gemacht zu haben und materialisierte sich jetzt vor seinen Augen.

Er bemerkte, daß der Junge in seinem Bewußtsein war und alles von ihm wußte. Gleichzeitig aber befand er sich selbst in Barfuss, und auch er, Langhans, wußte alles von ihm. Sie waren ineinander, sie waren je der andere, als hätten ihre Seelen den Platz getauscht. Er sollte nie begreifen, wie lange dies andauerte, eine Ewigkeit oder nur einen kurzen Augenblick. Aber in dem Jungen hörte er die Stimme eines Mädchens. Und das Mädchen, hörte er, bat den Jungen, er möge zur Ruhe kommen.

Für Hercule Barfuss war dies der Augenblick, der sein Leben für immer verändern sollte. Er hörte Henriette Vogel in sich sprechen, und das verwandelte ihn vollkommen.

Er irrte sich nicht: Es war ihre Stimme, die ihn am Rand des Abgrunds erreichte, klarer, gefühlvoller, zärtlicher als je zuvor. Die Stimme der Liebe sprach zu ihm – in ihm, jenseits aller menschlichen Sprache, jenseits von Leben und Tod; es war die reine Liebe, es war die Idee der Liebe, die jetzt in seine Seele eindrang und sich dort niederließ, und dabei jene Macht vertrieb, die im Begriff gewesen war, ihn zu zerstören: den Haß. Er fühlte eine Zärtlichkeit in sich, die er noch nie empfunden hatte, so stark, daß sie alles andere auslöschte: den Abscheu, den Blutdurst und das, was er für unheilbare Trauer gehalten hatte. Er bemerkte nichts mehr von seiner Umgebung, er war auf einer inneren Reise fort von dem entsetzlichen Ort, an dem er sich befand. Der Bettelmönch Langhans, die wilden Tiere, die Menschenmenge – all das wich einem Gefühl, das vollkommen rein war. Es war die endgültige Kapitulation vor einer Liebe, die den Naturgesetzen trotzte. Von einem Ort jenseits der Zeit hörte er das Mädchen sagen, daß sie seit langem gerächt sei, daß die Grausamkeiten keinen Sinn hätten und daß seine Rachsucht, wenn er nicht aufhörte, ihn vergiften werde. Er hörte sie ihre ewige Liebe beteuern, und daß der Tod nicht das Ende sei, sondern der Anfang und daß sie bald wieder vereint sein würden.

Der Haß, sagte das Mädchen, sei sein mächtigster Feind, nicht die Menschen. Der Haß, mit dem er ein halbes Leben gelebt habe, der Haß, der im Begriff sei, ihn zu zerfressen, der ihn an das Ende, an die Grenze dessen getrieben habe, was ein Mensch ertragen könne. Der Haß, sagte sie, sei sinnlos; er gebe nicht, er nehme nur. Er stelle ständig neue Forderungen, fordere immer mehr Nahrung, immer mehr Blut. Der Haß verlange, gestillt zu werden, obwohl dies unmöglich sei. Nur die Liebe könne seinen Platz einnehmen.

Hercule fiel auf die Knie, mitten in der schreienden Volksmenge, zwischen sterbenden Tieren und niedergetrampelten Menschen. Aber er wußte nicht mehr, wo er war. Nur ihre Stimme hörte er in sich, die Stimme der Geliebten, aus einer für Menschen unbegreifbaren Ferne: *Ich bin dir nahe*, flüsterte sie. *Dir immer nahe, bis wir uns wiedersehen …*

Auch Johannes Langhans sollte sich an diesen Tag bis ans Ende seines Lebens erinnern. Noch immer an die Wand gedrängt, sah er Barfuss' Konturen deutlicher werden, als trete dieser immer mehr aus seiner Unsichtbarkeit heraus. Er sah die Augen des Jungen leuchten, leuchten vor Liebe zu dem verschwundenen Mädchen, einer Liebe, die so groß war wie die des Schöpfers zu seiner Schöpfung und zu den Menschen, ungeachtet ihrer Sünden und Tugenden, denn die Liebe zum

Menschen um seiner selbst willen ist ein Abbild der göttlichen Liebe und gibt dem Dasein seinen Sinn.

Dann sah Langhans den Jungen verschwinden, glücklich, begriff er … grenzenlos glücklich darüber, daß das Mädchen sich ihm gezeigt hatte, daß der Haß ein für allemal vertrieben war … sah ihn verschwinden auf seinen Zwergenbeinen, durch die schreiende Menschenmenge.

Viele Jahre später sollte Hercule Barfuss die Ereignisse in Wien als den Wendepunkt der Liebe und des Lebens beschreiben. Er hatte geglaubt, am Ende zu sein, tatsächlich aber befand er sich an einem neuen Anfang.

Noch in den letzten Augenblicken seines Lebens sollte er sich an die kleinsten Schritte erinnern, die ihn zur Arena geführt hatten, an seine Pläne für den Bettelmönch Langhans, und daran, daß er sich selbst, nachdem Henriette endgültig gerächt war, das Leben hatte nehmen wollen. Doch daraus war nichts geworden, statt dessen hatte die Liebe über den Tod triumphiert; Henriette hatte von einem fernen Ort zu ihm gesprochen, und das hatte ihn für immer verändert. Er war wieder unter Menschen gegangen, ohne Abneigung, ohne Bitterkeit, als einer von ihnen, dem Leben, seinem Schicksal, dem Dasein in seinem unendlichen Reichtum dankbar.

Den ganzen Tag war er durch die Kaiserstadt gestreift, die Straßen entlang, über die Plätze, durch die Gassen und Parks. Völlig sichtbar, ohne Maske, ein mißgebildeter Mensch, aber stolz und unglaublich glücklich. Er hatte gemerkt, daß die Menschen ihn angelächelt hatten, daß er sie angesteckt hatte mit seiner Liebe und mit der Freude über die Gewißheit, daß der Tod nicht das Ende ist, sondern der Anfang eines neuen Daseins. Zum ersten Mal überhaupt begriff er, was Freiheit bedeutete, denn sie war identisch mit dem Sein, sie kannte keine Grenzen, sie erlaubte es dem Menschen, sich hoch über sein erdgebundenes Ich zu erheben.

Im selben Frühherbst in Wien traf er Barnaby Wilson wieder, und zwar auf dem Marktplatz am Donaukanal, nicht weit von Schloß Augarten. Er stand inmitten einer Menschenmenge auf einem Ausstellungsgelände und betrachtete einen Heißluftballon, der zum Himmel aufstieg.

Wußten der Herr, daß es phlogistonierte Luft ist, die das Objekt abheben läßt?

Der kleine Zyklop stand direkt neben ihm, mit einem Fernrohr vor dem einen Auge. Hercule traute kaum seinen Sinnen, er hatte ihn für tot gehalten.

Nein, Hercule, ich bin da rausgekommen. Die anderen sind untergegangen, aber mein Auftrag, worin er auch besteht, wartet noch auf seine Ausführung.

Sie blieben zusammen. Der Zyklop erzählte ihm von seinem Leben und seinen Plänen. Die Ideen Cavours und Garibaldis hatten ihn in ihren Bann gezogen. Seit der Auflösung der Zirkusgesellschaft hatte er für eine neue und bessere Weltordnung gearbeitet. Der Sozialismus, sagte er, sei die Zukunft; es gab neue Denker, die eine gerechtere Welt planten: Sie nannten sich Kommunisten. Auch für die Gehörlosen werde die Welt ein besserer Ort zum Leben werden. In Paris, erzählte er, gab es eine Taubstummenschule, die vom französischen Staat unterstützt wurde. Er selbst war dort gewesen und hatte ihre Methoden studiert. Man unterrichtete in einer neuen Gebärdensprache, die auf der französischen Grammatik aufbaut. Flexionsformen und Konjugationszeichen – bis dahin das fehlende Glied zu einer vollentwickelten Sprache – waren eingeführt worden. Der gesamte Unterricht erfolgte durch Zeichen. Hercule solle selbst dorthin reisen; ihre eigene Methode, durch die Gedanken zu sprechen, sei ungeeignet, denn sie verschrecke die Menschen. Die Hexenscheiterhaufen seien auf dem europäischen Kontinent zwar erloschen, aber die Wissenschaft werde die Art, wie er und Hercule sich bisher verständigt hatten, nie akzeptieren. Er solle wirklich die Schule besuchen, denn früher oder später müsse er eine Sprache lernen, die auch andere beherrschten. Die Gehörlosensprache müsse ihm entgegenkommen; mit seinen sensiblen Füßen könne er lernen, Gebärden zu zeichnen.

Barnaby Wilson lächelte. Die Welt, versicherte er, werde bald ein paradiesischer Ort sein, an dem man leben könne. Alles gehe ja vorwärts, die Entwicklung sei nicht aufzuhalten. In wenigen Jahren werde das Eisenbahnnetz in ganz Europa ausgebaut sein und die Menschen auf eine Weise verbinden, die man früher nicht für möglich gehalten habe. Krankheiten würden ausgerottet werden, der Krebs und die Pocken, ebenso wie der Hunger, Mißernten und der Krieg. Wenn man Fabriken und Manufakturen richtig führte, könnten Waren zum Selbstkostenpreis produziert und jeder einzelne seinen Bedürfnissen entsprechend versorgt werden.

In Amerika, erzählte Wilson, gab es schon einen Ort, wo die Gehörlosen in der Mehrheit waren und wo sie ihr Leben im Geist der Freiheit selbst bestimmten. Es war eine Insel an der Küste von Massachusetts: Martha's Vineyard. Dort sprachen fast alle in der Gebärdensprache miteinander; auch die, die hören konnten, lernten erst die Gebärdensprache und dann Englisch als zweite Sprache. Falls Hercule das Geld für eine Passage nach Amerika zusammensparen könne, solle er dorthin fahren; vielleicht sei Martha's Vineyard sein Ort auf der Welt?

Am selben Nachmittag trennten sie sich. Wilson wollte nach Sizilien weiterreisen, wo er sich mit italienischen Nationalisten treffen wollte. Er sollte sie in den neuen sozialistischen Ideen unterrichten, damit sie auf den Fundamenten von Gerechtigkeit und Menschenwürde einen besseren Staat errichten konnten. Als sie einander Lebwohl sagten, wußten beide, daß es für immer war.

Im September desselben Jahres reiste Hercule Barfuss mit der Postkutsche nach Paris. Er hatte sich entschlossen, die Schule, von der Wilson erzählt hatte, aufzusuchen: die Anstalt für Taubstumme an der Rue des Moulins.

Das »Institut des Sourds-Muets« war zu dieser Zeit auf der Welt das Zentrum für die methodische Gebärdensprache. Hercule traf Ende des Monats mit einem handschriftlichen Empfehlungsbrief von Barnaby Wilson dort ein und wurde sofort als Schüler angenommen.

Während seines Aufenthaltes dort begründete er seine lebenslange Überzeugung, daß die visuelle Unterrichtsmethode der oralen weit überlegen sei. Er lernte die französische Gebärdensprache in Rekordzeit, obwohl er allein auf seine Füße angewiesen war, was den Umgang mit der Grammatik erschwerte. Sein Leben lang sollte er ein erbitterter Gegner der deutschen Schule bleiben, die das Gewicht darauf legte, die Gehörlosen zu lehren, von den Lippen abzulesen und die Sprechorgane zu betätigen. Ein besonderes Erlebnis machte großen Eindruck auf ihn. Zwanzig Jahre später schrieb er darüber:

»Bei einem meiner Unterrichtsbesuche wurde ich Zeuge folgender Szene: Einer der Lehrer, ausgebildet von dem Grammatiker Sicard, sollte einem Repräsentanten der französischen Wissenschaftsakademie die Vortrefflichkeit dieser Methode vorführen. Am Katheder stehend, diktierte er den Schülern einen Text – ich glaube, es war ein Gedicht von Hugo – mit methodischen Zeichen. Die Schüler saßen verstreut im Klassenzimmer, damit sie nicht in die Schreibhefte der anderen sehen konnten. Sie waren zu fünft: vier Jungen und ein außerordentlich schönes Mädchen. Während der Lehrer in der Gebärdensprache diktierte, schrieben sie auf, was sie ihn sagen »sahen«, und zwar in nicht weniger als fünf Sprachen, eine pro Schüler. Das Mädchen schrieb in Latein. Die Jungen auf französisch, deutsch, italienisch und englisch. Der Vertreter der Akademie war verblüfft über das Resultat. Natürlich wußte er, daß man durch Zeichen weder Buchstaben noch Wörter diktiert, sondern statt dessen Begriffe, die – vorausgesetzt, man hat sie verstanden – in jeder gelernten Sprache aufgeschrieben werden können. Aber was ihn – und auch mich – frappierte, war das Niveau der Sprachbildung bei den Schülern dieser Schule, das weit über dem durchschnittlichen Niveau an einem französischen Lyzeum lag.«

In Paris begann Hercule außerdem zu begreifen, daß die Grammatik universal ist und daß sie sich ebensogut ans Auge wie an jedes andere Sinnesorgan anpassen läßt: »Die Lehrer, ebenso wie manchmal die Schüler, bedienten sich Abbildungsgebärden (Feuer und Pferde waren die ersten, die ich aufschnappte), Bewegungsgebärden, expressiver und appellativer Zeichen. Der Plural wurde durch die Wiederholung des Grundzeichens markiert, eine bestimmte Form durch ein kleines Zeichen nach der Gebärde, die Verben wurden in allen Tempora des Französischen konjugiert, indem man dem Präsens verschiedene Zeichen hinzufügte – all dies waren grammatikalische Strukturen, die ich zwar durch Lesen gelernt hatte, die jetzt aber eine tiefere Bedeutung bekamen, einen Zusammenhang, der mein altes Weltbild sprengte. Ich erkannte sogar, daß in der Gebärdensprache Dialekte entstehen könnten, ebenso wie ich begriff, daß das Idiom der Taubstummen die Universalsprache ist, von der der Mensch seit Urzeiten träumt.«

In Paris betete er auch sein erstes Gebet in der Gebärdensprache, das Vaterunser, zusammen mit dem Kaplan und dem Rektor der Schule.

Er blieb ein halbes Jahr am Institut. Mit einigen der Lehrer hielt er brieflich Kontakt, und für den Rest seines Lebens sollte das Schicksal der Schule eine Herzensfrage für ihn sein.

Im März 1838 brach er auf. Er hatte jetzt die Grundlagen für ein perfektes Verstehen der Gebärdensprache gelegt. Und die Liebe war das Fundament, auf dem sein Leben ruhte; die Liebe zu dem toten Mädchen, das jetzt zu keinem bestimmten Ort mehr gehörte.

Auf ihn warteten ein neuer Kontinent und ein neues Dasein. Auf Martha's Vineyard – der Insel, von der Barnaby Wilson erzählt hatte.

Postskriptum für Fräulein Fågel und andere Eingeweihte

In der frühen ägyptischen Dichtung wird die Liebe von einer merkwürdigen dreiteiligen Hieroglyphe symbolisiert: Sie besteht aus einer Hacke, einem Mund sowie einem Mann, der sich die Hand vor den Mund hält. Die ersten Ägyptologen fragten sich, ob die Liebe für die Pharaonen eine Art Arbeit war, die die Werkzeuge und die Geduld eines Gärtners erforderte. Oder existierte die Liebe nicht, bevor sie formuliert wurde? Manche fragten sich scherzhaft, ob sie in der Brust gewohnt habe. Und aus Angst, daß sie ihm mit einem unbedachten Wort entschlüpfen könnte, hielt sich der Mensch die Hand vor den Mund.

Vielleicht war an dieser Vorstellung etwas dran, Fräulein Fågel, denn die Ägypter waren auch die ersten, die zwischen dem Herzen und der Liebe ein Gleichheitszeichen setzten: »Mein Bruder verführt mein Herz mit seiner Stimme«, läßt der Dichter eine Frau ausrufen. Die Liebe wohnte im Herzen, und die Stimme war das Werkzeug, mit dessen Hilfe sich die Kammer des Herzens aufschließen ließ. Auf Terrakottavasen und Papyrusrollen verliert der Mensch sein Herz oder fühlt, wie es durch unerwiderte Liebe zermalmt wird, und der Schmerz, den er empfindet, ist unerträglich.

Im hohen Alter, als Hercule Barfuss seine lange innere und äußere Bildungsreise, die ihn bis in Amerikas gelehrte Salons geführt hatte, beendete, sollte er einen Brief an einen seiner Enkel schreiben, der gerade in den klassischen Sprachen in Harvard promovierte: »Die Hieroglyphenschrift ist, wie Du weißt, die größte aller Schriftsprachen, da sie im selben Symbol sowohl abbildend sein als auch Abstraktionen ausdrücken kann. Die Hieroglyphen sind das wahre Alphabet der Gehörlosen.«

In einem seiner Arbeitsjournale notierte er gleichzeitig, daß die Krankheit als Liebesmetapher zum ersten Mal im Hohenlied auftauche: »Er erquickt mich mit Blumen, sagt die Freundin über den Freund, König Salomo, und labt mich mit Äpfeln, denn ich bin krank vor Liebe. Das Thema durchzieht die Geschichte der Liebesdichtung wie ein roter Faden. Zusammen mit den Gedanken Platons bildet es das Fundament unseres Erlebens der Leidenschaft.«

In Platons »Symposion« wird über den Ursprung der Liebe folgende Geschichte erzählt: In der Urzeit gab es weder Mann noch Frau, sondern statt dessen verschiedene Verschmelzungen. Sie waren ausgestattet mit zwei Gesichtern, vier Armen, vier Beinen, vier Füßen und so weiter; sie waren Rücken an Rücken vereint und konnten sich deshalb vorwärts und rückwärts bewegen. Manche bestanden aus zwei männlichen Teilen, andere aus zwei weiblichen, und eine dritte Gruppe, die größte, war zur Hälfte Mann und zur Hälfte Frau. Diese vierbeinigen Urmenschen, erzählt Platon, waren so machtgierig, daß sie für die Götter eine Bedrohung darstellten. Deshalb beschloß Zeus, sie in zwei Teile zu zerschneiden und sie so zu schwächen. So entstanden Mann und Frau.

Aber als ihre ursprüngliche Gestalt geteilt war, trieb sie die Sehnsucht, sich wieder zu vereinigen. So erklärt Platon und später Barefoot die Liebe: als das Verlangen, zusammenzuwachsen.

»Jeder von uns ist nur eine Hälfte eines ursprünglichen Menschen«, sollte er schreiben. »Der bloße Liebesgenuß genügt nicht, um die Kraft in den Gefühlen der Liebenden zu erklären. Die Liebe ist die Suche nach der verlorenen Hälfte und das Streben nach Verschmelzung mit dieser. In Ewigkeit.«

Für unseren Stammvater, Fräulein Fågel, war dies eine

Wahrheit, deren Unbestreitbarkeit sich mit den großen Naturgesetzen messen konnte: In seinem letzten Jahr in Europa hatte er Henriette Vogel zu sich sprechen hören, und dies war der Wendepunkt seines Lebens gewesen. Die Überzeugung, daß die Liebe mit dem Tod nicht ende, verwandelte ihn. Haß und Rachsucht verschwanden über Nacht, ebenso wie seine grenzenlose Trauer.

Mein Vater, John Barefoot, erzählte mir die Geschichte immer wieder, in der Gebärdensprache. Mit der Handbewegung für Liebe, bei der beide Handflächen weich ans Herz gedrückt werden, und mit der Gebärde für Ewigkeit, bei der der rechte Zeigefinger auf der rechten Seite waagerecht Kreise zeichnet, erklärte er, Barefoot sei überzeugt gewesen, er werde Henriette in einem Dasein jenseits des irdischen Lebens wiedersehen. Nichts konnte diesen Glauben erschüttern, und bis zu seinem Tod lebte er in der Gewißheit, daß die Liebe ebensowenig wie die Materie zu zerstören ist. »Wie Materie in Energie umgewandelt werden kann«, notierte er, »und Energie in Materie, existiert die Liebe weiter, unzerstörbar, in Ewigkeit.«

Hercule schrieb sein Erlebnis in Wien nur der Liebe zu, als einer Kraft, die stark genug ist, den Tod zu überwinden. Die Überzeugung, er werde das Mädchen wiedersehen, machte jedoch sein Leben auf der Erde nicht weniger wichtig, im Gegenteil sollte er die Jahre, die ihm noch blieben, für sich nutzen, als könnte jedes einzelne von ihnen sein letztes sein.

Mit dem Wendepunkt kam auch die Entscheidung, Europa zu verlassen. Im März 1838 reiste er mit dem Dampfschiff von Calais nach Liverpool, wo er durch einen belgischen Agenten eine Überfahrt nach New York gebucht hatte. Der Preis war dreizehn Pfund und enthielt die Verpflegung dritter Klasse auf dem Schoner St. Mary. Wie so viele andere Amerikafahrer übernachtete er in Erwartung der Abreise in einem Hotel in der Duke Street.

Am Abend des vierundzwanzigsten April wurde auf dem Kai ein letzter Gottesdienst abgehalten, und am Tag darauf, im Morgengrauen, lichtete das Schiff den Anker. Vom Vordeck aus konnte er sehen, wie sich die englische Hafenstadt vor ihnen ausbreitete, der letzte Anblick der Alten Welt für Millionen von Menschen, bevor sie in Nebel gehüllt wurde, wenn das Schiff vor gutem Wind auf die Irische See hinaussegelte.

Es war das Jahr, bevor der erste radgetriebene Atlantikdampfer, Great Western, den Ozean in der Rekordzeit von fünfzehn Tagen überquerte, bevor Samuel Cunard die erste reguläre Passagierlinie zwischen England und den Vereinigten Staaten gründete, vor dem Zeitalter der Massenemigration ein paar Jahrzehnte später, als die Reedereien Iman, Dominion, National und White Star um die Millionen von Europäern konkurrierten, die alles hinter sich zurückgelassen hatten, um im »Land der unbegrenzten Möglichkeiten« ein neues Leben anzufangen.

Barfuss aber schien von dem mangelnden Komfort, der Tristesse einer Segelfahrt, die sechs Wochen dauerte, der Flaute am vierzigsten Längengrad, der Seekrankheit oder dem minderwertigen Essen unbeeindruckt. In den Notizen, die er während der Überfahrt in sein Tagebuch eintrug, schreibt er statt dessen enthusiastisch über das Leben an Bord. Er ist fasziniert von allem Nautischen, bewundert die technische Ausrüstung des Schiffs: Jungfern, Blöcke, die Marsrah mit ihren Wanten, er macht Zeichnungen von Bäumen und Masten und versucht, sich mit dem Umgang mit Logleinen, Seekarten und Navigationsinstrumenten vertraut zu machen.

Der Schoner war eine umgebaute Brigg, die 1810 in Hull im Auftrag eines Sklavenhändlers vom Stapel gelaufen war. Es war ein Viermaster. Die Zahl der Passagiere betrug zweihundertvierzig. Sie kamen aus allen Ecken Europas und aus nicht weniger als siebzehn Nationen.

Im Logbuch des Schiffes verzeichnete der Kapitän eine Gelbsuchtepidemie und einige Skorbutfälle unter den Iren. Die Seekrankheit quälte die meisten, ebenso wie Krätze und Läuse. Das Auftreten der Schiffsratten war schamlos, sie stahlen Essen aus den Händen unachtsamer Kinder.

Die Männer, darunter Barfuss, schliefen in Hängematten auf dem Zwischendeck. Nach Achtern gab es eine Abteilung für Frauen und Familien. Die Bereiche waren durch Tücher voneinander getrennt.

Barfuss scheint sich mit dem Zimmermann der St. Mary angefreundet zu haben. Er schreibt über »meinen neugewonnenen Freund Richards, der mich unter seine Fittiche nahm und auf dem Schiff herumführte«. Auch ein Segelmacher »Waddington« scheint sich seiner erbarmt zu haben. Vielleicht hielt man ihn für ein behindertes Kind? Er erwähnt nichts von den Reaktionen der Menschen auf sein Äußeres, seine Taubheit oder darauf, daß er mit den Füßen aß und schrieb, nichts von Gedanken, die er bei seinen Mitreisenden aufschnappte. Vielleicht waren sie alle zu angespannt, um sich an vertraute Verhaltensmuster zu halten?

Seine Sehnsucht nach dem neuen Land wuchs mit jeder zurückgelegten Seemeile. Er schreibt von dem »neuen Leben«, das bald beginnen wird, und dem »Glauben an eine bessere Zukunft«.

Die St. Mary segelte vor östlichen Winden. Im Logbuch notierte der Kapitän eine Höchstgeschwindigkeit von siebzehn Knoten. Barfuss befindet sich oft auf dem Poopdeck und betrachtet einen Horizont, der ihn überall umgibt. Er hört nichts vom Meer, hört nicht das Schlagen der Segel und der Lukensülldeckel, nicht den Wind, nicht die plötzlich auftauchenden Seevögel, als sie sich der amerikanischen Ostküste nähern. Aber er fühlt: Seine übrigen Sinne sind weit offen.

Am 27. Mai läuft das Schiff in den Hafen von New York ein.

Unter den Voraussetzungen der damaligen Zeit war die Reise normal verlaufen. Von 240 Passagieren waren 238 am Leben. Ein Kind und drei alte Leute waren während der Überfahrt gestorben. Eine Skandinavierin aber hatte Zwillinge geboren. Nichts davon wird in Barfuss' Notizen erwähnt. Auf der anderen Seite ist im Logbuch des Schiffes auch nicht von Mißgebildeten oder Taubstummen die Rede. Dagegen von den Geborenen und den Toten. Und von einem Matrosen, der in einem Sturm südlich von Island über Bord gegangen war.

Als Hercule Barfuss in New York eintraf, hatte der Einwandererstrom noch nicht den Umfang erreicht, der ein paar Jahrzehnte später die jungen amerikanischen Staaten veranlassen sollte, eine Immigrationsbehörde einzurichten. Es sollte mehrere Jahrzehnte dauern, bis man die Gebäude auf Castle Garden und Ellis Island herrichten ließ, um die gewaltigen Menschenscharen, die täglich in dem neuen Land eintrafen, leichter verwalten zu können. Als im Morgengrauen des 27. Mai der Schoner St. Mary in der Upper New York Bay vor Anker ging, warteten keine Behördenvertreter auf die Passagiere. Die Reisenden wurden mit Dampfbarkassen an den Kai verfrachtet, genauer gesagt zu dem kleinen Gebiet an der Südspitze Manhattans, die heute unter dem Namen Battery Park bekannt ist.

Der Morgen war sehr heiß, von Westen war eine Hitzewelle herangerollt. Gesundheitsinspektoren und Paßkontrolleure waren noch der Wunschtraum mißtrauischer Bürokraten. Es existierten keine Warteräume und Entlausungssäle, keine Kreidestriche an den Koffern, keine Zettel, die den Emigranten zu ihrer Beunruhigung von uniformierten Beamten an der Kleidung festgesteckt wurden. Wenige Herbergen säumten den Kai. Einige »runners« empfingen die Passagiere am Landungssteg, mit Vorschlägen für Hotels und Reiserouten, mit Fahrkarten für die Flußdampfer und Pachtverträgen für Land an den großen Seen im Norden.

Die Passagierliste des Schiffes ist erhalten und befindet sich in einem Immigrantenmuseum in Brooklyn. Hercule Barfuss wird als Passagier Nummer siebenundsechzig geführt. Sein Name ist mit Versalien geschrieben, die Nationalitätsangabe fehlt. Es wird vermerkt, daß ein Paß einer europäischen Behörde nicht vorliegt und daß er taubstumm ist: Deaf and dumb.

Das ist alles. Im übrigen ist er nur ein Name in einer anonymen Menge von Reisenden, und man kann nicht umhin zu vermuten, daß er ein paar Jahrzehnte später wahrscheinlich abgewiesen worden wäre.

Er bleibt ein paar Nächte in Manhattan. In seinem Tagebuch schreibt er von dem »Geist der Freiheit«, der die Stadt auszeichnet. Durch die Hafenbehörden beschafft er sich Ausweispapiere. Gleichzeitig ändert er seinen Namen in das angelsächsische Barefoot.

Mitte Juni 1838 traf er auf Martha's Vineyard ein. Wir wissen dies durch seine eigenen Notizen und die Einwohnerliste von Tisbury County, in die er unter dem Namen D. H. Barefoot eingetragen ist. Wofür der Buchstabe D steht, ist nicht ersichtlich. Vielleicht für »Deaf«? Meinem Vater sollte er von dem unmittelbaren Glück erzählen, das darin bestand, von anderen Hörgeschädigten umgeben zu sein. Auf seine Physiognomie scheint keiner nennenswert reagiert zu haben. Normalerweise trägt er eine Maske, jetzt aber nur vor dem unteren Teil des Gesichtes. In Paris hatte man gesagt, seine Augen seien sehr schön.

Angeregt durch den Aufenthalt am »Institut National des Sourds-Muets« lernte er die örtliche Gebärdensprache in Rekordzeit. Ebenso schnell beherrschte er die englische Schriftsprache.

Der Pastor der Gemeinde Chilmark, Robertson, verschaffte ihm Arbeit als Sekretär. Er übersetzte Dokumente und religiöse Schriften aus dem Deutschen: Im selben Jahr waren an die sechzig Gehörlose aus Österreich auf der Insel eingetroffen. Neben seinen übrigen Pflichten half er als Kantor aus. Niemand wunderte sich über die Tatsache, daß er trotz seiner Behinderung Orgel spielen konnte und daß er dies mit den Füßen tat.

In den letzten anderthalb Jahren des Jahrzehnts entwickelte er selbständig eine Gebärdensprache für die Füße. Sie war eine vereinfachte Version der französischen Gebärdensprache für die Hände, die in einer dialektalen Ausformung auf der Insel benutzt wurde. In kurzer Zeit wurde sie von seiner nächsten Umgebung verstanden und sollte sich später unter anderen ähnlich Behinderten ausbreiten.

Darüber hinaus erinnere ich mich, wie er in meiner Kindheit das, was er hätte sagen wollen, mit Kreide auf eine kleine Schiefertafel schrieb, die er immer bei sich trug. Wollte er etwas hinzufügen, Fragen stellen oder Antworten geben, wischte er den vorangegangen Satz mit einem Schwamm aus und schrieb einen neuen. Ich weiß noch, wie fasziniert ich von der Geschwindigkeit seiner Füße war, von der perfekten Kontrolle, die er über seine Zehen hatte, genauso vollkommen wie die Kontrolle eines normalen Menschen über seine Finger.

Eine Frage, die seine Umgebung beschäftigte, galt seinem Vermögen. Irgendwie mußte er vor seiner Abreise aus Europa an eine größere Summe Geldes gekommen sein. Er lebte gut, besser als die meisten auf der Insel, kommentierte aber seine finanziellen Verhältnisse nie. Mein Vater meinte, es habe sich wahrscheinlich um ein Geschenk gehandelt, vielleicht von dem reichen von Below, mit dem er die Tragödie geteilt hatte, eine geliebte Frau verloren zu haben, oder um Geld, das er zusammen mit Henriette Vogel beiseite gelegt hatte. Es ist auch nicht undenkbar, daß er sich mit Hilfe seiner Gabe eine Geldsumme von jemandem ergaunert hatte, der dies seiner Ansicht nach verdiente.

1841 ließ er in Chilmark ein Haus bauen, nicht weit vom Pfarrhof. Es steht noch heute: ein weißgestrichenes, einstöckiges Gebäude aus solidem Holz, das für ein ansehnliches Vermögen des Bauherrn spricht. Er gab den Bauauftrag einer lokalen Firma, deren Handwerker ausschließlich Gehörlose waren.

Im selben Jahr begegnete er einer Frau: Sonya Pereira. Sie zogen zusammen, ohne sich zu verloben. Ein knappes Jahr später gebar sie eine Tochter, Charlotte, getauft nach Barefoots Kind mit Henriette Vogel. Er hatte zu dieser Zeit keinen Kontakt mit seiner Tochter in Europa. Es sollte bis in die neunziger Jahre dauern, bis er ihr durch einen Emigranten aus Schweden, wohin sie damals gezogen war, zufällig auf die Spur kam.

Mit Sonya bekam er noch zwei Töchter, die beide sehr früh starben. Zu dieser Zeit, Ende der vierziger Jahre, war sein Ruhm in den amerikanischen Gebärdensprachenkreisen schon weit verbreitet.

Er wirkte als Redakteur an der ersten amerikanischen Grammatik für Gebärdensprache mit. Gleichzeitig machte er die Magisterprüfung in Englisch an der Universität von Boston. 1847 veröffentlichte der Verleger J. Cooper in Baltimore Barefoots Buch über die Geschichte der Taubstummen: »History of the Deaf and Dumb«, ein Foliant mit dreihundert Seiten und illustriert. Er erzählte chronologisch, beginnend mit der Hieroglyphenschrift und Platons »Kratylos«, in dem die Gebärdensprache der Gehörlosen zum ersten Mal in der Literatur erwähnt wird. Berühmte Gehörlose werden vorgestellt, angefangen von dem Römer Quintus Pedius, erwähnt bei Plinius, bis hin zu dem spanischen Hofmaler El Mudo, dem »iberischen Tizian«, der zusammen mit Lope de Vega als der gebildetste Mann am Hof Philipps II. in Madrid galt.

Ein Zitat aus dem dritten Buch Mose steht dem Buch als Motto voran: »Du sollst dem Tauben nicht fluchen und sollst vor dem Blinden keinen Anstoß setzen.« Der Grundton ist der des christlichen Humanismus, der Grundgedanke von der Gleichheit aller Menschen, so wie er in der amerikanischen Unabhängigkeitserklärung steht.

Augustinus, der die Taubstummen verachtete und behauptete, »das Tor zur Erlösung ist das Ohr«, darf einen längeren Absatz am Pranger stehen, ebenso wie Samuel Heinicke, der deutsche Oralist, der mit Barefoots großem Vorbild in Fehde gelegen hat: mit Abbé l'Épée, Gründer der Taubstummenschule in Paris.

Barefoot erzählt von den Pantomimentheatern der Gehörlosen im alten Rom und den ersten methodischen Taubstummenlehrern – John de Beverly, Erzbischof in York im achten Jahrhundert, und Rudolf Agricola von Groningen, im späten Mittelalter Philosoph in Heidelberg. Er übersetzt wesentliche Abschnitte aus den »Paralipomena« des Hieronymus Cardanus, in denen der berühmte italienische Arzt auf die Möglichkeit hinweist, die Gehörlosen mittels Schrift auszubilden. Außerdem referiert er Jean Marc Itards zu dieser Zeit traurigerweise vergessene »Abhandlung über Ohren- und Gehörkrankheiten«, in der verschiedene Gehörschädigungen zum ersten Mal medizinisch klassifiziert wurden.

Das Buch ist mit Stichen illustriert. Einer stellt die berühmte Lederzunge von Juan Pablo Bonet dar, mit der er seinen gehörlosen Schülern die Stellungen des Sprechorgans bei der Bildung unterschiedlicher Laute erklärte. Ein anderer zeigt John Bulwers »Chirologia«, eine Sammlung von Handbewegungen auf Bildern, Vorformen der modernen Gebärdensprache.

Das Buch wurde nie das Standardwerk, auf das Barefoot und der Verleger gehofft hatten. Es erschien in der bescheidenen Auflage von dreihundert Exemplaren, wovon die Hälfte im Lager liegenblieb. In dem einzigen Exemplar, das er selbst besaß und das schließlich mein Onkel erbte, erinnere ich mich besonders an die Abbildung des Handschuhs von George Delgarnos – auf dessen Handfläche in verschiedenen Farben das Alphabet gezeichnet war. Indem man mit den Fingern auf verschiedene Buchstaben drückte, konnte man mit Gehörlosen auf praktische Art kommunizieren. Delgarnos Gedanke war, daß sich das System allgemein verbreiten und daß man den Handschuh, wenn man die Plazierung der Buchstaben einmal gelernt hatte, nicht mehr brauchen werde. Es handelte sich also um eine Art organische Schreibmaschine. Mein Vater hat behauptet, Alexander Graham Bell habe eine Zeitlang Pläne gehabt, die Erfindung in Massenproduktion gehen zu lassen und sie an den amerikanischen Taubstummenschulen einzuführen.

Ein besonders kritisches Kapitel des Buches befaßt sich mit den Arbeiten des Schweizers Johann Konrad Amman, »Surdus loquens« und »Dissertatio de loquela« – zwei Werke, die den Grundstock zur deutschen oralen Methode bildeten, bei der man Wert darauf legte, daß die Gehörgeschädigten die Sprechorgane benutzten und von den Lippen ablasen. Barefoot blieb bekanntlich bis zu seinem Tod ein erbitterter Gegner des deutschen Oralismus. Und bemerkenswerterweise kritisiert er im Nachwort des Buches, vielleicht als eine verstohlene Anspielung auf seine Gabe, Defoes Roman über den tauben Hellseher Duncan Campbell: »Beide«, schnaubt er verächtlich, »scheinen mir Scharlatane zu sein.«

Im März 1848, zehn Jahre nach seiner Ankunft, verließ er plötzlich Martha's Vineyard. Weder seine nachgelassenen Papiere noch Menschen, die ihm nahestanden, haben dies erklären können. Vielleicht war es die Trauer über den Tod der beiden Töchter. Andere haben von seiner Abenteuerlust gesprochen. Mein Großvater, der aus einer späteren Verbindung Barefoots, mit der Schneiderin Josefine Smith, stammte, glaubte, Grund für den Aufbruch sei ein Seitensprung mit seiner Mutter gewesen, die zu dieser Zeit in Barefoots Haushalt arbeitete. Er sei abgereist, behauptete mein Großvater, um den Skandal nicht noch schlimmer zu machen. Ich selbst glaube, daß ihn andere Motive trieben, die mit Henriette Vogel verbunden waren.

Blättert man in seinen Tagebüchern aus dieser Zeit, sieht man, wie sie immer öfter in seinen Gedanken auftaucht. Er wünscht sich, sie könne sich erneut zu erkennen geben und aus dem Jenseits zu ihm »sprechen«, seine Sehnsucht nach ihr ist größer als je zuvor. Sie hatte er seit seiner Kindheit geliebt und würde sie weiterlieben bis ans Ende der Zeiten. Die anderen Frauen in seinem Leben, Sonya Pereira und später Josefine Smith, konnten sich mit Henriette niemals messen. Er schätzte ihre Freundschaft und behandelte sie mit größtem Respekt als Mütter seiner Kinder. Henriette aber war und blieb der Sinn seiner Existenz. Unter solchen Umständen ist es nicht unwahrscheinlich, daß ihn Rastlosigkeit befiel oder daß er sich in der Gesellschaft von Frauen, die seine ungeteilte Liebe forderten, eingesperrt fühlte.

Mit dem Raddampfer fuhr er über den Ontario- und den Oberen See nach Minnesota. Von dort aus setzte er die Reise mit einer Siedlerkarawane über North Dakota, Montana, Idaho und Oregon fort, bis er im Herbst 1848 Kalifornien und das Tal von Sacramento erreichte.

Es heißt, die Gerüchte von den Goldfunden hätten ihn gelockt. Und mit kindlichem Stolz sollte er später verkünden, er sei ein sogenannter »Fortyeighter« gewesen, das heißt, daß er mit der ersten Welle von Goldsuchern in die Gegend von San Francisco gekommen war und nicht mit der größeren Gruppe, die 1849 eintraf, als der »Rush« schon eine Tatsache war.

Er blieb ein Jahr im Norden Kaliforniens. Zusammen mit einem dänischen Abenteurer kaufte er einen Claim in der Gegend von Sonora. Aber die Zusammenarbeit kriselte schon nach ein paar Monaten bedenklich. In einem Brief an seine Tochter (zwar an ein siebenjähriges Mädchen adressiert, aber genauso an die verlassene Sonya Pereira gerichtet) erzählt er von dem Dänen, der sich immer mehr darüber beklagte, daß er die schwere Arbeit allein ausführen müsse. Barefoot selbst mit seinen Behinderungen war bei der monotonen, harten Arbeit mit Waschen und Entwässern nicht besonders hilfreich. Aber er hatte die Investitionen und den Unterhalt übernommen. Der Däne, schreibt er, habe auch versucht, ihn um Geld zu prellen.

Im Winter beschafft er sich einen neuen Claim in Diamond Springs in El Dorado County. Jetzt arbeiten sechs Indianer für ihn, aber das Gebiet erweist sich als goldarm, und die Männer verlassen ihn, als er Probleme mit der Zahlung der Löhne hat.

In den kommenden Jahren folgen weitere Briefe an die Tochter. Er hält sich im ländlichen Los Angeles auf und eine Zeitlang in Tennessee. In den Südstaaten gerät er außer sich über die grausame Sklaverei und schreibt Briefe an Bekannte in Washington, in denen er eindrücklich für deren Abschaffung plädiert. In New Orleans arbeitet er einige Zeit in einer neugegründeten Taubstummenschule, unter deren Schülern auch hörgeschädigte schwarze Kinder sind. Allmählich richtet sich sein Blick nach Norden. Entlang der Ostküste werden Eisenbahnen gebaut, und auf diesen Strecken reist er weiter.

Zum zweiten Mal kommt er nach New York, wo er seinen Liebesroman beginnt, von dem nur Fragmente erhalten sind.

Der Roman bekam nie einen Titel, und eigenen Angaben zufolge schrieb er von zwanzig geplanten Kapiteln nur fünf, bis er aus mangelnder Motivation das Projekt aufgab. Die Geschichte, hat er meinem Vater erzählt, fuße auf dem Leben Henriette Vogels und sei in einem Stil geschrieben, der an Stendhal erinnere. Die Kristallisationsmetapher des Franzosen soll ein grundlegender Gedanke darin gewesen sein. In den Fragmenten, die erhalten sind, zusammen zehn Seiten aus zwei Kapiteln, spürt man keine Trauer über das entsetzliche Schicksal des Mädchens. Der Text ist erfüllt von Wärme und Zuversicht und dem blinden Glauben an die Liebe als dem Sieg des Guten über das Böse.

Dann, im März 1854, kehrte er schließlich nach Martha's Vineyard zurück. Sechs Jahre lang war er fort gewesen. In den Jahren, die ihm noch blieben, sollte er die Insel nur noch zweimal verlassen.

Ich weiß, daß Barefoot bis zu seinem Tod glücklich war. Die Milde, die er ausstrahlte, erwuchs ebensosehr aus menschlicher Weisheit wie aus der Harmonie zwischen ihm und seiner Umgebung. Er alterte als Patriarch einer Familie mit liebevollen Frauen, Kindern, Enkeln und Urenkeln.

Seine Anziehungskraft auf das andere Geschlecht war ein Rätsel, denn sein Äußeres hätte alle Frauen abschrecken müssen. Aber die Liebe kann bekanntlich in allen möglichen Verkleidungen auftreten. Vielleicht war es seine Sicherheit, die ihn anziehend machte. Oder ein Mangel? Eine Sehnsucht nach etwas, das er ihnen nicht bieten konnte: seine ganze Liebe, die Henriette vorbehalten war.

Auf der Insel wurde er mit den Jahren zu einer Institution. Man betrachtete ihn als weisen alten Mann, zu dem man kommen und Hilfe bei allen möglichen Problemen erhalten konnte. Ich habe nie gehört, daß ihn jemand als Monster oder mißgebildet beschrieben hätte. Für jeden auf der Insel war er Barefoot – ein Lehrmeister und Diplomat von Rang.

Was seine Gabe angeht, hielt er sie vor allen außer seiner nächsten Umgebung geheim. Außerdem bediente er sich ihrer immer seltener. Es war, als lernte er, sie bewußt abzuschalten. Vielleicht bemühte er sich um eine Art Normalität, darum, endlich ein Mensch unter anderen zu werden, und diese Möglichkeit hatte er auf Martha's Vineyard gefunden, in einer Kultur, die die seine geworden war: die der Gehörlosen. Auf der Insel war die Toleranz dem Abweichenden gegenüber immer groß gewesen, auch unter den Hörenden. Barefoot beherrschte außerdem das Englische schriftlich bis zur Meisterschaft, und sein Verständnis der Gebärdensprache war perfekt. Sitzend benutzte er die Füße. Da war die Gabe keine Lebensnotwendigkeit mehr, er hatte andere Idiome; er kam besser ohne sie zurecht, da er jetzt, endlich, zu einer Gemeinschaft gehörte.

Dennoch gab es Situationen, in denen er die Gabe noch benutzte. Manchmal flüsterte er uns scherzhaft etwas zu oder verriet, was wir dachten, um eine komische Pointe zu erzielen. Aber er war diskret und vermied, was allzu privat war. Ich weiß noch, es ging das Gerücht, er könne sich unsichtbar machen, aber nur für Behördenvertreter, den Methodistenprediger und den irischen Polizeipräsidenten. Nach seinem Tod wurde er Gegenstand aller möglichen Legenden, ähnlich wie Klaus Störtebeker in Norddeutschland in die lokale Folklore eingegangen ist und Dick Turpin in die englische.

Was seine Fähigkeit, sich unsichtbar zu machen, betrifft, habe ich selbst das Phänomen in meiner Kindheit ein paarmal erlebt. Es war unglaublich: Plötzlich konnte er einfach vor einem im Zimmer stehen, obwohl man es eben noch als leer empfunden hatte. Es war, als ob er selbst bestimmte, wann man ihn entdecken sollte. Man konnte sich stundenlang irgendwo befinden, in seinem Arbeitszimmer zum Beispiel oder im Garten an seinem Haus, bis man merkte, daß auch Barefoot da war; man hörte ein plötzliches Räuspern aus einem Sessel oder vom Schreibtisch, und erst da wurde man ihn gewahr. Nicht zu zählen sind die Aussagen von Menschen, die behauptet haben, sie seien auf einem Weg oder in der Kirche an ihm vorbeigegangen und hätten ihn erst bemerkt, als er schon hinter ihnen war. Es ist unmöglich, dafür eine Erklärung zu finden, aber meiner Meinung nach ist das auch uninteressant. Vielleicht trifft es wirklich zu, daß seine Gabe ihn schließlich gelehrt hat, wie man die Vorstellung von sich selbst in anderen ausradiert.

Für mich war er trotz allem in erster Linie mein Urgroßvater, ein fast völlig normaler alter Mann, zwar kleinwüchsig und mit einer Maske vor der unteren Hälfte des Gesichts – aber für uns, die wir ihn kannten: ein Teil unseres Alltags. Wir alle liebten ihn innig und bewunderten ihn wegen seiner Güte und Großzügigkeit; und die Trauer, als er von uns ging, war unsagbar. Er war einer der freundlichsten und liebevollsten Menschen, denen ich je begegnet bin, er lachte gern und war voller Fröhlichkeit, aber auch voller Verzweiflung über den entsetzlichen Zustand unserer Welt.

Von den Photographien, die von ihm erhalten sind, nehme ich oft eine heraus und betrachte sie durch die illusorische Distanz zu den Augenblicken, die wir Zeit nennen. Sie ist an einem Augustmorgen 1908 auf Martha's Vineyard aufgenommen worden. Mein Urgroßvater, Barefoot, sitzt in der Laube am gedeckten Frühstückstisch, inmitten seiner Enkel und Urenkel. Er blickt geradeaus in die Kamera, und trotz der Maske ahnt man, daß er lacht. Die Augen, die schönen, dunklen Augen strahlen ein Glück aus, das sich eigentlich nur in der Gebärdensprache der Gehörlosen beschreiben läßt, in der der Blick ein so wichtiger Teil des Idioms ist.

Ich sehe, was dieser Blick ausdrückt: den blinden Glauben

an die Liebe als eine Kraft, die stark genug ist, den Tod zu überwinden, und das Wissen, daß er bald, sehr bald seine geliebte Henriette Vogel wiedersehen wird.

Tisbury, 1994
Jonathan Barefoot

Carlos Ruiz Zafón

Der Schatten des Windes

Roman
Aus dem Spanischen von Peter Schwaar
suhrkamp taschenbuch 3800
544 Seiten

Als sich der zehnjährige Daniel Sempere, der allein mit seinem Vater im grauen Barcelona der Franco-Ära aufwächst, auf dem geheimen »Friedhof der Vergessenen Bücher« ein Buch aussuchen darf, greift er nach einem verstaubten Exemplar von *Der Schatten des Windes*. Daniel ist fasziniert von dem Buch und macht sich auf die Suche nach seinem Autor, einem gewissen Julián Carax, von dem keiner zu wissen scheint, ob er noch lebt oder was ihm widerfahren ist. Mit den Jahren gerät Daniel immer mehr in den Bann dieser mysteriösen Gestalt, und die Menschen, denen er begegnet, und die Frauen, in die er sich verliebt, scheinen nur Figuren in einem Spiel, dessen Regeln er nicht kennt. So stürzt er mitten in die Handlung seines Lieblingsromans, und es ist, als ob sich die vergangene Geschichte in seinem eigenen Leben wiederhole, das von dem Schatten furchtbarer Ereignisse verdunkelt zu werden droht.

»Ich warne Sie! Sie müssen von ganzem Herzen romantisch sein – aber wenn Sie es sind, ist dieses Buch eine großartige Lektüre.« *Stephen King*

NF 534/1/9.05

Marie Hermanson

Muschelstrand

Roman
Aus dem Schwedischen von Regine Elsässer
suhrkamp taschenbuch 3390
304 Seiten

»Eine sehr kluge, elegante und tiefe Geschichte von einer geheimnisvollen Familie.« *Brigitte*

Nach vielen Jahren kehrt Ulrika an den Ort zurück, der sie als Kind jeden Sommer aus ihrer kleinbürgerlichen Enge befreite. Sie erinnert sich an die gemeinsamen Sommer mit den Gattmans und die Geschehnisse um die kleine, adoptierte Maja. Das Kind sprach kein Wort, war seltsam unnahbar. Daher erfuhr auch niemand, was passiert war, damals, als sie nach sechs Wochen genau so plötzlich und unversehrt wieder auftauchte wie sie zuvor verschwunden war.
Ulrika begibt sich nun als erwachsene Frau erneut an jenen Muschelstrand und versucht das Rätsel um Maja zu lösen und macht einen äußerst merkwürdigen Fund.

»Marie Hermansons Roman hat alles; die Spannung eines Krimis, die Genauigkeit einer Zeitstudie und die verträumte Melancholie, die über der Erinnerung an die Sommer der Kindheit liegt.« *Hannoversche Allgemeine Zeitung*

NF 495/1/11.03

Marie Hermanson

Das unbeschriebene Blatt

Roman
Aus dem Schwedischen von Regine Elsässer
suhrkamp taschenbuch 3626
236 Seiten

Ein Zufall bringt den gealterten Pechvogel Reine mit der fettleibigen Angela zusammen. Und während sie sich einer Kuchenorgie hingibt, erzählt Reine zum ersten Mal einer Person sein Leben – Angela erzählt nichts von sich, doch Reine genügt es, daß sie seinen Bericht in ihrem gewaltigen Inneren verwahrt.
Angelas Lethargie und Unwissenheit faszinieren Reine. Er liebt das Gefühl, sie formen und durch sie zum ersten Mal auch sich selbst lieben zu können. Sie heiraten, und als ihnen nach der Geburt ihres Sohnes Bjarne auch noch ein kleines Erbe zufällt, scheint es Reine, als habe er doch endlich das große Los gezogen.
Doch dann wird Bjarne plötzlich sehr krank. Und Reine wird schmerzhaft bewußt, daß er mit seinem Kind auch Angela verlieren würde. Er beschließt, nicht mehr nur Passagier seines Lebens zu sein, sondern das Steuer selbst in die Hand zu nehmen, und heckt in seiner Verzweiflung einen tollkühnen Plan aus …

NF 524/1/6.05

Marie Hermanson

Saubere Verhältnisse

Roman
Aus dem Schwedischen von Regine Elsässer
suhrkamp taschenbuch 3703
243 Seiten

Yvonne Gärstrand, erfolgreiche Chefin einer Firma für Zeitmanagement, hat Zeit. Zeit, um sich in fremden Gegenden herumzutreiben und in fremde Häuser zu schauen. Als suche sie dort nach dem wirklichen Leben, das ihr selbst, verheiratete Mutter eines inzwischen erwachsenen Sohnes, abhanden gekommen ist. Die Bewohner im Orchideenweg 9 aber bleiben ihr fremd. Als dort eine Putzfrau gesucht wird, bewirbt sie sich. Als Nora Brick tritt sie ihren Dienst an in dem gepflegten Haus Bernhard Ekbergs, dem offensichtlich die Hausfrau fehlt – und verliebt sich in ihn. Wo ist Helena, Ekbergs Frau? Und wer ist die geheimnisvolle Schöne auf dem Foto, das sie in Ekbergs Jackentasche findet? Yvonne alias Nora macht sich auf Spurensuche und wird zur Mitwisserin eines dunklen Geheimnisses.

»Eine unheimliche Reise in die schwärzesten Winkel der Seele. Überraschend und intelligent. Lesen!« *Jönköpings-Posten*

NF 523/1/6.05

Ketil Bjørnstad

Der Tanz des Lebens

Roman
Aus dem Norwegischen von Lothar Schneider
suhrkamp taschenbuch 3564
278 Seiten

Am Weihnachtsabend 1998 nimmt die Katastrophe in Ludvig Hassels Leben ihren Anfang. Denn Hassel ist fasziniert von der Freundin seines Sohnes, der jungen Skifliegerin Anja, und glaubt, mit ihr ein neues Leben beginnen zu können. Dabei hat er, vor einigen Jahren geschieden, bereits eine Geliebte, die ihn besser kennt als jeder andere. Hassel versucht sich Anja zu nähern, doch er verkennt die Situation völlig: Was an einem Weihnachtsabend als Familientreffen begann, endet mit einem Mord. Ein bis zur letzten Seite fesselnder Generationen- und Kriminalroman.

»Meisterlich und kompromißlos.« *Der Standard*

NF 530/1/8.05